Robert Stromberger · Diese Drombuschs

# diese DROMBUSCHS

· Die liebe Familie ·

Roman nach der

ZDF

Fernsehserie
von Robert Stromberger

Bearbeitet von
Nora Neuhausen,
herausgegeben von
Siegfried W. Braun

NAUMANN & GÖBEL

DIESE DROMBUSCHS

Roman nach der ZDF-Fernsehserie von Robert Stromberger
Bearbeitet von Nora Neuhausen
Herausgegeben von Siegfried W. Braun
Lektorat: Waltraud Still
Schutzumschlag: Hermann Bischoff
Gesamtherstellung: Mainpresse Richterdruck Würzburg
Printed in West Germany

ISBN 3-625-20061-9

## 1. KAPITEL

# *Alle Jahre wieder*

Wenn sich Oma Drombusch etwas in den Kopf gesetzt hatte, konnte sie nichts und niemand davon abbringen. Alle, die sie kannten, wußten das und fanden sich – wohl oder übel – damit ab. Es hätte auch keinen Sinn gehabt, sich ihr zu widersetzen, denn früher oder später mußte doch jeder kapitulieren: Entweder gab man ihrer sanften Beharrlichkeit nach, oder man erlag ihrer liebenswert durchtriebenen Naivität.

An einem naßkalten Dezembertag lenkte die alte Dame ihren Ford Fiesta durch Gießen. Ihr verstorbener Mann hatte den Wagen noch kurz vor seinem Tod bestellt, und Oma Drombusch konnte es nicht übers Herz bringen, ihn zu verkaufen: Zu viele gemeinsame Pläne waren mit dem Wagen verbunden. Jetzt benützte sie das Auto nur noch in der Stadt. Sie lenkte es durch den dichten Frühverkehr zum Bahnhof. An die weihnachtlich geschmückten Straßen verschwendete sie keinen Blick. Sie fuhr ungeduldig, denn ihre Vorfreude ließ sich kaum zügeln. Auf dem Bahnhofsvorplatz fand sie eine Parklücke, schloß den Wagen ab und kämpfte sich durch das Menschengewühl des Bahnhofs. Die große Uhr über dem Eingang zeigte an, daß es kurz nach sieben war.

Vor einem der Fahrkartenschalter stieß sie fast mit einem jungen Mann zusammen, der es auch eilig zu haben schien. Er hatte gerade seinen Koffer abgestellt, um eine Fahrkarte zu lösen. Oma Drombuschs Zielstrebigkeit beeindruckte ihn so, daß er ihr den Vortritt ließ: „Sie haben's sicher eiliger!"

Mit einem freundlichen Nicken bedankte sie sich und verlangte vom Schalterbeamten: „Einmal Darmstadt und zurück!" Dann hob sie den Zeigefinger: „Seniorenkarte!" und fügte nach kurzem Überlegen hinzu: „Wie lange gilt die Karte denn? Weil ich erst in knapp acht Tagen die Reise antrete."

„Zwei Monate", sagte der Schalterbeamte. Der nette junge Mann sah jetzt gar nicht mehr freundlich aus, sondern blickte nervös auf die Uhr. Weil sie ihn an ihrer Vorfreude teilhaben lassen wollte, vertraute ihm Oma Drombusch an:

„Meine Kinder haben mich nämlich eingeladen. Über Weihnachten und Neujahr!" Das hätte den jungen Mann doch auch freuen müssen, er lächelte aber nur gequält.

„Haben Sie einen Seniorenpaß?" fragte nun der Schalterbeamte, unbeeindruckt von dem stummen Zweikampf vor seinem Fenster. Oma Drombusch nickte eifrig: „O ja – natürlich!" und begann, ihre Krokohandtasche auszuräumen.

Der junge Mann hielt es kaum mehr aus. Er sah sich nach den anderen Schaltern um, aber überall warteten viele Menschen. Schließlich lag der Inhalt von Omas Handtasche ausgebreitet vor dem Schalter, ihre Geldbörse, die Brieftasche, – und da war ja auch der Seniorenpaß! Sie hob ihn triumphierend hoch und schob ihn durch den Schalter. „So geht mir das immer mit dieser Tasche", beruhigte sie den jungen Mann und lächelte den Ungeduldigen dankbar an. Für Oma Drombusch war in der Hektik dieses frühen Morgens die Welt noch in Ordnung.

Bei der Familie Drombusch in Darmstadt begann um diese frühe Stunde das immer gleiche Ritual. Als erste war die Mutter aufgestanden. Vera Drombusch war eine sehr anziehende Frau Anfang Vierzig. Sie schien sich ihres reifen, weiblichen Charmes nicht bewußt zu sein, was sie nur noch anziehender machte. In ihrem türkisfarbenen Morgenmantel lief sie rasch durch das Wohnzimmer, das mit sicherem Geschmack moderne Möbel mit kostbaren Antiquitäten vereinte. Eine nachträglich eingebaute Wendeltreppe aus der Jahrhundertwende verband die Stockwerke. Vera stieg hinauf in den oberen Teil der Maisonette-Wohnung, um ihre Kinder zu wecken.

Im Vorbeigehen klopfte sie an die angelehnte Badezimmertür, hinter der sie das Gurgeln ihres Jüngsten vernahm. „Vergiß deine Zahnspange nicht, Thomi!" rief sie nach dem Anklopfen durch die Tür.

Dann öffnete sie das poppig eingerichtete Zimmer ihrer Tochter Marion und machte Licht: „He – schon 8 Uhr durch!"

Marion schreckte hoch: „Was?!"

„In einer Stunde ist es 8 Uhr durch, und dann mußt du in der Praxis sein – komm, sei lieb, steh auf!"

Marion brummelte halbaufgerichtet etwas Unverständliches. Kaum hatte Vera das Zimmer verlassen, sank ihre Tochter gähnend aufs Kissen zurück. Auch verschlafen war sie ein hübsches Mädchen.

Als Vera wieder an der Badezimmertür vorbeikam, rief der Zwölfjährige: „Hast du eben was gesagt?"

„Spange nicht vergessen!" wiederholte Mutter und lief die Wendeltreppe hinunter. In der Küche war der Tisch bereits für fünf Personen gedeckt. Sie nahm das kochende Wasser vom Herd, kippte den Inhalt von zwei geöffneten Büchsen in ein paar Töpfe und schaltete die Kochplatten ein. Dann überbrühte sie den Kaffee. Das Radio dudelte Weihnachtliches.

Vater kam im Bademantel zur Küche herein. Er gab seiner Frau einen liebevollen Routinekuß: „Ist Marion schon hoch?"

„Das weiß der Himmel." Er ging hinaus auf die Diele und rief: „Marion!" Zurückkehrend schüttelte er den Kopf: „Dieses Kind hat ein Schlafbedürfnis!"

„Wann geht sie denn abends ins Bett –", gab Vera trokken zurück. Marion arbeitete als Sprechstundenhilfe bei einem Gynäkologen. Aber abends und oft auch die Nächte hindurch übte sie mit einer Rockband: Sie hatte sich in den Kopf gesetzt, eine berühmte Popsängerin zu werden.

Siegfried Drombusch holte Eierbecher aus dem Geschirrschrank. Er war groß und schmal. Als Vater war er ein erwachsen gewordener Junge. Er empfand ein diebisches Vergnügen, wenn er in der Neujahrsnacht mit Feuerwerkskörpern spielen konnte oder als Stadtverordneter politische Manöver wie Jungenstreiche ausheckte. Als Ehemann war er eher ein Schlitzohr. Er ließ sich keine Gelegenheit entgehen, mit Versuchungen zu spielen, wo immer sich welche boten. Dabei sah er keineswegs wie ein Frauenheld aus. Und – ganz ehrlich – so viele Verlockungen, denen er hätte widerstehen müssen, gab es auch wieder nicht. Das war ein Grund mehr dafür, warum er sich so gerne in den Eifersuchtsanwandlungen Veras sonnte. Sie jedenfalls war fest davon überzeugt, jede Frau müsse bedingungslos ihrem Mann erliegen, so wie sie es immer noch tat. Vera wußte eben, daß Siegfried hielt, was Frauenhelden für gewöhnlich nur versprechen.

Er rief nochmals nach Marion. Siegfried ging erst wieder in die Küche zurück, als er ihr „Ich komme ja schon!" gehört hatte. Gleich darauf war auch das Gekabbel mit Thomi um die Benutzung des Bades ein Beweis, daß seine Tochter nun endlich aus dem Bett gefunden hatte.

Kurz darauf kam auch der Älteste, Christoph Drombusch, vom Nachtdienst zurück; Chris war mit seinen 21 bereits

Polizei-Obermeister. Seine Dienstmütze legte er auf die Garderobe und schob die Pistole, streng nach Dienstvorschrift, in ein Wandkästchen, das er abschloß. Der athletische junge Mann wirkte nach zwölf Stunden Nachtdienst etwas abgespannt.

Mit einem „Hallo!" erwiderte er Marions Begrüßung, als sie an ihm vorbeihastete. In der Küche saßen alle am Frühstückstisch. Chris kam gerade rechtzeitig, um die Frage des Vaters, wer denn dieses Jahr mit dem Kauf des Weihnachtsbaums an der Reihe sei, klar zu beantworten: „Na, *du* doch! Guten Morgen!" Vater protestierte heftig, bis Mutter entschied, das sei dieses Jahr eindeutig Marions Sache.

„Das Schmücken", widersprach ihre Tochter, die im Stehen ein Brötchen hinunterwürgte, „aber nicht das Besorgen!"

„Wer schmückt, der besorgt auch!" meinte Chris, und während aus dem Radio fröhliche Weihnachtsmusik erklang, debattierte die Familie weiter über die diesjährigen Rechte und Pflichten. Marion schaltete genervt das Radio aus.

„Glaubst du, daß du im Stehen schneller kaust?" fragte Siegfried seine Tochter. Thomi protestierte: „Mach das Radio wieder an!"

„Sie quäkt lieber selbst", meinte Chris. Obwohl Marion nur ein verächtliches: „Witzig –!" für ihn übrig hatte, spottete er weiter: „Marion Drombusch – die singende Sprechstundenhilfe!"

„Jedenfalls singe ich besser als die." Chris lästerte: „Aber nur mit Verstärker!" Vater unterbrach: „Was essen wir übrigens an Weihnachten?"

„O ja", sagte Vera, „das muß ich jetzt wirklich wissen!"

Thomi reichte seiner Mutter die leere Tasse und schlug vor: „Am ersten Feiertag Gans mit Füllsel!"

Da, wo die Tasse gestanden hatte, sah man jetzt Thomis

Zahnspange. Vater mahnte, die gehöre nicht auf den Tisch. Vera aber blieb beim Thema: „Und am zweiten Feiertag?"

„Sauerbraten mit Klößen!" forderte Chris.

Siegfried bewahrte die Zahnspange davor, in Thomis Tasche zu verschwinden, Marion lächelte mit falscher Süße ihr Brüderchen an: „Die gehört in deinen Mund!"

„Dann kann er aber nicht essen", warf Mutter ein. Thomi schaltete, um Marion zu ärgern, das kleine Radio an, das er immer in der Schultasche hatte. Darauf wurde es aber nun Vater zu dumm. „Geht das denn nicht mal anders?" rief er, „müßt ihr euch ewig angiften?" Als Marion sich noch einmal in aller Ruhe Kaffee eingoß, meinte Mutter: So erwischt du deinen Bus bestimmt nicht mehr."

„Ich hab' mir schon ein Taxi bestellt."

„Die Dame hat's ja", höhnte Chris. Das ärgerte Marion aber nicht – sie genoß es sogar. Gnädig sagte sie: „Und am Bescherabend möchte ich polnischen Salat – bitte!"

Das ginge schon, meinte Mutter, wenn Marion ihr helfen würde. „Das ist ja doch wohl selbstverständlich!" Marion nahm Chris' Ausruf widerspruchslos hin. Nur Thomi bat ängstlich: „Für mich aber ohne Heringe!"

„Für dich ohne Heringe", nickte Vera: „Also Gans, Sauerbraten und polnischer Salat." Die Familie stimmte zu, das Problem war also gelöst. Da sagte mitten in die Zufriedenheit hinein Vater:

„Mit anderen Worten: Ihr seid zu Hause."

Verblüfft schwieg die Familie. Vera, durch Siegfrieds Frage nachdenklich geworden, setzte nach: „Das will ich doch hoffen, ihr Lieben. Nicht, daß ich hier brate und brutzle . . ."

Sie sah es mit einem Mal vor sich: Wie sie in der Küche stand, um für sechs Familienmitglieder ein gutes Essen zu kochen, und wie sie dann, matt und erhitzt, an einen festlichen Tisch trat, um den lauter leere Stühle standen.

„Wieso sollt ihr denn allein dasitzen?" fragte Marion

harmlos, und Chris betonte: „*Natürlich* sind wir zu Hause. Wo sollen wir denn sonst sein?"

„Das war voriges Jahr mal so!" beschwichtigte auch Marion, so als liege zwischen damals und heute mindestens eine Ewigkeit, als sei heute undenkbar, was vor einem Jahr geschehen war.

Auch Thomi war gewillt, solche Bedenken gar nicht erst aufkommen zu lassen. Der Jüngste besiegelte das Versprechen: „Wir sind alle da!"

Die Eltern wollten noch nicht recht daran glauben – zu gut kannten sie ihre Kinder. Um ganz sicher zu gehen, faßte der Vater seine Kinder, eins nach dem anderen, fest ins Auge. Seine Stimme war ernst:

„Ich registriere: Alle! Wirklich alle!"

Und seine Kinder stimmten zu. Noch glaubten sie selbst daran.

Um die gleiche frühe Stunde schritt Oma Drombusch zielbewußt durch die Gießener Innenstadt. Die Geschäfte waren natürlich überall noch geschlossen, aber das irritierte Oma nicht. Als sie durch die Fenster eines Wäschegeschäftes spähte, entdeckte sie im Innern eine Frau, die mit einem Staubsauger sauber machte. Energisch klopfte sie an die Scheibe. Schließlich bemerkte die Putzfrau, daß jemand in den Laden wollte. Sie öffnete die Tür und schüttelte den Kopf: „Noch geschlossen! Wir öffnen erst um halb neun."

„Ich wollt' auch nur was fragen", beharrte Oma Drombusch. Als sie hinten im Laden eine Verkäuferin auftauchen sah, fuhr sie lauter fort: „Wegen dem Hemd, wissen Sie! Wegen der Initialen!" Und schon hatte sie es geschafft, an der Putzfrau vorbei in das Geschäft zu kommen.

Die Verkäuferin war noch im Mantel und nicht sehr glücklich über den verfrühten Arbeitsbeginn. Aber sie wollte nicht unhöflich sein: „Wie war denn der Name? Entschuldigen Sie, aber wir öffnen erst in einer Viertelstunde."

„Das macht doch gar nichts", erwiderte Oma Drombusch in ihrer gewohnten Nachsicht. „Das Hemd ist nämlich für meinen Enkel, 12 Jahre alt – da sind die Initialen wichtiger als das Hemd! Drombusch heiße ich."

Die Verkäuferin nahm die Kartei zur Hand und zog schließlich eine Karte heraus.

„Hier ist es – das Hemd ist aber erst am 20. Dezember fertig!"

„Ich weiß", sagte Oma Drombusch weiter voll Eifer, „ich wollte ja nur darauf aufmerksam machen, daß ich am 24. nach Darmstadt fahre, und da muß ich das Hemd ja mitnehmen."

„Sie können sich darauf verlassen", versprach die Verkäuferin, worauf Oma Drombusch nach einem glücklichen: „Dann haben Sie vielen Dank, Fräulein!" den Laden verließ.

In Darmstadt kam Chris in der Trainingshose aus dem Bad und lief die Wendeltreppe hinunter ins Wohnzimmer. Er fand seine Mutter im Gespräch mit dem Ofensetzer. Der Mann saß auf dem Boden, biß in sein Vesperbrot und blätterte in der Zeitung, nach der Chris suchte. Den alten Kachelofen hatte er inzwischen abgetragen, aber die Kacheln eines wertvollen alten französischen Ofens – von Siegfried in Südfrankreich mit kunstvoll geschmiedetem Ofentürchen günstig erworben – stapelten sich noch am Rande des Bauschutts. Kauend sah der Handwerker zu Vera auf.

„Wie lange werden Sie noch zu tun haben?" wollte Vera wissen. Sie hatte den ärgsten Dreck auf eine Schaufel gekehrt.

„Schwer zu sage", überlegte der Ofensetzer, „wenn däs mit der Erkältung so weitergeht, dann wird der Ofen *vor* Weihnachten *net* fertig."

Und wie zur Bekräftigung des Gesagten vertiefte er sich in den Sportteil der Zeitung. Vera stellte den Besen beiseite und ging mühsam beherrscht die Treppe hinunter ins Geschäft.

In dem schön eingerichteten Antiquitätenladen wiederholte Siegfried gerade einer recht attraktiven Dame sein Versprechen: „Ich habe es Ihnen zugesagt: Bis Freitag ist der Schrank aufgearbeitet, und am Montag wird er geliefert."

„Vielen Dank", sagte die attraktive Dame mit einem, wie Vera schien, auffallend freundlichen Lächeln, „und auf Wiedersehen!"

„Auf Wiedersehen!" erwiderte Siegfried, hielt der Kundin die Tür auf und sah ihr nach, wie eben ein Mann einer gutaussehenden Frau nachsieht. Säuerlich beobachtete Vera es von der Wendeltreppe aus. Ihre Miene glich der Miene aller Ehefrauen, die, ohne eingreifen zu können, der Verführung ihres Mannes tatenlos zusehen müssen.

„Hallo, mein Schatz", begrüßte sie Siegfried um eine Spur zu süß. Er machte nicht den Eindruck, bei einer Untreue erwischt worden zu sein.

„Der Ofensetzer meint, daß er möglicherweise nicht fertig wird!"

Mit den Gedanken noch woanders, zeigte sich Siegfried unberührt: „Das muß man heute immer einkalkulieren." Er schaute wieder gedankenverloren durchs Fenster auf die Straße hinaus. Die Kundin war wirklich attraktiv gewesen; und so freundlich.

„Sie ist weg", sagte Vera spitz, aber Siegfried tat, als habe er das nicht gehört: „Sein Chef hat uns ja gesagt, daß der Mann eine angeschlagene Gesundheit hat – aber was sollen wir tun? Für so kostbare Kachelöfen *gibt* es keinen besseren Ofensetzer!"

„Das weiß er scheinbar auch", erwiderte Vera trocken. Sie versuchte sich vorzustellen, was möglicherweise auf die

Familie zukäme am Fest und zwischen den Jahren – ganz besonders auf sie. „Sigi! Eine Baustelle in der Wohnung! Zu Weihnachten!“

Da sie kein Mitleid fand, wandte sie sich nach oben, wo gerade Chris erschien, die Zeitung, die der Ofensetzer gelesen hatte, wie eine kostbare Beute in der Hand: „Ich geh' jetzt schlafen!“

Aus dem Wohnzimmer waren Hammerschläge zu hören, die das Ende der Frühstückspause anzeigten. Dadurch etwas erleichtert, fragte die Mutter, ob sie Chris wecken solle.

„Um sechs! Aber nicht mogeln, ich bin mit Gisi verabredet!“

„Schlaf gut!“ sagte Vera. Siegfried aber fragte mit verstecktem Lächeln: „Habt ihr euch jetzt geeinigt?“

Chris war anzusehen, daß er die Frage nicht verstand. Darum bekräftigte Vater sein Ansinnen mit einer weiteren Frage – und seiner Stimme war anzuhören, daß er gar nichts dagegen hätte, wenn sie bejaht werden würde: „Oder werden wir in diesem Jahr keinen Weihnachtsbaum haben?“

„Ach sooo“, meinte Chris, nicht ohne Verachtung wegen des unangebrachten Mißtrauens: „Nein, nein, alles klar: Den Baum besorge *ich*!“

Und so stand am Nachmittag des 4. Advent auf einem Tischchen in dem schönen, kultivierten Wohnzimmer der Drombuschs ein Tannenbaum. Aber was da stand, war eigentlich kein Weihnachtsbaum, sondern ein klägliches Nadelgewächs, mager und schief, mal hier ein Zweig, mal dort ein Ast, dazwischen viel Luft, kurzum, ein trauriger Anblick. Beschämt stand das Bäumchen da. Im Wald hatte es sich zwischen den Seinen wenigstens verstecken können, aber hier würde es bald den scharfen Augen der ganzen Familie ausgesetzt sein.

Der Vater war der erste, der es betrachtete. Chris wurde es ungemütlich wegen der stummen Verwunderung seines Vaters. Dann richtete Siegfried den Blick auf seinen Sohn: „Das ist doch wohl nicht dein Ernst?"

Chris tat ganz harmlos: „Wieso?" Er setzte sich in die Hocke und drehte das Bäumchen auf seinem Ständer langsam um sich selbst, um die Sonntagsseite zu finden. Da half aber alles Drehen und Wenden nichts. Der Baum hatte keine vorteilhafte Seite, auch dann nicht, als Chris aufstand, zurücktrat und ihn aus einiger Entfernung betrachtete; das mußte er nach dieser Überprüfung zugeben – aber nur vor sich selbst. Laut stellte er fest, als sei ihm ein wohlerwogener Kauf geglückt: „Find' ich originell – Tannenbaum mal anders."

Siegfried war nicht gewillt, irgend etwas Gutes an dem armen Bäumchen zu finden. Rauh sagte er: „Das ist kein Tannenbaum. Das ist ein Komiker."

Thomi saß etwas abseits am halb abgeräumten Kaffeetisch und machte Hausaufgaben. Als er hinüberschaute zum Bäumchen, zu Vater und Chris, wurde seine Zahnspange deutlich sichtbar.

„Wie sieht denn *der* aus?" rief Thomi schadenfroh, „Mutti, komm mal her!"

„Du sollst lernen!" wies ihn Siegfried zurecht und Chris drohte: „Krawallo, halt dich da raus!"

Nun erschien auch Vera, sie kam am Kachelofen vorbei, der inzwischen bis zur Hälfte hochgezogen war. Als sie das Bäumchen sah, blieb sie ungläubig stehen. Sie verstummte wie vorher Vater. Ihr Gesicht war ein erschrockenes Fragezeichen.

„Genau das", sagte ihr Mann, befriedigt von diesem Ausdruck, „habe ich eben auch gesagt!"

„Mein Gott", brachte sie schließlich heraus, „mein Gott, der muß ja ein Vermögen gekostet haben!"

„Aber voriges Jahr", versuchte der Vater dem ganzen eine

komische Wende zu geben, „hast du über *meinen* Baum gemeckert!"

Diese Bemerkung kam Chris nur gelegen: „Der hatte ja schon *gleich* keine Nadeln! Aber der hier – wenn da erst mal Glocken dran sind und Lametta –"

Vergeblich versuchten die Eltern, sich das vorzustellen. Als sie sich dann beide in schweigender Resignation abwandten, versuchte Chris zu retten, was zu retten war.

„Baum ist Baum! Und gottgewachsen! Oder gelten bei euch nur schöne Bäume was? Ich muß doch sehr bitten!"

Mutter reichte Vater stumm die Weihnachtsdecke. Siegfried schüttelte den Kopf: „Womit du nicht alles deinen Geiz kaschierst!"

Beleidigt versuchte Chris es mit Tatsachen: „Ich bin Empfänger eines Staatsdienergehalts – A 8, Polizei-Obermeister. Ich kann mir keine andere Haltung erlauben."

„Ich weiß, ich weiß", heuchelte Siegfried Verständnis, „wer 'nen Porsche haben will, muß sparen –"

Chris hob eilfertig den Baum, als Vater die gestickte Decke über das Tischchen ausbreitete. Er konnte es immer noch nicht glauben: „Uns solch einen Kümmerling hinzustellen!"

Aber Vera war es nun zuviel, mit bitterer Ironie setzte sie eins drauf: „Das hat auch sein Gutes: Wenn Oma kommt, und es will traurig werden, brauchen wir nur den Baum anzusehen."

Marion kam in hautengen Jeans herein. Sie schleppte einen Stapel Pappkartons.

„Aber was machst *du* denn da?" rief Vera.

„Ich schmücke den Baum", meinte Marion ganz harmlos. Sie sah zu Chris hinüber, der ihrem Blick aber auswich. Dafür hatte die Mutter den Blick bemerkt, und Mütter – jedenfalls Mütter wie Vera – sind selten durch harmlose Auskünfte ihrer Kinder zu täuschen. Während sie den Kaffeetisch abräumte, schaute sie weiter zu Marion, deren Eifer ihr nicht geheuer war. Vater ahnte nichts Böses; er kümmerte sich um die Aufgaben seines Jüngsten. Er sah auch nicht auf, als Vera laut zu den beiden am Baum hinüberfragte: „Heute am 4. Advent willst du den Baum schmücken? Bescherabend ist doch erst Mittwoch –?"

„Da bin ich aber doch nicht da", sagte Marion, als sei das längst allgemein bekannt. Chris suchte sein Werkzeug zusammen und rückte auffällig wieder an dem Baum herum, als sei da noch irgend etwas zu verschönern.

Vera fragte ganz langsam: „Wieso bist du nicht da?"

Nun war auch Vater hellhörig geworden: „Wo bist du denn?"

„In Vilsmoos. Mit Gerd", gab Marion bereitwillig Auskunft, als wäre das eine seit Ewigkeit beschlossene Sache. Sie stieg auf einen Stuhl und reckte sich, um oben im Bäumchen die ersten Kugeln anzubringen.

„Wir haben nämlich *doch* 'n Quartier bekommen, bei Privatleuten. Reiner Zufall."

„Wie finde ich das?" fragte ungläubig Chris. Er reichte der Schwester aber automatisch die nächsten Kugeln hinauf.

Siegfried gab Thomi wortlos das Heft zurück. Vera hatte das leere Tablett vor sich stehen. Sie stellte fest, was nun wohl ganz offensichtlich war: „Und deshalb bist du schon am Heiligabend nicht mehr da."

„Da wollen wir fahren", erklärte Marion treuherzig, „weil's da am ruhigsten ist. Da braucht ihr euch auch weniger zu ängstigen!"

„Lieb!" sagte Chris, „das ist nun wieder lieb." Doch als er der Schwester die nächste Kugel reichte, fügte er tadelnd hinzu: „Aber unschön ist das doch von dir. Sehr unschön."

Ahnungsvoll sah Vera ihren Mann an, während sie das Geschirr auf dem Tablett zusammenstellte.

Da rief Thomi: „Der lügt! Die haben alles verabredet! Die gehen weg, und ich krieg's ab: Ich muß dann hierbleiben!"

Siegfried hatte die Vorhänge zugezogen und das Licht angemacht. Den Blick seiner Frau hatte er inzwischen ganz richtig gedeutet. Er fragte nun doch seinen Ältesten, ernsthaft den vollen Vornamen benützend:

„Christoph – bist du etwa auch nicht da?"

Das war Chris nun gar nicht recht, wenn man seine Absichten mit Marions unschönem Verhalten auch nur entfernt gleichsetzte. Darum erläuterte er die Schwierigkeiten seiner Situation:

„Ich bin nur kurz weg. Bei Gisi zu Hause. Sie hat wirklich alles versucht, aber die Eltern sind ja derart spießig – am Bescherabend müssen alle um den Baum rumsitzen. Fest der Familie und so. Sonst gibt's einen Mordsknatsch. Was konnte ich da machen?"

Vera meinte trocken: „Im Klartext: Wir sind *nicht* spießig, aber dafür sind wir allein, mit Oma."

„Daß ich an den Feiertagen Dienst habe", erwiderte Chris, ganz Polizei-Obermeister, „dafür kann ich nichts."

„Muß ich nur wissen", meinte Vera. Die Familie hatte offenbar bisher noch nichts bemerkt von der Anspannung, in die Vera durch die überraschenden Auskünfte ihrer Kinder geraten war. Sie hatte das Tablett in die Durchreiche gestellt und ging in die Küche. Marion rief ihr nach:

„Aber Mutti, wenn wir doch das Doppelzimmer kriegen können – du hast selbst mal gesagt, als Thomis Freund nicht zu uns durfte: An Weihnachten zeigt sich's, wo die Egoisten sind."

Die Bemerkung war nicht dazu angetan, Vater zu besänftigen; er meinte, das müsse er nun doch etwas relativieren:

„Schließlich war's ja mal anders verabredet. Oder ist das, was Mutti hier alles macht, für euch nur ein besseres Notprogramm?"

Vera, aus der Küche zurück, war nun aufs äußerste gereizt. Bitter stellte sie fest:

„Laß gut sein: Ein Baum für 15 Mark 50, drei Glocken dran, und das war's dann!"

Chris rechtfertigte sich verärgert: „Entschuldigung, aber

Weihnachten als Pflichtübung, das kann ja wohl auch nicht sein."

„Wir *wollten* ja hierbleiben", fügte Marion hinzu, „aber dann – dann ist es halt so gelaufen. Und schließlich ist es ja mein Urlaub."

Jetzt wurde Vater ungehalten: „Sagtest du eben Pflichtübung? Oder habe ich das falsch –" Mutter fiel ihm ins Wort, gewillt, die Dinge endlich beim Namen zu nennen und ein für allemal Klarheit zu schaffen: „Ist es denn etwas anderes? Es *ist* eine Pflichtübung! Und das nicht nur für Chris. Insofern hat er recht. Seit Jahr und Tag sitzen wir mit Oma zusammen und züchten verzweifelt hehre Weihnachtsfreude. Wenn ich allein an das letzte Jahr denke: Das war eine einzige Katastrophe."

Sie sah die Ihren an, einen nach dem andern, und holte tief Luft: „Und genau das ist der Punkt. Solche Weihnachten finden nicht mehr statt. Ich streike."

Verblüfft und ziemlich verschreckt starrten alle Mutter an. Hatten sie recht gehört? Meinte sie wirklich, was sie da eben gesagt hatte? Sie, die alle Feste der Familie mit Hingabe gestaltete, sie wollte mit einem Mal in Streik treten? Und ausgerechnet an Weihnachten? Unmöglich konnte sie das ernst gemeint haben.

Vera sah den Unglauben in den Augen der Ihren; aber sie würden sich wohl daran gewöhnen müssen, daß sie diesmal ihren Willen durchsetzte. Darum wiederholte sie:

„Diesmal streike *ich*. So was gibt's auch."

Vater war unbehaglich zumut; Vera schien wirklich entschlossen zu sein. Aber da war ja doch seine Mutter, ihre Einsamkeit in Gießen! Er warb um das Verständnis seiner Frau: „Voriges Jahr, Vera, das war Mutters erstes Weihnachten ohne Vater."

„Ich sag' doch nichts gegen deine Mutter, im Gegenteil, ich habe jedes Verständnis für sie. Nur möchte ich nicht, daß sich das dieses Jahr wiederholt."

Vater war ratlos. „Ja, aber wie soll das funktionieren?"

„Nicht zuletzt gerade im Interesse deiner Mutter", vollendete Vera ihre Kriegserklärung.

Chris, im Bestreben, die Schwierigkeiten vielleicht doch noch aus der Welt schaffen zu können, überlegte ganz optimistisch: „Ihr müßt eben ein Programm machen, und –"

„Wie lustig", unterbrach ihn Vater, „ein Programm, in dem *ihr nicht* erscheint. Oder kommt Oma nur zu uns?"

„Er weiß es doch ganz genau", sagte Vera, die keine Lust hatte, jetzt noch irgend etwas zu beschönigen, „was immer wir tun, es wird darauf hinauslaufen, daß wir knapp 14 Tage zu dritt mit ihr allein sind. Und dann waren es nur noch *zwei* Negerlein, denn dann zieht sich Vati zurück, weil's ihm langweilig wird. Schließlich bleibe ich übrig – und das auch noch mit schlechtem Gewissen, weil ich ja eigentlich im Geschäft die Inventur machen muß, und –"

„Also das muß Oma einsehen!" erklärte Marion.

„Was denn noch, und warum muß sie das? Sie kommt zu uns auf 14 schöne Tage, und dann stellt sie fest, daß sie ebensogut auch in Gießen hätte bleiben können."

„Aber Mutti!" sagte Marion vorwurfsvoll in der Hoffnung, doch noch einlenken zu können. Vera aber blieb fest. Sie war nun einmal bei den nackten Tatsachen und mochte weder sich noch die Familie weiter darüber täuschen.

„Nein, es ist einfach unehrlich, sie einzuladen, wenn sich keiner um sie kümmert."

Sie verließ die Familienrunde und ging in die Küche. Siegfried fühlte sich alleingelassen. Er rief ihr nach: „Aber Vera, was soll denn das? Was kann schließlich meine Mutter dafür, wenn sich die Kinder drücken?"

Auf das lauwarme Protestgemurmel von Chris und Marion fragte er seine Kinder: „Ist's denn anders? Warum haben wir sonst den Ärger?" Marion beschäftigte sich weiter mit dem Schmücken des Baumes: „Ich kann Mutti verstehen."

„Ja?" meinte der Vater ironisch, „*du* mußt es Oma ja auch nicht beibringen!"

„Aber ihr könnt Oma doch nicht ausladen!" sagte Chris empört. „Sie hat doch jetzt gar keine Alternative mehr! Hätte sie's eher gewußt, hätte sie sich in Gießen verabreden können."

Das tat Marion verächtlich ab. „Verabreden! Oma will mit den Eltern zusammensein und nicht mit irgendwem!"

„Aber so ist sie doch allein", sagte Chris, „das geht unmöglich."

„Hast du nicht zwei lange Tage frei?" fragte Vater provozierend. „Das Auto kannst du haben!"

Chris protestierte: „Ich kann Gisi doch nicht einfach sitzenlassen!"

Vater nickte: „Dacht' ich mir's doch!"

„Aber ihr!" rief Chris, „warum fahrt *ihr* denn nicht hin? *Hinfahren* könnt ihr wenigstens!"

Marion bedachte das, schüttelte aber den Kopf: „Nein. Das merkt Oma bestimmt, daß die Eltern nur hinfahren, um bald wieder wegfahren zu können. Also ich finde das ganz mies, was hier läuft."

Das war Vater nun aber doch zu viel:

„Selbst nichts tun, aber edle Worte. Das hab' ich gern."

Gekränkt und unschuldsvoll fragte Marion: „Soll ich auf meinen Urlaub verzichten?"

Aber Siegfried war schon auf dem Weg zu Vera: „Um Himmels willen, mein Engel, wir sind ja keine Egoisten! Wir werden mit dem Problem auch ohne euch fertig. Wohl oder übel."

Er zog die Tür hinter sich zu, und Marion und Chris sahen einander an: Obwohl alles nun lief, wie es hatte laufen sollen – ganz wohl war ihnen dabei nicht.

Inzwischen hatte sich Oma Drombusch in Gießen auf ihre Weihnachtsreise gut vorbereitet: Alle Geschenke waren schön verpackt, auch das Hemd für Thomi hatte sie noch rechtzeitig bekommen. Ihr Koffer stand bereit. Ein bißchen früh vielleicht, aber so wurde bestimmt nichts Wichtiges vergessen. Außerdem verstärkte der Anblick des gepackten Koffers die Vorfreude auf die Reise und die festlichen Tage.

Ob der neue Kachelofen doch noch fertig geworden war? Mit Handwerkern brauchte man ja so viel Geduld. Alles hing natürlich immer an der Hausfrau. Vera würde sich auch wieder viel zuviel Mühe mit dem Essen machen, ganz besonders ihretwegen. Aber Omas Hilfe in der Küche und im Haus konnte Vera gerade an den Feiertagen gut gebrauchen, da gab es sicher dauernd Wirbel durch die Kinder, ja die Kinder!

Oma Drombusch schüttelte den Kopf über sich selbst: Der Kinderwirbel war ja längst vorbei. Chris und Marion waren schon lang aus dem Alter heraus. Sie hatten ihre Freundschaften und würden vielleicht schon bald aus dem Hause sein, um eine eigene Familie zu gründen – das war der Lauf der Welt.

Das Telefon klingelte, und Oma Drombusch lächelte. Das war bestimmt Siegfried, der gute Junge, der sich immer um sie kümmerte und sie jetzt sicher neckend fragen würde, ob sie schon Reisefieber hätte – denn er kannte seine Mutter. Sie hob den Hörer ab.

Ja. Es war Siegfried. Sie sagte ihm gleich, daß sie schon den ganzen Tag an ihre Darmstädter gedacht hätte. So kurz vor dem Fest gab es doch bestimmt bei ihnen im Laden viel zu tun. Darum würde sie ja auch ganz absichtlich erst am 24., am Heiligabend, kommen. Dann sei alle Arbeit getan, und sie könnten sich alle zusammen am Fest freuen.

Als Siegfried dann sprach, erstarb langsam das Lächeln in ihrem Gesicht. „Wieso?“ fragte sie, und Siegfried sprach weiter, und ihr Gesicht wurde immer düsterer.

„Ich verstehe", sagte sie gepreßt, „aber das macht mir doch nichts aus. Ich weiß ja, daß ihr im Geschäft zu tun habt. Und schließlich sind die Kinder ja auch noch da – ach so. Die sind nicht da. Und am Bescherabend nur der Kleine –? Das ist natürlich schade – ich sehe sie doch so selten –"

„Aber nein", fügte sie im Bemühen, ihre Enttäuschung nicht spüren zu lassen, hinzu, „meinetwegen sollt ihr natürlich keine Umstände machen!" Und auf Siegfrieds weitere Erklärungen sagte sie nur noch, sie verstünde schon. Sie hätte halt nur gedacht – und wenn sie für die Neujahrsnacht käme? Ach so, eine beruflich wichtige Einladung – ja, da könne man dann wohl nichts machen. Nur frage sie sich jetzt, ob sie denn überhaupt kommen solle.

Auf seinen Einspruch hin erwiderte sie: „Nein, ich bin nicht beleidigt, nur traurig. Mach dir mal keine Sorgen, ich bin ja sonst auch allein. Nein. Weißt du: Ich bleibe einfach hier, das ist am besten so. Ja, dabei bleibe ich", bekräftigte sie nach dem Protest ihres Sohnes, „ich bleibe hier, Siegfried. Wir telefonieren ja. Grüß Vera schön und – bis dann."

Sie legte den Hörer auf und war ratlos. Sie wußte nicht weiter. Die Freude war tiefer Enttäuschung gewichen. Alle Vorbereitungen waren umsonst. Was sollte sie hier in Gießen an den Feiertagen allein? Wen hatte sie denn?

Sie ging hinüber in das Wohnzimmer. Aus dem Radio kam fröhliche Weihnachtsmusik. Sie blickte sich um, als sei sie noch nie hiergewesen. Der Kanarienvogel schwätzte ein bißchen am Fenster, wo der Adventskalender hing. 21 seiner Türchen waren bereits offen – und jedes war in Vorfreude auf Darmstadt geöffnet worden.

Noten waren auf dem Ständer des Klaviers aufgeschlagen. Liebevoll verpackte Geschenke lagen herum. Auf dem Büfett stand auch eine Portraitaufnahme ihres Mannes. Er lächelte verschmitzt, er lächelte trotz ihres Schmerzes. Sie faßte sich bei seinem Anblick. Er sprach ihr Mut zu, mahnte sie, daß sie auf keine Rechte pochen könne; die Kinder meinten es bestimmt nicht böse. Sie hätten nur viel mehr um den Kopf als eine alleinlebende Oma. Deswegen sollte sie nicht beleidigt sein.

Aber ihr war nicht nach Versöhnung zumute. Man hatte sie ausgeladen: Alles andere war wichtiger. Die Darmstädter wußten, daß sie einsam war. Nein, das war nicht schön gehandelt.

Sie könnte ja die Geschenke mit der Post schicken. Vielleicht kamen sie noch an bis Heiligabend. Als sie aber aus ihrem Vorrat von Kartons einen genügend großen gefunden hatte, stellte sie ihn wieder weg. Wer so mit ihr umging, der brauchte auch keine Geschenke! Nein, nun erst recht nicht!

Entschlossen ging sie hinüber in das Schlafzimmer. Die Deckenbeleuchtung warf ein kaltes Licht auf das Ehebett. Eins der Betten war mit einer Tagesdecke zugedeckt. Auf diesem Bett, dem ihres Mannes, stand offen der fertig gepackte Koffer. Langsam begann sie, ihn auszupacken und die Kleidungsstücke wieder in den Schrank einzuräumen.

Nun war Heiligabend, und die Bescherung bereits vorüber. Am windschiefen, aber schön geschmückten Bäumchen brannten noch die Kerzen. In der Diele wartete Gerd Schräpper ungeduldig, daß seine Freundin Marion fertig würde und herunterkäme. Er war ein intelligenter, flotter Typ, etwa Ende Zwanzig, also um einiges älter als Marion. Zum offenen Hemd unter der Lederjacke trug er einen dünnen, modischen Schal. Weder Chris noch Thomi, die gerade einträchtig einen der beiden neuen Skistiefel Thomis in die Bindung einpaßten, mochten den Freund der Schwester. Er machte sich auch über Chris immer wieder lustig, gab sich gern progressiv, alternativ und damit als tapferen Widerpart aller engstirnigen Ordnungshüter.

Die Eltern, festlich angezogen, standen bei Marions Gepäck. Vera fragte Gerd, ob er nicht ein bißchen zu leicht angezogen sei für die weite Strecke.

„Was hat das mit der Entfernung zu tun?" fragte Gerd zurück, „im Auto ist es warm."

Das fand Siegfried ungezogen und konterte ironisch: „Das läßt mich vermuten, daß die Heizung wieder funktioniert." Gerd aber lächelte nur: „Muß sie ja." Vera beendete das feindselige Gespräch mit der trockenen Feststellung: „Sonst wär's ja nicht warm." Aber Gerd ließ sich das letzte Wort nicht nehmen: „Eben!"

Marion wirbelte die Treppe herunter. Chic wie immer, lässig, aber nicht so nachlässig wie ihr Freund. Sie schwang zwei Stoffetzen in der Hand: „Ich *hab'* ihn!"

„Was ist das denn?" fragte Vater.

„Ein Bikini." Marion verstaute ihn in ihrer Umhängetasche. Vera mahnte nicht gern, sagte aber nun doch: „Marion, du wirst wissen, was du tust, aber –"

„Ich weiß", unterbrach Marion: „Die Wintersonne ist gefährlich, und ich erkälte mich *nicht.*"

„Ja", meinte Gerd, „dann satteln wir mal die Hühner." Ein allgemeines „Tschüs!" setzte ein. Gerd verfehlte nicht, beim Abschiedswink an Chris das spöttische: „Wiedersehen, Schutzmann!" anzubringen, was Thomi zu einem kaum unterdrückten Fluch veranlaßte; Chris aber ließ sich von Gerd nicht provozieren. Er nickte nur.

Vera bat noch, daß Marion sie nach der Ankunft kurz anrufen möge, dann nahmen die Ausflügler ihr Gepäck, und die Tür fiel hinter ihnen ins Schloß.

„So klar ist mir das ja nicht", sagte nun Chris, „daß die *jetzt* erst fahren: Bescherabend – halb fünf – und sieben bis acht Stunden brauchen sie –"

„Das aber", meinte der Vater, der genau dasselbe gedacht hatte, „ist nicht *unser* Problem." Er ging, wie schon mehrfach an diesem Abend, ans Telefon, vorbei an Thomi, der stolz in seinen neuen Stiefeln stand: „Na, passen sie?"

„Ich muß nur dicke Socken anziehen."

Vera war ans Fenster getreten. Man hörte das Motorengeräusch von unten, sie schob den Vorhang beiseite, winkte ihnen nach und sagte leise: „Na, dann gute Fahrt!"

Als sie sich umwandte, sah sie Siegfried am Telefon auf den Anschluß warten. Aber Oma meldete sich nicht.

„Immer noch nicht?" fragte Vera besorgt.

„Nicht da", sagte er und legte nachdenklich den Hörer wieder auf.

Marion lachte, als sie bemerkte, daß Gerd seinen Renault vor dem Haus, in dem er wohnte, anhielt.

„Du hast also auch was vergessen."

„Nicht im geringsten. Wir bleiben bei mir. Überleg doch mal: Die uns das Zimmer vermieten, das sind Privatleute. Wenn wir die nachts um zwei rausklingeln –"

Marion sah ihn stumm an; dann fragte sie: „Aber warum mußten wir dann jetzt schon fahren?"

Gerd setzte zu einer langen Erklärung an: Er hätte was gegen diese bürgerlichen Weihnachtsriten, gegen diese verlogene Rührseligkeit. „Stell dir doch den Abend bei deinen Eltern vor: ‚In dulci jubilo' – da schläft mir's Gesicht ein. Oder hätten die dich ziehen lassen? Na also. Komm, steig aus, es geht nicht weiter."

Sie folgte ihrem Freund hinauf in sein Ein-Zimmer-Apartment, dem man den Beruf seines Bewohners ansah, überall standen Scheinwerfer herum: Er war Fotograf.

„*Mir* hättest du's schließlich sagen können", meinte sie, aber er lächelte nur: „Wozu? So überzeugend wäre der Abschied nie ausgefallen! Und heute nacht um eins rufen wir bei dir zu Hause an, dann sind die happy –"

Er legte eine Kassette mit Sambarhythmen ein, trat hinter Marion, umfaßte sie verliebt und legte seine Hände auf ihre Brüste.

„Inzwischen machen wir hier alternative Weihnachten."

Aber Marion befreite sich. Sie war nicht froh. Gerd fragte, ob sie ein Bier wolle. Sie antwortete nicht. Dann stellte sie das Band ab und suchte im Radio nach Weihnachtsmusik. Gerd staunte. Marion sah ihn traurig an und sagte leise, fast trotzig:

„Ich mag Weihnachten."

In Gießen hatte Oma Drombusch einen Entschluß gefaßt. Sie wollte einer Bekannten eine kleine Freude zum Heiligabend machen. Sie stieg die Treppe zu dem Altersheim hinauf; immer wieder bedrückte sie die Leere, die von diesem Heim ausging – all die Türen mit den handschriftlichen Namensschildchen an den kleinen Briefkästchen; hell und sauber war es hier, aber mehr auch nicht. Von irgendwoher erklang das Schubert-Trio Nr. 1 in B-Dur. Wie gut sie es kannte. Sie lauschte, während sie auf die Tür zusteuerte, wo ihre Bekannte wohnte. Als sie klopfte, hörte sie keine Antwort. Sie klopfte noch einmal; war sie umsonst gekommen?

Sie ging den Gang zurück und die Treppe wieder hinunter, immer begleitet von den Klängen der vertrauten Musik. Hier gingen zwei Gänge ab – und da war ein Aufenthaltsraum, aber auch der war leer. Wo wurde dann aber musiziert?

Eine Rot-Kreuz-Schwester kam ihr entgegen; sie trug ein Tablett und fragte Oma Drombusch freundlich, wohin sie denn wolle.

„Zu Frau Einsiedel." Die junge Schwester meinte, wenn sie nicht in ihrem Zimmer sei, dann ganz sicher bei der Weihnachtsfeier.

„Sie haben eine Feier – wie schön; aber eine Weihnachtsfeier, ob sie da . . ."

„Nur so ein geselliges Beisammensein", erklärte die Schwester, „für die, die nicht abgeholt werden oder die niemanden mehr haben."

„Ja –", sagte Oma Drombusch; sie begriff nur zu gut, was die Schwester meinte. Sie sah sich um. Die Schwester wies ihr den Weg, und sie kam nun, vorbei an der Teeküche, vorbei an einem Ambulanzraum, der Musik immer näher, bis sie endlich zu einer großen Flügeltür gelangte. Durch die Milchglasscheiben leuchteten weihnachtlich die Lichter. Schuberts Trio klang ganz nah.

Vorsichtig drückte sie die Türklinke nieder. Eine ältere Schwester drehte sich nach ihr um.

„Entschuldigen Sie, Sie haben eine Feier, das wußte ich nicht", sagte Oma Drombusch gedämpft, ganz ohne Scham wegen ihres Schwindelns. Die Schwester fragte, wen sie denn suche. Dann zeigte sie nach vorn: „Dort sitzt Frau Einsiedel. Kommen Sie doch rein."

Der Saal war nur mäßig besetzt. Gerade wurden zwei Rollstühle hereingeschoben. Auf den gedeckten Tischen brannten Kerzen. Alle schauten hinüber zum großen lichterstrahlenden Weihnachtsbaum an der Wand gegenüber der Flügeltür. Nahe am Christbaum saßen drei junge Leute, die das Trio spielten.

Die Schwester wies Oma Drombusch einen Stuhl, sie möge sich doch setzen. Dankbar lächelte Oma der Schwester zu, als sie sich niederließ: Nun war sie doch zu einer Weihnachtsfeier, zu einem Heiligabend gekommen.

„Schön, der Schubert", sagte sie glücklich zu einer steinalten Frau, die zurücknickte. Oma hatte das Gefühl, sie müsse sich dafür entschuldigen, daß sie den Komponisten kannte: „Mein Mann war nämlich Cellist!"

Sie lauschte andächtig und versank in Erinnerungen an ihren Mann, an das häusliche Musizieren, an die Weihnachten aus vielen, vielen Jahren mit ihrem Mann und die lange, gute Ehe, die ihr beschieden war.

Das vierte Gedeck an der festlichen Weihnachtstafel der Drombuschs in Darmstadt war unberührt geblieben. Thomi schob, nach einem heimlichen Blick auf die Armbanduhr, seinen Teller zurück und legte die Serviette ab.

„Thomi", mahnte sein Vater, „schieb nicht immer den Teller weg. Wir wissen auch so, daß du aufstehen möchtest." Mutter fragte, ob er wirklich keinen polnischen Salat mehr wolle, aber Thomi dankte: „Du kannst ihn doch einfrieren, für Oma." Das erinnerte Vera wieder an die vergeblichen Anrufe in Gießen.

„Willst du's nicht noch mal versuchen?" fragte sie. Siegfried war gekränkt: „Hab' ich doch gerade. Sie könnte ja auch mal anrufen."

Chris kam die Treppe herunter, fertig zur Einladung bei Gisis Eltern angezogen. Die Mutter fragte ihn, ob er nicht doch Lust hätte auf ein bißchen polnischen Salat, aber auch er bedankte sich kopfschüttelnd.

„Er ist ausgezeichnet, Mutti, aber ich kriege bei Gisi noch was, und die legen immer so viel auf."

Vera brachte die Salatschüssel in die Küche zurück, Siegfried nahm aus dem Barkühlschrank eine Flasche Wein. Thomi verdrückte sich aus dem Zimmer, schlich hinüber in das Schlafzimmer der Eltern. Er kämpfte sich durchs Dunkel und knipste Vaters Nachttischlampe an. Vorsichtshalber hielt er die Hand vor die Muschel. Als sich der Teilnehmer meldete, sprach er rasch und leise.

„Guten Abend, hier ist Thomi Drombusch, kann ich mal den Ulli sprechen? – du Ulli, wenn du mich jetzt anrufst, könnte ich kommen – oder besser deine Eltern, sag's ihnen –ja. Aber mach nicht so lange. Tschüs."

Er legte auf und setzte durch das wieder verdunkelte Zimmer zum Rückweg an. Vorsichtig öffnete er die Tür zum Wohnzimmer. Vater entkorkte eine Flasche.

„Na, Thomi?" Mutter fuhr ihm durchs Haar. „Was machen *wir* denn, wir Hübschen?"

Chris kam zum Verabschieden im Mantel mit einem Geschenkpäckchen in der Hand an die Tür. Aber Mutter schüttelte beim Anblick des Päckchens den Kopf. Sie nahm es Chris aus der Hand, packte es neu ein und band eine schöne Schleife. Siegfried fragte großzügig:

„Chris – wenn du das Auto haben möchtest?"

„Das kommt aber reichlich spät!"

„Auch noch frech", lachte Vater und warf ihm die Schlüssel zu. Da klingelte das Telefon. Sie sahen einander an. Endlich rief Oma aus Gießen an! Siegfried ging zum Apparat und meldete sich.

„Wer? Ach, Frau Förster . . . danke . . . Ihnen auch –"

Vera warf ihrem Jüngsten einen ahnungsvollen Blick zu, den Thomi in seiner Unschuld aber einfach übersah. Chris verabschiedete sich, Vera folgte ihm in die Diele. Er fragte schuldbewußt, aber der Vergebung sicher: „Bist doch nicht böse –?"

„Und wenn schon! Hauptsache, Gisi ist nicht böse. Also los!"

Als Vera aus der Diele ins Wohnzimmer zurückkam, hörte sie Siegfried am Telefon, von seinem Jünsten fiebernd beobachtet: „Aber natürlich. Wenn die Eisenbahn ohne den Thomi nicht fahren kann, weil keiner da ist, der die Weichen stellt . . ."

Das genügte Thomi. Er flitzte an der Mutter vorbei: „Ich darf zu Ulli!"

Er riß die Wohnungstür auf und rief ins Treppenhaus seinem Bruder nach: „Chris – Chris nimm mich mit!" Vera hielt ihm, ohne ein Wort zu verlieren, den Mantel hin, er schlüpfte hinein – und schon war er draußen und polterte die Treppe hinunter.

Siegfried wünschte am Telefon Frau Förster noch schöne Feiertage und verabschiedete sich. Er legte den Hörer auf, tauschte einen Blick mit seiner Frau und wählte wieder die Nummer in Gießen. Vera ging langsam, ein bißchen müde und etwas traurig, durch das Weihnachtszimmer. Auf dem Biedermeiertisch stand der Adventskranz. Sie zündete die Kerzen an, goß in die beiden Gläser Wein und ließ sich nieder. Siegfried kam gedankenvoll vom Telefon zurück.

Da saßen sie nun zu zweit und grübelten vor sich hin. Vera unterbrach das Schweigen:

„Machst du dir Sorgen?"

„Ich möchte wissen, wo sie ist. Am Bescherabend. Wo kann sie denn sein?"

Aber darüber nachzugrübeln, hatte keinen Sinn, fand Vera: „Wo auch immer, sie ist nicht allein. Sonst wäre sie zu Hause."

Sie hat ja recht, dachte Siegfried. Ich mach' ihr den Abend ohne die Kinder nur noch schwerer. Er nahm sein Glas, prostete Vera zu:

„Schöne Weihnachten!"

*„Schöne* Weihnachten!" Sie hob ihr Glas und lächelte ihn zärtlich an.

Oma Drombusch war durch strömenden Regen vom Altersheim nach Hause gegangen. Im Treppenhaus drang aus der gegenüberliegenden Wohnung Gelächter und festliche Musik. Als sie in ihre Wohnung trat und die Tür hinter sich geschlossen hatte, war es plötzlich ganz still – bis auf ein Glockengeläut von weither. Sie spannte ihren Schirm zum Trocknen auf, zog den Mantel aus und rieb sich die kalten Hände. Dann ging sie ins Wohnzimmer und schaltete die Stehlampe ein. Sie zündete die Kerze neben dem Bild ihres Mannes an, warf einen Blick in die Fernsehzeitung und schenkte sich aus einer Karaffe ein Glas Kognak ein. Sie wollte es sich eben bequem machen; da klingelte das Telefon.

Sie wußte sehr gut, wer da anrief – wer denn sonst als Siegfried? Sie hatte sich auf dieses Gespräch in den letzten

Tagen immer wieder vorbereitet, sich gewappnet, Sätze ausgedacht – nun aber kippte sie doch zuerst den Kognak herunter, bevor sie den Hörer abhob.

„Ja, hier Drombusch, guten Abend. Oh – Siegfried!" Ihre Stimme klang jetzt genau so reserviert, wie sie es in den Vorbereitungen auf das Telefonat geplant hatte:

„Schön, daß ihr euch meldet. – Ja, ich war nicht zu Hause. Ich war eingeladen. Zum Musizieren, weißt du; es war richtig schön."

Und das war ja auch so gut wie gar nicht geschwindelt, der Schubert war wirklich schön gewesen.

„Wieso", fragte sie dann kühl ihren Sohn, „muß dir das leid tun, daß wir nicht zusammen waren? Wenn du gekonnt hättest, hättest du mich ja nicht ausgeladen." Und als Siegfried protestierte, fuhr sie unbeirrt fort: „Sicher hast du das. Aber das habe *ich* nicht gewollt. Jetzt mußt du mich bitte entschuldigen." Sie hatte sich geschworen, hart zu bleiben. Und sie blieb hart. „Ich habe Tee überbrüht, und er muß unbedingt abgegossen werden, sonst wird er mir zu stark für die Nacht. Ja – dann nehme ich eben eine Schlaftablette. Ich wünsche euch ein schönes Weihnachtsfest, liebe Grüße an die Kinder, und – bitte? – Ja, vielleicht rufe ich an, je nachdem, wie ich Zeit habe. Und alles Gute. Auf Wiederhören."

Sie hatte es durchgehalten, so wie sie es sich vorgenommen hatte: Siegfried sollte *auch* gekränkt sein. Aber jetzt war ihr zum Heulen zumut. Sie goß sich einen Kognak nach und schaltete den Fernseher ein. Ein Pfarrer sprach gerade weihnachtliche Worte zu einsamen Menschen. Oma Drombusch setzte sich, sah den Pfarrer an und hörte aufmerksam zu: Sie brauchte Trost, aber sie bekam eine Ermahnung:

„... wir dürfen den Frieden nicht delegieren", meinte der Pfarrer, „und sagen, nun fang du mal an, Frieden zu schließen, dann werde ich dir schon nachfolgen. Nein, der Frieden muß von jedem einzelnen kommen, denn wenn wir es nicht fertigbringen, mit unserem Nächsten in Frieden zu leben, wie wollen wir da verlangen, daß der Frieden in die Welt kommt? In diesem Sinne, meine verehrten Hörerinnen und Hörer, gehen Sie mit gutem Beispiel voran, damit das Fest der Liebe auch zu einem Fest des Friedens wird ..."

Am nächsten Morgen saß Oma Drombusch im D-Zug und sah mit erwartungsfrohem Gesicht hinaus in die winterliche Landschaft. Sie genoß die Fahrt. Sie freute sich, daß sie sich das Herz genommen, daß sie nicht einmal telefonisch angefragt hatte, sondern einfach losgefahren war – nach Darmstadt, um ihre Lieben zu besuchen und zu beschenken.

Im Blumengeschäft im Hauptbahnhof kaufte sie einen schönen Strauß. Dann wartete sie auf die Straßenbahn.

Ob die Drombuschs in Darmstadt wohl auch den Fernseher angeschaltet und die Worte des Pfarrers gehört hatten? Jedenfalls hatten sie sich etwa gleichzeitig mit Oma auf den Weg gemacht, nur eben in die andere Richtung: Siegfried und Vera fuhren in ihrem Mercedes nach Gießen. Dort aber öffnete niemand auf ihr Klingeln. Die beiden mochten es kaum glauben. Vera entdeckte den Zettel am Briefkasten: „Bin verreist. Bitte bei Zehnert klingeln." Das mochte Siegfried nicht. Wohin konnte seine Mutter denn gefahren sein? Ihnen blieb nichts übrig, als den Rückweg nach Darmstadt anzutreten.

Dort hatte Oma Drombusch umsonst geklingelt, mehrfach; niemand war da. Warum hatten sie nicht irgendwo an der Tür eine Nachricht hinterlassen? War das das Ergebnis ihres guten Willens? Mit einiger Bitterkeit ging sie die Treppe hinunter.

Nicht weniger enttäuscht machten sich in Gießen die Drombuschs auf den Rückweg.

In Darmstadt freilich war Omas Klingeln durchaus gehört worden. Als die Eltern Chris und Thomi erzählt hatten, daß sie zur Oma nach Gießen fahren wollten, hatte Chris gedacht, eine so gute Gelegenheit müsse man beim Schopf packen: Er hatte Gisi zu sich in die Wohnung geholt. Sie waren gerade dabei, eng aneinandergeschmiegt, wieder aufzuwachen, als die zärtliche Musik aus dem Kassettenrecorder durch den schrillen Ton der Klingel gestört wurde.

„Wir sind nicht da", lachte Chris und drückte Gisi, die sich erschreckt im Bett aufgerichtet hatte, in die Kissen zurück, um wieder mit ihr zu schmusen. Gisi wehrte ihn ab: „Wenn das aber deine Eltern sind?"

„Die haben erstens Schlüssel, und zweitens kommen die nicht vor heute abend." Auch ihre Frage nach Thomi konnte er leichten Herzens beantworten: „Der hat auch einen Schlüssel und spielt – weil er klein ist, noch mit der Eisenbahn!"

„*Spielst* du etwa mit mir?" Gisi täuschte Empörung vor. Sie boxte ihn – und eine kichernde Balgerei begann. Als es nochmals schellte, zog Chris einfach die Decke über ihre Köpfe. Jetzt gab es nur noch sie beide.

Mit ihrem schweren Koffer voll Geschenke überquerte Oma Drombusch die Straße bis zur Haltestelle für die Straßenbahn. Sie stellte sich, denn es war sehr kalt, in den Schutz eines Wartehäuschens und blickte in die Richtung, aus der die Straßenbahn kommen mußte – aber auch nach einer Viertelstunde zeigte sich noch keine Tram. Autos fuhren an ihr vorbei, mit Menschen, die ihre Familien besucht hatten oder von Freunden oder Verwandten eingeladen waren – aber zu ihr war niemand gekommen, würde wohl nie mehr jemand kommen. Sie dachte daran, wieviel Zeit in ihrem Leben sie schon mit Warten verbracht hatte – eine unmeßbare Zeit. Besonders während des Krieges, wenn sie auf Nachricht von ihrem Mann oder auf seinen Heimaturlaub hoffte.

Diese Tram verkehrte vielleicht über die Feiertage gar nicht.

Sie wollte sich eben auf dem Fahrplantäfelchen vergewissern, als sie etwas sah, was sie gar nicht glauben mochte. Da hinten, der Mercedes! Er fuhr über die Kreuzung, jetzt mußte er halten, weil die Ampel auf Gelb sprang. Er war es! Er war es tatsächlich. Siegfried in seinem Wagen. Und neben ihm Vera – sie mußte sofort zu ihnen.

Unbedacht lief sie über die Fahrbahn. Sie brachte ein paar Fahrer zum Fluchen, aber sie schaffte es. Als sie den Wagen erreichte, trommelte sie ans Fenster: „Siegfried, hör doch! Siegfried!!"

Es reichte gerade noch. Vera öffnete die Tür zum Fond. Zuerst schob Oma den Koffer und dann sich selbst in den Wagen. Sie ließ sich, immer noch ungläubig staunend, in die Polster fallen. Die Ampel schaltete auf Grün, und Siegfried mußte weiterfahren, weil bereits hinter ihm gehupt wurde.

Während Oma solchermaßen überraschend ihre Familie auf der Straße wiederfand, stand Gisi in der Küche der Drombuschs, um Kaffee zu machen. Auf dem Tablett waren Tassen und Teller hübsch angeordnet, ein Stollen daneben wartete auf das Anschneiden. Als Gisi den Kaffee in den Filter der Kaffeemaschine löffelte, zuckte sie zusammen: Da waren doch Schritte im Treppenhaus, eine Tür wurde aufgeschlossen, und da waren Stimmen! Sie näherten sich der Küchentür. Das war Chris' Mutter! Würden sie jetzt gleich hier hereinkommen? Was sollte sie nur tun? Wie peinlich, wenn man sie hier fände, halbnackt, nur mit einem Polohemd von Chris bekleidet.

Die Küchentür stand weit offen, der Fluchtweg über den Gang war abgeschnitten. Sie versteckte sich hinter der Tür;

von hier aus konnte sie in die Diele spähen. Dort legte Oma Drombusch gerade ab:

„Hat Siegfried Schlüssel, oder soll ich auflassen?"

„Mach ruhig zu", hörte sie Chris' Mutter, „er tut nur den Wagen weg. Deinen Koffer stellen wir gleich ins Gästezimmer."

„Und wann kommt Marion wieder?" wollte Oma wissen.

„Am 1. Januar", sagte Mutter, „sie hat am 2. ja schon wieder Dienst."

„Na", meinte Oma, „da kann sie ja wenigstens für ein paar Tage ausspannen."

Offenbar hatte Chris sich entschlossen, Gisi zu Hilfe zu kommen; sie hörte jedenfalls seine Stimme vom oberen Stockwerk.

„Hallo, Margarethe – haben sie dich einfach mitgenommen, das ist prima!"

Chris kam, nur mit Shorts bekleidet die Treppe herunter und gab Oma einen Kuß auf die Wange.

„Tag, Bub, gut siehst du aus. Hast du keinen Dienst heute?"

„So was Ähnliches schon", erwiderte die Mutter, „die haben heute eine Weihnachtsfeier für pensionierte Polizeibeamte – sonst wäre er ja mitgekommen nach Gießen!"

„Wie lange kannst du denn bleiben?" fragte Chris – er machte unauffällig Türen zu, um Gisi einen Weg nach oben freizuhalten. Sie hatte solche Angst. Sie war so wütend über die Lage, in die Chris sie gebracht hatte. – In solchen Situationen glückte einem doch nie etwas. Und so gut kannte sie die Wohnung der Drombuschs auch nicht, daß sie Schleichwege wußte.

Immerhin wagte sie, ihr Versteck hinter der Küchentür zu verlassen. In der Diele war jetzt niemand mehr, doch da schloß Herr Drombusch die Wohnungstür auf. Gisi flüchtete wieder hinter ihre Tür.

„Das weiß ich noch nicht so genau", hörte sie die Oma

von ferne auf die Frage des Enkels antworten. Und wieder schloß sich irgendeine Tür. Gisi war völlig geschafft. Sie sah sich verzweifelt nach einem Ausweg um. Vergebens. Aber warum sollte sie nicht versuchen, durch die Durchreiche der Küche zur Eßecke zu krabbeln? Dort hielt sich im Augenblick niemand auf. Aber kaum war es gelungen, erstarrte sie vor Schreck: Der Vater kam von der Diele ins Wohnzimmer, ging zum Barkühlschrank und holte eine Flasche Sekt heraus.

Nun war alles egal. Vor Wut und Scham biß Gisi sich in die Faust – dann aber – und mochte sie einer sehen oder nicht – rannte sie mit dem Mut der Verzweiflung auf die Wendeltreppe zu und verschwand nach oben.

Vera, aus dem Gästezimmer kommend, sah gerade noch zwei hübsche Mädchenbeine die Stufen der Treppe hinaufhuschen. Sie wandte sich an Chris, der es ebenfalls gesehen hatte: „Was für eine Verabredung hast du heute?" fragte sie scheinheilig.

„Oh, nur mit pensionierten Polizeibeamten."

Er sah seine Mutter an, fast mußte er lachen. „Ach ja . . .", meinte sie nur.

Siegfried fragte Chris, ob er ein Glas Sekt zur Begrüßung von Oma mittrinken wolle, aber Chris stotterte, er müsse gleich weg.

„Zu den alten Kollegen", präzisierte die Mutter leicht spöttisch.

„Da kann er sich nicht drücken." Vater meinte es ganz ernst, denn er hatte nichts von Gisis Besuch gemerkt. Sein Sohn bestätigte das, so gut er konnte: „Nein, wirklich nicht!"

„Wie schade", meinte Oma Drombusch, die soeben ihre Geschenke aus dem Koffer geholt hatte, „ich wollte euch gerade bescheren."

„Heut abend, Oma, sei lieb", bat Chris, und Siegfried setzte tröstend hinzu: „Dann ist auch Thomi da."

„Jetzt", vollendete Vera, „jetzt geht das wirklich schlecht."

Droben, im Zimmer von Chris, zog sich Gisi an. Wütend wischte sie mit der Hand die Tränen aus den Augen. Sie konnte gar nicht rasch genug wieder in ihren Sachen sein. Als Chris hereinkam, zeigte sie sich unversöhnlich.

„Das ist gemein von deinen Eltern", sagte sie mit erstickter Stimme, „richtig gemein ist das!"

Chris kratzte sich verlegen am Kopf: „Ich bin ja ganz deiner Meinung. Ich seh' das wie du, aber renn doch deswegen jetzt nicht einfach weg. Die haben ja gar nichts gemerkt!"

Gisi ließ sich nicht besänftigen.

„Ich gehe", verkündete sie, „das passiert mir nicht wieder, das sag' ich dir!"

Auch Chris zog sich an, so rasch er konnte:

„Warte wenigstens auf mich! Wir sind bestimmt nicht die ersten in so einer Situation. Man muß eben alles mal erlebt haben."

Böse sah sie ihn an. Dann drehte sie ihm den Rücken zu. Gisi hatte jeglichen Sinn für Humor verloren.

Unten im Wohnzimmer saß Oma Drombusch auf dem Biedermeiersofa. Vera stellte die Sektgläser bereit, Siegfried entkorkte eine Flasche.

„Versteh mich recht", sagte Oma vorsichtig, „so gern ich hier bin – ich möchte euch nicht ungelegen kommen."

Sigi wehrte ab. Da möge sie sich wirklich keine Gedanken machen, das lasse sich alles regeln.

„Du weißt, wir haben zu tun für die Inventur. Dafür wirst du Verständnis haben."

Das fand Oma Drombusch ganz selbstverständlich. Sie würde gerne hier sitzen in dieser schönen Wohnung und sich am Weihnachtszimmer freuen, dem altvertrauten Duft des Baums, sie würde etwas lesen oder fernsehen. Es würde ihr an nichts fehlen. Nur keine Umstände!

„Aber diese beruflich wichtige Einladung für dich", erinnerte sich Oma, „bitte, Vera: Muß er da gar als Stadtverordneter hin?"

Vera lachte.

„Was heißt ‚muß', jetzt, wo du da bist, hat er ja einen Grund, abzusagen!"

Aber da wurde Oma ernst: „Nein, das möchte ich nicht. Schon gar nicht in der Neujahrsnacht."

Siegfried erklärte ihr mit Nachdruck: „Weihnachten war schon verkorkst. Die Neujahrsnacht gehört *dir*. Dir allein. Wollen wir ausgehen – Neujahrsball? Oder wollen wir hierbleiben – fernsehen? Was möchtest du?"

Draußen hörte man die Wohnungstür zufallen. Offenbar war Thomi nach Hause gekommen.

„Vor allem", bat Oma flehentlich, „keine Feuerwerkskörper, keine Knallerei. Da habe ich immer Angst, es passiert was."

Vera sah, wie Siegfrieds Gesicht vor Enttäuschung verfiel: Das durfte nicht wahr sein! Kaum etwas machte ihm mehr Spaß als das Zündeln und Knallen. Die Raketen, die Farben und Lichtgewitter der Silvesternacht – das müßte seine Mutter doch wissen! Warum gönnte sie ihm die Freude nicht, das bißchen Bubenspaß? Lächelnd sagte Vera:

„Das hätte jetzt nicht kommen dürfen: Sigi – und keine Knaller!" Und er setzte hinzu: „Das ist allerdings eine herbe Enttäuschung."

Oma Drombusch aber blieb unerbittlich.

„Ich weiß, Siegfried. Aber das *mußt* du mir versprechen. Ich sitze sonst den ganzen Abend da und denke, ich muß gleich zusammenzucken."

Da blieb Siegfried nichts als nachzugeben. Widerspruch wäre sinnlos gewesen. Er kannte seine Mutter nur zu gut.

„Bitte", sagte er widerstrebend, „ich verspreche es."

Inzwischen war Thomi hereingekommen und hatte es gehört. Siegfried spürte den vorwurfsvollen Stups seines Sohnes.

„Tag, Oma, du bist ja hier."

Sie hätte Sehnsucht nach ihm gehabt, sagte die Großmutter; und auf die Frage, ob sie über Neujahr bleibe, meinte sie: Schon, wenn sie dürfe. Vera schüttelte lächelnd den Kopf. „Was soll denn das!"

„Zum Wohl", sagte Siegfried, denn er brauchte jetzt dringend eine Stärkung, einen kleinen Trost. Aber er mußte noch auf den ersten Schluck warten: Seine Mutter bat – wegen der Kohlensäure – um einen Quirl, um einen Strohhalm, irgend so was. Er erbot sich, das zu besorgen. Als er hinausging, hörte er im Treppenhaus Schritte und öffnete die Wohnungstür.

Chris kam, gefolgt von Gisi, die Treppe herunter. Er war dabei, seinen Mantel überzuziehen.

„Du, Chris", bat Siegfried, „sei heut abend da, wegen Oma, ja? Hallo, du hast ja Besuch!"

„Tag, Herr Drombusch", Gisi nickte mit künstlichem Lächeln.

„Tag, Gisi", erwiderte Siegfried, ein bißchen verlegen. Sein Sohn ging, um die Sache kurz zu machen, an ihm vorbei und sagte nur: „Tschüs."

Siegfried überlegte kurz, ob er irgend etwas falsch gemacht haben könnte. Ihm fiel aber nichts ein. Er schloß irritiert die Tür hinter den beiden, die es so eilig hatten.

In der Küche traf er seinen Jüngsten.

„Vati, hast du das wirklich versprochen?"

„Falls du das Feuerwerk meinst", sagte Vater betrübt, „ja."

„Aber nicht im Ernst?"

„Wenn ich etwas verspreche, mein Sohn, dann verspreche ich es *meistens* im Ernst." Thomi brummelte „Scheiße". Das veranlaßte seinen Vater zu der Frage, was er soeben gesagt habe – ob er überhaupt etwas gesagt habe. „Nö", wehrte Thomi ab.

Vater nahm den Behälter mit den Strohhalmen aus dem Schrank, ging hinter ihm her und zückte sein Portemonnaie:

„Thomi – komm mal her. Du hast fleißig gelernt in der letzten Zeit. Hier sind 50 Mark."

„Für wen?" Thomi glaubte seinen Augen nicht zu trauen. Das, was Vater ihm hinhielt, war tatsächlich ein Fünfzig-Mark-Schein.

„Für dich."

„Für mich?" wiederholte fassungslos Thomi.

„Ja. Dafür kannst du dir kaufen, was du willst."

„*Was* ich *will?*" Thomi begriff nichts mehr, aber Vater wiederholte eindeutig:

„Was du willst –."

Nun begriff Thomi und mußte grinsen:

„Ganz schön clever."

„Das möchte ich doch überhört haben", meinte Siegfried und ging hinüber ins Wohnzimmer.

Dort saßen Mutter und Oma noch vor ihren vollen Gläsern. Oma fragte gerade sehr bemüht: „Oder ist dir das nicht recht?"

Siegfried bemerkte, daß Vera sich Mühe gab, einigermaßen glaubhaft zu schwindeln. Sie sagte lächelnd: „Aber durchaus, doch – wieso?"

Fast verschämt meinte Oma Drombusch:

„Ich denke, wo wir so schön allein sind . . ."

„Eben", erwiderte Vera und wandte sich an Siegfried: „Mutter hat sich etwas überlegt."

Siegfried reagierte ungewöhnlich aufgekratzt, wie ein Junge, der endlich einmal der elterlichen Zwangsjacke entflohen war: „Was machen wir?"

Oma brachte ihren Wunsch, immer noch ein bißchen verschämt, über die Lippen:

„Ich würde mir gern in der Neujahrsnacht mit euch die 9. Sinfonie anhören."

Siegfrieds Unternehmungslust war sofort merklich gebremst. Aber er nahm sich zusammen. Mit einem nur Vera vertrauten Pokerface wiederholte er: „Beethoven –"

Oma Drombusch nickte nur.

„Weißt du, Vater hat immer gesagt: Harmonie ist alles; in der Verabschiedung des alten Jahres liegt die Zukunft des neuen!"

Und so kam es auch. In der Silvesternacht, unter dem windschiefen Weihnachtsbaum, an dem die Kerzen brannten, saßen Siegfried, Vera und Oma festlich gekleidet in den Biedermeiersesseln und lauschten Beethovens Neunter. Oma hielt die Augen geschlossen. Für Vera und Siegfried war dieser Musikgenuß am Ende des alten Jahres gar nicht so schlimm, wie sie befürchtet hatten – im Gegenteil; sie entdeckten die Sinfonie aufs neue, empfanden ihre Harmonien und lächelten einander manchmal zu. Sie waren glücklich, daß im alten Jahr doch noch alles so gut geklappt hatte: Selbst der kostbare Kachelofen stand in seiner ganzen Schönheit als Zeuge eines vergangenen Jahrhunderts in seiner Ecke. Ein wahres Prachtstück; Siegfried betrachtete es mit Besitzerstolz.

Thomi hatte sich in sein Zimmer zurückgezogen. Das Radio war auf Tanzmusik eingestellt. Er saß beglückt vor seinen Einkäufen. Auf dem Tisch häuften sich Feuerwerkskörper aller Art. Zum Teil waren sie noch verpackt, zum Teil schon aufgestellt in Reih und Glied, je nach Schwere der Geschütze. Vorn saßen die kleinen Knallfrösche, die waren ja in der Tat nicht übel, wenn sie erst mal wie kleine Feuerteufel herumspukten. Das Arsenal schien ihm gewaltig, noch nie hatte Thomi über eine so große Armada verfügt.

Aufmerksam las er eine Gebrauchsanleitung. In der hieß es, daß man das Feuerrad am besten um einen Nagel rotieren läßt, der in der Spitze eines Besenstiels einzuschlagen sei. Ein Besenstiel mußte her! Wo fand er einen Besenstiel?

Er stand auf und machte sich auf die Suche. In der Diele erhoben sich die Klänge der 9. Sinfonie machtvoll über die

Tanzmusik seines kleinen Radios. Thomi wußte nicht recht, wo er suchen sollte – zuerst wollte er die Wendeltreppe hinuntergehen, dann wählte er aber doch den Weg durch das Treppenhaus. Da standen vor der Wohnungstür ein Koffer und ein paar Taschen. Als er in die Diele kam, sah er Marion. Sie hängte gerade ihren weißen Anorak in der Garderobe auf. Der Zweite Satz der 9. Sinfonie begann.

Thomi fragte: „Hey – was machst denn *du* da?"

„Siehste doch", erwiderte nicht besonders liebenswürdig seine Schwester, „ich fange Mäuse mit langen Schwänzen."

„Blöde Ziege", Thomi setzte seine Suche fort.

Im Wohnzimmer vernahm Vera einen Laut, der nicht von Beethoven war. Die Wohnungstür war zugeschlagen. Sie ging hinaus, um nachzusehen. In der Garderobe hing Marions Anorak. Daß ihr Jüngster sich vor ihr versteckte, sah sie freilich nicht. Leise ging sie zu ihrer Tochter hinauf.

Vorsichtig öffnete sie die Tür. Marion war beim Auspakken des Koffers.

„Hallo, Marion –." Sie bekam nicht mehr zur Antwort als auch ein kurzes „Hallo".

„Wolltest du nicht erst morgen kommen?"

„Wir haben uns verkracht", sagte Marion kurz. Da wollte Mutter nun doch Näheres wissen, und obwohl Marion so tat, als wolle sie nicht reden, brach das ganze Elend unter zornigen Tränen aus ihr heraus; sie saß auf der Bettkante und sprach und sprach.

„Und dann sind wir eben nach Hause gefahren", endete sie.

Vera stand auf und streichelte Marions Haar: „Vielleicht wird's ja wieder!"

Aber das kam für Marion nicht in Frage: „Da kann er lange warten!"

Vera war aufgestanden; sie mußte wieder hinunter. Ob Marion denn nicht mitkommen möchte. Ihre Tochter steckte eine Zigarette an: „Nein!"

„Aber um zwölf", meinte Mutter begütigend; sie bekam keine Antwort und verließ das Zimmer, leise die Tür schließend.

Drunten war sie schon vermißt worden. Doch als sie wieder ins Wohnzimmer kam, war ihre Schwiegermutter so in die Musik vertieft, daß sie es nicht bemerkte.

Siegfried sah seine Frau fragend an. Vera sagte ihm leise, daß Marion heimgekommen sei. Vater wollte wissen, ob das einen besonderen Grund habe, und Vera flüsterte leise: „Krach, wegen der Neujahrsnacht. Er will mit seinen Freunden zusammensein. Das will sie aber nicht, jedenfalls nicht bei ihm zu Hause oder so was, frag mich nicht."

Der zweite Satz der Sinfonie war zu Ende. Oma machte die Augen auf: „Wunderbar!" Als nun der dritte Satz begann, erklärte sie: „Der hat soviel Tröstendes."

Und sie brauchte Trost, sie brauchte wirklich Trost. Sie dachte an die früheren Tage, an die Zeit mit ihrem Mann, an Großes und Kleines, Schlimmes und Schönes; da waren diese Klänge, die sie so oft mit ihrem Mann gehört hatte. Sie riefen so viel in Erinnerung, daß sie fürchtete, die Fassung zu verlieren. Das wollte sie aber nicht. Sie wollte ihre Gefühle für sich behalten und auf keinen Fall Siegfried und Vera die Neujahrsnacht verderben.

Siegfried spürte es, er wußte, was in ihr vorging. Tröstend legte er die Hand auf den Arm seiner Mutter. Tapfer lächelte sie ihn an.

Thomi hatte inzwischen allerlei Werkzeug ergattert. Zwei Besen und einen Schrubber hatte er gefunden. Damit schlich er in sein Zimmer zurück. Er schlug einen Nagel in das Ende eines Besenstiels, und siehe da, es klappte alles, genau wie in der Gebrauchsanleitung. Drei Besen mit Feuerrädern standen schließlich an der Wand. Die anderen Feuerwerkskörper verstaute er in einem Schuhkarton.

Die Tanzmusik aus dem Radio wurde unterbrochen: Die

letzte halbe Stunde des alten Jahres ist jetzt angebrochen, sagte der Sprecher.

Im Wohnzimmer erklang das Fanfarensignal des 3. Satzes. Glücklich strahlte Oma Drombusch ihren Sohn an, aber da schellte die Türklingel mitten in den ruhigen Stimmen der Geigen.

Vera flüsterte: „Das kann nur für Marion sein." Sie ging in die Diele und öffnete die Wohnungstür. Gerd Schräpper stand da, nicht mehr ganz nüchtern, flankiert von zwei Freunden.

„Hallo, wir sind beim Einsammeln. Ist Marion da?"

„Sehen Sie mal zu, ob Sie Glück haben, sie ist oben."

Damit ließ sie die Drei eintreten. Vera war keineswegs begeistert über diesen Besuch. Gerd Schräpper stellte seine beiden Begleiter kurz als Jörg und Manfred vor. Sie wünschten einen guten Abend. Sie ließ sie in das Wohnzimmer, und Siegfried lud sie ein, Platz zu nehmen. Mit dem Blick auf den Kachelofen fragte Gerd: „Tut der schon?" Mutter entgegnete: „Erst in ein paar Tagen, der Mörtel muß noch trocknen." Dabei war er bereits die Wendeltreppe hinaufgesprungen, an deren Ende Thomi mit seinem Schuhkarton saß, um das Geschehen unten im Wohnzimmer zu beobachten.

„Was machst 'n *du* da?"

Thomi sagte nur: „Hau ab!"

Im Wohnzimmer bot Siegfried den Gästen etwas zum Trinken an.

„Bier immer!" dröhnte Jörg. Vater holte zwei Flaschen aus dem Barkühlschrank. Manfred, ungläubig dem dritten Satz lauschend, wollte wissen: „Ist bei Ihnen jemand gestorben? So traurig hier."

„Wir fanden's eigentlich recht gemütlich – bis jetzt", erwiderte Siegfried.

Jörg war zum Telefon gegangen, hatte den Hörer abgenommen, ein paar Ziffern gedreht und fragte jetzt: „Darf ich?"

„Bitte", gestattete der Hausherr, und Jörg sagte zu Manfred: „Hoffentlich hört der Penner das Klingeln!"

Oma Drombusch reichte es jetzt; sie bedeutete ihrem Sohn, daß sie nun in ihr Zimmer gehe. Siegfried hob ratlos die Schultern. Oma verließ das Wohnzimmer.

Am Telefon meinte Jörg, der Angerufene säße wohl auf seinen Ohren und mahnte Manfred, der das Bier aus der Flasche trinken wollte, daß man das hier nicht tue, er solle gefälligst sein Glas benutzen.

Vera füllte das Bowlenglas von Oma und ging zum Gästezimmer hinüber. Dort hatte die alte Dame in einem Transistorradio den Sender gefunden. Natürlich war der Klang nicht so gut wie im Wohnzimmer mit der Stereoanlage, aber das war ihr gleichgültig. Dankbar lächelte sie Vera an und trank einen Schluck. Auf Veras: „Die gehen sicher gleich!" nickte sie begütigend.

Thomi blieb Omas Fortgehen unten im Wohnzimmer nicht verborgen. Er hatte alles genau beobachtet und war, als Vera auch ging, zu seinem Vater gelaufen. Er hob den Deckel seines Schuhkartons, damit Vater sehen konnte, was für herrliche Sachen er besorgt hatte.

„Schau, Vati, da habe ich alle Raketen drin und die Kanonenschläge und den Goldregen und . . ."

„Ja bist du denn noch zu retten?" Vater sah sich vorsichtig um. „Mutti ist imstande und nimmt dir alles ab!"

„Wohin soll ich's denn tun?" fragte Thomi verzweifelt.

Da erschien Vera in der Küchentür und rief ihren Mann. Mitternacht war nicht mehr fern. Er komme, rief Siegfried zurück, und zu Thomi ganz aufgeregt: „Tu's weg! Los, beeil dich!"

Aber als Thomi den Geschirrschrank öffnete, um seine Schätze dort zu verstecken, rief Siegfried: „Doch nicht da hinein! Mutti holt doch Teller!" Er ging, dem Ruf seiner Frau folgend, hinaus. Thomi sah sich suchend um. Sein Blick fiel auf den Kachelofen. Das war die Rettung. Rasch hatte er die Tür zur Feuerstelle geöffnet und schob den offenen Schuhkarton auf den kahlen Rost. Dann sah er sich unschuldsvoll um, denn er hörte Schritte, die die Treppe hinunterkamen.

Am Telefon sagte Jörg: „Na, endlich kommt er!" Gerd, der von oben heruntergekommen war, ordnete unternehmungslustig an: „Sag ihnen, sie sollen sich in Bewegung setzen. Wir kommen jetzt auch!"

Dann zwinkerte er Manfred zu und setzte dessen Bierflasche an den Mund. Jörg schüttelte in stummem Protest den Kopf, als Manfred das Radio leiser drehte. Manfred rechtfertigte sich nur: „Die Trauermusik hört ja sowieso keiner."

In der Küche machte Vera Sauerkraut und Rindswürstchen warm. Sie schob die Aufbackbrötchen in den Ofen. „Magst du ein Brötchen oder zwei?" fragte sie Siegfried.

„Lieber nur eins! Hoffentlich nisten die sich nicht ein."

„Das hängt von unserer Tochter ab", meinte Vera, und Vater schloß daraus betrübt: „Dann dauert's!"

Sie gingen ins Wohnzimmer zurück, das nun voller Rauch war. Gerd und Manfred rauchten Zigaretten, Jörg hatte eine Pfeife angesteckt. Vera holte Sektgläser aus der Vitrine und stellte sie auf den Tisch, als könne sie damit irgend etwas zur Änderung der Situation beitragen. Der Bassist und der Chor im Radio vereinten sich zu ihrem Jubel: „Freude! Freude!"

Manfred sah seine Freunde an, schlug die Augen gen Himmel und wollte sich Bier aus der Flasche nachgießen. Aber die Flasche war leer.

„Gib denen nur kein Bier mehr!" raunte Thomi Vater zu. Als nun „Freude, schöner Götterfunken" erklang, ging Gerd zur Wendeltreppe: „Marion, kommst du in diesem Jahr noch?"

„Gleich!" kam es von oben, worauf Gerd hinaufrief: „Viel Zeit hast du dann aber nicht mehr!"

Siegfried schaltete verärgert das Radio aus, und Jörg meinte zustimmend: „‚Song of Joy' klingt doch besser!"

„Finden Sie?" meinte ironisch Siegfried. Aber in diesem Moment sprang Marion, angezogen zum Silvesterrummel, in einem silberfarbenen Mantel die Treppe herunter. Die drei jungen Männer standen auf. Gerd stöhnte: „Na endlich!"

„Hallo", rief Marion, und Jörg sagte erleichtert: „Das ist ja tatsächlich noch geworden."

Er klopfte die Glut aus seiner Pfeife in den Aschenbecher, in dem noch zwei Kippen glimmten.

„Tschüs, wir gehen", sagte Marion heiter. Die Eltern wünschten ihr: „Fang's gut an!" und „Komm gut rüber!"

„Ja, guten Rutsch!" wünschte auch Marion, und Gerd schloß sich ihr an: „Viel Spaß noch ..." In der Diele hob Jörg grüßend seine Pfeife den Eltern entgegen und meinte humorig: „Rutschen Sie gut!"

„Gleichfalls. Sie auch!" – und raus waren sie; Vater und Mutter sahen sich erleichtert an. Vera öffnete das Fenster, und Siegfried kippte den qualmenden Aschenbecher in den neuen Kachelofen.

„Nicht, Vati, nicht!" protestierte Thomi verzweifelt. Aber Vater meinte, das würde dem Kachelofen nichts ausmachen. Vera wies den Sohn an, die Kerzen auszublasen. Thomi sah den Vater fragend an, aber der sagte nur: „Beeil dich, bald zwölf!"

Thomi gehorchte, aber er war in panischer Angst. Sein Blick irrte zwischen den Eltern und dem Kachelofen hin und her; aber da war keine Hilfe. Er wußte keinen Rat; was sollte er nur tun? Sagen konnte er nichts, sonst hätte er alles verraten.

Mutter nahm die Bowlengläser vom Tisch, bat Vater, die Bierflaschen mitzunehmen – und Thomi blieb allein – allein mit dem Wissen um die Glut in dem Kachelofen voller Feuerwerkskörper.

Und wie zur Bestätigung seiner Angst begann es im Kachelofen tatsächlich zu zischen. Das gefährliche Geräusch wurde immer lauter. Obwohl Thomi immer noch hoffte, er habe sich verhört, konnte er doch nicht länger zweifeln. Dem Zischen folgte ein kurzer, trockener Knall. Dann noch einer.

Was sollte er, was *konnte* er tun, um die sich anbahnende Katastrophe zu verhindern? Er näherte sich dem Kachelofen vorsichtig. Dann schrak er zusammen. Ein scharfes Knattern setzte ein. Das klang sehr gefährlich, hörte aber so plötzlich, wie es begonnen hatte, wieder auf. Vielleicht ließ sich doch noch etwas retten. Klar – er mußte einfach den Schuhkarton wieder aus dem Ofen holen. Das war die letzte Chance.

Er stand jetzt ganz dicht vor dem Ofen, holte tief Luft und gab sich einen Ruck. Er öffnete das Feuerungstürchen, um den Schuhkarton herauszuholen – aber aus dem Ofen fuhr zischend ein Feuerschweif. Der Ofen spuckte wie ein feuersprühender Vulkan, auf dem Teppichboden leuchtete überall bengalisches Licht, kreiselten Knallfrösche.

Thomi riß die Schaufel des Kaminbestecks vom Ständer, schnickte das feurige, kreiselnde Ding vom Teppich auf die Schaufel, balancierte die Schaufel mit ihrer spuckenden Fracht wieder zum Kachelofen und machte das obere Türchen auf, um das Ding zurückzubefördern –

In der Küche sah Siegfried auf die Uhr, während Vera die Würstchen in das siedende Wasser legte und die Aufbackbrötchen auf dem Grillrost in die Bratröhre schob.

„Mein Gott", sagte Siegfried, „nur noch 11 Minuten bis Mitternacht. Die haben uns den ganzen Abend durcheinandergebracht."

Vera stellte die Zeituhr, Siegfried holte eine Flasche Sekt aus dem Kühlschrank, und, da nun immer stärker das Zischen, Krachen, Knattern, Heulen und Pfeifen von gezündeten Feuerwerkskörpern in die Küche drang, meinte Vera: „Die fangen auch immer früher an mit der Knallerei."

Auch in Omas Zimmer zischte, krachte, pfiff, knatterte und heulte es in den Schlußchor der 9. Sinfonie. Zunächst nahm Oma das gar nicht wahr. Sie war zu vertieft in die Musik. Dann aber ließ ein dumpfer Schlag sie aufhorchen – war es denn schon zwölf? Sie sah auf die Uhr: Aber es war noch nicht soweit. Das beruhigte sie. Wieder versank sie in der Musik.

In der Küche freilich sahen sich die Eltern bei dem dumpfen Schlag erschrocken an. Jetzt vernahmen sie ein paar noch stärkere Detonationen, von allerlei Gezisch begleitet.

„Das ist doch bei uns!" rief Siegfried und rannte aus der Küche, gefolgt von Vera, ins Wohnzimmer. Dort blieb er entsetzt an der Tür stehen: Das Zimmer war voller Qualm, der aus den offenen Ofentüren quoll. Überall war Ruß – auf den Kacheln, auf den Möbeln, auf den Sesseln. Auf dem Teppichboden lagen ausgebrannte Feuerwerkskörper, verkohlte Papierfetzen, glimmende Feuerschlangen.

„Was ist denn da passiert?" Vera war ratlos. Siegfried schloß die Ofentürchen, denn ein paar letzte Explosionen machten ihm klar, was passiert war. Nun sah er in der Ecke neben dem Kachelofen Thomi sitzen, der die rechte Hand hinter seinem Rücken versteckte. Tränen liefen die verrußten Wangen hinunter. Thomi brachte stockend heraus: „Ich hab' doch die Feuerwerkskörper im Ofen versteckt . . ."

Vater und Mutter wechselten einen Blick. Dann ging Vera, um den Staubsauger zu holen.

„Heul nicht", sagte Siegfried, „wie kannst du denn die Sachen in den Ofen tun? Du Wahnsinnskloß!"

Thomi brachte nun die hinter dem Rücken versteckte Hand zum Vorschein, öffnete die Finger und betrachtete die Handfläche. Sie war angesengt. Die Tränen rannen weiter. Hilflos sah er seinen Vater an.

„Komm", sagte der, „die tun wir unters kalte Wasser." Sie

gingen ins Bad, und Thomi hielt die Hand unter den Wasserstrahl. Siegfried holte Salbe und Verbandszeug aus der Hausapotheke und schnitt ein Stück Mull ab. „Das hört dann bald auf zu brennen, spürst du schon, daß es kühlt?"

Thomi schüttelte den Kopf, aber die Tränen, die den Ruß in seinem Gesicht verschmiert hatten, waren getrocknet. Draußen hörte man die Glocken das neue Jahr einläuten. Überall in der Stadt wurden jetzt die Feuerwerkskörper gezündet. Die Raketen schossen am Himmel hoch, der Goldregen fiel aus der Nacht – aber Thomi sah nichts davon. Er wollte auch davon nichts mehr wissen. Er sah nur seine Hand.

Oma hatte inzwischen mit den letzten Takten der 9. Sinfonie weitergelebt, ganz versunken in die Freudenklänge. Dann hörte sie, nach den letzten Takten, den Applaus im Radio. Sie atmete tief auf, versuchte, sich wieder in ihrer Umgebung zurechtzufinden und schaltete das Radio aus.

Aus ihrem Einkaufsbeutel nahm sie eine festlich eingepackte Flasche Sekt und ging hinüber zum Wohnzimmer. Als sie die Tür aufmachte, drang ihr Qualm entgegen. Fast hätte sie ihre guten Schuhe im Ruß auf dem Teppich schmutzig gemacht, dann sah sie Vera in voller Aktion mit dem Staubsauger den Teppich reinigen.

„Bitte, Mutter, bleib in deinem Zimmer!" bat Vera flehentlich. Auf die Frage der Mutter, was denn um Gottes willen passiert sei, bekam sie nur eine kurze, zu kurze Auskunft. Oma zog sich verwirrt in ihr Zimmer zurück.

Aber das Licht schaltete sie dort nicht ein. Sie ging ans Fenster und sah hinaus in die Neujahrsnacht. Sie versuchte gegen das Gefühl anzukämpfen, doch wieder ein Störenfried zu sein. Durch das Knallen und Ballern der Feuerwerkskörper hörte sie die Glocken vieler Kirchen das neue Jahr einläuten. Der Schein der Leuchtraketen am nächtlichen Himmel und der Schimmer des Goldregens fiel auf Oma Drombuschs ernstes Gesicht.

Vor dem Haus hielt ein Streifenwagen; Chris sprang in Uniform heraus, um ihn herum überall das Krachen und Heulen, das Blitzen der Feuerwerkskörper. Er rannte ins Haus, die Treppe hinauf: „Prost Neujahr!" Als er die Tür zum Wohnzimmer aufriß und sah, was geschehen war, rief er: „Was ist denn *hier* kaputt?"

Vera gab in schierer Verzweiflung zurück: „Feuerwerkskörper im Kachelofen – eine Erfindung von Thomi – unter Mithilfe deines Vaters."

Chris, scheinbar verständnislos, lachte. „Ja – aber – Feuer sollte im Kachelofen doch gar nicht gemacht werden."

Aber seine Mutter hatte den Humor ziemlich verloren. Chris sagte nur noch: „Dann macht's mal gut, ich muß weiter!" Vera war voll damit beschäftigt, das Wohnzimmer von Ruß und Staub und Dreck zu befreien.

Draußen waren nur noch ab und zu ein paar Knaller zu hören. Thomi saß in seinem Schlafanzug auf dem Bett, Siegfried machte ein Fenster auf, steckte eines der Feuerräder am Besenstiel an und hielt es zum Fenster hinaus. Er wollte Thomi trösten: „Jetzt machen *wir* unser Feuerwerk!"

Er zündete eine Lunte an, und das Rad begann um den Nagel zu rotieren. Thomis Gesicht hellte sich bei diesem Anblick nicht auf. Der Schreck saß ihm noch zu tief in den Knochen.

Leise und überdrüssig murmelte er vor sich hin: „Blöd."

Ähnlich enttäuscht und traurig war auch Oma Drombusch in ihrem dunklen Zimmer zumute. Draußen war die Nacht ganz dunkel geworden. Oma stand immer noch am Fenster und fragte sich, wie das Unglück geschehen konnte und warum man sie ausgeschlossen hatte von allem. Inzwischen hatte man sie wohl gänzlich vergessen. Als die Tür aufging und Vera fragte: „Kommst du?", erwiderte sie mit schwankender Stimme: „Sofort."

„Warum sitzt du denn im Dunkeln?"

Vera ging ins Wohnzimmer zurück. Dort kam ihr Siegfried mit der Sektflasche entgegen und sagte: „Ich wünsche dir ein gutes neues Jahr – trotzdem."

„Schämst du dich wenigstens?" fragte Vera, aber Siegfried grinste nur: „Eigentlich ärgere ich mich mehr", worauf sie nur erwidern konnte: „Geschieht dir recht –." Dann fuhr sie fort: „Sie sitzt da drin im Dunkeln – für alle hatten wir Zeit –"

„Du sagst das so", meinte Siegfried, „als ob wir das gewollt hätten."

„Ich wäre jedenfalls stocksauer. Wir hätten genausogut zu ihr rübergehen können – schon vor einer Viertelstunde."

Das stimmt schon, fand Siegfried. Aber jetzt machte Oma Drombusch seiner Besorgnis ein Ende. Sie kam herein, in der Hand die Sektflasche. Siegfried lächelte ihr entgegen: „Mutter – kannst du uns noch mal verzeihen?"

Oma hatte offenbar Schwierigkeiten, die Gedanken zu verdrängen, überflüssig zu sein. Ernst sah sie ihren Sohn und ihre Schwiegertochter an.

„Prosit Neujahr!" sagte Vera, und: „Sei uns gut!"

„Prost Neujahr", sagte auch Oma, und Siegfried nahm sie in die Arme: „Alles Liebe, Margarethe, vor allem Gesundheit und Zufriedenheit!" Sie tauschten einen Kuß.

„Dir auch, Bub!" erwiderte Oma.

„Blöd", meinte Vera, „daß die Stimmung jetzt so verhagelt ist. Aber wenn du Hunger hast, Mutter, ich habe ein bißchen was gerichtet."

Sie stießen an, sie tranken und gingen zur Eßecke, wo Sauerkraut, Würstchen und frisch gebackene Brötchen zum Essen vorbereitet waren.

„Ja, dann guten Appetit", sagte Vera. Und nun gab Oma sich einen Ruck. Freundlich sah sie Sohn und Schwiegertochter an und sagte lächelnd:

„Es ist schön, bei euch zu sein!"

Sie wußte, daß das eine fromme Lüge war. Aber es schien ihr das kleinere Übel.

Und damit begann die erste Mahlzeit des neuen Jahres im Hause der Drombuschs, während Chris in seinem Streifenwagen durch nächtlich stille Straßen fuhr, Marion bei heißen Rhythmen neben Gerd im Kreis junger Leute lachte und Thomi, die verbundene Hand auf der Decke, tief in den Schlaf gesunken war.

2. KAPITEL

# *Der Appell*

Oma Drombusch blieb länger als geplant in Darmstadt – wesentlich länger –, bis tief in den Januar hinein.

Obwohl sie bei ihrem Sohn jederzeit telefonieren konnte, war sie für dieses Ferngespräch eigens in die Stadt gefahren. Von einem Telefonhäuschen in der Innenstadt aus rief sie ihre Wohnungsnachbarin in Gießen an. Sie wollte ihr sagen, daß die Heizung in ihrer Wohnung immer noch nicht angestellt zu werden brauchte – sie käme nämlich doch noch nicht: „Ja ja, ich habe auch gedacht, daß drei Wochen mehr als genug sind. Aber wie ich das so überblicke, brauchen mich die Kinder noch. Wissen Sie, so lange ich nämlich das Geschäft führe, kann sich meine Schwiegertochter mehr um den Haushalt kümmern und mein Sohn um seine politischen Probleme; er ist doch Stadtverordneter ..."

Vor der Telefonzelle stand ein älterer Herr. Er wartete offensichtlich schon länger. Bis Frau Zehnert in Gießen genau informiert war, verging noch eine Weile. Sein Gesicht wurde immer länger. Zwei junge Damen, die auch rasch telefonieren wollten, gingen gleich weiter, weil der ältere Herr empört mit dem Zeigefinger zuerst auf Oma, dann auf seine Armbanduhr wies. Dem Herrn wurde es nun zu bunt. Er öffnete die Tür und konnte so hören, was Oma Wichtiges mitzuteilen hatte, denn sie sprach ungerührt weiter.

„Und es macht Ihnen auch wirklich nichts aus, Frau Zehnert? Wegen der Blumen und dem Vogel? Fabelhaft. Nein

nein, ich rufe in jedem Fall zeitig genug an – aber jetzt müssen Sie mich entschuldigen, es kommt gerade Kundschaft. Treten Sie gern näher –" Der Herr in der Tür der Telefonzelle glaubte seinen Ohren nicht zu trauen. Oma senkte die Stimme und wurde ganz vertraulich: „Es geht um einen wertvollen Rokokoschrank. Ich habe Sie schon erwartet." Dann verabschiedete sie sich ins Telefon: „Auf Wiederhören, Frau Zehnert."

Oma Drombusch griff nach ihren Einkaufstaschen, sagte freundlich und wie selbstverständlich:

„Entschuldigen Sie bitte – vielen Dank!"

Und ging beladen mit ihren Taschen an dem sprachlosen Herrn vorbei auf die Straße, um sich auf den Heimweg zu machen.

Zur gleichen Zeit erschien in seiner Uniformhose Chris in der Tür des Gästezimmers, wo Vera Omas Bett machte. Sein Polizeihemd hielt er auffällig in der Hand. Er fragte übertrieben lieb: „Kann ich dir was helfen?"

Erstaunt sah seine Mutter auf: „Nein. Aber du kannst dein Hemd *selbst* bügeln –", worauf Chris sich abwandte und meinte: „Frag' ich eben Oma!"

„Oma reist heute ab", sagte seine Mutter trocken.

„Schon?" fragte Chris scheinbar baff. Vera mußte lachen und sagte: „Solltest dich was schämen!"

In der Arztpraxis von Dr. Welling, dem Gynäkologen, bei dem Marion arbeitete, war eine seiner Helferinnen mit der Kartei beschäftigt. Marion legte den weißen Kittel ab und zog ihren Mantel an, als Dr. Welling mit einer Röntgenaufnahme aus dem Sprechzimmer kam. Er betrachtete Marion erstaunt: „Sie gehen schon?"

„Fünf nach eins", erwiderte Marion.

„Es sind aber noch Patienten da." Gerd Schräpper, der das Anmeldezimmer betrat, um Marion abzuholen, hatte das gehört. Er sagte scharf: „Um zwei aber auch schon *wieder.*"

Er ging auf Marion zu, legte ihr den Arm um die Schulter, öffnete die Tür und führte sie hinaus. Im Gehen sagte er noch zu Dr. Welling: „Was verlangen Sie für zwölfhundertachtundsechzig Mark netto?"

Als Thomi von der Schule heimkam, schloß er auffällig leise die Tür und tauschte ein „Hallo!" mit Mutter.

„Na? Mathematikarbeit zurück?"

„Ja", Thomi war kleinlaut und schien ihr fragendes „Und?" gar nicht zu hören. Er ging weiter ins Wohnzimmer. Beleidigt fuhr er herum, als Vera ihm nachrief: „Du hast ja deine Spange wieder nicht an!"

„Natürlich hab' ich die an!"

Da sah die Mutter sein Gesicht:

„Also eine Vier."

Ihr Jüngster stellte richtig:

„Eine Fünf."

„Oh", machte Vera, „dann – frohen Abend . . ."

Siegfried Drombusch saß in seinem Kontor, einem abgetrennten Teil des weitläufigen Geschäfts, das immer leise, heitere Barockmusik durchflutete. Ein Fach seines schönen Schreibtisches aus der Gründerzeit war gefüllt mit Kassetten. Die Musik schien ihn bei der Arbeit, an der er gerade saß, anzuregen. Er gestikulierte stumm. Es sah aus, als halte er eine Rede vor einem unsichtbaren Publikum. Dann sprach er laut vor sich hin:

„Denn im Kern ist das eine Frage an die moralische Qualität einer Gesellschaft."

Die Formulierung gefiel ihm. Er notierte sie sofort. Die

altmodische Dreiklang-Ladenklingel schrillte. Er blickte irritiert zu dem Spiegel, in dem er jeden Kunden sehen konnte und registrierte ohne allzu große Begeisterung seine Mutter. Sie rief: „Siegfried?" Er meldete sich mit einem gedämpften: „Hier!"

„Störe ich? Schreibst du wieder an deiner Rede?" Sie schob den asiatischen Perlenvorhang zwischen Laden und Kontor beiseite.

„So leicht schreibt sich das nicht", erklärte Siegfried, sich die Augen reibend. „Grundsätzliches nie."

„Wegen diesem Herrn Immelmann", sagte Oma, die sich nicht ganz sicher war. Sie wollte es aber genau wissen. Siegfried mußte lächeln, weil seine Mutter sich immer solche Mühe gab, seine Arbeit zu verstehen. Er nickte. „Auch wegen dem."

Oma kramte in einer ihrer Taschen, als suche sie etwas: „Na ja, wenn du auch dauernd gestört wirst."

„Du sagst es", erwiderte ihr Sohn, aber sie bemerkte die leichte Ironie nicht und fuhr fort:

„Ich hab's dir ja angeboten: Warum schreibst du nicht oben in meinem Zimmer. Da bist du ungestört – und ich bleibe noch ein paar Tage hier und gebe aufs Geschäft acht."

Siegfried schüttelte den Kopf: „Und wenn dann ein Kunde kommt, verkaufst du französisches Empire für deutsches Biedermeier."

Aber Oma Drombusch versicherte: „Ich rufe euch ganz bestimmt. Da kann ich mich doch nützlich machen." Sie sah ihn treuherzig an. Aber Siegfried blieb bei seinem Zweifel: „Nein – lieber nicht – aber was ist denn *das*?"

Oma Drombusch hatte in ihrer Tasche endlich gefunden, was sie suchte und hielt es ihm hin. Er nahm es in die Hand, wußte aber nichts damit anzufangen.

„Ein Notizblock mit Beleuchtung", erklärte Oma eifrig. „Wenn dir nachts was einfällt, und du möchtest es notieren, dann muß Vera nicht wach werden. Du brauchst nur den

Kuli herauszuziehen – und sofort hast du Licht auf dem Papier!"

Siegfried sah ihrem Blick an, wie sehr sie hoffte, etwas Nützliches erwischt zu haben – oder noch besser: genau das, was er unbedingt brauchte und einfach nie gefunden hatte. Siegfried meinte so freundlich und dankbar, wie er nur konnte: „Sachen findest du!"

Das genügte ihr. Nun wollte sie ihn aber wieder allein lassen bei seiner wichtigen Arbeit. „Bis später", sagte sie ganz genügsam, wandte sich von ihm ab und ging, so leise sie konnte, über die Wendeltreppe hinauf in die Wohnung. Als sie an der Küche vorbeikam, winkte sie Vera zu, die sich dort mit dem Öffnen einer Büchse abmühte. Oma mußte lächeln. Sie stellte ihre Taschen ab und öffnete die Tür zu ihrem Zimmer. Auf einen Schlag erlosch das Lächeln auf ihrem Gesicht. Sie stand wie erstarrt: Ihr Bett war abgezogen, und auf der nackten Matratze stand aufgeschlagen ihr leerer Koffer.

Langsam zog sie die Tür hinter sich zu. So war das also. Man wollte sie hier nicht mehr. Sie sollte abreisen – nur, weil sie einmal gesagt hatte, sie würde vielleicht heute abfahren. Es war wie vor Weihnachten, nur schlimmer. Den Koffer hätte Vera doch stehenlassen können, wie er stand; sie hätte ihn doch nicht leer auf die nackte Matratze stellen müssen!

Sie war es sich aber auch schuldig, den Rausschmiß stolz hinzunehmen – am besten so, als habe sie selbst die Absicht gehabt, heute abzureisen – wie sie es neulich nur mal so, als Versuchsballon, gesagt hatte.

Weder Siegfried noch Vera oder die Kinder sollten merken, wie sie die angeordnete Reise kränkte und wieviel Angst sie hatte vor den langen leeren Tagen in Gießen.

Und wenn sie heiter Abschied nähme, dann war die Chance einer baldigen Einladung größer. Sie würde es schon schaffen.

Thomi fühlte sich fast so allein wie Oma Drombusch. Er zog mit seinem Heft durch das Haus und suchte Hilfe. Er verstand einfach nichts mehr – nicht die Aufgabe und erst recht nicht den Fehler in dieser gräßlichen Mathematikarbeit.

Als er auf der Suche nach Hilfe an Chris' Zimmer vorbeikam, sah er, wie sein Bruder ein Hemd bügelte. Der mußte doch wissen, wie die Aufgabe zu lösen war. Thomi ging zu ihm: „Kannst du mir helfen bei der Verbesserung?" Er hielt dem Bruder das Heft hin.

Als Chris die Note sah, die Thomi bekommen hatte, pfiff er bedenklich:

„Daß du die Rechenaufgabe nach der Klassenarbeit immer noch nicht kapierst, das ist hart. Es ist doch ganz einfach. Hör es dir doch mal an: Sieben Arbeiter bauen einen Eisenbahndamm. Der Damm wächst täglich um zwölf Meter und zwar in einer Arbeitszeit von acht Stunden. Um wieviel mehr würde der Damm wachsen, wenn dreiunddreißig Arbeiter bei einer Arbeitszeit von neun Stunden täglich daran bauen würden? Thomi, das ist ein Dreisatz."

Thomis Augen sahen den Bruder ratlos an. Chris wiederholte: „Ein stinknormaler Dreisatz."

Thomi schüttelte den Kopf und widersprach schüchtern: „Ein doppelter."

Chris sah sich die Aufgabe noch einmal ganz genau an: „Da gibt's einen Trick, gib acht: Bruchstrich, nicht?"

Thomis Augen wurden groß und er sagte gläubig: „Ja."

„Dann", dozierte Chris, „denkste logisch. Was kommt unten hin und was kommt oben hin. Und das rechnest du aus. Ganz einfach."

Er gab Thomi das Heft zurück. Und als der kleine Bruder bat: „Sag mir's doch!" meinte er streng: „Denken mußt du schon selbst."

Thomi sah ihn verächtlich an, wandte sich ab und fragte erst in der Tür:

„Was hast'n *du* in Mathe gehabt?"

Chris sagte nur: „Raus!" Das „Blödmann", das Thomi beim Türschließen von sich gab, war sehr leise.

Als er wieder im Wohnzimmer war, hörte er Marion die Wohnungstür hinter sich zuknallen. Sie kam herein und warf ihren Mantel über einen Sessel. Thomi hielt ihr das Heft hin und fragte: „Kannst du mir was erklären?"

„Was ist denn das?" fragte Marion, ohne sich aufhalten zu lassen.

„Mathe", erwiderte Thomi, und Marion schüttelte den Kopf: „Kann ich nicht. Schreib ab!"

Sie hörte gar nicht mehr Thomis zerknirschtes: „Hab' ich ja." Kurz darauf fiel oben ihre Zimmertür zu. Da kam Vera von der Küche herein und klopfte an die Tür des Gästezimmers. Thomi versteckte das Heft hinter seinem Rücken. Mutter bat Oma, den Tisch zu decken und sagte irgend etwas Unfreundliches über Marions Hektik. Aber Oma meinte nur: „Sei froh – bei euch *tut* sich doch noch was!" Während Vera noch nach Siegfried rief, kam Oma mit einem Geschenkpäckchen in der Hand zur Tür heraus.

Vera sah im Vorbeilaufen Thomi auf der Sessellehne sitzen. Sie spürte die Verlassenheit ihres Jüngsten.

„Was ist denn mit *dir*? Auch so, ja –"

Aber sie war in Eile wegen des Essens. Oma verstellte ihr mit dem Geschenkpäckchen den Weg:

„Vera – ich dachte, das könntest du brauchen!"

Verdutzt sah die Mutter das Päckchen an. „Aber Mutter – du mußt doch nicht immer was mitbringen!" Aber Oma begütigte: „Wenn ihr schon kein Geld von mir nehmt –"

„Na hör mal!" Sie nahm das Päckchen mit in die Küche und fragte zurück: „Wann fährt denn dein Zug?"

„Irgendwann am Mittag." Oma sah den betrübten Enkel auf der Sessellehne hilfesuchend zu ihr aufblicken.

„Na, Bub?" fragte sie, und er erwiderte mannhaft: „Ich hab 'ne Fünf gekriegt."

Oma ließ sich das Heft geben und begann zu lesen. „Siebenundvierzig Arbeiter bauen einen Eisenbahndamm. Der Damm wächst täglich um zwölf Meter, und zwar bei einer Arbeitszeit von acht Stunden. Um wieviel Meter mehr – also Bub, das erklär' ich dir später."

Während sie sich dranmachte, den Tisch für das Mittagessen zu decken, fragte Thomi zweifelnd: „Ehrlich?"

„Ganz bestimmt", bekräftigte die Oma, „da fahr' ich eben einen Zug später."

Dieses Versprechen ermutigte Thomi so, daß er ihr beim Tischdecken helfen wollte. Er holte die Teller aus dem Schrank. „Die haben nämlich nie Zeit für mich."

„Die Eltern haben ja auch immer viel zu tun." Sie bemerkte nicht, daß Siegfried soeben vom Kontor die Treppe heraufkam: „Wenn ich hier wäre, würde ich dir gern öfter helfen, aber das geht ja nun mal nicht. Weißt du ..."

Sie verstummte, denn sie war Thomis Blicken gefolgt und hatte Siegfried entdeckt. Angst lag in Thomis Blick, denn das Mathematikheft würde jetzt vom Vater entdeckt.

„Na", fragte der Vater, „ihr seid ja so still. Ist was?"

„Wir haben die Mathe-Arbeit zurückbekommen", gestand Thomi. Als er das Heft vom Tisch nahm, lächelte Vater noch, als er aber die Note entdeckt hatte, wurde er ernst. Es nützte nichts, daß Oma einsprang: „Aber die meisten haben Vier und Fünf. Diese Arbeit dürfte eigentlich gar nicht gewertet werden."

„Wir unterhalten uns später", sagte Vater, als Vera hereinkam und die Schüsseln von der Durchreiche zur Küche nahm und auf den Tisch stellte. Sie fragte, ob er inzwischen mit seiner Rede weitergekommen sei.

„In gewissem Sinn", erwiderte Siegfried, „ich habe nämlich Herrn Immelmanns Argumente zu den meinen gemacht; das ist zwar nicht gerade neu, aber wirkungsvoll."

„Wer ist eigentlich dieser Herr Immelmann?" wollte Oma wissen, und Vera erklärte: „Sein politischer Gegenspieler hinter den Kulissen. Er ist der Leiter des Sozialamts." Dann rief sie nach oben: „Kommt ihr?" Aber das war gar nicht mehr nötig: Marion und Chris kamen zu Tisch, und Oma fand, daß Marion hübsch aussähe, während Vera etwas spitz sagte: „Aber daß du derart in den Regen gekommen bist!"

„Wieso?" fragte Marion verdutzt.

„Weil du dich doch schon *wieder* umziehen mußtest", erwiderte die Mutter, „was sagt eigentlich dein Chef dazu?"

„Nichts", sagte Chris, der sich gerade an seinen Platz setzte. „Der ist sprachlos."

„Soweit käm's, daß ich mir von dem vorschreiben lasse, was ich anziehe."

„Künstlerische Freiheit. Popsängerinnen dürfen das", höhnte Chris.

Und Vater meinte: „Nichtsdestotrotz mußt du zugeben, daß eine gynäkologische Praxis keine Modenschau ist. Erlaubt ist, was sich ziemt. Goethe."

Aber Oma Drombusch wollte das nicht auf ihrer schicken Enkelin sitzenlassen – und sie zitierte tapfer: „Erlaubt ist, was gefällt. – Auch Goethe."

Siegfried sah verärgert Vera an, wandte sich aber dann gereizt an seine Mutter: „Es würde mich auch wundern", sagte er scharf, „wenn du *uns* mal recht gäbest."

Chris merkte, daß ein Krach in der Luft lag und sagte so ruhig, wie er nur konnte: „Friede – Oma reist heute ab!"

Betrübt sah Oma auf ihren Teller, während Siegfried Vera und Vera Siegfried ansah. Aber beide schwiegen, und Vera löffelte weiter an ihrem Joghurt.

„Muß das immer sein?" fragte Siegfried angewidert, „dieses nackte Joghurt?"

„Drei Wochen nach Weihnachten, da paßt mir *nichts* mehr."

Thomi war den kleinen Sticheleien kaum gefolgt. Er hatte vor sich hingebrütet und fragte jetzt genau das, was er dachte, nämlich: „Warum bleibt Oma eigentlich nicht ganz bei uns?"

Wie gut diese Frage ihres Enkels Oma tat, ließ sie sich nicht anmerken. Sie empfand seine Worte wie eine Belohnung dafür, daß sie sich zusammengenommen und den leeren Koffer auf der Matratze nicht kommentiert hatte. Sie sagte nur ein bißchen verlegen: „Aber Thomi, das geht doch nicht. Ich habe doch meine Wohnung in Gießen und überhaupt – nein, so schön es bei euch ist, aber das geht wirklich nicht."

In das betretene Schweigen hinein fragte Marion, ob es heute eigentlich kein Obst gäbe, aber Thomi ließ sich nicht von seinem Thema abbringen:

„Ihr Zimmer steht aber doch leer."

So sanft wie möglich erwiderte Vater: „Du hast doch gehört, daß Oma nach Gießen fahren möchte."

Thomi nuschelte vor sich hin: „Hat sie gar nicht gesagt." Vera sagte hilflos: „Beim Essen spricht man nicht."

„Denk an deine Fünf und iß", meinte der große Bruder. Als Marion wohlmeinend sagte: „Wie lustig!", lenkte Chris doch zu einer Art von Entschuldigung ein und behauptete halb gutmütig, halb vorwurfsvoll, er habe nur Spaß gemacht.

Vera war in die Küche gegangen. Jetzt schrillte von dort her ein fremdartiges, metallisches Geräusch, das alle am Tisch zusammenfahren ließ. Marion hielt sich die Ohren zu und machte: „Iiii!" Chris fragte ratlos: „Was ist denn *das*?"

Oma Drombusch hatte sich nicht ohne Stolz aufgerichtet. Sie sagte, so beiläufig sie konnte: „Das ist vermutlich der elektrische Büchsenöffner, den ich Vera mitgebracht habe."

„Ach so", meinte Chris und setzte anerkennend hinzu: „Klingt aber gut."

Es war, als habe das gräßliche Geräusch des Büchsenöffners die Spannung am Tisch gelindert. Als Vera mit einer Schüssel hereinkam und sagte: „Ihr wolltet doch Obst", zog

Siegfried einen Zettel aus seiner Tasche. Wohlmeinend sagte er zu seiner Mutter:

„Übrigens, ich habe mich erkundigt, Mutter, der günstigste Zug für dich fährt um 14.39 Uhr."

Oma Drombusch nahm es scheinbar ohne Reaktion hin. Aber Thomi nicht: „Aber vorher hilfst du mir noch, Oma."

„Natürlich, natürlich helfe ich dir."

„Wobei?" wollte der Vater wissen, und Oma sagte: „Bei seiner Verbesserung."

Siegfried schüttelte den Kopf.

„Damit werden *wir* beide uns befassen, sobald ich vom Bahnhof zurück bin."

„Ich würde ihm wirklich gern helfen", beharrte Oma, aber Siegfried bestand darauf: „Lieb von dir, Mutter, ich glaube, hier ist es nötig, daß *ich* mich des Sohnes annehme.

Der Mercedes hielt trotz des starken Verkehrs zeitig genug vor dem Hauptbahnhof. Siegfried wollte noch einen Parkplatz suchen und seine Mutter zum Zug bringen. Sie aber meinte, der Zug komme ja schon bald, und er brauche wirklich nicht mit zum Bahnsteig kommen, das lohne nicht. Siegfried widersprach, er sei doch sofort wieder da. Aber Oma bestand darauf: „Nicht nötig, fahr nur. Vielen Dank für alles. Es war schön."

Sie nahm ihren Koffer vom Rücksitz, warf die Tür zu und ging zum Eingang. Dort drehte sie sich noch einmal um und winkte Siegfried, der über den Beifahrersitz gebeugt seiner Mutter nachsah, bis sie im Menschengewühl untergetaucht war.

Oma ging ein Stück den Bahnsteig entlang, setzte dann ihren Koffer ab und blieb stehen. Die anderen Reisenden auf dem Bahnsteig bemerkte sie gar nicht. Sie sah die Gleise hinauf und hinunter. Es wehte ein kalter Wind.

Der Zug war pünktlich. Sie nahm den Koffer auf und

stieg ein. Als sie ein leeres Abteil entdeckte, setzte sie sich an den Fensterplatz. Der Zug fuhr an. Draußen begann der trübe Wintertag langsam an ihr vorüberzuziehen.

Wie gut sie die Strecke kannte. Sooft war sie schon zwischen Darmstadt und Gießen hin- und hergefahren, auch mit Ernst; und allein zu Weihnachten im letzten Jahr, als Ernst nicht mehr lebte. Das waren schlimme Tage gewesen. Wenn sie nur wüßte, wann sie wieder zurückkehren könnte nach Darmstadt. Sie hoffte, es würde sich bald eine Gelegenheit finden, ein Grund, eine Möglichkeit, irgendein Anlaß ...

In Darmstadt arbeiteten Vera und Siegfried in ihrem Laden. Vera packte sorgfältig die verschiedenen Teller eines Jugendstil-Services ein. Siegfried rückte Stühle aus dem 18. Jahrhundert gefällig um einen Tisch zusammen. Daß ihr Jüngster oben an der Wendeltreppe ihr Gespräch belauschte, ahnten seine Eltern nicht. Sie stritten schon eine Weile, während sie den Laden umdekorierten. Vera war überreizt:

„Und warum sagst du dann *wir*, wenn du meinst, daß *ich* mich zu kümmern habe?"

„Siehst ja, wie das funktioniert, wenn er alleine lernt."

„Und *warum* lernt er alleine?"

„Entschuldige", aber sein Ton hörte sich nicht nach Entschuldigung an, „*du* bist zu Hause, nicht ich."

„Stimmt. Ich bin in der Tat samstags zu Hause, während du auf der Fußballtribüne aufregende Entspannung suchst. Ich bin auch sonntags zu Hause, während du beim strapaziösen Frühschoppen überparteiliche Beziehungen pflegst. Besonders bin ich in der Woche abends zu Hause, während du bei zeitungsträchtigen Vereinsfeiern die Partei vertrittst, bedeutsames Blabla machst und städteverschwisternde Damen charmierst. Das", rief sie empört, „das ist das Partnerschaftsbild der Jahrhundertwende!"

„Ich muß doch sehr bitten, ja!" erwiderte Siegfried mit Entschiedenheit. Du wirst die einträgliche Wechselbeziehung zwischen Politik und Geschäft nicht bestreiten können."

„Das tue ich auch nicht, aber wo bleibt die Wechselbeziehung zwischen Vater und Sohn?"

Siegfried war gerade so vertieft in das Dekorieren eines Tisches, daß er die Frage seiner Frau überhörte. Seine Konzentration war ganz auf die herzustellende Harmonie von Tellern und Krügen gerichtet.

„Wie wär's denn", fragte Vera unverdrossen, „nur mit einer halben Stunde pro Tag?" Da Siegfried damit beschäftigt war, das Arrangement zu mustern, fuhr sie fort: „*Ich* soll mit dem Jungen Mathematik lernen! Das war noch nie meine Stärke."

„Aber Vera", meinte nun Siegfried geradezu provozierend gütig, „für eine emanzipierte Frau ist das ja fast schon blamabel – die Aufgaben von einem Zwölfjährigen – was rechnen die schon!"

Vera schüttelte den Kopf und meinte resigniert, sie habe bei dieser Aufgabe jedesmal was anderes rausgekriegt.

„Mathematik ist Logik in Zahlen", dozierte er. „Zwei plus zwei gleich vier."

„Eben", sagte Vera pikiert, „das ist es ja, was mich so irritiert!"

„Schäm dich – Schätzlein", sagte er nett, aber sie sah ihn wild an: „Weißt du, daß diese Sanftmut aufreizend ist?"

Das wußte er nicht. Er wollte sie begütigend streicheln, aber sie rief: „Rühr mich nicht an!"

Er gehorchte. Dann sah er sich im Laden nach etwas Dekorativem um, das er auf einen anderen Tisch im Erker stellen könnte. „Wie Sie wollen", gab er nach.

„Die Gläser für den Tisch stelle ich schon hin", das klang wie eine Drohung. Vater ging zur Treppe. Er bat allerdings noch: „Du kommst aber bitte dazu."

„Ich komme dazu", versprach Mutter. Thomi flitzte vom Treppenabsatz droben hinüber zum Eßzimmertisch, wo er seine Schulhefte ausgebreitet hatte. Er schien ganz in die Arbeit vertieft zu sein, als Siegfried heraufkam und sich neben ihn setzte.

„So, mein Lieber", sagte er streng, „ich habe das gerade mit Mutti besprochen, das schlaue Leben hat ein Ende, von nun an zeigst du uns täglich deine Aufgaben – entweder Mutti oder mir. So ich Zeit habe. Klar?"

„Klar", bestätigte Thomi.

„Wo ist das Heft?" forschte der Vater. Als Thomi harmlos fragte: „Welches Heft?" wiederholte Siegfried: „Welches Heft! Diese Superleistung!"

Thomi zog das Heft aus der Schultasche. Er blätterte die Aufgabe vorsichtshalber selbst auf.

Beide ahnten nicht, was im Kontor geschah. Mutter saß am Schreibtisch von Siegfried, sie hatte einen Zettel mit Zahlen vor sich liegen und wählte eine Telefonnummer. Als der Angerufene sich meldete, sagte sie eilig und leise: „Du, Claudia, ist dein Peter zu Hause? Prima – ich hab' da nämlich mal eine Frage –"

Droben las Siegfried seinem Sohn eindringlich die Aufgabe vor: „Also: Siebenundvierzig Arbeiter bauen einen Eisenbahndamm. Der Damm wächst täglich um zwölf Meter, und zwar bei einer Arbeitszeit von acht Stunden. Um wieviel Meter würde der Damm wachsen, wenn dreiundsechzig Arbeiter bei einer Arbeitszeit von neun Stunden daran bauen würden?" Ungläubig setzte er hinzu: „Und das kannst du nicht rechnen?"

Thomi sah ratlos zu ihm auf und schwieg.

„Aber das ist doch ganz einfach. Was hast du? Du hast einen Eisenbahndamm, nicht?"

Thomi nickte gläubig: „Ja." Der Vater fuhr souverän fort: „An dem Damm arbeiten siebenundvierzig Arbeiter."

„Ja."

„Und zwar bei einer Arbeitszeit von acht Stunden", betonte der Vater, was Thomi wiederum bejahte. Dann aber sagte Siegfried bedeutsam: „Jetzt kommt's: In dieser Zeit wächst der Damm um zwölf Meter."

„Ja", sagte Thomi ergeben; er blickte hinüber zur Wendeltreppe, Vera kam gerade herauf.

„Jetzt brauchst du nur noch zu rechnen, wenn das nicht siebenundvierzig, sondern dreiundsechzig Arbeiter wären. Und die dreiundsechzig würden nicht acht, sondern neun Stunden arbeiten – um wieviel mehr würde da der Damm wachsen als zwölf Meter."

„Ja."

„Dann rechne das mal."

Thomi beugte sich über sein Heft. Vera war auf dem Weg zur Küche bei den Beiden stehengeblieben. Auf ihrem Gesicht lag ein Lächeln, das ihrem Mann scheinheilig vorkam. Er dagegen warf ihr einen napoleonischen Blick zu, der besagte: So macht man das.

„Möchtest du was?" fragte Siegfried. Vera nickte: „Ich sollte dazukommen." Aber ihr Mann war großzügig. Sie könne ruhig inzwischen in die Küche gehen: „Das dauert, bis der Junge das begriffen hat."

„Wie du meinst", sagte Vera mit ehrfürchtigem Ernst. Da er sich ihr Lächeln immer noch nicht erklären konnte, lächelte er etwas schief zurück. Energisch wendete er sich Thomi zu: „Und du rechnest bitte laut!"

Thomi griff nach dem Taschenrechner. Gehorsam sagte er: „Ich rechne –" Vater nahm ihm den Taschenrechner aus der Hand: „Ohne Taschenrechner."

„Ich rechne", sagte Thomi resigniert. „Siebenundvierzig Arbeiter arbeiten zwölf Meter."

„Richtig", bemerkte Vater.

„Dann", folgerte Thomi, „arbeiten an einem Meter siebenundvierzig – zwölf – das sind – dreimal zwölf gleich sechsunddreißig und siebenundvierzig warn's –" Er zögerte kurz und sagte dann fest: „Dann bleiben noch elf Arbeiter übrig."

Siegfried verbarg seine Überraschung nicht. Mit übriggebliebenen Arbeitern hatte er nicht gerechnet: „Wieso bleiben die übrig. *Die* arbeiten doch *auch.*"

„Aber siebenundvierzig durch zwölf, das geht nicht", wandte sein Sohn ein.

„Natürlich geht das", widersprach Vater. „Das sind drei $^{11}/_{12}$ Arbeiter." Das Räuspern der Mutter irritierte ihn. Er fuhr fort, mehr zu ihr als zu seinem Sohn:

„Rein rechnerisch. Aber so darf er natürlich *nicht* rechnen! Man kann doch nicht Arbeiter durch Meter teilen! Denn die arbeiten das ja *in acht Stunden.* Darfste ja nicht vergessen."

„Ja", sagte fügsam Thomi, „dann muß ich so rechnen: Siebenundvierzig Arbeiter arbeiten acht Stunden."

„Richtig", bestätigte der Vater.

„Dann", fuhr Thomi fort, „arbeiten in einer Stunde siebenundvierzig durch acht, das sind – fünf mal acht gleich vierzig – und siebenundvierzig warn's –", er überlegte noch einmal kurz, aber das war ja sonnenklar: „Dann bleiben noch sieben übrig."

„Ja, was?" fragte der Vater, „sieben was?"

Vera mischte sich nun ein: „Sieben Arbeiter."

„Unsinn", sagte Vater.

„Sieben Meter", riet Thomi.

„Natürlich Stunden", stellte Vater klar. „Denn wenn man Arbeiter durch Stunden teilt – du hast ja noch nicht einmal eine Ahnung, wie man so was rechnet. Wie hat's euch denn der Lehrer erklärt? Der hat euch doch das erklärt."

Das wußte Thomi noch genau: „Der hat gesagt, die eine Hälfte kommt *auf* den Bruchstrich und die andere darunter – und dann sollen wir kürzen!"

„Sehr richtig", nickte Vater. Nun wollte er wissen, wie Thomi das mache. Thomi reagierte prompt:

„Ich kürze so lange, bis nichts mehr übrigbleibt."

„Dann", folgerte der Vater, „ist also kein Damm mehr da, keine Arbeiter, nichts."

„Aber beim Kürzen *ist* das so", beharrte Thomi; „wenn nichts mehr übrigbleibt, ist die Aufgabe aufgegangen."

Vater war entsetzt: „Aber hier *darf* sie doch nicht aufgehen! Thomi! Denn wenn siebenundvierzig Arbeiter in acht Stunden zwölf Meter bauen, dann bauen doch nicht dreiundsechzig Arbeiter in neun Stunden Null Komma nix!"

„Ja", sagte Thomi folgsam.

„Also", forderte Vater.

„Ich rechne", erklärte Thomi und sah das Papier seines Heftes durchdringend an. Auch Siegfried rechnete. Er strich aber seine Zahlen wieder durch. Vera beobachtete ihn von der Küchentür aus. Schließlich erbarmte sie sich. Als Thomi seinen Vater mitleiderregend ansah: „Ich weiß nicht, wie man das rechnet!" sagte sie schwungvoll zu ihrem Sohn: „Das überlegst du dir, wenn du dir jetzt oben deine Spange anziehst. Dann wird dir Vati das noch mal genau erklären."

„Oma", murmelte Thomi auf dem Weg nach oben, „hätte mir das viel besser erklärt."

„Siebenundvierzig Arbeiter zu dreiundsechzig Arbeitern", dachte der Vater halblaut, „das sind – nein so geht das nicht. Ein Arbeiter von siebenundvierzig, das sind –"

„Achtzehn Komma null neun Meter", sagte die Mutter.

Siegfried traute seinen Ohren nicht.

„Bitte?"

„18,09 Meter", wiederholte sie. „Das ist das Resultat."

Beim Zurückkommen erspähte Thomi den Zettel mit den Zahlen. Er ahnte, daß die Erlösung bevorstand. Vater aber nahm den Zettel an sich: „Nun versuch's eben noch mal." Dann folgte er Mutter in die Küche.

Vera lächelte ihren Mann arglos an. Sie schien das Ganze leichtzunehmen. Siegfried wollte aber retten, was zu retten war: „Hätte ich nicht gedacht. So 'ne blöde Aufgabe. Wie hast du das rausgekriegt?"

„Auf *meine* Weise", erwiderte sie leichthin, „ich habe Peter angerufen."

Siegfried staunte, und Vera war unverhohlen stolz auf ihre Findigkeit. Siegfried schüttelte den Kopf. Dieses eine Mal, das mußte er zugeben, hatte er verloren – o Weiber! Weiber . . .

Als Oma Drombusch, beladen mit Koffer, Schirm und dem Beutel mit Einkäufen, am Abend in Gießen bei sich zu Hause ankam, gab sie sich Mühe, im Treppenhaus leise die Stufen hinaufzugehen. Niemand sollte ihr Heimkommen bemerken. Sie hatte Frau Zehnert doch gesagt, daß sie nicht kommen würde. Sie hatte keine Lust, unliebsame Fragen zu beantworten. Vorsichtig schloß sie ihre Wohnungstür auf. Erst als sie von innen die Tür fast geräuschlos ins Schloß gedrückt hatte, atmete sie auf und machte Licht. Sie stellte den Koffer ab und knipste auch das Licht in der Küche an. Kalt war es daheim. Sie drehte die Heizung auf. Ein paar Alpenveilchenstengel lagen zuoberst in dem Einkaufsbeutel, den sie in der Küche ließ.

Überall war es kalt. Die Tannenzweige vor dem Bild ihres Mannes waren verdorrt. Sie nahm sie weg und füllte im Bad eine kleine Vase für die Alpenveilchen.

„Siehst du", sagte sie zu ihrem Mann, als sie die Blumen vor sein Bild stellte, „so schnell sind drei Wochen um."

„Eigentlich", hörte sie ihren Mann sagen, seine Stimme war sehr sanft, „eigentlich sollten es ja nur drei Tage sein . . ."

„Als ob ich zu meinem Vergnügen geblieben wäre!" sagte sie vorwurfsvoll. „Ich habe mich nützlich gemacht. Ich habe eine ganze Menge getan."

„Belüg dich doch nicht", erwiderte ihr Mann. Das überhörte sie: „Allein Thomi – was hätte ich dem Bub so gern geholfen. Und da hätte ich auch helfen *können.* Auch im Geschäft."

Sie ging in die Diele, immer noch in Hut und Mantel; die Wohnung war so ausgekühlt, daß sie gar keine Lust hatte, abzulegen.

Sie nahm den Koffer, schleppte ihn ins Schlafzimmer, hievte ihn auf das Bett ihres Mannes und machte ihn auf, um die zerdrückten Kleider aufzuhängen.

„Und warum", fragte ihr Mann, „hast du dich eben an der Nachbarstür vorbeigemogelt?"

Sie drehte auch hier die Heizung an, dem Heulen nah.

„Ich hatte gehofft", klagte sie, „ich könnte noch bleiben. Aber die haben mich ja einfach abgeschoben."

„Wundert dich das, nach drei Wochen –?"

„Was sind drei Wochen gegen die Monate, die nicht rumgehen wollen – bis zum nächsten Besuch! Man schiebt seine Mutter nicht ab!"

Da hatte er es! Sie löschte das Licht im Schlafzimmer, ging hinüber in die Küche und machte den Kühlschrank auf, in dem nur ein paar Büchsen lagen. Dann packte sie die Sachen aus dem Einkaufsbeutel in die Fächer.

„Aber die werden ja *auch* mal alt!" sagte sie trotzig. „Dann sind sie vielleicht *auch* allein."

Die Stimme ihres Mannes schien ganz heiter: „Jammere nicht. Ändere es!"

„Ändern!" rief Oma Drombusch, „wie denn? Was kann ich denn tun?"

„Du brauchst nur die Zeitung aufzuschlagen", hörte sie ihren Mann mit seiner beharrlichen Sachlichkeit sagen. Sie begriff sofort, was er meinte: Untermieter! Das hatte ihr Vera auch schon geraten.

„Aber ich *mag* keine fremden Leute!" sagte sie eigensinnig. Sie schloß den Kühlschrank, machte das Licht in der Küche und auch im Wohnzimmer aus und nahm in der Diele ihre Handtasche. Sie sah sich im Spiegel an und erklärte ihrem unverständigen Mann: „Alte Menschen schließen sich nicht mehr so einfach an!"

„Du hast es ja noch gar nicht versucht", widersprach er sanft.

„Weil ich nicht will!"

Das war nun wirklich deutlich! Sie setzte noch hinzu: „Und damit Schluß, basta!"

Sie hatte überhaupt kein schlechtes Gewissen. Das sollte sich ihr Mann nur merken. Sie war im Recht. Sie wollte keine fremden Leute in der Wohnung haben. Kaum hätte sie geputzt, käme einer mit dreckigen Stiefeln. Kaum wäre sie eingeschlafen, würde der Untermieter läuten, weil er seinen Schlüssel vergessen habe. Wahrscheinlich wollten die auch die Küche und das Bad mitbenützen – das war nicht auszudenken. Sie dachte nicht daran. Ihr Mann wußte jetzt Bescheid. Sie machte sich fertig zum Gehen.

Der Ärger über solche Zumutungen weckte neue Energie. Das war der Grund, daß sie die Wohnungstür wesentlich lauter hinter sich zuschlug, als sie eigentlich wollte. Leise ging sie die Stufen hinunter. Aber es war zu spät. Frau Zehnert aus der Nachbarwohnung öffnete ihre Tür.

„Ja Frau Drombusch – Sie sind *da* –?"

„Ja, wissen Sie: Ich hab's nicht mehr länger ausgehalten. Ich wollte nach Hause. Und das haben die Kinder auch eingesehen. Irgendwann muß man auch mal an sich denken. Schönen Abend."

„Ja", meinte Frau Zehnert, „das kann ich gut verstehen. Bis morgen dann."

Auf der Straße war's dunkel, kalt und winterlich. Sie würde jetzt in dem Restaurant um die Ecke etwas essen und einen Glühwein trinken – so lange, bis die Wohnung sich ein bißchen aufgewärmt hatte.

Im Sprechzimmer der Praxis sprach Dr. Welling einen Bericht ins Diktaphon. Marion trat nach kurzem Klopfen ein. Etwas schnippisch fragte sie: „Es ist kein Patient mehr da – kann ich gehen?"

„Wieso fragen Sie neuerdings?" erkundigte sich ihr Chef. Sie erwiderte im gleichen Ton: „Heute mittag hab' ich nicht gefragt, und da war's Ihnen auch nicht recht."

Er sah sie nachdenklich an: „Sagen Sie, wie steht es eigentlich mit Ihrem Gespür für einen passenden Umgangston? Ihre kesse Art ist dafür kein Ersatz. Aber Umgangston kommt von *Umgang* – guten Abend."

Dazu fiel Marion im Augenblick nichts ein. Sie öffnete die Tür, um hinauszugehen. Dr. Welling sagte etwas freundlicher: „Marion – machen Sie mal zu."

Sie kam zwar einen Schritt näher, blieb aber an der Tür stehen.

„Was ist nur los mit Ihnen? Was erwarten Sie, wenn Sie sich so verhalten? Sympathie? Möchten *Sie* mit jemandem zusammenarbeiten, der Ihnen dauernd – wie Sie das wohl formulieren würden – vor den Koffer tritt? Und was Sie da bei Ihren Kolleginnen treiben . . . Sie wissen, was ich meine."

Marion antwortete nicht. Ihr Schweigen war abweisend. Dr. Welling blieb beharrlich:

„Was würden *Sie* da tun? So gesehen ist Ihr Verhalten ganz einfach dumm."

Er stand auf und blieb vor ihr stehen: „Ich brauche Helferinnen; aber ich brauche nicht unbedingt *Sie*. Es gibt viele, die vor der Tür stehen und froh sind, wenn sie Arbeit haben."

Sein grundsätzliches Wohlwollen ließ er sie durchaus spüren: „Sie haben mich wohl verstanden."

Aber Marion lag offensichtlich nichts daran. Patzig erwiderte sie: „Wenn Sie mir etwas vorzuwerfen haben, werden Sie bitte konkret. Mein Umgang jedenfalls ist meine Privatangelegenheit. Kann ich gehen?"

„Sie können gehen." Marion zog die Tür hinter sich zu. Der Arzt ging zum Schreibtisch zurück. Er wollte mit der Aufnahme seines Diktats fortfahren; aber er fand den Faden nicht wieder, ihm ging die kurze Unterhaltung mit Marion nicht aus dem Kopf. Er zog das Telefon zu sich heran und wählte eine Nummer.

Siegfried schloß die Ladentür ab und schaltete die Nachtbeleuchtung für die Schaufenster ein. Er wollte gerade nach oben gehen, als das Telefon klingelte. Es war sein Freund Dr. Welling. Aus seiner Freude über den Anruf wurde schnell eine betretene Überraschung.

„Wegen *Marion*? Wieso? Hat sie was pexiert? Doch, ja, natürlich wohnt sie noch bei uns, billigkeitshalber. Boutiquen sind teuer – aber warum fragst du das?"

„Ich verstehe – sicher, so kann sie sich nicht verhalten. Aber im Grund, das weißt du, ist sie kein übler Kerl – denn, bei aller Freundschaft, du hättest sie wohl kaum nach dreijähriger Ausbildungszeit behalten ... Neunzehn Jahre – natürlich. Da sind die Einflüsse Fremder gravierender als die ganze Erziehung. – Wieso, was denn noch?"

Wieder lauschte er betroffen. Allmählich wurde er wütend.

„Völlig zu Recht", bestätigte er dann seinem Freund. „Was glaubst du, was ich gleich tue. Und bitte, Walter, du kennst mich: In dieser Sache keinen Freundschaftsbonus!"

Sie beendeten ihr Gespräch. Siegfried meinte, Walter solle mal wieder ins Geschäft kommen, vielleicht würde er etwas finden, was ihm gefiele. „Laßt euch sehen. Schöne Grüße an Marianne. Wiederhören."

Er legte den Hörer auf und blieb eine Weile nachdenklich sitzen. Dann stand er auf und ging hinüber zur Wendeltreppe.

Inzwischen war Marion heimgekommen, begleitet von

Gerd Schräpper. Sie begrüßte ihre Mutter, die in der Küche belegte Brote zum Abendessen richtete. „Weißt du, wo Chris steckt?" fragte Vera, „der hat um sieben Uhr Dienst."

„Keine Ahnung", erwiderte Marion. „Du, wir müssen gleich fort. Sind meine Jeans gewaschen?"

„Das hat Oma noch gemacht – warum? Guten Abend, Herr Schräpper."

Der grüßte zurück. Marion sagte, sie habe es eilig: „Ich muß vorher mit der Band noch meine Songs probieren."

„Und das Abendbrot?" Marion winkte ab: „Nicht vorm Auftritt."

Sie müsse aber doch was essen, sorgte sich Vera. Gerd meinte trocken: „Warum muß sie das? Sie verhungert schon nicht."

Marion rannte nach oben, und Gerd ging, begleitet von düsteren Blicken Veras, ins Wohnzimmer. Dort steckte er sich eine Zigarette an und entdeckte Thomi, der in der Eßecke immer noch über seiner Aufgabe brütete.

„Na?" fragte Gerd, „klappt wohl nicht? Was ist 'n das?"

Thomi schob ihm das Heft hin. Gerd setzte sich zu ihm und las: „Siebenundvierzig Arbeiter bauen einen Eisenbahndamm . . ."

In ihrem Zimmer versuchte Marion, ihre Jeans anzuziehen, aber das war unmöglich. Oma hatte sie zu warm gewaschen. Marion zog und zerrte, die Jeans wollte nicht über den Po gehen.

„Das gibt's doch nicht!" schrie Marion verzweifelt, „Mutti!"

Aber keine Mutti kam. Marion zerrte mit der Kraft der Verzweiflung. Schließlich hatte sie die Hose über dem Po. Aber der Reißverschluß ließ sich nicht zuziehen. Sie schrie noch einmal: „Mutti!", aber da niemand kam, legte sie sich flach aufs Bett und zerrte weiter. „Mistding!"

Das Klopfen an der Tür beachtete sie nicht. Vater kam herein – „Wenn Oma noch mal meine Jeans wäscht!"

Sie bekam nun wenigstens den Knopf am Bund zu, hielt den Reißverschluß aneinander und versuchte, ihn zuzuziehen. Das funktionierte aber nicht. Deshalb ging sie langsam in die Hocke, um die Jeans zu dehnen.

„Kann ich dich mal sprechen?" fragte Vater, „dein Chef hat angerufen –"

Das hatte Marion noch gefehlt! Sie fragte so unbefangen wie möglich: „Was will er denn?" Sie deutete auf den Reißverschluß: „Das geht einfach nicht zu!" Sie gab es erst mal auf, setzte sich vor den Spiegel und begann, sich für ihren Auftritt zu schminken.

„Was wird er wohl wollen –" sagte Vater, und sie fragte lässig: „Ja und?"

„Marion", begann er, und sie ahnte schon, was kommen würde. Wie gut, daß sie beschäftigt war mit dem Auftragen ihres Make-ups, so brauchte sie den Vater nicht anzusehen.

„Unsere Meinung zu deiner Art dich zu kleiden, dich zu schminken – die kennst du. Daß du dich in letzter Zeit häufig im Ton vergreifst, weißt du vermutlich selbst, ich will es jedenfalls zu deinen Gunsten annehmen. Was du aber offenbar *nicht* weißt: Es hat Konsequenzen, wenn du den Arbeitsfrieden störst. Das läßt sich kein Arbeitgeber der Welt gefallen."

Marion tuschte ihre Wimpern und wehrte ab: „Quatsch – Arbeitsfrieden!"

Siegfried ging gar nicht darauf ein: „Oder bist du etwa so naiv zu glauben, du kannst deine abgelehnte Gehaltsforderung durchsetzen, indem du deine Kolleginnen in puncto Bezahlung gegen ihren Chef aufhetzt?"

Empört erwiderte Marion, das habe sie nicht getan – sie habe nicht gehetzt. Vater ließ die Möglichkeit offen, daß sie das vielleicht nicht gewollt habe: „Bei deinen Kolleginnen ist es jedenfalls so angekommen, sonst hätte dein Chef nichts von der Sache erfahren. Und das heißt doch wohl auch konsequenterweise, daß deine Kolleginnen, bei denen du nicht sonderlich beliebt zu sein scheinst, mit ihrer Bezahlung sehr wohl einverstanden sind."

„Kunststück!" spottete Marion, „die kriegen ja auch alle mehr als ich."

„Wahrscheinlich sind sie ja auch alle älter als du", fuhr Siegfried unbeirrt fort, „aber selbst *wenn* du zuwenig bekommst, dann ist es ja wohl richtig, das deinem Chef selbst zu sagen, in einem offenen Gespräch, wie sich das gehört."

„Hab' ich ja getan! Aber der hat mich doch glatt abgeschmiert!"

Ihr Vater hielt ihr vor, daß sie es vielleicht versäumt habe, eine solide Voraussetzung für ein solches Gespräch zu schaffen. Marions Schweigen schien ihm recht zu geben: „Soviel ich weiß, bezahlt er dich doch schon über Tarif."

„Aber wieviel!" rief Marion. „Ach, was verstehst du davon? Über Tarif bezahlt heute jeder!"

„Leistest du auch über Tarif?" fragte Siegfried ziemlich scharf. Und wieder schien er den Punkt getroffen zu haben, denn Marion antwortete nicht.

Siegfried hatte kein Klopfen gehört. Gerd kam zur Tür herein. Er ließ sich nicht stören und fuhr fort: „Marion, das sagt dir doch der gesunde Menschenverstand: Du kannst nicht Überdurchschnittliches fordern, wenn du kaum Durchschnittliches bietest."

„Woher weißt du das?" wollte Marion wissen, „das ist eine glatte Unterstellung!"

„Worum geht's denn?" mischte sich Gerd ein, aber sie sagte nur: „Nichts. Ich krieg' das nicht zu."

Sie stand auf und stemmte die Hände in die Hüften, um Gerd zu zeigen, wie er ihr helfen könnte. Er begriff sofort, kniete vor Marion nieder und zog den Reißverschluß hoch.

„Herr Schräpper, bitte lassen Sie uns noch ein paar Minuten allein."

„Wenn sie will", erwiderte Marions Freund verbindlich, „das ist nämlich *ihr* Zimmer."

„Aber meine Wohnung. Außerdem habe ich Sie gebeten."

„Wir müssen dann aber –" sagte Gerd im Hinausgehen. Vaters Stimme wurde härter: „Ich fasse mich kurz: Bei dir stimmt die Einstellung nicht mehr, mein Kind. Und das macht mir Sorge. Ich kann dir nur dringend empfehlen, dir zu überlegen, ob das alles richtig ist, was Herr Schräpper dir so erzählt."

Marion fuhr hoch: „Laß bitte Gerd aus dem Spiel!"

Sie stand jetzt vor dem Kleiderschrank und zog eine fast durchsichtige Bluse heraus:

„Warum seid ihr denn gegen ihn – weil er eine andere Lebensauffassung hat? Wer sagt denn, daß eure richtig ist? Muß seine deshalb falsch sein?"

Das war Siegfried zu simpel: „Ist sie schon alleine deshalb richtig, weil sie anders ist als unsre – kann ich genauso fragen!"

Es leuchtete ihr ein, aber sie hatte zu Gerd noch etwas Wichtiges anzubringen. „Warum *ist* er denn so? Nachdem seine Mutter verunglückt ist, hat er praktisch nie ein richtiges Elternhaus gehabt. Er hat sich immer irgendwie durchschlagen müssen."

Siegfried zeigte Verständnis: Das könne zwar vieles erklären, doch nicht alles entschuldigen. „Schließlich ist Herr Schräpper inzwischen ein erwachsener Mensch, der wissen sollte, in welche Richtung die Züge fahren."

„Aber wenn einer ohne Nestwärme aufwächst . . ." wandte Marion ein, doch Vater blieb unnachgiebig: „Dann ist das zunächst einmal bedauerlich, aber *nicht* mehr. Fehlende Nestwärme mag für einen kriminellen Jugendlichen gelten, und hier zu Recht! Aber wollen wir einem kriminellen Großvater immer noch zugute halten, daß er eine miese

Jugend hatte? Irgendwann einmal muß jeder für sich geradestehen, ohne Sozialrabatt."

Marion schlüpfte in elegante Abendschuhe. „Du würdest es nie zugeben, daß er euch über ist – weil er kritischer denkt als ihr! Wir übernehmen nicht einfach Althergebrachtes. Wir stellen zunächst einmal alles in Frage."

„Euch auch?" fragte Vater. „Denn bei sich fängt man ja wohl damit an. Du lehnst deinen Chef ab, weil er dir zu spießig ist, was immer du darunter verstehst – du lehnst die Arbeit bei ihm ab, weil du andere Interessen hast: Aber du nimmst sein Geld. Tut das einer, der sich auch nur einmal in Frage gestellt hat?"

Schroff erwiderte sie: „Ich habe Arzthelferin gelernt, und nun *mache* ich diese Arbeit. Muß ich sie deshalb lieben?"

Vater schüttelte den Kopf.

„Nein. Aber du mußt das Geld wert sein, das ein anderer für dich zahlt. Zu deiner eigenen Selbstachtung. Und weil es einfach anders nicht funktionieren kann."

Marion sah nervös auf ihre Uhr. Sie versuchte, so gut es ging, ihre Frisur für die Show zu richten. Sie hatte weder zugestimmt noch widersprochen. Siegfried war aber nicht mit gleichgültigem Schweigen zufrieden: „Oder wie lange glaubst du, wird dich dein Chef noch behalten wollen, nachdem ihm klargeworden ist, daß er für dich offenbar nur dazu da ist, dir deine Karriere als Schlagersängerin zu finanzieren –? Wenn es überhaupt eine Karriere gibt."

Sie hatte es ja immer gewußt, daß ihr die Familie nicht gönnte, was ihr über alles ging. Sie war es müde, darüber zu streiten. Sie wußte, was sie wollte. Die andern sollten sich damit abfinden:

„Daß ihr nicht an mich glaubt, das weiß ich längst. Aber ich beweise es euch! Im übrigen bin ich alt genug. Ich lasse mir keine Vorschriften machen. Ich bin selbständig und weiß genau, was ich tue."

„Dann", erwiderte Vater, „weißt du ja wohl auch, daß du

eine andere Stelle annehmen mußt, wenn du deine jetzige verlierst. Falls du eine bekommst. Und ob dir die Arbeit dort besser schmeckt, wage ich zu bezweifeln. Nur gib dich keinen Illusionen hin: Wer in deiner Weise selbständig ist, kann nicht mehr unbedingt mit der finanziellen Unterstützung der Eltern rechnen. Diese symbolische Abgabe von zweihundert Mark monatlich, die läuft dann konsequenterweise *nicht* mehr. Wenn selbständig, dann richtig. Viel Erfolg heute abend."

Er war fertig. Siegfried hatte gesagt, was zu sagen war. Er ging hinaus und zog die Tür hinter sich zu. Marion sah ihm unsicher nach. Sie beschäftigte sich wütend mit ihrer Frisur. Ihre Haare bekamen zu spüren, was sie empfand: Auflehnung, Wut und Trotz.

Inzwischen war Chris heimgekommen. Er zog den Mantel und seine Uniformjacke aus, als Vera aus der Küche kam und ihn fragte, ob er wisse, wie spät es sei.

„Na ja", erwiderte er, „ich war als Zeuge geladen. Vier Stunden habe ich im Gang rumgestanden. Schweinerei – und alles in der Feizeit", fuhr er fort, als er Veras ungläubiges Gesicht sah. „Da muß ja der Staat Bankrott machen. Und dabei bin ich noch nicht mal drangekommen."

„Sei froh", meinte Vera, „deinen wahrheitsliebenden Tag hast du heute ohnehin nicht."

Chris fiel in der Eile nichts anderes ein als ein etwas dümmliches: „Wieso?"

„Weil die Zeugenschaft doch wohl kaum bis halb sieben dauert." Das war leider schwer zu widerlegen. Er rettete sich mit frechem Charme: „Na ja – dann muß ich eben noch wo gewesen sein."

Er schloß den Schrank in der Diele auf, um seine Pistole aus der Kassette zu holen. Als er sich umwandte, sah er, daß seiner Mutter dämmerte, was er gern für sich behalten hätte. Sie sah betroffen aus: „Aber Gisi hat doch noch Dienst . . ."

„Tja", sagte Chris vielsagend. Das ließ sich nicht bestreiten. Sollte Vera darüber denken, wie sie wollte. Mädchengeschichten waren seine Privatangelegenheit. Er verwahrte die Pistole im Holster und ging hinüber ins Wohnzimmer. Dort steckten Gerd Schräpper und Thomi die Köpfe über einem Hausaufgabenheft zusammen. Sie beantworteten kaum sein „Hallo". Vera war Chris nachgegangen. Sie wollte es wissen, ob es ihm nun paßte oder nicht: „Ist das mit Gisi denn aus?"

Das ging nun doch zu weit. Er antwortete nur: „Nein. Wieso?"

„Dein Essen ist fertig", sagte die Mutter. Ihr kurzer Satz klang wie eine Strafpredigt: „Du, ich *habe* gegessen, entschuldige."

Vera sah ihn an. Sie hätte gar nicht zu sagen brauchen, was sie nun sagte: „Find' ich schon sehr schlimm."

Sie drehte sich um, und er konnte nur hinzufügen: „Ich auch –" Dann verschwand sie in der Küche. Aber er grinste Gerd zu, als er zum Telefon ging. Gerd sagte: „Hier will man immer alles ganz genau wissen. Marion legt auch gerade Rechenschaft ab." Chris hob den Hörer ab. Während er wählte, fragte er: „Auch trouble?", und Gerd bestätigte: „Der liebe Chef hat angerufen."

Chris gab der Mutter seines Kollegen Bescheid, daß Manfred nur zu klingeln brauche, er komme dann herunter. Als er aufgelegt hatte, fragte er weiter: „Und worum geht's oben?"

„Divergierende Auffassungen in Sachen Arbeitseifer und Entlohnung", erwiderte Gerd. Chris nickte und holte aus der Garderobe seine Strickweste. Die schwarze Lederjacke warf er über eine Sessellehne: „War zu erwarten. Wenn das Hobby wichtiger ist als der Beruf, gibt's Ärger."

Er nahm die Pistolenmunition aus dem Schrank und schob das Magazin ein. Dann zog er die Weste und die Lederjacke über und legte das Holster mit der Pistole an. Gerd sagte: „Daß das ein Hobby ist, sagst *du.*" Chris schüttelte den Kopf: „Aber Gerd – wenn sie glaubt, sie muß irgendwelchen Schwachsinn ins Mikrophon säuseln, dann soll sie sich nicht als Arzthelferin bezahlen lassen. Entweder oder. Oder beides *richtig.* In jedem Fall muß sie Ordnung in den Laden bringen."

„Und was, was verstehst du unter Ordnung – Schutzmann?"

Chris sah auf die Kameras, die Gerd mit sich herumschleppte, und erwiderte: „Sicher nicht dasselbe wie du – Fotofreund." Damit ging er hinaus.

Gerd wandte sich wieder Thomi zu und fragte: „Und was haste mit den 16,08 ermittelt?"

„Das sind die Meter Eisenbahndamm, die 63 Arbeiter bauen", gab Thomi Auskunft. „Und was fehlt noch?" Stolz erklärte er: „Wenn die nicht 8, sondern 9 Stunden arbeiten!"

„Rechne's aus!" gebot Gerd und schnappte sich die Zeitung vom Tisch.

Eine Weile herrschte Stille, dann sagte Thomi: „Das habe ich rausgekriegt!" Gerd überprüfte die Rechnung und nickte: „18,09 Meter – stimmt genau."

„Dann hab' ich's jetzt kapiert!" Thomi strahlte.

„Wenigstens einer ..." Gerd fuhr ihm anerkennend mit der Hand durchs Haar. Thomi lachte und ging hinüber zum Fernseher. Das hatte ja gerade noch geklappt bis zu dem Science-fiction-Film. Gerd las weiter Zeitung. Als er bemerkte, daß Siegfried die Wendeltreppe herunterkam, legte er die Zeitung weg, stand auf, deutete mit der Hand nach oben: „Darf ich?"

„Sie verwechseln Ironie mit Höflichkeit, Herr Schräpper." Darauf fiel Gerd zum ersten Mal nichts ein. Er warf sich die

Fotoapparate über die Schulter und ging hinauf, um Marion zu holen.

Siegfried war noch so in Gedanken, daß er kaum bemerkte, wie Thomi bei seinem Erscheinen vom Fernseher weggelaufen war und ihm stolz das Heft hinhielt: „Vati – das hab' ich rausgekriegt!" Gleichzeitig rief Vera aus der Küche nach ihrem Mann. Thomi war maßlos enttäuscht, als Vater ihn vertröstete. „Ich seh' mir das *nachher* noch mal an."

Er ging an seinem Jüngsten vorbei in die Küche; nur Vera hatte Verständnis für Thomi. Sie sagte wenigstens: „Augenblick, mein Lieber!"

An der Haustür läutete es zweimal. Chris kam eilig noch vor seinem Vater in die Küche. Er schob die belegten Brote in seine Mappe und stöhnte: „Nicht schon wieder!", als seine Mutter ihm ein Glas Vitaminsaft hinhielt: „Komm, sei lieb – das ist gesund, gerade bei diesem Wetter!"

„Nein! Jetzt wird es lästig!" Da mischte sich auch Vater ein: „Chris – dir schadet's nichts, und Mutti ist beruhigt –"

„Immer dieses Gesöff!" stöhnte Chris, „das artet schon langsam in Despotismus aus!" Er verließ mit dem Glas in der Hand die Küche. Er hörte nicht mehr, wie Siegfried Vera fragte, ob das denn wirklich immer sein müsse. Chris ging mit dem Glas zu Thomi, der jetzt wieder vor dem Fernseher saß. Er hielt ihm schweigend das Glas hin. Thomi fand: „Das ist aber *sehr voll!*" Chris machte ihn darauf aufmerksam, daß er die Mark, die er aus der Tasche zog, nicht *geschenkt* bekäme. Thomi trank ergeben das Glas aus.

In der Küche berichtete Siegfried seiner Frau über das Gespräch mit Marion. „Und dann", endete er, „habe ich ihr gesagt, eines von beiden. Jetzt liegt's bei ihr."

„War das nicht zu hart?" Vera stibitzte sich ein belegtes Brot von der angerichteten Platte und entschuldigte sich, sie habe nur Joghurt gegessen.

„Sie hat die Wahl, später kommt's gröber."

Da hatte er nur zu recht, fand Vera betrübt. Es war nur

ein schwacher Trost, daß Chris nun das leere Glas auf die Anrichte stellte: „Gefeit gegen Schnupfen, Husten und Heiserkeit! Das war's letzte Mal, ich weiß selbst, was ich brauche – tschüß."

Die Wohnungstür schlug hinter ihm zu. Siegfried meinte begütigend: „Laß es doch auch. Wenn er nicht für seinen Sportwagen sparen würde, sondern eine eigene Wohnung hätte, könntest du ihm ja auch keine Vitaminsäfte geben."

„Wir können dann essen", erwiderte Vera unbeirrt und rief nach Thomi.

Siegfried sagte, er schalte nur eben noch die Alarmanlage im Laden ein. Er ging die Wendeltreppe hinunter. „Thomi, komm, Abendbrot", wiederholte sie, aber ihr Jüngster saß gebannt vor dem Fernseher. Er verkündete: „Ich habe keinen Hunger!"

„Und wann wirst du welchen haben?"

„In zwanzig Minuten, hat eben erst angefangen."

Manchmal, fand Vera, war das Amt einer Mutter und Hausfrau nur schwer zu ertragen. Sie kümmerte sich um das Abendbrot, obwohl sie selbst nichts aß, weil sie Angst hatte, nicht mehr in ihre Kleider zu passen – sie sorgte für alle – aber wie sie es auch anstellte, ganz egal, wieviel Mühe sie sich gab, immer kam etwas dazwischen. Nun war Chris weg. Sie hörte jetzt auch Schritte im Treppenhaus. Marion und Gerd schienen auch zu gehen. Zurück blieben Sigi und Thomi. Aber auch denen war alles andere wichtiger als das gemeinsame Essen. Sie setzte sich auf eine Stuhlkante am Eßtisch, betrachtete die belegten Brote, die sie nicht essen durfte, und sah hinüber zum Fernseher.

„Aber *ich*", sagte sie klagend zu sich selbst, „*ich* verbreite Despotismus . . ."

Drunten im Laden fühlte auch Siegfried sich nicht viel glücklicher. Er schaltete die Alarmanlage ein und sah hinaus auf die Straße. Dort ging Marion mit Gerd auf den roten Renault zu. Gerd fragte Marion, warum sie sich überhaupt auf ein Gespräch mit ihrem Vater eingelassen habe; Marion erklärte, sie habe ihm doch Antwort geben müssen.

„Wieso müssen?" fragte Gerd. „Was ich nicht besprechen will, das bespreche ich nicht, schon gar nicht in meinem Zimmer. Es wird Zeit, daß du dich abnabelst."

Oma Drombusch saß gedankenverloren vor dem geleerten Glühweinglas allein an einem Tisch für vier Gäste im vollbesetzten Restaurant. Drei junge Leute, die Platz suchten, musterten sie kurz. Oma lächelte ihnen zu und machte eine einladende Geste: Sie könnten sich gerne an ihren Tisch setzen. Aber dazu hatten die jungen Leute offenbar keine Lust. Lieber verließen sie das Lokal. Oma Drombusch hatte plötzlich das Gefühl, sie vertriebe andere Gäste. Als sie dem Ober winkte, eilte der auch gleich mit Rechnungsblock und gezücktem Bleistift herbei, in der Hoffnung, sie wolle zahlen und endlich den Tisch räumen. Aber Oma dachte nicht daran. Sie bestellte einen weiteren Glühwein. Weil sie das Bedürfnis hatte, sie müsse sich rechtfertigen, sagte sie: „Er macht so schön warm. Bei mir ist es nämlich noch kalt zu Hause, weil ich lange weg war."

Sie hatte bereits gegessen und ein Bier getrunken vor dem ersten Glühwein, aber ihre Gedanken waren woanders. Sie betrachtete die Leute, das Kommen und Gehen der Gäste im Lokal, aber sie nahm eigentlich gar nicht wahr, was sie sah. Während sie auf der Tischdecke einen Krümel hin und her schob, wälzte sie in ihrem Kopf ein Problem, wendete die Gedanken immer wieder hin und her. Was konnte sie tun, um ihrem Alleinsein in Gießen ein Ende zu machen? Durfte sie den Rat ihrer Schwiegertochter, den Rat ihres Mannes einfach in den Wind schlagen? Schließlich blieb es ja ihr selbst überlassen, wie sie sich entscheiden würde; sie konnte es ausprobieren und dann immer noch bleibenlassen. Gar so gefährlich könnte ein Versuch nicht sein.

Sie bat um eine Zeitung. Als der Ober das Blatt gebracht hatte, blätterte sie es rasch durch bis zu den letzten Seiten – und da war die Rubrik, die sie gesucht hatte: Mietgesuche. Sie überflog die Spalten, bis ihr Blick an einer Anzeige hängenblieb:

„2 gebild. ält. Damen su. baldm. kl. Whg., auch schö. Zi. in Untermiete. Chiffre GZ 04/743."

Da konnte eigentlich kaum etwas schiefgehen. Das klang recht gut. Sie könnte die Damen im Musikzimmer unterbringen, das sie seit dem Tod von Ernst nicht mehr benützte.

Sie schrieb sich die Chiffre auf, trank ihren Glühwein aus, zahlte und ging leichten Schrittes nach Hause. Die Wohnung empfing sie mit Wärme – es könnte doch sehr schön sein, wenn die beiden älteren Damen nett wären. Nun hieße es eben abwarten, ob sie überhaupt Interesse hatten. Aber nicht nur Wohnungen, auch Zimmer waren rar in der Universitätsstadt Gießen.

Die Damen hatten sich für den Abend angesagt. Sie gefielen Oma Drombusch. Die Jüngere, recht Leutselige führte das Wort. Die andere schien etwas schwerhörig zu sein. Sie war nicht ganz so freundlich. Beide schienen gute Manieren zu haben. Oma Drombusch führte sie durch den Flur und öffnete die Tür des Musikzimmers.

Nahe am Fenster stand das Cello, daneben ein Stuhl und der Notenständer. Die Damen sahen ein Regal voller Noten, einen alten Kleiderschrank, eine Bettcouch, ein Tischchen mit Lampe und Wecker – und schließlich einige gerahmte Fotos von Herrn Drombusch, wie er Cello spielte, und Oma am Klavier. Die Damen ließen ihre Blicke über das Zimmer schweifen und sagten gar nichts. Oma Drombusch fühlte sich zu einem Kommentar verpflichtet:

„Das war unser Musikzimmer, mein Mann war nämlich

erster Cellist. Das Klavier steht drüben im Wohnzimmer, da muß ich den Raum nicht beheizen – früher stand es da, wo jetzt die Bettcouch ist. Natürlich ist es etwas kühl, weil –"

Die ältere Dame unterbrach: „Aber die Heizung funktioniert –?"

„Natürlich einwandfrei. Sie ist eben nur abgestellt."

„Da lassen wir uns einen Zähler dranmachen", sagte die Jüngere laut, „da kannst du warm haben, soviel du willst." Sie senkte die Stimme und fuhr zu Oma gewandt fort: „Sie ist nämlich ein bißchen verfroren. Aber das ist ihre eigene Schuld: Sie zieht sich warm an, weil sie friert, und dann friert sie wieder, weil sie zu warm angezogen war."

„Ich verstehe", nickte Oma Drombusch. Während sich die Damen weiter im Zimmer umsahen, musterte sie die Besucherinnen genauer.

„Die Bettcouch bleibt aber nicht hier", sagte die Ältere, die schwer hörte. Darum erwiderte Oma Drombusch auch ganz laut: „Nein, die steht nur für meine Enkel da, wenn die mal kommen."

Die Jüngere vervollständigte: „Daß sie ein Bett haben", und wieder mit erhobener Stimme fuhr sie fort: „Das kommt alles raus. Wir müssen ja Platz haben. So groß ist das Zimmer nicht." Dann zog sie Oma Drombusch ins Vertrauen: „Wir könnten uns ja 'ne größere Wohnung leisten, aber wir verreisen lieber."

„Was hast du gesagt?" fragte die Schwerhörige.

„Ich sagte, wir verreisen lieber."

„Ja", bestätigte die Ältere, „wir verreisen lieber."

Die Jüngere wollte nun wissen, was man vom Fenster aus sähe. Oma Drombusch erklärte: „Den Park –" und, um Zeit für die Übersetzung in die andere Lautstärke zu sparen, wiederholte sie laut: „Den Park!"

„Ach", sagte die Ältere, „wie schön!"

„Gefällt es dir?" fragte die Jüngere: „Sehr. Und wo ist die Küche?"

Und genau diese Frage hatte Oma Drombusch befürchtet. Das war ihr offensichtlich anzusehen, denn die Ältere fuhr fort: „Das ist doch *mit* Küchenbenützung?" Die Jüngere versuchte zu begütigen: „Da einigen wir uns schon. Wir müssen ja nicht in der Küche sein, wenn *Sie* drin sind. Außerdem sind wir ja vernünftige Menschen. Wenn Sie wollen, können Sie gern auch mal bei uns mitessen; das würde uns sogar freuen. Auch wenn Sie krank sind – auf uns ist Verlaß."

Oma Drombusch erwiderte nichts. Sie hatte genug gehört. Ihr Entschluß war gefaßt. Und auf die Frage, die ja nun kommen mußte und auch kam, hatte sie blitzschnell die richtige Antwort parat.

„Was", fragte die Ältere, „soll das Zimmer denn kosten?"

„Ich dachte", sagte Oma Drombusch, „so – so 250 Mark." Dann setzte sie entschlossen hinzu: „Pro Person. Ohne Nebenkosten."

Keine der Damen sagte etwas darauf, doch beiden war die Enttäuschung anzusehen. Das nahm Oma Drombusch ihnen nicht übel, im Gegenteil. Sie wollte eine befriedigende Erklärung für den hohen Preis abgeben. Die Verlegenheit allerdings, mit der sie die hohe Miete nun erklärte, war nur gespielt:

„Ja –", begann sie, als sei ihr das alles ziemlich peinlich, „ich bin bedürftig, müssen Sie wissen. Ich muß davon leben. Die anderen drei Zimmer vermiete ich auch. Ich habe nämlich seit Jahren zuviel Rente bekommen – insgesamt über 17 500 Mark. Die muß ich jetzt zurückzahlen. Leider."

Die Jüngere schien unschlüssig. Aber dann sagte sie doch: „Nein – fünfhundert Mark – das – für ein leeres Zimmer ..."

Sie blickte ratsuchend die Ältere an. Die hatte sich aber bereits entschieden.

„Nein, bei den vielen Menschen – und allein die Toilettenfrage! Danke."

„Also, vielen Dank", sagte die Jüngere. Oma Drombusch führte die Damen durch den Flur und machte ihnen die Wohnungstür auf. Beide verabschiedeten sich mit einem zweistimmigen „Auf Wiedersehen". Als sie die Treppe hinuntergehen wollten, mußten sie warten. Zwei junge Männer sprangen gerade die letzten Stufen herauf.

„Fünfhundert Mark!" hörte Oma Drombusch noch die Ältere sagen, „das ist ja schon Wucher!"

Das hatten auch die jungen Männer gehört. Als Oma Drombusch die Tür schließen wollte, verhinderte das der eine der beiden, der recht flott aussah.

„Schließen Sie nicht die Tür, bleiben Sie offen für Ihr Glück. Sie sind Frau Drombusch?"

„Ja", nickte sie, „aber ich nehme keine Illustrierten."

„Sehen Sie, das ist schon die erste Gemeinsamkeit. Wir sind nämlich die hilfsbereiten jungen Männer, die in Ihrem schönen Zimmer studieren möchten."

„In der Zeitung stand aber nur etwas von *einem.*" Das beirrte den jungen Mann aber nicht.

„Wir sind auch eins", erklärte er, „ein Herz und eine Seele."

Oma Drombusch blickte unschlüssig von einem zum andern. Der Flotte warb mit einem treuen Blick. „Nehmen Sie uns! Wir sind zwei neckische Kerlchen und wissen nicht, wohin."

Jetzt sagte auch der Stille etwas: „Wir bezahlen auch die fünfhundert Mark."

Nun gab Oma Drombusch den Eingang frei, damit die jungen Leute herein konnten. Sie schloß die Tür hinter ihnen und erklärte: „Das habe ich doch nur gesagt wegen der beiden Damen, weil die solche Ansprüche gestellt haben, wegen Küchenbenützung und so."

Sie öffnete die Tür des Musikzimmers.

„Küche brauchen wir nicht", erklärte der Flotte. „Der Mensatisch ist reich gedeckt."

Sie sahen nur flüchtig in das Zimmer. Oma Drombuschs innerer Widerstand wuchs. Diese Zufriedenheit mit einer Wohnung, die man gar nicht genau in Augenschein nehmen wollte! Das schien ihr mehr als bedenklich. Aus wie vielen Zimmern waren die wohl schon herausgeflogen – und warum?

„Hervorragend", erklärte der Flotte, „nehmen wir. Und die Toilette?"

„Gegenüber." Oma Drombusch öffnete die Tür zum Bad.

„Mit Wanne!" jubelte der Flotte. „Heut lacht das Glück!" und zu seinem Freund gewandt: „Aber daß du mir keine Spritzer machst!"

„Wenn ich dusche", sagte der Schweigsame ehrlich, „dann spritzt das."

Oma Drombusch sah bereits das überschwemmte Badezimmer! Und keiner der beiden würde aufwischen. Sie blieb ungerührt.

„Und wenn Sie uns jetzt noch erlauben, daß wir vielleicht ein kleines Schränklein aufhängen – fürs Nötigste vom Nötigsten – dann haben Sie die halbe Handwerksinnung im Haus: Ob schmutzige Vorhänge oder tropfende Wasserhähne, ob defekte Sicherungen oder kaputte Rolläden – wenn Sie wollen, lesen wir Ihnen sogar die Zeitung vor!"

„Das ist leider nicht das Problem", bedauerte Oma Drombusch. „Ich weiß nicht, ob Sie das Cello gesehen haben?"

Das beirrte den Flotten aber nicht. Großmütig meinte er, daß sie es gern dort stehenlassen könnte.

„Das geht nicht" widersprach sie. „Hier übt nämlich mein Seniorenquartett. Das Cello spielt Frau Trahn, ich begleite sie auf dem Klavier, Frau Jauner versucht sich auf der Geige – sie ist noch nicht ganz soweit wie wir –, und abends kommt dann noch Herr Kluckser mit der Klarinette dazu."

Das war die kalte Dusche, die Oma vorbereitet hatte. Es war der Schweigsame, der es nun genauer wissen wollte:

„Und – eh – wie oft üben Sie da?"

„Meist täglich." Oma Drombusch hörte das Klingeln des Telefons, fuhr aber fort: „Abends immer. Manchmal auch nachmittags. Und natürlich sonntags vormittag." Sie ging zum Wohnzimmer hinüber. Die Studenten blieben verstummt zurück. Sie nahm den Hörer ab. Sie sprach so laut, daß die jungen Leute alles hören konnten.

„Ja, Frau Jauner – wegen unsrer nächsten Quartettprobe – ja!"

Vera am Telefon des Wohnzimmers in Darmstadt war irritiert. Erkannte denn Oma ihre Stimme nicht? Sie versuchte, das Mißverständnis aufzuklären.

„Hallo, *ich* bin's, Mutter", sagte sie besonders deutlich. Doch sie bekam nur zu hören: „Unsinn. Die nächste Probe ist für morgen vorgesehen. Morgen um 15 Uhr."

Oma Drombusch ging mit dem Telefon in der Hand zur Wohnzimmertür. So konnte sie den Studenten in der Diele mit einem Wink bedeuten, daß das Gespräch gleich zu Ende sei.

„Das Trio Nr. 1 B-Dur von Franz Schubert", sprach Oma ins Telefon. Vera wurde es unheimlich. Was redete ihre Schwiegermutter da nur? Was war los?

„Hier ist Vera, Mutter!" wiederholte sie möglichst deutlich. Oma sah, daß ihr Gespräch Erfolg hatte. Die Studenten gingen in Richtung der Wohnungstür. Aber Oma wollte ganz sichergehen. Sie suchte nach etwas Überzeugendem, endgültig Abschreckendem.

„Jawohl, zuerst das Scherzo", setzte Oma ihr Telefonat fort. „Aber *natürlich* können Sie das spielen. Notfalls üben wir die schwierigen Passagen so lange, bis Sie die Läufe im Griff haben."

Wie sie jetzt sehen konnte, hatte ihre Taktik Erfolg: die jungen Leute waren geflüchtet. Sanft hatte sich die Wohnungstür hinter ihnen geschlossen. Oma atmete auf und sagte lächelnd ins Telefon:

„So, Vera – jetzt können wir reden."

Ihre Schwiegertochter war wirklich erleichtert, als sie nun die Erklärung für Omas seltsames Verhalten erfuhr.

„Das finde ich großartig, Mutter, daß du dich dazu durchgerungen hast – aber bitte, suche dir jemand, der gut zu dir paßt – oder einen anderen Studenten, für den du sorgen kannst, da hast du eine Aufgabe. Denk an Chris, der könnte doch auch studieren – ja. Na, prima, du kommst bei mir eins rauf – Siegfried? Dem geht's gut; der sitzt gerade unten und arbeitet an seiner Rede."

„Wann", wollte Oma Drombusch nun genau wissen, „wann wird er die Rede denn halten?" „Am kommenden Freitag im Kongreßsaal." „Und wann genau?" „Um 14 Uhr"; aber natürlich würde Siegfried sich freuen, wenn seine Mutter kommen würde, um seine Rede zu hören – selbstverständlich.

„Aber sag ihm das bitte nicht", bat Oma ihre Schwiegertochter, „ich möchte nicht, daß er das weiß. Vielleicht irritiert's ihn doch – wie? Ach, weißt du, ich finde, er sollte sich nicht dauernd mit diesem Herrn Immelmann auseinandersetzen. Er soll an das glauben, was er sagt – denn was er sagt, ist richtig! Ich kenne doch meinen Bub. Du, bei mir hat's geklingelt, vielleicht wieder so ein Mieter. Ach, wenn ich nur einen vernünftigen Menschen finden könnte ..."

„Du, wer da auch kommt", meinte Vera, „der hat vielleicht genausoviel Angst vor dir wie du vor ihm – ja, du mußt aufmachen. Also bis Freitag."

Während Oma Drombusch zur Tür ging, um zu öffnen, eilte Vera freudig erregt in Darmstadt hinunter in den Laden, wo Siegfried im Kontor an seiner Rede feilte.

„Du, ich habe eben mit Mutter telefoniert. Stell dir vor: Sie will vermieten!"

„Dafür habe ich aber jetzt gar keinen Kopf, verzeih, Vera."

„Ich dachte, es würde dich interessieren." Sie wollte sich

zurückziehen. Aber Siegfried bat: „Nicht jetzt, sei lieb. Sag mir doch mal, wie sich das anhört –"

Sie wandte sich ihm wieder zu. Siegfried sprach mit erhobener Stimme die *Kernsätze* seiner Rede:

„Aber wir? Wie ist denn *unsere* Einstellung alten Menschen gegenüber? Wir haben aus einem Altersheim ein Seniorenheim gemacht. Der Name allein aber macht ein Heim noch nicht menschlicher!" Er schwieg. Dann fragte er seine Frau: „Wie findest du das?"

Sie sah ihn an mit einem jener Blicke, die ihn nicht zum ersten Mal irritierten.

„Wie ist es?" wiederholte er. Er bekam nicht zu hören, was er gern gehört hätte. Sie lobte ihn nicht, sie stellte nur trocken fest: „Leider wahr."

In Gießen hatte Oma Drombusch die Tür geöffnet. Es war ihre Nachbarin, Frau Zehnert. Oma verteidigte sich gerade: „Also Sie reden, Frau Zehnert! Ich kann doch nicht einfach wildfremde Menschen nehmen; zumal, wenn die gleich beim ersten Gespräch über die halbe Wohnung verfügen wollen."

„Na ja", meinte Frau Zehnert, „aber etwas abgeben müssen Sie schon – für nix gibt's nix."

Es klingelte. Frau Zehnert wollte die Gelegenheit nützen und zurück in ihre Wohnung schlüpfen, aber Oma Drombusch deutete zu ihrer Wohnzimmertür: „Gehen Sie doch da rein."

Vor der Tür stand ein sehr freundlich aussehender älterer Herr.

„Guten Abend", er zog seinen Hut. „Jungwörth. Spreche ich mit Frau Drombusch?"

„Ja, bitte?"

„Ich komme für meine Schwester, Frau Almenbiegel", setzte Herr Jungwörth an. „Sie ist leider verhindert, weil –"

Oma Drombusch unterbrach ihn. Das ging doch wohl entschieden zu weit. „Also, da muß Ihre Schwester schon selbst kommen. Ich kann doch nicht an jemanden vermieten, den ich gar nicht kenne. Tut mir leid. Guten Abend."

„Guten Abend", sagte verblüfft Herr Jungwörth und zog wieder den Hut. Oma schloß die Tür und wandte sich an Frau Zehnert, die Zeugin dieses kurzen Gesprächs: „Was sich die Leute so denken! Ich kann doch nicht an den Bruder für die Schwester vermieten!"

Sie schloß die Tür des Musikzimmers, nachdem sie dort das Licht gelöscht hatte.

„Sie wollen ja gar nicht vermieten, Frau Drombusch." Frau Zehnert lächelte. „Sie wollen den Bär waschen und das Fell nicht naß machen. Aber das geht nun mal nicht."

Sie griff nach der Klinke der Wohnungstür: „Wenn Ihnen die Wohnung hier zu groß ist und Sie wollen niemand bei sich haben – warum nehmen Sie sich denn nicht eine kleinere? Am besten in Darmstadt. Denn da wollen Sie doch hin. Oder?"

Sie lächelte gutmütig, auch dann, als Oma Drombusch den Kopf schüttelte: „Also Sie erfinden Sachen! In Darmstadt sind Wohnungen genauso schwer zu kriegen wie in Gießen."

Frau Zehnert gab nicht auf; sie wußte Bescheid: „Ihr Sohn ist doch Stadtrat. Für ihn ist es doch ein Leichtes, seiner Mutter eine Wohnung zu beschaffen!"

Oma Drombusch bekam ganz große Augen. Aber Frau Zehnert ließ sich nicht täuschen.

„Und wenn Sie ehrlich sind, dann haben Sie doch schon längst mit diesem Gedanken gespielt –"

In Darmstadt war am Nachmittag eine alte Freundin zum Kaffeeklatsch zu Vera gekommen. Claudia Zoffic, eine lebensfrohe, leicht füllige Frau, war die Frau jenes Peter, dem die Rechenaufgabe, mit der nicht nur Thomi seine Not hatte, gleich geglückt war.

Vera trug eine Schüssel Schlagsahne aus der Küche zum Kaffeetisch, auf dem schon eine prächtige Obsttorte wartete. „Mit Süßstoff!" erklärte sie, aber Claudia lachte. „Ich bin nicht mehr so bescheuert", sagte die Freundin. „Seitdem ich mich zu mir bekenne, schmeckt's doppelt gut. Peter gefällt's auch, und beide haben wir gute Laune – hallo! Wen haben wir denn da?" Thomi war aus der Schule heimgekommen und hängte seinen Mantel auf.

„Tag, Tante Claudia", Thomi gab ihr artig die Hand.

„Na", fragte sie, „was macht der Eisenbahndamm?"

Thomi grinste und winkte ab. Er wäre nicht Thomi gewesen, wenn er den leisen Satz Veras zu ihrer Freundin nicht mitgekriegt hätte: „Du – das war vielleicht eine Rechnerei!"

„Ihr habt ja Oma weggeschickt, die hätte mir geholfen!"

„Wir haben Oma nicht weggeschickt", rechtfertigte sich Vera. „Sie wollte nach Hause."

Dafür hatte Thomi nur lautes Schweigen übrig. Er ging mit seiner Schultasche nach oben.

„Wie geht es eigentlich deiner Schwiegermutter?" wollte Claudia wissen.

„Ich halte die Luft an, das läuft eben ganz gut. Sie will sich einen Untermieter suchen. Ob das die wahre Lösung ist, wird sich zeigen. Jedenfalls versucht sie, aus sich heraus mit dem Alleinsein fertig zu werden – und das ist schon mal die halbe Miete."

Claudia nickte sachkundig. „Schwiegermütter sind immer ein Problem."

Vera schnitt sich ein großes Stück Torte ab: „Ach, weißt du, ich hab's auch grade zu Sigi gesagt: Es wäre schön, sie hier zu haben, sie ist im Grunde ein lieber Mensch und meint es mit keinem böse – aber bei allem Verständnis: Drei Wochen waren nun wirklich genug."

Am späten Freitag vormittag suchte sich Oma Drombusch ihren Weg durch die Stockwerke und Gänge des Sozialamtes in Darmstadt. Immer wieder blieb sie vor einer der Türen stehen, um die Aufschriften zu lesen. Als ein Beamter, bepackt mit Akten, ihr eilig entgegenkam, lächelte sie ihn freundlich an: „Entschuldigen Sie – das ist doch hier das Wohnungsamt?"

Der Beamte schüttelte den Kopf. „Wohnungsamt haben wir keins mehr. Das ist das Sozialamt." Er wollte schon weitergehen, als Oma Drombusch ihn aufhielt: „Ist der Leiter dieses Amtes ein Herr Immelmann?"

Der Beamte nickte: „An Herrn Immelmann führt kein Weg vorbei."

„Vielen Dank." Oma Drombusch war zufrieden. Der Beamte konnte gar nicht ahnen, wie wohltuend diese Auskunft für sie war. Da sie ihn so überaus glücklich ansah, wies er ihr auch gleich den Weg: „Die dritte Tür von hinten!"

„Sehr freundlich."

Oma Drombusch ging weiter, bis sie an der genannten Tür lesen konnte, daß hier Oberamtmann Volker Immelmann als Leiter des Sozialamtes residierte. Sie klopfte an und trat auch gleich ein. In der geöffneten Tür blieb sie zögernd stehen. Zwei Sekretärinnen saßen sich an ihren Schreibtischen gegenüber.

„Ich weiß nicht, ob Sie herein gesagt haben – das hört man draußen so schlecht."

Eine der Sekretärinnen lächelte: „Bitte sehr!" Oma Drombusch schloß die Tür hinter sich. Sie fühlte sich etwas unsicher. Trotzdem platzte sie mit ihrem Anliegen direkt heraus:

„Ich hätte gern eine Wohnung."

„Oh", machte die Sekretärin, mit Wohnungen hätten sie hier gar nichts zu tun. „Wir vergeben zwar Altenwohnungen in den städtischen Altersheimen, aber da sind wir auf Jahre hin ausgebucht."

Das mußte Oma Drombusch erst einmal verkraften. „Und wenn ich mich anmelde? Sie haben da doch sicher eine Liste. Ich komme nämlich extra aus Gießen."

„Haben Sie dort Ihren Wohnsitz?"

„Ja, in der Lessingstraße 47."

Dann, meinte die Sekretärin, solle sie sich vielleicht doch besser in Gießen anmelden. Aber da schüttelte Oma Drombusch energisch den Kopf. „Ich möchte aber gerne nach Darmstadt."

„Das glaube ich Ihnen schon, aber das ist so gut wie aussichtslos."

„Trotzdem!" beharrte Oma Drombusch, „ich möchte, daß ich aufgenommen werde."

„Wenn Sie meinen – Zimmer 136." Nun log sie frei heraus: „Da war ich schon. Ich soll mich an Sie wenden."

Da die Sekretärin zum Hörer griff – vermutlich, um im Zimmer 136 Ärger zu machen –, sagte Oma Drombusch nun zwingend: „Vielleicht notieren Sie sich bitte meinen Namen – das kann ich ja wohl verlangen."

Ungnädig nahm die Sekretärin einen Zettel. Vielleicht war die alte Dame so schneller loszuwerden. Jetzt kam Oma Drombuschs großer Augenblick. Darauf hatte sie hingearbeitet.

„Drombusch", sagte sie akzentuiert, „Margarete Drombusch, geboren in Darmstadt am . . ."

Aber sie brauchte nicht weiterzureden, denn die Sekretärin hatte beim Nennen ihres Namens aufgemerkt. Sie fragte nun viel höflicher: „Drombusch? Haben Sie etwas mit dem Stadtverordneten zu tun?"

„Ich bin die Mutter." Oma Drombuschs Stolz war unübersehbar.

Die Sekretärin lächelte nun sehr zuvorkommend.

„Vielleicht ist es in diesem Fall doch besser, Sie besprechen das mit Herrn Immelmann direkt."

„Aha", machte Oma Drombusch und fragte scheinbar unwissend: „Wer ist denn das?"

Die Sekretärin klärte sie auf und wandte sich zur Tür, um ins Zimmer ihres Chefs zu gehen. Aber Oma Drombusch wollte sich doch noch einmal vergewissern: „Und *wie* heißt der Herr?"

„Immelmann."

Oma Drombusch tat, als wolle sie sich den Namen einprägen. Sie wiederholte: „Immelmann – danke."

Dann nahm sie Platz auf einem Stuhl neben der Tür.

Als die Sekretärin aus Herrn Immelmanns Zimmer zurückkam, bat sie Oma Drombusch einzutreten.

Oma Drombusch ging durch die geöffnete Tür in das Zimmer des Amtsleiters. Die zurückbleibenden Sekretärinnen lächelten einander verständnisvoll an. „Wie konnte ich denn ahnen", sagte die Ältere, „daß das dem Drombusch seine Mutter ist! Und ausgerechnet bei *dem* . . ."

„Ob er weiß", fragte die Jüngere, „was sie von ihm will?"

Die Ältere zog das Auge herunter: „Er wird es nicht wissen . . ."

Herr Immelmann war von seinem Schreibtisch aufgestanden und ging lächelnd auf Oma Drombusch zu. Was konnte Siegfried nur gegen diesen Mann haben, fragte sich Oma Drombusch; er sah gut aus, er wirkte souverän und war für seine Gegner bestimmt kein bequemer Gesprächspartner, aber er wirkte doch sehr menschlich, gar nicht wie ein grauer, verbissener Beamter.

„Es freut mich, Sie kennenzulernen", sagte er, „Immelmann."

„Drombusch", erwiderte Oma und ließ sich auf seinen Wink hin in einem Sessel nieder; er setzte sich ihr gegenüber.

„Was kann ich für Sie tun?"

Oma lächelte schüchtern. „Ich weiß gar nicht, ob ich bei Ihnen richtig bin. Ich wohne in Gießen und möchte zurück nach Darmstadt. Aber das weiß mein Sohn nicht. Ich bin nicht eine von jenen Müttern, die anderen etwas vorjammern – obwohl das Alleinsein manchmal schon sehr schwer ist."

Sie nestelte in ihrer Handtasche nach einem Taschentuch und unterdrückte offenbar nur mühsam ein Schluchzen. „Wenn man so niemanden hat, das ist nicht leicht."

Herr Immelmann nickte, er hatte volles Verständnis für ihre Situation.

„Nein, das ist es sicher nicht. Nur – wie kann ich Ihnen helfen? Wie ich hörte, möchten Sie sich in einer unserer Altenwohnungen einmieten."

Oma Drombuschs tränenschwerer Blick hätte Steine erweicht. Auch Herr Immelmann blieb nicht unbeeindruckt. „Ich nehme alles – auch ein Einzelzimmer – nur: ich muß unter *Menschen*!"

Die Tribüne im Kongreßsaal war fast bis auf den letzten Platz besetzt. Oma Drombusch war früh gekommen und hatte einen Platz in der ersten Reihe. Hinter dem Rednerpult saß der Magistrat, die ehrenamtlichen Stadträte, und hinter diesen hatten die Berater des Magistrats ihre Plätze. Unter ihnen auch, Oma Drombusch hatte es gleich bemerkt, Herr Immelmann; dem Magistrat gegenüber saßen die Stadtverordneten.

Siegfried war nach dem Bürgermeister ans Rednerpult getreten und kam jetzt offenbar zum Höhepunkt seiner Rede.

„Denn wenn eine Gesellschaft krankt, dann krankt sie immer an ihren falschen Grundüberzeugungen. Und die Haushaltsdefizite landauf, landab sind – vierzig Jahre nach dem

Krieg! – nichts anderes als ein Spiegel dieser falschen Grundüberzeugung. Und das gilt für alle Parteien gleich, denn alle haben mehr ausgegeben, als sie hatten.

An welchen Schlagwörtern richten wir uns denn aus? ‚Lebensqualität.' Als ob die Qualität des Lebens in Zahlen zu bemessen sei! Wer weniger arbeitet, hat mehr Freizeit, die ist ihm zu gönnen. Aber hat er allein deshalb schon mehr Lebensqualität?"

Siegfried bekam starken Beifall. Auch Oma Drombusch klatschte in die Hände. Sie spähte zu Herrn Immelmann hinunter und bemerkte, daß er zu seinem Nachbarn etwas sagte, offenbar etwas Anerkennendes. Der Nachbar nickte bestätigend. Nun wurde es im Saal wieder ruhig. Siegfried rief in den Saal:

„‚Emanzipierte Frau' – wer ist denn das? Nur eine Frau im Beruf? Ist etwa die Fließbandarbeiterin, der nichts anderes übrigbleibt als schaffen zu gehen, damit die Kohlen stimmen, eine emanzipierte Frau? Und ist die Nur-Hausfrau deshalb keine, weil sie eben ‚nur' Hausfrau ist?"

„Fabelhaft", murmelte Oma Drombusch und sah beifallheischend zu ihren rechten und linken Nachbarn hinüber.

„Was *ist* denn eine Hausfrau?" fuhr Siegfried fort. Sie ist eine Psychotherapeutin für Kinder und Ehemann, sie ist Hilfslehrerin, Krankenpflegerin und Leiterin eines Wirtschaftsunternehmens – oft unter schwierigsten Bedingungen."

Besonders die weiblichen Zuhörer auf der Empore spendeten jetzt verstärkt Beifall. Oma Drombusch leuchtete der Stolz aus den Augen, als ihr Sohn nun über den Applaus hinweg weitersprach:

„Ist die Arbeit in der Familie nicht eine ebenso wichtige gesellschaftspolitische Aufgabe wie die Arbeit am Fließband, am Schreibtisch oder im Labor? Etwa deshalb, weil Hausfrauen sechzig Wochenstunden arbeiten? Altmodisch wie eh und je? Meine Damen und Herren: beinhaltet das

Bewußtsein, für die Familie – für andere! – gesorgt zu haben, keine Lebensqualität?"

Das war offenbar das Schlußwort seiner Rede gewesen, die nun mit langem, starkem Beifall bedacht wurde. Oma Drombusch saß, stolz auf den Sohn, strahlend auf ihrem Platz. Den Anfang der nun folgenden Debatte bekam sie darum kaum mit. Sie bemerkte aber doch die große Erregung unter den Abgeordneten, das Stimmengewirr, das den Redner umbrandete. Als ihr Sohn laut rief: „Aber so *ist* es doch", sorgte die Glocke des Vorstehers der Stadtverordneten für Ruhe im Saal.

„Nein, meine Damen und Herren", rief Siegfried, „wenn Herr Immelmann sagt, wir müssen uns mehr um die alten Mitbürger kümmern, so kann ich dem nur zustimmen. Nur – wessen Aufgabe ist das denn? Wem obliegt es denn, Vorschläge auszuarbeiten und sie dem Sozialdezernenten vorzulegen –?! Doch *Ihnen*, Herr Immelmann!"

Sowohl Beifall wie Proteste wurden jetzt laut. Oma Drombusch sank auf ihrem Platz ein bißchen in sich zusammen. Sie sagte ängstlich und leise nur zu sich selbst: „Oh, wird das böse – Oh, oh, oh –"

Sie sah hinüber zu Herrn Immelmann. Nach gutem parlamentarischen Brauch hatte er offenbar den Angriff gegen ihn gar nicht vernommen, sondern reichte dem Saaldiener einen Zettel. Der nickte und entfernte sich sofort.

„Wenn wir die hohen Kosten beklagen, die im sozialen Bereich anfallen", gab Siegfried zu bedenken, „beispielsweise beim Bau von Altenheimen – so ist das heute zwar ein sozialpolitisches Problem, aber doch wohl erst, weil wir es dazu gemacht haben! Denn im Kern ist es eine Frage an die moralische Qualität einer Gesellschaft, wie sie den Lebensabend ihrer alten Mitbürger gestaltet: Sie gehören zunächst einmal in die Familie – das Heim kann immer nur die Ausnahme sein!"

Herr Immelmann hatte diesen Sätzen offenbar mit erhöhter Aufmerksamkeit gelauscht. Er hatte Oma Drombusch längst unter den Zuhörern entdeckt. Er schaute nicht ohne Neugier zu ihr hinauf. Aber er las nur hohe Bewunderung für den Sohn und seine Redegabe in ihrer Miene. Herr Immelmann konnte ein Lächeln nicht unterdrücken.

„Alte Menschen wollen geborgen sein – und nicht nur untergebracht", erklärte Siegfried, „wenn nicht gar abgeschoben –! Besuche sind bequemer!"

Wie er doch seiner Mutter aus dem Herzen sprach. Ihr Gesicht leuchtete vor Freude. Er wußte doch einfach alles. Immer hatte er recht, ihr Siegfried.

„Aber nicht hier zuletzt zeigen sich die schlimmen Folgen einer familienfeindlichen Wohnbaupolitik mit Klein- und Kleinstwohnungen! Platz für Alte ist nicht einkalkuliert!"

Beifall wurde jetzt ebenso laut wie Proteste. Die Abgeordneten waren sich nicht einig. Bei den Zuhörern überwog die Zustimmung. Wieder mußte die Glocke Ruhe schaffen, weil nun ein Abgeordneter aufsprang und rief:

„Was soll denn der Fiskus nicht *noch* alles finanzieren –?"

„Aber das ist es doch, was ich sage!" erklärte Siegfried, „Staat und Kommunen haben jahrelang diese Gefahr nicht gesehen und wundern sich jetzt, wenn sie Probleme lösen sollen, die sie selbst geschaffen haben. Die Konsequenz muß doch bedeuten: Staat und Kommunen halten sich finanziell schadlos mit Kosten für Alten- und Pflegeheime, die kein Mensch bezahlen kann, und machen so aus unabhängigen Bürgern Fürsorgeempfänger von Staates Gnaden!"

Wieder wurden Beifallsrufe und Proteste laut; die Älteren unter den Zuschauern klatschten begeistert in die Hände. Oma Drombusch sah, daß der Saaldiener, den Herr Immelmann zuvor mit einem Auftrag weggeschickt hatte, nun zu ihm zurückkam und ihm etwas ins Ohr sagte, was Herrn Immelmann sichtlich befriedigte. Er sah jetzt mit hintergründiger Gelassenheit zu Siegfried hinüber, dem die Glocke wieder Gehör verschaffte.

„Nein, meine Damen und Herren", sagte Siegfried Drombusch fest, „wir müssen wieder lernen, für die elementarsten Probleme des Lebens selbst einzustehen!"

Herr Immelmann sah wieder hinauf zu Oma Drombusch. Ihre Augen leuchteten.

„Wir müssen zurückfinden zu jener Wertvorstellung", fuhr am Rednerpult Siegfried fort, „die doch im Grunde von allen Parteien getragen wird, eine Wertvorstellung, die die Familie als stärkste, aber auch als schutzwürdigste Gemeinschaft begreift, in die keiner ungestraft hineinregieren darf! So viel Staat wie nötig, so wenig Staat wie möglich. Ich danke Ihnen."

Die eine Seite des Abgeordnetenhauses spendete dem Redner starken Beifall, während er zu seinem Platz zurückging. Die andere Seite befand sich in lebhafter Diskussion. Oma Drombusch sah auf ihre Uhr und stand erschrocken auf. Diese Bewegung bemerkte Siegfried auf dem Weg zu seinem Platz. Er sah hoch und erkannte seine Mutter, die jetzt die Stufen der Tribüne hinunter zum Ausgang ging; Herrn Immelmanns Blick schweifte lächelnd zwischen Mutter und Sohn hin und her.

An seinem Platz wurde Siegfried sofort von seinen Parteifreunden empfangen. Sie redeten auf ihn ein, verwickelten ihn in weitere Diskussionen. Es gelang ihm aber, sich freizumachen. Er ging zum Ausgang des Saales. Auch das hatte Herr Immelmann bemerkt. Er stand auf und verließ ebenfalls den Saal.

Als Oma Drombusch im Treppenhaus die letzten Stufen herunterkam, um im Foyer zum Fahrstuhl zu gehen, hörte sie, daß im Saal der nächste Redner aufgerufen wurde. Die Tür zum Saal ging auf, und heraus kam Siegfried. Er ging auf sie zu. Sie sah ihm verlegen entgegen.

„Mutter, was machst *du* denn hier?"

„Ach, Siegfried, das solltest du doch gar nicht wissen –"

Er habe sie gesehen, sagte er. Sie strahlte zu ihm auf:

„Du, das war fabelhaft, was du alles gesagt hast!“ Sie wagte es immerhin, ihm übers Haar zu streichen; dabei bemerkte sie, daß Herr Immelmann um die Ecke bog. Er kam auf sie zu.

„Warst du bei Vera?“ fragte Siegfried. Aber sie antwortete nicht. Sie sah schweigend vor sich hin. Herr Immelmann trat freundlich lächelnd zu den beiden: „Frau Drombusch, Ihr Anliegen ist geprüft worden – und ich glaube, Sie können in einem unserer Heime mit einer Wohnung rechnen.“

Verdutzt sah Siegfried zu seiner Mutter. Dann blickte er seinen politischen Widersacher an. Und nun begann er zu ahnen, was sich da zugetragen haben mochte. Einen Augenblick lang herrschte Stille. Oma Drombusch rührte sich nicht, sie sah nur dankbar Herrn Immelmann an, der noch immer freundlich überlegen lächelte. Und nun begriff Siegfried, daß es jetzt an ihm war, die praktischen Konsequenzen aus seiner Rede zu ziehen.

„Das kommt überhaupt nicht in Frage“, sagte er fest, „das mit dem Heim. Du kommst zu uns und nicht in ein Heim. Hast du verstanden –?“

Oma Drombuschs Augen begannen zu leuchten. Eifrig nickte sie, als Herr Immelmann anerkennend fragte: „Na – ist das ein Angebot –?!“

Dann sah sie etwas zaghaft zu ihrem Sohn auf: „Wenn ihr mich nehmen wollt –“, Siegfried legte ihr den Arm um die Schultern. Lächelnd betrachtete Herr Immelmann die beiden. „Schönen Dank, Herr Immelmann!“, Siegfried deutete eine Verbeugung an.

„Aber ich bitte Sie ... Meinen Respekt!“ sagte Herr Immelmann, und zog sich zurück.

Inzwischen war es Siegfried völlig klar, wie da über seinen Kopf hinweg über seine Zukunft entschieden worden war.

Als Oma Drombusch gerührt ihren Kopf an der Brust des Sohnes barg, war der Blick, mit dem sie zu ihm aufsah, eine

Mischung aus schlitzohrigem Schuldbewußtsein und banger Dankbarkeit.

Wenig später saß Siegfried mit Vera und seiner Mutter am Kaffeetisch. Vera, sichtlich noch unter der Einwirkung eines Schocks, goß ihren Lieben den Kaffee ein. Mit Wohlbehagen nahm sich Oma Drombusch Zucker und Milch. Sie sah hinüber zu Thomi am Fernseher und winkte ihm wie eine Verschworene zu. Siegfried wirkte etwas schuldbewußt, als er dem Blick seiner Frau begegnete.

Marion fehlte am Tisch, sie hatte an diesem denkwürdigen Tag einen Auftritt als Popsängerin. Als Chris heimkam, sah er an der Garderobe den Schirm, den Hut und den Mantel seiner Großmutter hängen. Er hatte keine Ahnung, was geschehen war. Aber so gut kannte er Oma immerhin, daß er sich vorstellen konnte, daß dies der Auftakt sein konnte für eine Reihe neuer Komplikationen.

3. KAPITEL

# *Die Machtprobe*

An einem Sonntag im Vorsommer war in Gießen alles zum Auszug gerüstet. Oma Drombusch stand in Hut und Mantel am Fenster ihrer Wohnung und sah auf die Straße hinunter.

„Mein Gott", murmelte sie vor sich hin, „wenn die nicht kommen!"

Denn alles war erledigt, die Vorhänge waren von den Fenstern genommen, die Möbel, die sie nach Darmstadt mitnehmen würde, standen zusammengestellt bereit für die Packer. Zwei Studenten hatten versprochen zu kommen. Sie wollten den Umzug nach Darmstadt mit ihrem Kleinlaster machen. Da fiel Oma Drombusch ein, daß sie doch etwas vergessen hatte. Sie nahm einen Schraubenzieher und ging hinaus an die Wohnungstür, um das Schild „Ernst Drombusch" abzuschrauben.

Sie hörte Schritte im Treppenhaus. Da waren sie, ihre Helfer. Der eine sah ganz kräftig und sportlich aus, er trug die Gurte. Der andere hatte eine Mappe mit Werkzeugen unterm Arm, er war blaß und eher schmächtig.

„Ich dachte schon, Sie kommen nicht."

Der Sportliche meinte: „Was ein deutscher Student ist, der transportiert Möbel auch am Sonntag!"

„Arbeit", setzte der Blasse hinzu, „Arbeit ist Lebensfreude." Sie sahen sich in der Diele um. Der Sportliche fragte: „Was geht mit?"

Oma Drombusch zeigte ins Wohnzimmer; dort warteten die Couch, der Couchtisch mit Sesseln, eine Vitrine und eine alte oberhessische Bauerntruhe auf den Abtransport. An der Wand stand, neben Herrn Drombuschs Cello, das Klavier.

„Es ist ja nur wenig, was mir bleibt", klagte Oma, „das hier – und dann noch die paar Sachen im Schlafzimmer."

„Und das Klavier?" fragte der Blasse.

„Das Klavier auch", erwiderte Oma Drombusch fest.

Die Studenten sahen einander stumm an.

„Hatte ich aber gesagt", fügte sie harmlos hinzu. Aber der Sportliche schüttelte den Kopf.

„Kein Wort haben Sie gesagt. Immer schön bei der Wahrheit bleiben. So 'n Ding wiegt fünf Zentner!"

Der Blasse meinte resigniert, dann müßten sie es eben auseinandernehmen. Oma Drombusch war erschrocken: „Sie wollen das Klavier auseinandernehmen?"

„Wenn's geschraubt ist", erwiderte der Sportliche, „sonst muß es hierbleiben!"

Sie nahmen erst einmal die Bauerntruhe auf. Der Blasse sagte: „Um drei sehe ich uns jedenfalls nicht in Darmstadt!"

„Mein Gott –!" seufzte Oma Drombusch. Sie dachte nach, dann ging sie zum Telefon. Es war auf der Fensterbank abgestellt. Sie wählte die Darmstädter Nummer, während die Studenten sich mit der Bauerntruhe abmühten, die nicht durch die Tür gehen wollte.

Thomi meldete sich in Darmstadt. Oma bat mit schlechtem Gewissen: „Thomi, bitte sag doch Mutti, daß es etwas später werden kann."

Und es wurde später und später. Als letztes hatten die Studenten mit viel Mühe das Klavier in den Kleinlaster untergebracht. Oma sah sie aufatmend davonfahren.

Frau Zehnert kam in die leere Wohnung und sah sich um. Oma Drombusch gab ihr die Schlüssel und öffnete die Tür zum Musikzimmer.

„Und hier", sagte sie und ihre Stimme hallte, „stehen die

Möbel zusammen, die ich nicht verkaufen konnte. Wenn jemand kommt und will was haben, Sie wissen ja Bescheid."

„Und wenn ich nix verkaufen kann?"

„Dann geben Sie's halt dem Sperrmüll", seufzte Oma, „ich seh's ja nicht ..."

Sie wandte sich ab und ging in die Küche, die sie blitzblank geputzt hatte. Auf der Anrichte stand der Vogelkäfig, von einer Decke gegen Zug geschützt, und die Handtasche.

„Komm, mein Schatz", sagte sie, „es wird Zeit."

Als Oma Drombusch, bewaffnet mit Handtasche und Vogelkäfig, die Wohnung verließ, stand Frau Zehnert in der geöffneten Tür. „Aber 'nen Abschiedsschluck trinken Sie doch noch mit mir."

„Aber nur einen Schluck, ich muß ja noch fahren."

Im Treppenhaus wandte sie sich noch einmal um und sah zurück in die Wohnung, in der sie die längste Zeit ihres Lebens verbracht hatte. Das gehörte nun der Vergangenheit an. Damit war es vorüber – auch mit ihren festen Gewohnheiten, mit der Einteilung ihres Tages. Sie würde sich jetzt den Ordnungen in Darmstadt unterwerfen müssen. Das würde gewiß nicht leicht sein – ob es wohl richtig war, trotzdem den Umzug zu wagen und Gießen zu verlassen?

Frau Zehnert ahnte, was Oma Drombusch bei diesem Zurückschauen bewegte; sie sagte tröstend:

„Es kommt was Besseres!"

Wenn sie doch recht hätte! Oma nickte vertrauensvoll, und Frau Zehnert zog vorsichtig die Tür hinter ihr ins Schloß.

Siegfried war wieder einmal in der Provence auf der Suche nach schönen Antiquitäten für seinen Laden gewesen; Jahr für Jahr wurde es schwieriger, in Frankreich etwas zu finden. Trotzdem hatte er Glück gehabt. Sein Mercedes war vollgeladen, als er in Kehl bei einem deutschen Zollbeamten anhielt.

„Guten Morgen", sagte er betont heiter.

„Guten Morgen", erwiderte der Zöllner, „bitte melden Sie die mitgeführten Waren an."

Trauernd, aber auch augenzwinkernd sagte Siegfried:

„Meine Tante ist gestorben."

„So", meinte der Zöllner. „Ihre Tante. Dann fahren Sie mal zu dem Onkel da rüber; der interessiert sich für den Nachlaß."

Das bedeutete noch eine Stunde Zollformalitäten. Aber schließlich war auch das erledigt. Siegfried war müde. Es war eine lange Fahrt gewesen von Arles hierher, und es würde noch eine Weile dauern, bis er endlich wieder daheim war. Heute mußte seine Mutter auch dort einziehen. Er bangte ein wenig, aber irgendwie würde es sich einfahren im Lauf der Zeit, das Leben mit seiner Mutter.

Im Polizeirevier kam Chris wütend aus dem Zimmer seines Chefs.

„Immer ich", sagte er zu seinem Kollegen, dem älteren, etwas zur Fülle neigenden Polizisten Wembacher, „immer ich! Scheiß Alarmbereitschaft. Ausgerechnet am Samstagabend!"

„Da tuste auch mal was für dein Geld", meinte sein Kollege gutmütig, aber Chris konnte sich nur mühsam ein Lächeln abringen.

Sie fuhren Streife. An einem Telefonhäuschen bat Chris, Wembacher möge einen Augenblick warten, er habe dringend einen Anruf zu erledigen. Wembacher grinste, Chris war schon aus dem Wagen und wählte eine Nummer.

„Aber Jutta", sagte Chris schließlich, „was kann ich denn dafür, wenn die mich schon wieder einteilen – ja, für kommenden Samstag. Wegen der Karten – die wollte Ute doch heute bestellen; glaubst du, du kannst ihr noch absagen?"

Jutta meinte, sie müsse dann eben zu Ute fahren – „– und du, übrigens, das wird heute abend nichts mit dem griechischen Salat bei mir. Conny ist zurückgekommen. Was soll ich machen, wir haben nun mal das Zimmer zu zweit. Bleiben wir doch bei griechisch – im Rhodos –? Um acht, also. Bis dann. Tschüs."

In Darmstadt hatten sich die Vorbereitungen für Omas Einzug mehrfach verzögert. Immer war wieder etwas passiert, das dringlicher war und vorgezogen werden mußte. Aber heute, am Tag ihrer Ankunft, schien es doch noch zu klappen; Vera stand im Gästezimmer, das Oma beziehen sollte, und musterte die frisch tapezierten Wände; einige Bahnen fehlten noch an der Wand. Gleich würde der Tapezierer kommen, und wenn Oma nicht allzu pünktlich war, konnte doch noch alles fertig werden. Das Telefon klingelte. Als sie abgehoben hatte, rief sie nach einer kleinen Pause: „Das darf doch wohl nicht wahr sein! Ihr Mann kann uns doch nicht mit einem halbfertigen Zimmer sitzenlassen!"

Herr Breitwieser konnte nicht kommen. Vera war ratlos. Was sollte sie tun? Sie ging hinauf, um Marion zu wecken; die murmelte nur verschlafen etwas und kroch noch tiefer unter die Decke.

„Marion", wiederholte Vera, „bitte steh auf. Der Tapezierer kommt nicht."

„Wer kommt nicht?"

„Dieser Tapezierer."

Wütend warf Marion sich das Kissen über den Kopf. Aber sie würde schon herunterkommen. Vera ging ins nächste Zimmer, wo Thomi schlief.

„Thomi", rief Vera, „Thomi!"

„Mm?" machte er blinzelnd.

Vera schlug einen möglichst verlockenden Ton an, um ihren Jüngsten aus den Federn zu kriegen. „Hast du Lust zu tapezieren?"

Das begriff er noch nicht. Er sah sie nur fragend an.

„Wenn du gleich aufstehst, darfst du uns helfen."

Thomi hatte die Sachlage offenbar noch nicht ganz mitgekriegt – aber auch er würde kommen – Vera kannte ihre Kinder.

Und sie kamen. Marion und Thomi waren nicht gerade glücklich, aber doch hilfsbereit.

Vera und Marion beschmierten die Ränder der Tapete mit Leim. Aber was vor allem klebte, waren ihre Hände und die Werkzeuge.

„Irgendwas machen wir da falsch."

„Das klebt aber auch", schimpfte Marion, „Mist!"

Das Telefon klingelte. Nur Thomis Hände waren noch nicht verklebt; er nahm den Anruf entgegen und meldete beim Zurückkommen: „Oma kommt später. So um fünf. Der Leim ist schon wieder dick."

„Dann gieß Wasser zu", riet Vera.

„Geht nicht mehr, der Eimer ist voll."

Marion wiederholte, was sie ihrem Bruder schon mehrmals geraten hatte: „Dann nimm 'nen größeren!"

„Und warum kommt Oma später?" wollte Vera wissen.

„Die müssen erst das Klavier auseinandernehmen."

Vera erstarrte. Das konnte doch nicht wahr sein. Sie vergewisserte sich: „Bringt Oma etwa ihr Klavier mit?"

„Sie hat so was gesagt", erwiderte Thomi arglos und ging hinaus, um endlich den größeren Eimer zu holen.

Vera stand bewegungslos da. Marion wollte sie trösten: „Wenn es zu eng wird, ist das doch ihr Problem."

Aber Vera erwiderte fest: „Es war ausdrücklich abgesprochen: ohne Klavier."

Marion gab zu bedenken, „vielleicht hat Vati es ihr erlaubt – es wäre ja immerhin möglich."

Das fürchtete Vera auch. „Immerhin – das wäre möglich." Da kam Thomi mit dem großen Eimer zurück, goß den Leim um, und die Arbeit konnte weitergehen.

Aber Vera wollte das Klavier nicht aus dem Kopf. Während sie die letzte Bahn der Tapete mit Kleister bestrich, grübelte sie. Es würde vermutlich nicht das letzte Problem sein, der Einzug ihrer Schwiegermutter würde ihr das Leben hier schwieriger machen. Und daß Sigi hinter ihrem Rücken seiner Mutter erlaubt hatte, das Klavier mitzubringen, bedrückte sie. Das hätte er ihr wenigstens sagen müssen. Sie hatte doch ihren guten Willen bewiesen. Wie sollte das jemals gutgehen – unter solchen Umständen?

Marion telefonierte wieder einmal. Vera brauchte ihre Hilfe. Damit die letzte Bahn aufgeklebt werden konnte, mußte das einzige Möbelstück im Raum, die Bettcouch, aus dem Weg. Vera schob, aber allein schaffte sie das nicht.

„Marion, hörst du heute noch mal auf zu telefonieren?"

„Ja!" rief Marion zurück, sprach aber weiter. Vera wandte sich an Thomi, der immer noch eifrig den Leim umrührte: „Schaffst du das?"

Er half die Couch verrücken; „toller Kleister das", sagte er, „wir sind bald fertig und haben mehr davon als vorher. Warum haben wir eigentlich die doofe Couch nicht rausgetan?"

„Die doofe Couch ist Omas Bett", erwiderte Vera, „und außerdem: wohin –?"

Marion hatte ihr Telefonat beendet und kam zurück.

„Ich geh' heut abend mit Gerd in die Jahrhunderthalle", jubelte sie, „Rock-Konzert."

„Und um dir das zu sagen hat Herr Schräpper zwanzig Minuten gebraucht –?"

Das mußte Marion richtigstellen: „Wir gehen ja nicht zu unserem Privatvergnügen: Gerd muß von der Redaktion aus hin."

„Na ja", meinte Vera trocken, „dann . . ."

„Du bist widerlich." Vera war inzwischen auf die Leiter gestiegen, und Marion reichte ihr die Tapete zu.

Thomi flitzte ans Fenster, als er draußen ein kurzes Hupen vernahm. Drunten fuhr der vollbeladene Mercedes vor und hielt vor der Lagerwerkstatt, in der die mitgebrachten Möbelstücke restauriert wurden. Siegfried stieg aus seinem Wagen, reckte sich und atmete durch. Dann nahm er vom Beifahrersitz seine Mappe, den Mantel und ein kleines Päckchen, schloß den Wagen ab und ging aufs Haus zu.

„Vati kommt", rief Thomi; er sah, wie Vera gerade mit der Tapezierbürste über den unteren Teil der Tapetenbahn strich: „Mutti, das ist schief – schau mal!"

Vera wußte es nur zu gut. „Das kann ich leider nicht mehr ändern, dafür aber ist das Handarbeit. Die ist nie so akkurat."

Keß betonte Marion: „Beim Tapezierer schon!" Doch Vera ließ sich nicht aus der Ruhe bringen: „Eben! Und wir *sind* keine!"

„Dein Selbstbewußtsein möchte ich haben!"

Nicht ohne Würde belehrte Vera sie im Weggehen: „Man muß nur zu seiner Arbeit stehen!"

„Das merke dir mal", gab Marion trocken an Thomi weiter, „wenn du die nächste Fünf anbringst."

„Find' ich gar nicht witzig." Als seine Mutter hinausgegangen war, hatte er sofort aus der Hosentasche seine Spange gefischt und eingesetzt. „Blöde Ziege", setzte er mit Blick auf Marion hinzu.

In der Diele nahm Vera Siegfried in Empfang. Sie umschloß zärtlich seinen Kopf mit beiden Händen und küßte ihn.

„Hallo, mein Schatz, du siehst müde aus."

„Ich bin die ganze Nacht gefahren."

„Ohne Pause? Warum machst du das?"

Siegfried lächelte. „Nur wer die Sehnsucht kennt, weiß, was ich leide!"

Das war Vera fast zuviel, und sie fragte halb im Scherz: „Hast du vielleicht ein schlechtes Gewissen?"

Siegfried seufzte: „Mache ich dir Komplimente, habe ich ein schlechtes Gewissen – aber mache ich dir keine, liebe ich dich nicht mehr . . ."

„Immerhin warst du eine knappe Woche in Südfrankreich."

„Und dort", vollendete Siegfried, „sind alle Frauen schwarzhaarig, glutäugig und liebeslüstern."

Vera hängte wortlos seinen Mantel auf: „Kaffee?" Und als er nickte, wollte sie auf der Schwelle zur Küche wissen: „Möchtest du etwas essen?"

Aber das wollte er nicht.

Er hängte sein Jackett an die Garderobe und erkundigte sich nach seiner Mutter.

„Sie kommt später. Wegen des Klaviers . . ."

„Ah so", machte Siegfried. Er wollte sich vorsichtig zum Wohnzimmer hin absetzen, aber Vera erschien in der Küchentür. Sie sah nicht aus wie eine zärtliche Gattin. „Sigi – sie bringt ihr Klavier mit . . ."

Ihm war nicht wohl in seiner Haut. Er begriff, daß er nun Farbe bekennen mußte.

„Ja, ich weiß", meinte er verlegen, „sie – sie hatte mich gebeten und – Vera! Das *kann* man ihr nicht abschlagen. Sie kann ja nicht auf *alles* verzichten."

Verstimmt erwiderte Vera: „Ich wollte das nur festhalten."

Thomi, der gerade den großen Eimer aus dem Gästezimmer zum Klo schleppte, kam Siegfried eben recht. „Was trägst denn *du* da –?"

Sein Jüngster antwortete so, daß Vater die Zahnspange deutlich sehen mußte: „Kleister. Haben wir noch übrig."

Da mußte Siegfried sich doch einen Einblick verschaffen. Er ging hinüber zum Gästezimmer, wo Marion jetzt mit dem Aufräumen beschäftigt war und ihn begrüßte. Siegfried mochte kaum seinen Augen trauen: „Habt ihr das etwa selbst tapeziert?"

Marion klärte ihn auf. „Der Schwarzarbeiter spielt heute Turnier. Minigolf." Und als sie bemerkte, wie kritisch der Vater die letzte und ziemlich schief geklebte Bahn betrachtete, fügte sie hinzu: „Oma wollte ja keinen richtig bezahlen."

„Na ja", sagte Siegfried mehr zu sich selbst, „*gerade* tapezieren kann schließlich jeder."

Marion warf ihm einen vorwurfsvollen Blick nach, als er, das mitgebrachte Päckchen immer noch in der Hand, das Zimmer verließ. Er ging hinüber ins Schlafzimmer. Dort lag Veras Nachthemd auf dem noch aufgeschlagenen Bett. Er legte sein Päckchen daneben, zog seinen Schalbinder vom Hals und setzte sich aufs Bett, um sich ein paar Minuten lang auszustrecken.

Vera hatte inzwischen den Kaffee aufgebrüht, auf den Biedermeiertisch eine Schale mit Gebäck gestellt und ging zum Schlafzimmer. Da lag er, ihr Mann – er mußte sofort eingeschlafen sein. Leise zog sie die Tür hinter sich zu: Er sollte sich zunächst einmal gründlich ausschlafen.

Aber gerade jetzt begann im Treppenhaus ein Poltern, das nur einen einzigen Grund haben konnte – hoffentlich würde er davon nicht aufwachen. Es klingelte. Thomi rief: „Ich mach' auf!" Vera blieb gerade noch Zeit, die Kaffeekanne auf das Rechaud zu stellen, als sie draußen Stimmen hörte. Ihr Jüngster erschien aufgeregt in der Tür.

„Die Möbel kommen!"

An der Wohnungstür sah Vera zwei junge Männer in Gurten, die sich auf den Klaviaturboden stützten. Auf Veras Begrüßung hin konnten die Studenten nur noch wortlos nicken. Sie atmeten schwer; sie waren völlig geschafft.

„Ja, das Klavier", murmelte Vera ratlos, „stellen Sie's mal in die Diele. Meine Schwiegermutter ist noch nicht da."

Die beiden hatten ihre liebe Mühe. Sie schleppten allmählich alles aus ihrem Kleinlaster hinauf in die Wohnung. Die Diele füllte sich, man konnte sich gerade noch durch die vielen Möbel, Kisten und Kasten hindurchwinden. Auch im Wohnzimmer und in der Küche standen Pappkartons. Nur im Gästezimmer herrschte, abgesehen von der Bettcouch, gähnende Leere. Am mittlerweile zusammengeschraubten Klavier versuchte sich Thomi mit dem Flohwalzer.

„Meine Güte", sagte Vera, „was bringen Sie denn *noch* alles –?"

„Das Bett", erwiderte trocken der Sportliche, und der Blasse fragte: „Wohin?"

Automatisch sagte sie: „Ins Wohnzimmer. Aber geben Sie acht am Kachelofen."

Die beiden Männer mühten sich mit dem Bett ab. Vera rief zu ihrem Jüngsten, der sich immer noch am Flohwalzer versuchte, hinüber: „Thomi – hör auf!"

„Ja", sagte er gehorsam, klimperte aber weiter, als hätte er nicht verstanden.

Vera stand da, immer noch geschockt. Sie schien erst jetzt zu begreifen. „Wieso eigentlich *das Bett*?"

Sie fragte niemanden direkt, nicht einmal sich selbst – es war mehr eine Frage an das Schicksal. Alles, was einmal beschlossene Sache war, schien nicht mehr zu gelten: erst das Klavier, nun das Bett! Als wäre nicht klar abgemacht gewesen, daß Oma ihre künftigen Nächte auf der Schlafcouch verbringen würde. Aber da war es, das Bett aus Gießen, in seine Teile zerlegt. Hatte Siegfried sich auch, wie beim Klavier, mit Omas Bett einverstanden erklärt, ohne daß er sie darüber orientiert hätte? Würde sie sich weiterhin jahrelang in ihrem eigenen Heim gefallen lassen müssen, daß alles einfach über ihren Kopf hinweg zwischen Mutter und Sohn beschlossen wird? Da hätten die beiden aber ihre Rechnung ohne den Wirt gemacht. Sie würde lernen, sich zur Wehr zu setzen – das beschloß sie fest; sie schwor es sich.

Vera versuchte im letzten Moment, das Absetzen der Bettteile zu verhindern. „Nein", erklärte sie kategorisch, „das Bett bleibt *nicht* hier." Die Studenten sahen sie ratlos an. Der Blasse fragte: „Und wohin sollen *wir* damit?"

„Tun Sie's von mir aus runter ins Lager, da ist Platz genug. Hier nicht. Wo soll denn das alles hin", setzte sie verzweifelt hinzu.

Schweigend machten sich die Studenten an die Arbeit. Sie nahmen die Teile des Bettes auf, um den Rückweg anzutreten.

Das hatte Vera nun wenigstens geschafft. Der Flohwalzer aber war nun wirklich zuviel.

„Thomi", rief sie, „hör bitte auf!"

„Ja", sagte ihr Jüngster gehorsam – und klimperte weiter.

Oma Drombusch hatte auf der ganzen Strecke von Gießen her gehofft, mit ihrem kleinen Auto den Transporter einzuholen, aber es war ihr nicht gelungen.

Als sie schließlich vor dem Haus in Darmstadt angekommen war, ergriff sie den Vogelkäfig und stieg die Treppe hinauf. Sie wurde empfangen von den Klängen des Flohwalzers – und das stimmte sie froh: die Studenten hatten also das Klavier wieder richtig zusammengeschraubt. Und da kamen sie ihr auch schon auf der Treppe entgegen, die beiden jungen Männer.

„Sie haben ja fast schon alles oben", sagte Oma anerkennend.

„Im Gegenteil", berichtete der Sportliche, „wir tragen's schon wieder runter." „Bett ist hier nicht gefragt", ergänzte der Blasse.

Das konnte natürlich nur ein Scherz sein.

„Lassen Sie sich doch nichts erzählen, ich brauche doch mein Bett."

Als sie zur Tür hereinkam, brach der Flohwalzer ab. Thomi eilte ihr freudestrahlend entgegen: „Oma!"

Sie drückte ihn mit ihrem freien Arm an sich, als Vera aus dem Wohnzimmer trat. Ihre Begrüßung fiel etwas gezwungen aus: „Hallo, Mutter –"

Aber Oma ließ sich nicht von Nebensächlichkeiten aufhalten; erst mußte hier mal Ordnung geschaffen werden.

„Was ist denn mit meinem Bett?" fragte sie ihre Schwiegertochter geradeheraus, „warum läßt du das denn wieder runtertragen?"

Ohne eine Antwort abzuwarten, ging sie durch die Diele zu ihrem Zimmer.

„Hier in meinem Zimmer ist ja noch alles leer", sagte sie erfreut. Dann fuhr sie, zu den Studenten gewandt, fort: „Kommen Sie her, hier haben Sie Platz zum Aufschlagen!"

Aber Vera bat die Studenten um einen Augenblick Geduld. Sie folgte ihrer Schwiegermutter ins Gästezimmer und ließ die Tür hinter sich zufallen, damit sie unter vier Augen mit Oma reden konnte.

„Mutter, jetzt hör mal zu", begann sie, durchaus guten Willens, alles friedlich in Ordnung zu bringen, aber Oma Drombusch wartete erst gar nicht ab, was Vera sagen wollte, sondern erklärte:

„Die Couch muß übrigens raus, sonst habe ich ja gleich *gar* keinen Platz für meine paar Sachen."

Das ging Vera nun doch zu weit. Ihre Friedfertigkeit schwand, als sie mit fester Stimme erklärte: „Die Couch bleibt hier: und das weißt du sehr genau."

„Von mir aus gern", begann Oma einzulenken, aber da kam Marion herein und begrüßte sie. „Marion, mein Herz – schick siehst du aus!" Dann wandte sie sich wieder an Vera: „Ich fürchte nur, mit dem Bett wird das zu eng."

„Eben deshalb kann das Bett ja nicht hierbleiben."

„Mutti", fragte Marion, „wo ist eigentlich dein Nagellackentferner?"

Aber Vera ließ sich nicht beirren. „Es war verabredet, daß du auf der Couch schläfst, weil das eine *Wohn-Schlaf*-Couch ist. Damit warst du einverstanden, und dabei belassen wir es auch."

Oma stand da wie vom Donner gerührt. Da Vera gerade zum Fenster ging, um es zu schließen, bedeutete die Enkelin der Großmutter, sie möge Geduld haben – „Laß nur mal . . ."

„Komm, Mutter", sagte Vera, „leg ab und sag uns, wo was hinkommt, damit die jungen Männer dein Zimmer einräumen können."

Sie beachtete gar nicht, daß ihre Schwiegermutter immer noch reglos dastand. Sie verließ das Zimmer und ging hinüber zum Wohnzimmer. Da standen Teile von Omas Bett und der Sprungrahmen, von den Studenten war aber nichts zu sehen. Marion war ihrer Mutter gefolgt und sagte jetzt empört zu ihr: „Ich finde das unmöglich!"

Vera meinte: „Ich auch . . .! Und wenn das so weitergeht, dann wird das lustig hier!"

Chris kam vom Dienst heim, sah sich erstaunt um und wollte wissen, worum es denn gehe.

„Oma soll ihr Bett nicht aufschlagen", berichtete Marion, „wegen der blöden Couch."

Chris meinte, es lasse sich doch wohl ein Platz für diese Couch finden, aber Vera erklärte: „Oma hat sich ausdrücklich die Couch *gewünscht,* weil sie damit ein Wohn- *und* Schlafzimmer hat."

„Aber wenn sie auf der Couch nicht liegen kann", wandte Chris ein. Oma versuchte, sich in ihrem Zimmer mit der Couch anzufreunden. Sie drückte mit den Fingern auf die Polster, prüfte die Härte und fand ihre Erwartung bestätigt: Ihr Bett war viel besser, das gewohnte, gute alte Bett. Während Mutter zu Chris und Marion sagte, Oma habe bisher wochenlang bestens auf der Couch gelegen, saß die Großmutter den Tränen nahe auf diesem Möbel und haderte mit sich. Sie hatte es ja gewußt, sie hatte es geahnt, dieser Umzug war nicht gut für sie.

Im Wohnzimmer bekam Vera Ärger mit ihren Kindern. Sie standen ganz auf Omas Seite.

„Für Oma warme Worte finden", erklärte sie gerade, „das ist kein Kunststück. Verwechselt das ja nicht mit Haltung!"

Marion und Chris protestierten, aber Vera erinnerte sie: „Wo wart ihr denn, als Vati euch bat, die Couch zu nehmen – damit Platz wird für ihr Bett? Da war keiner von euch zu sehen, da war's ganz still, da fandet ihr es fabelhaft, als Sigi vorschlug, man könne Oma ja mal fragen wegen der Couch. Mich moralisch aufplustern kann *ich* leider *nicht.*"

Marion und Chris sahen sich etwas betreten an, dann hatte es Marion plötzlich sehr eilig: „Ich muß mich jetzt um *mich* kümmern – weißt du, wo dein Nagellackentferner ist?" Das klang wieder ganz zahm.

„Im Schlafzimmer, aber Vati schläft."

Marion ging, und Chris wollte seine Mutter beruhigen.

„Ich kann ja mal mit Oma reden", er setzte sich zum Gästezimmer hin in Bewegung. Da kam Siegfried aus dem Schlafzimmer und betrachtete das Chaos mit großen Augen.

„Was ist denn *hier* los?"

Vera sah ihn mit kämpferisch blitzenden Augen an. Sie rückte einen Teil des Bettes so hin, daß es nicht umfallen konnte:

„Das war mal unsere Wohnung."

„Das ist aber doch Mutters Bett."

„Du sagst es . . .!"

„Hast du das etwa mit ihr abgesprochen?" fragte Siegfried. Er konnte also nicht dahinterstecken. Es war offensichtlich nicht sein Komplott. Sie erwiderte erleichtert: „Das Bett ist nicht das Klavier."

Das Gepolter im Treppenhaus und die lauten Stimmen der Studenten nahm Siegfried zum Anlaß, die drohende Auseinandersetzung mit Vera aufzuschieben und dort nach dem Rechten zu sehen. Er verließ das Zimmer. Die Tür von

Omas Zimmer öffnete sich. Chris bat: „Vera – kommst du mal –?"

Es war ihm anzusehen, daß irgend etwas geschehen sein mußte. Sie ging ihm ins Gästezimmer nach. Dort war es fast dunkel, nur vom Wohnzimmer her fiel Licht herein.

Oma saß auf der Bettcouch, die in der Mitte des Zimmers stand. Aus tränennassen Augen sah sie zu ihrer Schwiegertochter auf.

„Mutter", fragte Vera betroffen, „was hast du denn?"

Oma antwortete nicht – ganz offenbar konnte sie vor lauter Tränen nicht antworten. Vera sah ihren Chris an, der zwar ihrem Blick standhielt, sich aber auch nicht äußerte. So setzte Vera sich neben Oma auf die Couch und fragte sanft und liebevoll: „Was ist denn los –?"

Ihre Schwiegermutter schluckte ein paarmal und wischte sich die Augen: „Ich finde es so schlimm, daß ich mein Bett nicht haben darf. Dabei habe ich doch nur das Notwendigste mitgenommen."

Da sie trotz der vollgestellten Wohnung der Drombuschs davon ganz fest überzeugt schien, wanderte Veras Blick ratlos zu ihrem Sohn, der nur die Achseln zuckte, als wollte er sagen: „Hab' ich mir gedacht."

Oma drehte das nasse Taschentuch in ihren Händen. Von draußen war immer noch das Gepolter und die lauten Stimmen zu vernehmen. Was sollte Vera nur tun?

Im Treppenhaus mühten sich die Studenten mit der Bauerntruhe ab. Siegfried rief ihnen zu:

„Um Himmels willen, tun Sie doch mal langsam! Was Sie heraufschleppen, das geht doch nie und nimmer in das Zimmer! Setzen Sie doch mal ab!"

„Absetzen? Auf der Treppe!?"

„Das darf doch nicht wahr sein", sagte Siegfried ganz entsetzt zu sich selbst. Als Marion, angezogen zum Ausgehen, vorbeikam, fragte er: „Du gehst doch wohl nicht weg –?"

„Mit Herrn Schräpper, beruflich!“

„Stativ halten!“ sagte der Vater höhnisch. Er bekam Antwort von einem, den er nicht bemerkt hatte. „Kann nicht jeder“, sagte Gerd Schräpper, „guten Abend.“

Er stand mit seinen Fotoapparaten über der Schulter hinter den Studenten auf halber Höhe der Treppe. Dort, wo die Truhe jetzt vor der Wohnungstür abgesetzt wurde. Marion zwängte sich durch das Gedränge und beruhigte ihren Vater: „Chris ist ja da. Tschüs.“

Der blasse Student war vom Schleppen der Truhe völlig fertig: „Möcht' wissen, was da drin ist.“

„Noten“, meinte der Sportliche. „Warum?“

„Muß *schwere* Musik sein“, stöhnte der Blasse.

Nun schritt Siegfried ein.

„Die Noten“, ordnete er an, „nehmen Sie raus, aber die Truhe kann nicht hierbleiben, ebensowenig das Bett. Das tun Sie einstweilen in unser Lager.“

Stumm sahen die Studenten einander an.

Im Gästezimmer war Oma dabei, hilflos und unter Tränen zu erklären: „Ich bin eben keine Zwanzig mehr, da schläft sich's gut auf einem Strohsack. Ich kriege nun mal Rückenschmerzen auf dieser Couch, und selbst wenn ich keine bekäme – ich bin mein Bett gewöhnt. Ich brauche mein Bett.“

„Das mit den Rückenschmerzen ist uns neu“, sagte Vera etwas zu realistisch, „davon hast du nie etwas gesagt.“

„Ich wollte doch bei euch sein, und eine andere Liege habt ihr nicht.“

Chris wandte ein, sie sei doch damals mit der Couch einverstanden gewesen.

„Die kann ja auch ruhig dableiben“, sagte Oma großmütig. Aber Vera blieb realistisch: „Wo denn, Mutter? Das Zimmer hat doch keine dehnbaren Wände. Was soll denn noch hier alles rein? Ich gebe ja zu, daß es schwer ist, sich von vielem zu trennen, aber –“

„Nein", unterbrach ihre Schwiegermutter trotzig, „das weißt du *nicht.* Sonst würdest du mir mein Bett nicht nehmen. Auch wenn ihr es lächerlich findet – in meinem Bett bin ich zu Hause. Was gehört mir denn noch?"

Vera war jetzt am Ende ihrer Widerstandskraft: „Ja, dann, also laß nur mal; das kommt schon alles in Ordnung."

Sie stand auf, sah Chris an – was sollte sie schon machen? Chris meinte zustimmend: „Ich rufe die Leute."

Er ging, und Vera sagte freundlich: „Komm, Mutter, leg mal jetzt ab und setz dich ins Wohnzimmer. Und wenn du ruhiger geworden bist, sagst du uns, wie du dein Zimmer einrichten möchtest."

Etwas besänftigt stand Oma auf; Vera half ihr beim Ablegen, als Siegfried ins Zimmer kam und den Finger nochmals in die Wunde legte.

„Hallo, Mutter – was hast du denn nur alles mitgebracht?"

„Ich mußte ja meine Wohnung leer übergeben", erklärte Oma überzeugend, „da durfte kein einziges Stück zurückbleiben!"

Der Sohn sah seiner Mutter an, daß sie geweint hatte. „Hast du was?"

„Es geht schon wieder", sagte sie tapfer, „das regt mich nur alles so auf, das ganze Durcheinander und all das."

Vera vermied Siegfrieds Blick und trug Omas Garderobe hinüber ins Schlafzimmer.

„Das schaffen wir schon", Siegfried beruhigte sie, „keine Sorge. Bis auf die Truhe, die wird vielleicht nicht reingehen, und das Bett, aber – hallo", rief er den Packern zu, „die Couch bleibt hier!"

Die Studenten wollten sich eben daranmachen, das Möbelstück fortzuschaffen. Der Blasse verstand die Welt nicht mehr. „Eben wurde noch gesagt, sie soll raus."

Siegfried sah etwas ratlos aus. Aber seine Mutter klärte ihn sofort auf. „Das ist schon richtig, Siegfried", sagte sie,

„Vera hat mir versprochen, daß ich doch mein Bett haben kann."

Jetzt begriff Siegfried nichts mehr. Der Blasse wollte nun wissen: „Ja, was nun?"

Oma erklärte ihm vertraulich wie einem alten Freund: „Sie kommt raus!" und fuhr zu ihrem Sohn gewandt fort: „Du hast mich noch gar nicht richtig begrüßt – nur hallo hast du gesagt."

Sie stand vor ihm und nestelte liebevoll an seinem Kragen herum, als Vera aus dem Schlafzimmer kam. Da half nun nichts mehr, begriff Siegfried, er hatte sich die Suppe eingebrockt, er mußte sie auslöffeln. So freundlich wie möglich rang er sich ab: „Ja, dann – herzlich willkommen, Mutter!"

Er umarmte sie. Oma war zufrieden. Doch in Veras Augen erkannte Siegfried alles andere als Zufriedenheit.

Am späten Abend dieses langen und ereignisreichen Tages war dann schließlich doch alles soweit gediehen: In der Diele lehnte nur noch die aus dem Gästezimmer verbannte Couch an der Wand, und vor der Wohnungstür standen noch einige Kisten und ein paar zusammengefaltete Pappkartons. Siegfried fand dort die Nachttischlampe für Oma. In ihrem Zimmer waren ihre Sachen jedenfalls untergebracht, aber die Vorhänge fehlten noch, und von der Decke hing nur eine Glühbirne, weil die Leuchte noch nicht angebracht war.

Siegfried ging mit dem Lämpchen zu seiner Mutter. Sie saß in ihrem Bett und lächelte ihm entgegen. Er schloß die Nachttischlampe an:

„Ich glaube schon, daß das Zimmer mal ganz schön aussehen wird – nicht so schön wie mein Wohnzimmer; aber das lebt sich schon noch ein."

„Natürlich sieht es jetzt noch kahl aus, so ohne Vorhänge und ohne deine Bilder. Aber das kriegen wir schon."

Oma sah sich im Schein der Nachttischlampe mit großen Augen in ihrem Zimmer um.

„Viel ist es nicht, was mir noch gehört, seltsam – wenn man alt wird, reduziert sich eigentlich alles ganz von selbst. Aber was habe ich eigentlich von einer großen Wohnung mit all den vielen Erinnerungen drin, wenn ich allein bin."

Sie rückte das Bild ihres Mannes neben sich auf dem Nachttisch zurecht und sah Siegfried an: „Das war heute ein harter Tag für dich."

Ihr Sohn lächelte: „Ich habe ja jetzt eine ganze Nacht lang Zeit."

„Ich bin euch schon sehr dankbar", bekannte Oma, als ihr Sohn sich zur Tür wandte; sie winkte ihn noch einmal zu sich heran.

„Siegfried", fragte sie drängend, „hat Vera etwas gegen mich –?"

Ihr Sohn lächelte beruhigend: „Warum sollte sie denn? Sie ist nur auch geschafft."

Er verließ das Zimmer. Oma legte sich in ihrem guten alten Bett zurück – wie froh war sie, daß sie es hatte. Aber viel war zu bedenken. Hatte Vera wirklich nichts gegen sie? Wie würde alles werden in der nächsten Zeit – und im Lauf der Monate und Jahre? Sie wollte in der Familie ihres Sohnes gewiß nicht zum Störenfried werden. Sie würde herausbekommen, wie sie sich hier nützlich machen, wie sie allen helfen könnte, um vor allem Vera von einigen Pflichten zu entlasten.

Sie sah noch einmal das Bild ihres Mannes an, der ihr freundlich zuzunicken schien; dann löschte sie das Licht, kuschelte sich in ihrem vertrauten Bett und versuchte einzuschlafen.

Als Siegfried aus Omas Zimmer kam, war Vera bereits im Negligé die Treppe heruntergekommen. Im Wohnzimmer sah es fast wieder so aus wie vor Omas Einzug. Auf dem Tisch standen noch die Bierflaschen vom Abendessen und die Gläser. Vera setzte sich und trank einen letzten Schluck;

Siegfried ließ sich an ihrer Seite nieder und goß sich auch noch ein Bier ein. Die Stimmung zwischen ihnen war gespannt. Zu verschieden waren ihre Meinungen. Vera stand auf und ging hinüber ins Schlafzimmer. Sie setzte sich vor den Toilettenspiegel, trug Nachtcreme auf und bürstete ihr Haar. Siegfried war ihr gefolgt. Er hängte seine Hose in den Spanner.

„Du verhältst dich unmöglich", eröffnete Siegfried den Streit.

„Und womit hat es begonnen? Doch wohl damit, daß du mit deiner Mutter unterm Arm ankamst, um mir die Frage zu stellen, die sich wohl jede Schwiegertochter erträumt: Vera, mein Schatz, hast du was dagegen, wenn Mutter zu uns zieht?"

Ihr Blick fiel auf etwas, das über einem Stuhl hing und ihr fremd war. „Was ist 'n das eigentlich?" sie griff danach; es war ein einfaches, aber sehr verführerisches Nachthemd; sie hatte jetzt keinen Sinn für so etwas und warf es wieder über den Stuhl.

„Hab' ich dir mitgebracht." Ihr „Danke" war sehr flüchtig. Sie fuhr da fort, wo sie aufgehört hatte zu wettern: „Ich denke, ich höre nicht recht!"

Siegfried versuchte ruhig zu bleiben, aber es fiel ihm schwer.

„Du weißt genau, wie alles kam. Und da habe ich dich gefragt, natürlich. Und du hast *ja* gesagt."

„Hätte ich nein sagen können?" fragte Vera leidenschaftlich. „Solche Fragen vor der eigenen Schwiegermutter sind eine glatte Nötigung. Aber darum geht es nicht, und das ist nicht mehr zu ändern, deine Mutter ist hier und wird wohl auch hierbleiben – damit finde ich mich ab. *Nicht* aber mit ihren Tricks!"

Das war zuviel. Vera ging wirklich zu weit.

„Erlaube bitte", sagte er protestierend, „meine Mutter hat keine Tricks nötig!"

Vera legte sich ins Bett, Siegfried deckte seine Seite auf.

„Die alte Frau –", gab er zu bedenken: Er wollte noch mehr sagen, aber Vera unterbrach ihn.

„Absicht oder nicht, die alte Frau hat erreicht, was sie wollte: Sie *wohnt* hier, hat ihr *Klavier* hier – unsere Couch steht in der Diele, morgen vielleicht bekocht sie dich schon in der Küche – und wenn das so weitergeht, setzt sie noch durch, das sie zwischen uns schläft!"

„Gift!" sagte Siegfried, „Gift und Galle! Aber du hast meine Mutter ja auch nie gemocht – wegen deiner lächerlichen Eifersucht."

Vera schüttelte den Kopf. Das stimmte einfach nicht. Siegfried wußte es.

„Ich mag deine Mutter, leider! Es würde vieles leichter für mich sein, wenn es so wäre, wie du sagst. Ich sehe nur, daß du *sie* verteidigst, und mit *mir* suchst du Krach!"

„Krach!" wiederholte Siegfried erschöpft, so ein Unsinn; er mochte nicht mehr. „Ich bin viel zu müde. Ich möchte jetzt schlafen. Gute Nacht."

Er knipste seine Nachttischlampe aus und kehrte sich von seiner Frau ab. Er zog die schützende Decke über sich und hoffte, daß er gleich einschlafen würde.

„Gute Nacht", erwiderte Vera. Sie lag da und starrte vor sich hin. Siegfried war offenbar sofort eingeschlafen, seine Atemzüge waren ganz ruhig geworden.

Siegfried hatte es gut. Der brauchte sich nicht den Kopf zu zerbrechen, nachdem er ihr die Suppe eingebrockt hatte. Auch die Kinder würden zu der Oma stehen; das war ganz klar. Sie würde in Zukunft ein Einzelkämpfer im Hause sein müssen. Aber mit offenem Kampf würde hier nichts mehr zu schaffen sein; sie würde lernen müssen, klug zu sein, sie würde lernen müssen, sich durchzusetzen gegen eine alte Frau, die es immer einzurichten wußte, das zu bekommen, was sie wollte. Das würde nicht leicht sein. Aber sie mußte es schaffen.

Ihre Kampfansage verkündete sie mit zusammengebissenen Zähnen der ganzen Familie, als sie das Licht ausmachte: „Wenn man hier nur mit Tricks weiterkommt: die könnt ihr haben!"

Im griechischen Restaurant hatten Chris und Jutta eine Kleinigkeit gegessen. Sie saßen jetzt an der Bar vor ihren leeren Gläsern, eingehüllt von Sirtaki-Musik. Das Lokal wurde vor allem von jungen Leuten besucht; Chris hatte schon bezahlt. Vor ihm stand eine Flasche Domestika, die er mit nach Hause nehmen wollte.

„Find' ich ganz schön doof", sagte Jutta, „wenn die euch zu jeder x-beliebigen Zeit zum Dienst bestellen können. Dann kannst du ja *nie* was planen."

„Es kommt ja nicht immer was dazwischen, aber das weiß man halt nicht. Besonders beliebt ist die Alarmbereitschaft; da sitzte stundenlang rum in voller Kriegsbemalung, dann kommt Entwarnung, und das war dann der freie Abend von hundert Mann. Nur weil wieder mal ein paar Übervorsichtige verrückt spielen – wie am Samstag; so 'n Schwachsinn."

Juttas Blick hing an seinem hübschen Gesicht. Dieser Anblick interessierte sie mehr als ihre Frage, die sich fast automatisch anschloß: „Worum geht's denn da?"

„Bürgerversammlung", erklärte Chris, „wegen der geplanten Trasse übers Oberfeld. Die Pendler wollen sie, die Darmstädter nicht. Da gibt's halt 'nen heißen Abend – aber doch keine Power-Demo!"

Er sah sie ernst an, aber sein Ernst galt nicht der Alarmbereitschaft am Samstag oder gar den Problemen des Oberfelds. „Du irritierst mich", sagte er leise, „ich könnt' deine Freundin auf den Mond schießen."

„Was kann ich dafür, daß sie zurückkommt?" Sie sah aber nicht so aus, als freue sie die Heimkehr ihrer Freundin:

„Übers Wochenende ist sie weg ... mach doch blau. Bei hundert Mann ..."

Aber Chris schüttelte den Kopf: „Ich *bin* nun mal in dem Verein."

„Traust dich nur nicht."

Er lächelte, wenn auch der Ernst in seinem Blick nicht schwand: „Bei wem ...? Bei dir ...?"

Ihre Blicke versanken ineinander. Ohne eine Antwort abzuwarten, fuhr Chris fort: „Wir sollten gehen."

Sie standen auf und zogen ihre Mäntel an. Chris nahm die Flasche Wein in die Hand und wollte hinausgehen, hielt Jutta aber zurück: „Bleib mal."

Sie folgte seinem Blick und sah zwei ungefähr Siebzehnjährige, die sich gerade vom Wirt am Tresen, mit dem sie sich unterhalten hatten, abwandten und zur Eingangstür gingen. Dort machten sie sich daran, an der Innenseite der Tür ein Plakat zu befestigen.

„Kennst du die?" fragte Jutta leise.

„Den einen – der arbeitet mit dem Katapult. Präzisionsschleuder, wie sich das nennt. Munition: gebogene Nägel. Wenn du so 'n Ding ins Gesicht kriegst, das kannste mit Kreuzstichen nähen lassen."

Die Siebzehnjährigen hatten das Plakat am oberen Rand befestigt, so daß man lesen konnte, was darauf stand:

KOMMT LEUTE!
SAMSTAG, 18. APRIL, 20 UHR, WOOGSAAL.

KEINE TRASSE ÜBERS OBERFELD
HAUT AUF DIE PAUKE – ZEIGT'S DENEN
GEGEN BETONWÜSTEN
GEGEN PROFITHENGSTE
GEGEN PANZERSTRASSEN

SOLIDARITÄT MIT AKTION POWER

„Die funktionieren das um", meinte Jutta, und Chris nickte: „Das ist Aufruf zum Terror."

„Könnt ihr da nichts machen –?"

„Vorher nicht ...", sagte er bedauernd.

Er ging mit Jutta auf die Tür zu, die von den Siebzehnjährigen verstellt war, wartete kurz und fragte dann: „Können wir raus?"

Der eine, den Chris kannte, Udo Huttoldt, wandte sich lässig um; er wollte provozieren, er wollte zuerst das Plakat ankleben, bevor er jemanden durchließ; als er aber Chris erkannte, gab er die Tür frei – und sie sahen einander stumm in die Augen. Huttoldt lächelte hämisch.

Sie verließen das Lokal. Die Tür schwang hinter ihnen zu. Die unerfreuliche Begegnung wirkte nach, bis Jutta ihren Wagen vor dem Haus der Drombuschs hielt, dann fielen sie einander in die Arme, küßten und streichelten sich, bis Jutta schließlich seine Hand unter ihrem Pulli zurückschob.

„Nicht, Chris – führt doch zu nichts –", bat sie.

„Komm doch mit rauf – warum denn nicht? Das ist mein Zimmer, da hat uns keiner was zu sagen."

Jutta schüttelte den Kopf: „So eindeutig – das mag ich nicht."

Aber Chris bestand weiter darauf:

„Jutta – sei doch kein Frosch. Wenigstens auf ein Glas von dem Domestika – den hab' ich uns doch extra mitgenommen; zum Ausklang."

Sie zögerte noch einen Augenblick, dann gab sie nach: „Aber nur auf ein Glas!"

„Wie du willst", erwiderte Chris brav.

Sie stiegen aus, Jutta schloß ihren Ami 6 ab, fuhr sich durchs Haar, zog ihren Pulli zurecht und ging dann mit zu ihm.

Der Morgen dämmerte. In Chris' Zimmer lag die leere Weinflasche umgekippt auf dem Teppichboden neben der Schlafcouch. Auf dem Tischchen am Kopfende standen zwei Gläser. Aneinandergeschmiegt lagen Chris und Jutta in tiefem Schlaf. Als der Wecker klingelte, brachte Chris schlaftrunken das schrille Klingeln zum Schweigen. Durch die Bewegung wurde Jutta wach. Zunächst wußte sie gar nicht, wo sie war. Sie mußte sich erst orientieren. Als sie auf den Wecker sah, erschrak sie und überlegte unschlüssig, ob sie Chris überhaupt wecken sollte; schließlich versuchte sie es doch.

„Chris", flüsterte sie, wiederholte seinen Namen und sprach dann etwas lauter: „Wir haben den Wecker falsch gestellt – ich wollte schon längst weg sein – hey – wie komme ich denn bloß hier raus?"

Chris blinzelte sie an.

„Wie ich hier rauskomme!"

Wieviel Uhr es denn sei, wollte er wissen. „Kurz nach sechs."

„So früh", beruhigte Chris, „sind die noch nicht auf."

„Wär' ich nur nicht raufgekommen!" seufzte Jutta. „Wo ist denn das Bad?"

„Gegenüber, steht dran."

„Hast du 'nen Bademantel?" Er nickte: „Ja – im Bad!"

Er warf ihr sein Hemd zu. Sie zog es sich über. Sie zögerte noch etwas: „Hoffentlich kommt da nicht gerade jemand raus!"

Vorsichtig öffnete sie die Tür, schloß sie aber sofort wieder und lehnte sich mit dem Rücken dagegen.

„Dein Bruder!" flüsterte sie; „daß du aber auch immer noch bei deinen Eltern wohnst!"

„Was soll ich machen. Eigene Wohnung *und* ein Auto, das verkraftet mein Gehalt nicht!"

Jutta wünschte sich ein Mauseloch. Sollte sie jetzt raus aus der Tür und hinübergehen zum Bad – oder nicht? Es tröstete sie wenig, als Chris meinte: „Bist schon ein knackiges Kerlchen!" Sie holte tief Luft, machte die Tür auf und huschte hinüber ins Bad.

Das Morgenlicht fiel ins Schlafzimmer der Eltern. Sie schliefen noch. An Veras Ohr drangen ungewohnte Geräusche. Irgendwo schlug eine Tür zu. Das weckte Vera ganz auf. Nach einem Blick auf Siegfried, der ebenfalls wach geworden war, sah sie auf die Uhr, horchte weiter auf das unvertraute frühe Geräusch, warf ihren Morgenmantel über und ging hinüber ins Wohnzimmer.

Fix und fertig angezogen, war Oma damit beschäftigt, das Frühstück für ihre Lieben zuzubereiten. Der Tisch war schon gedeckt.

„Mutter, warum bist du denn schon auf?"

Ihre Schwiegermutter erwiderte ein bißchen verschämt, im Grunde aber doch zufrieden: „Ich wollte euch überraschen. Ich dachte, wenn ich das Frühstück mache –"

„Lieb von dir, Mutter." Es klang eher kühl: „aber das hätte ich nicht so gern. Hier ist alles eingespielt, und dabei soll es auch bleiben."

Sie sah über den Tisch. Dann räumte sie ein Gedeck ab und stellte dafür einen Kakaobecher hin, holte ein Holzbrettchen und legte es zu dem Becher. Schließlich tauschte sie eine Kaffeetasse gegen eine Teetasse aus – kurzum, sie deckte den Frühstückstisch so, wie er seit jeher gedeckt war.

„Weißt du, mal hat Chris Frühdienst, mal schläft er, mal muß Thomi um acht in die Schule, dann wieder um zehn – Marion frühstückt ohnehin im Stehen. Sei lieb, Mutter, geh in dein Zimmer, lies die Zeitung – wenn es dann soweit ist, rufe ich dich."

Oma blieb nichts anderes übrig, als ihrer Schwiegertochter beim Umdecken zuzusehen. Sie versuchte sich aber auch, die Ordnung des Frühstückstischs einzuprägen, damit ihr so was nicht noch einmal passieren konnte.

„Aber ich möchte mich doch nützlich machen", sagte sie betrübt, „ich kann ja alles lernen. Ich dachte, es hilft dir vielleicht, wenn ich euch bekoche, da kannst du dich voll ums Geschäft kümmern – und ich habe nicht das Gefühl, daß ich bedient werde. Ich habe doch Zeit!"

„Sicher, Mutter, die hast du – und ich verstehe auch, daß du gern etwas tun möchtest. Aber welches Gefühl muß *ich* dann haben, wenn *du* die Familie versorgst?"

Sie hatte es ja geahnt, dachte Vera. Nur daß Oma so früh damit beginnen würde, ihr in den Haushalt zu pfuschen, das hatte sie nicht in ihren schlimmsten Vorstellungen befürchtet.

„Wär' das so schlimm?" fragte Oma treuherzig, „ich tu's doch gern!"

„Das weiß ich", sagte sie darum fest, „*ich* aber auch. Und zwei Frauen in einer Küche – sei ehrlich: hättest du deine Schwiegermutter in der Küche haben wollen?"

Oma war verletzt. Sie hatte es ja befürchtet, daß Vera etwas gegen sie hatte, trotz Siegfrieds Beschwichtigungen. Wie konnte ihre Schwiegertochter nur so kalt sein. Sie hatte doch nichts anderes im Sinn, als ihr zur Hand zu gehen.

„Entschuldige –", sagte sie, wandte sich ab und wollte in ihr Zimmer gehen.

„Mutter! Bitte versteh das!"

„Schon gut", sagte Oma. Als sie ihren Sohn aus dem Schlafzimmer kommen sah, holte sie demonstrativ ein Taschentuch aus der Manteltasche. Auf Siegfrieds „Guten Morgen! Gut geschlafen?" antwortete sie nur: „Hm, hm", wandte sich ab, ging in ihr Zimmer und schloß hinter sich die Tür.

„War was?" fragte Siegfried verständnislos. Vera erklärte scharf: „Deine Mutter braucht Beschäftigung – aber nicht unbedingt bei mir in der Küche."

Der Ärger ging also bereits am Morgen los, dachte Siegfried, wollte aber zwischen den Frauen vermitteln: „Wieso braucht sie gleich eine Beschäftigung, wenn sie dir einen Gefallen tun will?“

Trocken erwiderte Vera: „Wenn sie eine Beschäftigung hätte, würde sie sich keine suchen.“

Das war nun wirklich nicht freundlich. Siegfried begriff gar nicht, warum Vera so aufgebracht war.

„Was sie jetzt braucht ist Verständnis – und keine Beschäftigung.“

Er wandte sich zum Gehen, blieb aber noch einmal an der Tür stehen: „Vera – so hat das doch keinen Sinn!“

Sie wollte ihn ja nicht verletzen – aber verstand er denn gar nicht, um was es hier ging? Sie wollte ihm eine einfache Erklärung geben: „Wenn sie einmal in der Küche ist, wird sie immer in der Küche sein!“

Die Situation war schwierig; aber könnte sie nicht anders gelöst werden als im Streit? Warum mußten Frauen nur immer so unnachgiebig sein?

„Bitte“, sagte Vera, „weck doch Marion.“

Siegfried hatte eigentlich zu seiner Mutter gehen, ihr erklären wollen, daß sie nicht einfach hier im Haus das Regiment ergreifen könne. Aber er ging nun doch erst die Wendeltreppe hinauf, um Marion zu wecken. Aber aus der Tür im Bad huschte ein hübsches junges Mädchen, das freundlich: „Guten Morgen!“ sagte. Siegfried erwiderte den Gruß und sah ihr fragend nach, bis sie in Chris' Zimmer verschwunden war. Gisi, die Freundin seines Sohnes, war das jedenfalls nicht. Dann erst öffnete er die Tür zum Zimmer seiner Tochter.

Ihr Bett war unberührt, das Zimmer leer.

Er verharrte und dachte nach. Nun ja, die Kinder werden erwachsen, das zeigte sich heute morgen sehr deutlich. Man mußte es wohl hinnehmen, auch wenn es schwerfiel.

Er ging zurück und sah Chris aus der Tür seines Zimmers

kommen. Heiter wünschte ihm sein Sohn einen guten Morgen. Chris wollte ins Bad, aber Siegfried rief ihn zurück: „Es wäre für alle Beteiligten weniger peinlich, wenn du deine Damenbesuche *vor* dem Einschlafen verabschieden würdest."

Chris sah ihn verschwörerisch an. Dann erklärte er, von Mann zu Mann, sehr überzeugend: „Wollte ich ja – aber das gelingt eben nicht immer –", und damit verschwand er im Bad. Und was er nun halblaut sagte, war eher ein Kompliment an sich selbst als die fällige Verurteilung seines Sohnes: „Von wem der Junge das nur hat –!"

Er ging hinunter, um nun endlich mit seiner Mutter zu sprechen. Er klopfte an die Zimmertür und trat ein.

„Mutter –?"

Dies war aber ganz offenbar ein Tag der leeren Zimmer, denn auch hier hielt sich niemand auf. Das Bett war gemacht, alles aufgeräumt – aber von Mutter keine Spur. Ob sie inzwischen zu Vera hinübergegangen war? Doch an der Garderobe stellte er fest, daß auch der Mantel seiner Mutter fehlte.

„Hast du Marion geweckt?" rief Vera aus der Küche. Er ging zu ihr und blieb vor ihr stehen: „Ich nehme an, daß das zur Zeit Herr Schräpper besorgt. Sie war die Nacht nicht da."

Die Eltern sahen sich an; die Tochter hatte bisher noch nie aushäusig geschlafen; und sie hatte nicht einmal angekündigt, daß sie das im Sinn hatte.

„Wie finde ich das –?" fragte Vera.

„Sie ist neunzehn. Hat sie was zu dir gesagt?"

„Sie wollte mit Herrn Schräpper in ein Rock-Konzert."

Sie mußten sich wohl langsam daran gewöhnen, die Kinder lebten ihr eigenes Leben.

„Rufst du Mutter zum Frühstück?" bat Vera.

Ihr Mann sah sie fragend an und überlegte – sie würde sich vermutlich Vorwürfe machen, wenn sie es erführe; aber da es nun einmal der Morgen der leeren Zimmer war, sagte er: „Sie ist weggegangen."

Vera sah ihn groß an. Natürlich machte sie sich Vorwürfe – aber alles, was recht war: Er zuckte die Schultern: „Wundert dich das –?" Dann ging er.

Oma Drombusch hatte sich nach ihrer Abfuhr durch Vera zunächst einmal in ihrem Zimmer niedergelassen. Das Taschentuch hielt sie vorsorglich noch in der Hand, um zu erwarten, was ja unweigerlich eintreten würde. Siegfried mußte doch bemerkt haben, daß sie seinen Gutenmorgengruß nur mit einem kaum unterdrückbaren Schluchzen beantwortet hatte. Er würde sich bei seiner Frau erkundigen, was vorgefallen sei. Etwas mußte doch geschehen sein, das seine Mutter an ihrem ersten Morgen in seinem Hause so sehr bedrückte. Nachdem er den Vorfall erfahren hätte, würde er natürlich sofort zu ihr gehen, um sie zu trösten und sie für die Grobheit seiner Frau um Verzeihung zu bitten. Sie würde sich zwar ein wenig zieren, aber dann doch nachgeben und sich mit ihm an den Frühstückstisch setzen. Es konnte sich nur um Minuten handeln.

Aber ihr Sohn kam nicht, Siegfried hatte sie in ihrem Kummer alleingelassen.

Sie stand auf, sie ging im Zimmer hin und her – sie sah Hansis fröhliches Geflatter, aber das Vögelchen vermochte sie nicht zu trösten. Da niemand ihr half, niemand ihr beistand, mußte sie wohl für sich selber sorgen. Nur wie? Wie konnte sie der Schwiegertochter ihre Unfreundlichkeit klarmachen? Wie konnte sie damit auch der ganzen Familie deutlich machen, wie die Dinge standen – und daß sie nicht gewillt war, jetzt und in Zukunft Kränkungen einfach einzustecken? Da kam ihr eine Idee: Sie würde in der Stadt frühstücken. Sie würde ausgehen, ohne irgend etwas zu sagen. Und eins wußte sie, dessen war sie sich sicher: Ihren Sohn würde es treffen, wenn er erfuhr, daß sie aus dem Haus gegangen war, ohne gefrühstückt zu haben.

Sie öffnete vorsichtig die Tür, um hinauszuspähen – niemand war im Weg. Sie griff nach ihrem Mantel in der Garderobe und zog lautlos die Wohnungstür hinter sich zu.

Im Café Bormuth gönnte sie sich ein reichliches Frühstück. Das besänftigte ihren Kummer. Zu dieser frühen Stunde war das Lokal fast leer. Ein paar Tische weiter saß ein älterer Herr, der sein Frühstück schon beendet hatte. Er blätterte in einer Zeitung. Sie hatte ihn kaum bemerkt, als er auch schon die Zeitung sinken ließ und zu ihr herübersah. Als sich ihre Blicke trafen, lächelte er und versuchte, sie mit einem leichten Nicken zu grüßen. Sie wandte sofort den Blick ab. Sie fühlte sich durch diesen Gruß in ihrem Grübeln gestört. Sie trank rasch ihre Tasse aus und winkte der Bedienung.

„Fräulein, ich möchte zahlen."

Dann stand sie auf, nahm ihre Tasche und ging auf den Ausgang des Cafés zu. Obwohl sie nicht wollte, konnte sie doch nicht anders: Beim Hinausgehen blickte sie noch einmal zu dem älteren Herrn. Der war ihr mit dem Blick gefolgt. Er machte tatsächlich noch einmal den Versuch, sie mit einem leichten Lächeln zu grüßen – er erhob sich dabei mit einer Verbeugung von seinem Stuhl.

Das war nun wirklich etwas dreist. Sie wandte ihren Blick ab, so daß sein Gruß ins Leere ging. Es war wirklich ungehörig. Was dachte er sich? Es war ein besserer Herr, er hatte ein intelligentes Gesicht und wirkte nicht wie ein Mann, der fremde Damen belästigte. Um so erstaunlicher dieses Benehmen. Und doch mußte sie zugeben, daß sie sich geehrt fühlte: immerhin, in ihren Jahren die Aufmerksamkeit eines so gut aussehenden Herrn zu erfahren – das schmeichelte ihrem Selbstbewußtsein. Aber sie ließ sich nichts anmerken und verließ das Café mit erhobenem Haupt.

Vera brachte in Omas Zimmer die Vorhänge an, als sie durch den Verstärker das Läuten der Ladenklingel vernahm. Sie stieg von der Leiter und eilte über die Wendeltreppe nach unten.

Zwei junge Leute waren im Laden. Sie suchten eine Jugendstillampe.

„Da muß ich passen, im Augenblick nicht. Ich habe aber eine schöne Art-deco-Leuchte."

Nein, meinten die Kunden, es müsse Jugendstil sein – für ein Geschenk. Sie bedankten sich und gingen. Da läutete das Telefon. Vera meldete sich.

„Nein", sagte sie befremdet, „meine Tochter ist nicht da – mit wem spreche ich denn?" Es war die Praxis, in der Marion arbeitete. „Ja – ist sie denn nicht bei Ihnen? Ach so, wegen einem Schlüssel? Tut mir leid, ich weiß nicht, wo sie ist – sowie sie kommt, ruft sie an – ja. Auf Wiederhören."

Sie legte den Hörer auf. Nachdenklich blieb sie am Telefon stehen. Marion war also nicht nur über Nacht außer Haus, sie war auch nicht in die Praxis gekommen. Und das, ohne dort Bescheid zu sagen. So etwas war noch nie vorgekommen. War ihre Tochter nur leichtfertig – oder war irgend etwas passiert? Sie hätte doch anrufen können. Dazu bliebe doch immer Zeit.

Sie ging hinauf, um mit Omas Vorhängen fertig zu werden. Oben besann sie sich anders. Sie ging zum Telefon und wählte eine Nummer; aber niemand nahm den Anruf entgegen. Da entdeckte sie in großen Buchstaben auf dem Telefonbuch die Nummer des DARMSTÄDTER ECHO und wählte.

„Verbinden Sie mich bitte mit Herrn Schräpper", sagte sie. Der, ließ man wissen, sei nicht da. Nun mußte sie wohl doch mit Siegfried die Situation besprechen. Ihr Mann war im Hinterhof dabei, mit einem Restaurator den Mercedes zu entladen. Einige Stücke mußten gründlich aufgearbeitet werden.

Als Vera auf dem Weg in den Hinterhof aus der Wohnungstür ins Treppenhaus trat, kam ihr die Schwiegermutter entgegen. Vera war aber zu besorgt, um sich mit ihr zu unterhalten. Im Vorbeigehen bat sie hastig:

„Gibst du mal aufs Geschäft acht? Geh am besten gleich runter, sei so lieb. Ich muß was mit Sigi besprechen – ruf mich bitte, wenn Kundschaft kommt."

Siegfried kam aus der Lagerwerkstatt in den Hof zurück.

„Du, jetzt mache ich mir aber doch Sorgen: Marion ist nicht in der Praxis, bei Herrn Schräpper meldet sich niemand – und in der Redaktion weiß man auch nicht, wo er ist. Wo stecken die nur?"

Sie sah ihrem Mann an, daß er nun auch Bedenken bekam. Er zog einen alten Spiegel aus dem Wagen, äußerte sich aber zunächst nicht. Vera fuhr fort:

„Marion bleibt doch nicht einfach von der Arbeit weg – ohne Grund."

„Wenn sie kommt", meinte er beschwichtigend, „werden wir den Grund schon erfahren."

Aber seine Frau beruhigte das nicht, deshalb setzte er hinzu:

„Schatz – es muß doch nicht immer gleich was passiert sein. Spätestens zum Mittagessen findet sie sich ein – zum Essen finden sie sich immer ein!"

Da mußte auch Vera lächeln. Ein wenig erleichtert ging sie ins Haus zurück, um endlich mit den Vorhängen fertig zu werden und sich ums Essen zu kümmern.

Oma Drombusch machte sich währenddessen im Laden mit den vielen alten schönen Dingen vertraut. Sie würde allmählich lernen müssen – wenn sie schon im Geschäft aushelfen wollte –, die Stücke nach ihrer Herkunft, ihrer Zeit, ihrem Stil zu unterscheiden. Sie konnte das nur vage einschätzen, was da herumstand, und sich nur anhand der Preisschilder eine Vorstellung von ihrem Wert machen.

Auch ihre oberhessische Bauerntruhe stand nun zum Verkauf. Dreitausendneunhundert Mark waren eine ganz schöne Summe, stellte sie befriedigt fest.

Da rief Vera von oben: „Mutter – kommst du zum Essen? Aber schließ bitte ab."

Oma holte sich den Schlüsselbund und ging zur Ladentür. Sie war so damit beschäftigt, aus dem Schlüsselbund den passenden Schlüssel herauszufinden, daß sie gar nicht den Passanten bemerkte, der vor dem Laden stehengeblieben war. Es war der ältere Herr, der sie beim Frühstück im Café angelächelt und sie mehrmals zu grüßen versucht hatte. Ganz zufällig fiel sein Blick in den Laden; und da wurde er plötzlich aufmerksam: Er hatte die ältere Dame aus dem Café wiedererkannt. Er sah, daß sie den Laden abschloß und im Hintergrund des Geschäftes verschwand.

Der ältere Herr studierte jetzt das Schild mit den Öffnungszeiten des Geschäfts. Eine ganze Weile stand er davor, bis er schließlich ging.

Vera kippte an der Anrichte den dampfenden Inhalt zweier Büchsen in eine Schüssel, als sie hörte, wie die Wohnungstür zuklappte.

„Marion –?" rief sie, aber es war nicht Marion, es war Chris.

„Komm, wir setzen uns gerade zu Tisch."

Siegfried, Oma und Thomi löffelten bereits ihre Suppe. Nachdem Chris seine Uniformjacke in die Garderobe gehängt hatte, ging er zu seinem Stuhl, nicht ohne Thomi im Vorbeigehen anzustupsen: „Du sollst nicht schlürfen!"

Thomi widersprach entrüstet: „Tu' ich gar nicht!", hob aber, als Chris sich gesetzt hatte, seinen Löffel hoch und fragte: „Magst du den Knödel –? Leberknödelsuppe!"

„Danke", erwiderte Chris prompt, „mir *ist* schon schlecht." Thomi grinste, aber Vater mahnte: „Also bitte, ja."

„Büchse bleibt Büchse", stellte Chris trocken fest, strahlte aber dann seine Mutter an, die gerade die Schüssel von der Durchreiche auf den Tisch stellte: „Was ist denn das Feines –?"

„Nasi Goreng gibt es." Aber diese Mitteilung schien ihn gar nicht zu freuen; Oma bemerkte es und dachte sich ihren Teil. Während Vera das Essen austeilte, erklärte Chris:

„Ich will ja nicht meutern, wir essen die tollsten Gerichte – Leberknödelsuppe aus Bayern, Reisfleisch aus Serbien, Nasi Goreng, was weiß ich noch alles – Pudding aus Florida. Aber Vera, kannst du uns nicht mal stinknormale Kartoffelpfannkuchen backen –? Kartoffelpfannkuchen mit Apfelbrei. Diese Büchsengerichte schmecken ja ganz gut, aber alles so – so – so nach Zweimarkfünfundneunzig."

Oma konnte nur mühsam ihre Freude verhehlen. Vera verteidigte sich: „Erlaube mal, das sind die teuersten Büchsen, die es gibt – die hab' ich sogar noch nachgewürzt!"

Ihr Jüngster wandte ein: „*Du* ißt sie *nicht*!", aber Vera konterte prompt, auf den Becher deutend, der auf ihrem Teller stand: „Willst du Joghurt –?"

Ganz verstohlen blickte Thomi von seinem Teller hinüber zu seiner Großmutter, die ihn mit einem Blick beruhigte, der von der übrigen Familie nicht bemerkt wurde.

„Ich kann nicht im Geschäft stehen *und* in der Küche", verteidigte sich Vera. Und während Oma dachte: „Aber ich darf nicht rein in die Küche!", sagte Siegfried demonstrativ: „Mir schmeckt es! Guten Appetit."

Dankbar sah Vera ihren Mann an – da wurde draußen die Wohnungstür aufgeschlossen, und gleich darauf rief Marion heiter aus der Diele: „Hallo!"

Die Eltern sahen sich einander an, gaben aber den Gruß nicht zurück. Siegfried fragte statt dessen seinen älteren Sohn: „Gibt's was Neues bei euch?"

Chris schüttelte den Kopf: „Dieselben Leute machen immer denselben Ärger."

„Und was ist es diesmal?"

„Plakate, ‚Gewalt ist Notwehr' und so – ohne Unterschrift. Das sind vermutlich die Typen, die die Bürgerversammlung am Samstag umfunktionieren wollen – wegen der Trasse übers Oberfeld."

Inzwischen war Marion an den Tisch gekommen und wünschte guten Appetit. Aber nur Oma und Thomi erwiderten: „Danke gleichfalls!" Vera fragte nur kurz: „Suppe –?" und Marion sagte: „Gern."

Sie bemerkte aber deutlich, daß ihre Eltern sie schnitten, denn der Vater sagte jetzt, als ob er seine Tochter gar nicht bemerkt hätte, zu Chris: „Diese Chaotensprüche kann man doch nicht ernst nehmen!"

„Die Sprüche nicht. Aber woher kommt denn so was? Die meisten sind kaum fünfundzwanzig, ohne Stellung, ohne Ausbildungsplatz – die leben in einer Wohlstandsgesellschaft und sind arme Schweine. Ich kann die Verzweiflung von denen sogar verstehen – aber nicht die Mittel! Wenn *ich* keinen Job hätte, kein Geld, keine Aussicht auf beides – du, da wär' bei mir auch die Wutz los!"

Marion hatte ihrem Bruder kritisch zugehört. Jetzt fragte sie ihn provokativ: „Und warum prügelt ihr im Zweifelsfall auf sie ein –?"

„Ich prügele auf niemanden ein!" gab Chris scharf zurück.

„Aber den Gummiknüppel –", wollte Marion fortfahren, doch Vera sagte, um die Diskussion abzuschließen: „Wir essen."

Ein ungutes Schweigen herrschte am Tisch. Siegfried hatte eigentlich nur an seine unbotmäßige Tochter gedacht und sagte nun so sachlich, wie es ihm möglich war:

„Es interessiert uns nicht, wo du heute Nacht geschlafen hast, es interessiert uns auch nicht, ob du das vorher anmeldest oder nicht –"

Kess warf Marion ein: „Hab' ich vorher gar nicht gewußt!", doch ihr Vater fuhr fort: „Aber es interessiert uns zu wissen, woran wir mit dir sind. Bislang konnten wir glauben, daß du dich an die Spielregeln hältst und Bescheid sagst – so, wie wir das auch tun."

Er stand vom Tisch auf und legte zwei Zehnpfennigstücke auf den Tisch.

„Hier sind zwanzig Pfennig, kann ja sein, daß sie dir gefehlt haben." Dann wandte er sich an Vera: „Ich lege mich kurz aufs Ohr", und ging aus dem Zimmer.

Wieder herrschte Stille am Tisch. Thomi war um Frieden bemüht: „Vielleicht *hat* sie gar nicht geschlafen!" Er entlockte damit Chris ein breites Grinsen. Nun war Marion es leid; sie stand auf und ging die Wendeltreppe hoch.

„Die Dame ist auch noch beleidigt", stellte Chris fest. Vera stand auf und folgte ihrer Tochter. Hinter ihrem Rükken vertauschte Oma Thomis Teller mit dem ihren und aß höflichkeitshalber ein paar Gabeln, was Thomi ihr mit einem strahlenden Blick dankte.

Vera hörte im Hinaufgehen, wie Marion die Tür ihres Zimmers hart ins Schloß warf. Sie ließ sich dadurch aber nicht beirren. Sie öffnete die Tür wieder, um sie ruhig hinter sich zu schließen. Marion zog sich um, bemerkte aber nichts. Ein paar Augenblicke herrschte Schweigen, dann fragte Vera: „Hältst du das für die richtige Art?"

Marion erwiderte nichts. Sie gefiel sich wohl im Schweigen. Vera fuhr fort: „Du warst auch nicht in der Praxis." Und daraufhin sagte Marion trotzig: „Der Wagen hat gestreikt. Kann doch passieren."

Und warum, fragte ihre Mutter, hätte sie das nicht gesagt – zu Hause und in der Praxis? „Marion: Kannst du mir einen Grund nennen, warum du nicht angerufen hast? Denn daran gedacht hast du bestimmt."

Marion zuckte mit der Achsel: „Warum sollt' ich denn anrufen? 's ist doch wohl meine Sache, wohin ich gehe und wie lange ich bleibe."

„Das macht dir auch niemand streitig", sagte ihre Mutter, doch diesmal mit härterer Stimme, „aber wir leben nicht allein auf der Welt."

Sie ging auf die Tür zu und wollte hinausgehen – sie hatte jetzt wenigstens gesagt, was unbedingt gesagt werden mußte. Nun aber schien Marion einlenken zu wollen, wenn ihr Ton auch schnippisch blieb.

„Geschieht nur in eurem Interesse: Wenn ihr nicht wißt, ob ich überhaupt komme, regt ihr euch wenigstens nicht auf, wenn ich *später* komme."

„Du hast viel gelernt", erwiderte Vera bitter, „von Herrn Schräpper!"

Gereizt gab Marion zur Antwort: „Ich bin ihm auch sehr dankbar!"

Das aber war Vera endgültig zuviel. Sie sagte nur – und sie war sich bewußt, daß eine gewisse Drohung in ihrer Stimme lag: „Ich will für dich hoffen, daß du es bleibst!" Dann ging sie aus dem Zimmer.

Marion sah sich im Spiegel an. Sie warf ihr Haar zurück; was ging sie das alles an, diese ganze Spießigkeit – was hatte das denn mit ihr zu tun? Sie war längst erwachsen; sie konnte tun, was sie wollte, sie konnte auch bleibenlassen, wozu sie keine Lust hatte. Diese Drohung von Mutti war gemein gewesen – aber die alle hatten ja Gerd nie gemocht und nie verstanden. Gott sei Dank: Sie hatte ihr Singen, sie hatte ihr Ziel, sie hatte Gerd. Und die, die ihr immer reinreden und sie nach ihren Maßstäben zurechtbiegen wollten: Sie war jetzt einfach fertig mit ihnen.

Auf der Treppe begegnete Vera ihrem Jüngsten. Sie fragte ihn, ob er fertig sei mit dem Essen. Thomi strahlte: „Ja. War gut!" Chris war offenbar schon weg zum Dienst, aber aus der Küche hörte Vera Geräusche – unvertraut um diese Zeit. Sie ging ins Wohnzimmer und spähte durch die

Durchreiche in die Küche, wo ihre Schwiegermutter gerade einen Essensrest von einem Teller in den Mülleimer kippte. Dann drehte Oma den Wasserhahn auf und begann, das Geschirr zu spülen – das mußte jedenfalls ihre Absicht sein, denn bei dem einen Teller würde sie es ja wohl nicht belassen. In Vera kam wieder der Zorn hoch. Ging das denn immer weiter, daß ihre Schwiegermutter einfach den Haushalt an sich riß? Sie bemühte sich ruhig zu bleiben, als sie in die Küche ging. Als Oma ihr unsicher entgegensah, sagte sie ziemlich forsch: „Das hat Zeit, Mutter. Möchtest du dich nicht lieber ins Wohnzimmer setzen, was lesen?"

Oma begriff sofort, daß sie wieder nicht erwünscht war, da, wo sie sich nützlich machen wollte. Sie biß sich auf die Lippen, dann fragte sie, wo die Zeitung sei.

„Ich nehme an, im Regal", sagte Vera freundlich.

Oma ging hinüber. Vera schloß die Spülmaschine und überlegte. Da sah sie, daß Siegfried im Bademantel aus dem Schlafzimmer kam, um die Wendeltreppe hinaufzugehen.

Vera ging – an Oma vorbei zum Schlafzimmer. Ihr war das Nachthemd eingefallen, das Siegfried aus Frankreich mitgebracht hatte; jetzt hielt sie es sich vor dem Spiegel an – ob es wohl passen würde? Inzwischen war Siegfried aus dem Bad zurückgekommen. Oma ließ fast schuldbewußt die Zeitung sinken: „Siegfried – ich hätte gern in der Küche geholfen, aber Vera mag das, glaube ich, nicht."

„Dann laß sie doch", sagte Siegfried harmlos, „wenn sie dich braucht, sagt sie's schon."

Seine Mutter strahlte, ihr Blick war kaum weniger harmlos als der seine: „Ja! Schlaf gut!"

Das war ja noch einmal gut abgegangen, dachte der Hausherr erleichtert. Als er ins Schlafzimmer kam, stand seine Frau vor dem Spiegel und hielt das französische Nachthemd vor sich hin:

„Ich wollte nur mal sehen, ob die Größe stimmt. Glaubst

du, das paßt? Die französischen Nummern fallen doch immer etwas kleiner aus."

Was hatte er doch für eine hübsche Frau! Siegfried umarmte sie zärtlich. Versucherisch sagte er: „Zieh's doch mal an!"

„Sigi – nein, nicht – deine Mutter –! Deine Mutter sitzt vor der Tür! Bitte – sei vernünftig!"

Sie selbst schien dabei nicht viel Lust zur Vernunft zu haben. Sie blickte ihren Mann verliebt an. Der stand nun bereits wieder zwischen zwei Feuern – würde das nie ein Ende nehmen? Jetzt jedenfalls wußte er genau, was er wollte, und offenbar hatte auch er von der List seiner Mutter etwas geerbt.

Er ging hinaus zu ihr und fragte sie, ob er ein Stück von der Zeitung haben könne. Ohne ihn weiter zu beachten, hielt ihm Oma ein paar Seiten hin. Aber so leicht gibt ein Drombusch nicht auf!

„Möchtest du dich nicht auch ein bißchen hinlegen?" fragte er sanft.

„Ich habe nie geschlafen, warum?" fragte sie großäugig.

„Nur so, wegen des Rhythmus hier. Wenn alles so schön ruhig ist, kannst du doch auch etwas ruhen."

Aber Oma blätterte weiter in ihrer Zeitung. „Warum soll ich ruhen", fragte sie, ohne ihn anzusehen. „Ich bin nicht müde!"

Dazu fiel Siegfried nichts ein. Sie las weiter. Aber damit würde er sich nicht zufriedengeben. Er setzte sich zu ihr und fragte, obwohl sie hartnäckig schwieg:

„Sag mal, Mutter, hast du dir schon mal überlegt, was du tun möchtest?"

Diese Frage verstand Oma nicht. Darum fragte sie zurück: „Wieso?"

„In Gießen hattest du eine große Wohnung zu versorgen, einen eigenen Haushalt – wenn auch nur für dich allein, aber du warst beschäftigt. Das ist ja nun hier ganz anders."

„Ich bin doch gestern erst eingezogen", wandte sie ein: „Warum sagst du das? Stör' ich euch?"

„Unsinn!" sagte ihr Sohn energisch, „ich möchte nur nicht, daß du das Gefühl hast, unnütz zu sein. Deshalb denke ich, du solltest dir mal überlegen, ob eine Beschäftigung nicht ganz gut für dich wäre."

Aus großen Augen sah ihn seine Mutter an. Aber unbeirrbar fuhr er fort, geradezu kraftvoll: „Weißt du, einfach etwas *tun*!"

„Was denn?" fragte Oma sehr knapp. Damit hatte Siegfried nicht gerechnet.

„Nun", meinte er zögernd, „etwas, was dir Spaß macht. Es gibt doch so viele Möglichkeiten." Und die Geste seiner Hand umfaßte vage alles.

Seine Mutter schien aber nicht recht zu begreifen. Ohne weitere Floskeln der Freundlichkeit fragte sie ebenso knapp und trocken wie zuvor: „Welche?"

„Ja, das weiß ich nicht." Er sah etwas ratlos aus. Dann sagte er, als verkünde er eine frohe Botschaft: „Das müßtest du dir halt mal überlegen!"

Seine Mutter sah ihn unverwandt an. Er wand sich etwas unter diesem direkten Blick, der ihm ein einziger Vorwurf war. „Ich meine ja nur", schloß er etwas kläglich.

Oma sah vor sich hin, schweigend und unschlüssig, stand aber dann auf und sagte in schweren Gedanken: „Ja –"

„Wo gehst du denn hin?" fragte Siegfried, denn sie hatte sich von ihm abgewandt.

Erst als sie an der Tür ihres Zimmers stand, erwiderte sie: „In mein Zimmer – mich ausruhen."

„Jetzt hör doch mal", sagte Siegfried erregt, aber sie schenkte ihm nur ein müdes Lächeln. Leise sagte sie: „Schlaf gut", und schloß die Tür hinter sich.

Das war's nun wieder mal gewesen. Und er war so weit wie vorher. Im Schlafzimmer sah ihm Vera die Müdigkeit an, als er zu seinem Bett ging – es hatte also wieder eine

Auseinandersetzung gegeben. Sie setzte sich auf den Rand seines Bettes: „War was?" Er war dankbar, als sie ihm das Haar streichelte und ihn küßte. Er sagte mehr zu sich selbst als zu seiner Frau: „Mit dem Zimmer alleine ist es nicht getan." Dann schlief er ein.

Oma Drombusch stand am Fenster und sah hinaus. Sie war wütend. Dieser erste Tag bei Siegfrieds Familie wurde immer qualvoller. Was sie auch tat, man stieß sie zurück – nicht nur Vera; auch ihr Sohn. Aber er konnte natürlich nichts dafür – gar nichts; er war der beste Sohn, den eine Mutter haben konnte. Er war wohl etwas schwach – er beugte sich zu sehr dem Willen seiner Frau. Denn es war ganz klar, von wem alle diese Feindseligkeiten ausgingen – von niemand anderem als von ihrer Schwiegertochter –, von Vera.

„Das ist *sie*", sagte Oma Drombusch fest vor sich hin, als wolle sie es der Welt vor ihrem Fenster unmißverständlich mitteilen. „Sie ist das. Weil sie nicht will, daß ich hier bin. Weil sie mich nicht mag. Mich hat sie nie gemocht. Weil sie den Bub und mich nicht auseinanderdividieren kann – Eifersucht!"

Sie wandte sich vom Fenster ab, steckte ihre Brille ins Etui, das auf dem Nachttisch neben dem Foto ihres Mannes lag.

„Die blanke Eifersucht!" berichtete sie ihm, „von Anfang an!"

„Das stimmt jetzt aber nicht", erwiderte ihr Mann, doch sie wußte schon, daß er die Schwiegertochter sehr gemocht hatte. Er war eben auch Partei und gegen sie.

„Du hast das nie gemerkt", erklärte sie ihm, „dir hat sie ja immer schöne Augen gemacht – natürlich, das kostet ja nichts. Komm, Hansi."

Sie wandte sich vom Foto ab und fing an, den Käfig zu säubern; aber sie fuhr mit ihrem Lagebericht fort – Ernst mußte es von ihr wissen, was hier vorging und wie seiner Witwe mitgespielt wurde.

„Aber jetzt, wo sie wirklich mal was tun kann, jetzt zeigt sie ihr wahres Gesicht."

„Na", gab ihr Mann zu bedenken, „die Gutmütigkeit in Person warst du auch nicht immer."

Was fiel ihm nur ein, wie konnte er nur so etwas behaupten! Er müßte es doch wirklich besser wissen: „Von mir hat sie nur das Beste erfahren."

Ihr Mann wartete einen Augenblick, dann fragte er sanft: „Und der Einzug hier?"

Sie hatte die Frage offenbar nicht gehört. Sie war so mit dem Säubern des Käfigs beschäftigt. Darum fuhr er jetzt etwas lauter fort: „Hast du sie auch nur ein einziges Mal gefragt, ob ihr das recht ist?"

Oma wollte aber gerade jetzt von Hansi wissen, ob er satt sei. „Du hast ja schon alles aufgefressen", sagte sie zufrieden, „na so was!"

„Wie war das überhaupt mit dem Klavier?" fragte Ernst, „und mit dem Bett?"

Aber Oma mußte sich wirklich mit Hansi befassen und lockte ihn: „Tststs . . ."

„Du hast noch immer gewußt", sagte ihr Mann, und sie war nicht ganz sicher, ob in seiner Stimme nur Bewunderung mitschwang oder auch ein bißchen Kritik, „*wie* du es anstellen mußt –"

Jetzt war sie es aber leid. Er begriff offenbar wieder einmal überhaupt nichts. Vor allem nicht das Allerwichtigste: „Ich bin hierhergekommen, um zu helfen!" Das konnte sie nun wirklich ungeniert bezeugen.

Sie zog einen Schuhkarton her, in dem sich die Utensilien für Hansi befanden – Streusand, Futter, eine alte Zahnbürste und ein Glas mit einem Salatblatt. Dabei sprach sie weiter mit Ernst; schließlich sollte er wissen, wie die Wirklichkeit aussah.

„Ich sehe doch“, berichtete sie, „wie das hier läuft. Die armen Kinder. Büchsen – das ist alles, was sie kann. Daß Siegfried das überhaupt zuläßt!“

Ihr Mann schwieg eine ganze Weile – er schwieg bedenklich lange: Dann aber fragte er ahnungsvoll:

„Margarethe – was hast du denn vor ...?“

Seine Frau antwortete recht patzig: „Beschäftigen soll ich mich, sagt er. Ich *will* mich ja nützlich machen – aber nicht bei fremden Leuten.“

„Dir fällt schon was ein“, meinte ihr Mann zweideutig; und während sie ihrem Hansi das Salatblatt durch die Stäbe des Käfigs schob, sagte sie – nun wieder fast beängstigend sachlich –: „Ja – das denke ich auch ...“

Vera stand im Laden und strich ungeduldig mit der Hand über ein Empire-Tischchen. Sie hätte sich gerne hingesetzt, aber sie wollte nicht unhöflich sein: Vor einer Weile war ein Kunde hereingekommen und hatte gebeten, sich ein wenig umsehen zu dürfen. Das war nun eine Weile her, und der gutaussehende ältere Herr schien großes Interesse an allen Antiquitäten im Laden zu haben. Er betrachtete sie von allen Seiten, er nahm die Dinge, die auf den Möbeln standen – Vasen, Teller, Tassen, auch die Lampen –, in die Hand, um sie zu prüfen – man hätte meinen können, er wollte eigentlich alles, was es da gab, erwerben. Ein wohlgefälliges Lächeln spielte immer wieder über seine Züge.

Er nahm sich Zeit. Er lächelte Vera ab und zu an, als wolle er sich bei ihr entschuldigen, daß er so lange brauchte, ging aber doch weiter – von einem Stück zum anderen –, und es war einfach nicht zu erkennen, woran ihm besonders lag. Er widmete allem die gleiche Aufmerksamkeit.

Draußen fuhr Oma in ihrem Fiesta vor. Sie wartete ein entgegenkommendes Fahrzeug ab und bog dann in den Hinterhof ein. Wenn sie wieder da war, könnte sie doch eigentlich jetzt im Laden bleiben, damit Vera oben das Essen vorbereiten konnte – sie hatte sich heute etwas Besonderes ausgedacht, um ihre Familie zu überraschen.

Sie ging zu dem älteren Herrn und fragte, ob sie ihm vielleicht behilflich sein könne.

„Danke", sagte der Herr, „ich sehe mich gern noch etwas um."

Sollte sie nun einfach hinaufgehen und Oma bitten, in den Laden zu kommen? Sie blieb unschlüssig; und der ältere Herr sah sich weiter um, aufmerksam und gewissenhaft. Er schien kein Ende finden zu können. Es war vielleicht doch angebracht, in seiner Nähe zu bleiben, falls er etwa die eine oder andere Frage hätte; die würde Oma nicht beantworten können. Der ältere Herr ließ seinen Blick noch einmal flüchtig in die Runde schweifen und wandte sich dem Ausgang zu. Er sagte sehr höflich: „Ich wollte mich nur mal informieren – *schöne* Sachen haben Sie. Auf Wiedersehen!"

Das war es also gewesen. Sie sagte so freundlich sie konnte: „Auf Wiedersehen." Manche Leute sahen sich hier einfach die schönen Dinge an, um sich die Zeit zu vertreiben.

Oma Drombusch hatte inzwischen ihren Wagen entladen – sie hatte ziemlich viele Sachen gekauft, und einige waren recht unhandlich. Ein Teil ihrer Pakete stand schon vor der Wohnungstür, als sie mit den restlichen Beuteln die Treppe heraufkam. Vorsichtig schloß sie die Wohnungstür auf. Als auf ihr fragendes: „Vera –?" keine Antwort kam, beförderte sie ihre Einkäufe in ihr Zimmer, so rasch sie nur konnte – sie mußte auch dazu wieder zweimal gehen. Dann legte sie ihre Garderobe ab und ging zurück in ihr Zimmer, um mit dem Auspacken zu beginnen.

Sie war gerade noch rechtzeitig gekommen, denn jetzt

rief Vera von draußen: „Mutter?" Rasch verließ Oma ihr Zimmer, zog die Tür hinter sich zu und ging hinüber ins Wohnzimmer, um ihre Schwiegertochter mit einem freundlichen Lächeln zu begrüßen. Die war gerade auf dem Weg zur Küche: „Hast du alles erledigt?"

„Ja, danke, hat alles geklappt."

„Fabelhaft", lobte Vera, und da sie jetzt in der Küche verschwand, konnte Oma zurückgehen in ihr Zimmer, um weiter auszupacken. Da lagen sie nun, ihre Einkäufe. Ihr Werk konnte beginnen; etwas aber fehlte noch.

Als sie in die Küche ging, um es zu holen, sah sie, daß ihre Schwiegertochter Kartoffeln schälte. Der Salat war geputzt. Auf einem Holzbrett waren panierte Schnitzel.

„Wir können nicht vor zwei essen", sagte Vera, „wegen des Geschäfts."

Das mache doch nichts, erwiderte Oma. Sie stand vor dem Küchenschrank und nahm eine Schüssel heraus. „Für Obst", erklärte sie der Schwiegertochter. Vera, offenbar in Gedanken und ganz in ihre Tätigkeit versunken, nickte nur.

Als Oma in ihr Zimmer wollte, kam Thomi die Treppe herauf. Er begrüßte seine Großmutter und wollte an ihr vorbeigehen. Aber sie erwiderte seinen Gruß nicht, sondern bedeutete ihm wortlos, aber mit nicht zu übersehendem Vergnügen, in ihr Zimmer zu kommen. Er folgte ihr sofort.

Als die Ampel einer Straßenkreuzung auf Rot sprang, nutzte der beleibte Kollege, mit dem Chris Streife fuhr, die Gelegenheit. Er packte sein Mittagessen aus – eine dick belegte Stulle. Hauptwachtmeister Wembacher strahlte bei der Besichtigung des guten Belags. Chris grinste: „Na? Heute besser?"

„Von meiner Tochter!" erklärte Wembacher.

„Belegt die günstiger als deine Frau?"

Wembacher lachte: „Die kontrolliert mein Gewicht nicht!"

In diesem Augenblick meldete sich der Funk: „Heiner 1/21 von Heiner. Kommen."

„Hier Heiner 1/21", erwiderte Chris, „Heiner kommen."

„Fahren Sie zur Kreuzung Bartningstraße/Taunusring. Dort blockieren jugendliche Demonstranten im Sitzstreik den Verkehr. Die Demonstration ist nicht genehmigt."

Chris erkundigte sich, ob ihr Wagen der erste dort sein würde:

„Nein, die brauchen Verstärkung. Weitere Fahrzeuge von Revier II und III kommen zu Ihrer Unterstützung. KvD und Leiter Schutzpolizei haben Kenntnis. K ist ebenfalls informiert. Ende."

„Verstanden", sagte Chris, „Ende", legte auf und meinte dann zu Wembacher: Wenn die heut mittag schon anfangen – das gibt 'n heißen Samstag."

Er sollte nur allzu recht behalten. Im Kreis um die Mitte der Kreuzung herum saßen etwas sechzig Jugendliche. Die Fahrzeuge stauten sich auf den vier zuführenden Straßen. Die Demonstranten reckten die Fäuste und riefen immer wieder im Rhythmus: „Aktion Power! Aktion Power!" Die Transparente, die ringsum aufgestellt waren, zeugten von den verschiedenen Interessen der Demonstranten.

„BUNDESSTRASSE – PANZERSTRASSE", „GEWALT IST NOTWEHR", „SCHLAGT WAS EUCH PLAGT", „KEINE TRASSE OBERFELD", „GEGEN WALDVERNICHTUNG", „IST DER SAURE REGEN NICHT GENUG?"

Die Passanten reagierten ganz unterschiedlich. Einige amüsierten sich, andere stritten, wieder andere schüttelten resigniert den Kopf – nur die Fahrer der Wagen, die durch den Sitzstreik aufgehalten wurden, waren einer Meinung: Sie waren wütend über die Blokade. Einige wollten mit Fäusten gegen die Sitzenden vorgehen. Die Polizei hatte alle

Hände voll zu tun, die Bürger davon abzuhalten, sich selber den Weg zu bahnen. „Bitte bleiben Sie zurück! Keine Handgreiflichkeiten! Ruhe bitte!"

Ein paar Polizisten versuchten, die Demonstranten zur Vernunft zu bringen: „Los Leute! Erhebt euch! Bitte machen Sie die Kreuzung frei!"

Die behinderten Autofahrer und auch ein paar Passanten riefen in den Tumult hinein: „Was soll denn der Quatsch? Demonstriert, aber haltet andere nicht auf! Die sollen lieber was schaffen – schlagt ihnen doch mit 'm Knüppel auf die Rüb!" Ein Mann stieg aus einem Taxi: „Bitte lassen Sie doch das Taxi durch, ich muß zum Flughafen!" – aber die Antwort blieb immer die gleiche: der rhythmische Slogan: „Aktion Power! Aktion Power!"

„Was soll denn das?" rief Chris, „ihr habt ja recht, aber nicht *hier*! Auf, auf!" „Aufstehen!" rief Wembacher, „der Wecker hat geklingelt – aufstehn, Freunde!"

Die Lage auf der Kreuzung verschärfte sich von Minute zu Minute. Jetzt wurden die Sitzenden durch Polizeilautsprecher aufgefordert, die Kreuzung zu verlassen.

Ein paar Demonstranten hatten inzwischen dem Zureden und dem Druck der Polizei nachgegeben. Um so deutlicher schälte sich nun eine besonders kräftig schreiende Gruppe heraus. Immer lauter schrien sie: „Aktion Power! Aktion Power!"

Die Polizisten griffen nun zu. Sie packten die Sitzenden an Schultern, Armen oder Beinen und versuchten, auf diese Weise die Kreuzung zu räumen. Einige setzten sich zur Wehr, sie versuchten sich zu befreien, andere ließen sich widerstandslos in die bereitstehenden Fahrzeuge schleppen.

„Diese Chaoten!" rief ein friedlicher Waldschützer. „Die machen uns alles kaputt!"

Unter den Passanten, die das Getümmel vom Rande beobachteten, stand Marion. Daneben Gerd Schräpper, der für die Lokalzeitung unablässig Fotos schoß. Dabei richtete er die Kamera weniger auf die Demonstranten als auf die Polizisten, die sich der Demonstranten bemächtigt hatten, um sie in die Fahrzeuge zu bringen.

„Mit den Radikalinskis", sagte ein Passant, der neben Marion stand, „werden die doch noch fertig!"

Schnippisch erwiderte Marion: „Das ist ja wohl kein Kunststück!"

Jetzt entdeckte sie ihren Bruder, der gerade zusammen mit Wembacher einen der Sitzenden hochzog. „So, mein Freund", sagte Wembacher, „auf – die Sitzung ist beendet!" Der Demonstrant trat nach ihm, aber Wembacher sagte: „Vorsicht, Bub, ich könnte dein Vater –", doch im gleichen Augenblick ließ er von dem Jungen ab, hielt die Hand auf die Backe und wandte sich ab – einem anderen Polizisten zu, der ihm die Hand vom Gesicht nahm und ihn im Eilschritt zu einem Polizeiauto führte.

Chris war dem offenbar verwundeten Kollegen ein paar Schritte gefolgt, hielt aber dann inne und sah sich um. Da entdeckte er den Jungen, den er neulich im griechischen Restaurant beim Plakatankleben getroffen hatte, Udo Huttoldt – und der fütterte gerade seinen Katapult mit einem gebogenen Nagel. Chris ließ sich nichts anmerken. Er reagierte auch nicht gleich auf seine Entdeckung. Er half den Kollegen nicht, die ein paar Demonstranten aus der Kreuzung trugen – was Gerd Schräpper eilig fotografierte. Weder Marion und Gerd noch die Passanten hatten bemerkt, wie Wembacher getroffen worden war. Sie diskutierten eifrig miteinander, während ein paar Friedliche, die jetzt die Kreuzung freiwillig geräumt hatten, ihre Transparente auf dem Trottoir aufpflanzten.

„Die schikanierten doch nur die Leute", vernahm Marion, und „Chaoten und Waldschützer sollten doch demonstrieren, wo sie wollten – aber nicht auf einer Kreuzung."

Marion protestierte: „Wie sollen sie denn sonst auf ihre Probleme aufmerksam machen –?"

„Ich hab' auch Probleme", erwiderte ein älterer Taxifahrer, „aber ich setz' mich doch nicht auf die Straß'!"

Unweit von Marion stand ein Polizeiwagen; Wembacher wurde von Kollegen herangeführt. Die Passanten sahen, daß dem Polizisten, der sein Gesicht verdeckt halten wollte, Blut unter der Hand hervorlief.

„Da sehen Sie jetzt", sagte eine Passantin zu Marion, „*wie* die auf ihre Probleme aufmerksam machen!"

Marion schwieg betroffen. Sie bemerkte, daß zwar ein Fotojournalist, der in der Nähe stand, den verwundeten Polizisten fotografierte – aber ihr Freund Gerd tat das nicht. Ein Lkw-Fahrer fragte ihn: „Sie, warum fotografieren S' dös net auch?", aber Gerd tat so, als habe er die Frage nicht verstanden. Vielleicht hatte er sie wirklich nicht verstanden, denn er blickte ganz woanders hin. Udo Huttoldt hielt gerade, verdeckt von einem Kastenwagen, seinen Katapult zum Abfeuern bereit.

Da warnte ihn aber eine Demonstrantin: „Udo – Bulle!" Durch diesen Warnruf sah er im letzten Augenblick Chris. Er wollte wegrennen. Chris erwischte ihn am Bund seiner Jeans. Er fiel hin und hielt sich schützend die Arme über den Kopf.

Mit stiller Wut sagte Chris: „Komm her!" Er wollte Udo an der Jacke hochziehen. Im gleichen Augenblick aber trat ihm Udo in den Unterleib, nützte blitzschnell die Schrecksekunde und rannte davon. Chris kam gleich wieder hoch, verfolgte ihn und hätte ihn fast erwischt, als ein paar versprengte Demonstranten von der Ecke her riefen: „Udo – hierher!"

Aber Udo schaffte es nicht mehr. Ihm wurde der Weg durch Polizisten versperrt, die eine Demonstrantin trugen. Diese Sekunden kamen Chris zugute. Er packte den Taumelnden. Als Udo sich wehren wollte, traf ihn ein Fausthieb von Chris, der ihn zu Boden streckte – ganz nahe bei Marion und Gerd, der sofort versuchte, diese Auseinandersetzung im Bild festzuhalten.

Udo war trotz blutender Nase schon wieder auf den Beinen. Er stellte sich wild entschlossen Chris entgegen – er hielt ein Messer in der Faust. Das flog ihm allerdings sofort aus der Hand durch einen Fußtritt von Chris, der dann nur noch ein paar Faustschläge brauchte, bis Udo mit dem Rükken an der Hauswand schlaff in die Knie sackte.

„Dreckskerl!" stieß Chris schweratmend aus. Dafür wurde er nun von den Demonstranten „Bullenschwein" gerufen. Eifrig fotografierte Gerd den unsanften Griff, mit dem Chris Udo hochzog.

Als Chris ihn im Polizeigriff abführte, entdeckte er Marion. Er sah sie ruhig an, sie wandte ihren Blick ab.

Immer noch schrien ein paar Demonstranten: „Aktion Power! Aktion Power!" Kurz bevor Chris mit seinem Gefangenen das Polizeiauto erreichte, versuchten ein paar Schläger, die Verhaftung zu verhindern. Aber einige Polizisten kamen Chris zu Hilfe. Marion sah ihm mit gerunzelter Stirn nach.

Vera stand in der Küche, wendete die auf der Pfanne brutzelnden Schnitzel. Sie stach prüfend in die kochenden Kartoffeln und fing an, den Salat zu schneiden. Sie hörte, wie eine Tür zuschlug, fröhlich rief sie „Hallo". Es war Marion. Sie sah herein und fragte ganz ungewohnt zahm, ob sie etwas helfen könne. Vera schüttelte den Kopf: „Danke – nicht mehr."

Als Marion ins Wohnzimmer hinüberging, rief sie ihr nach: „Kommst du dann gleich?"

„Ja", sagte Marion und sah ihren Vater die Wendeltreppe vom Laden hochkommen. Sie begrüßte ihn. Er sah sie prüfend an: „Na, mein Schatz?"

Aber Marion ging die Treppe hoch, ohne zu reagieren. Was mochte sie haben? Sie wirkte so ernst. Sollte er ihr nachgehen? Unschlüssig blieb er einen Augenblick stehen, da erschien Thomi in der Tür von Omas Zimmer und winkte ihm verschwörerisch zu, er möge doch hereinkommen.

Marion schloß die Tür ihres Zimmers hinter sich, nahm eine Zigarette, steckte sie an und setzte sich an ihren Tisch. Immer wieder zogen die verschiedenen Bilder der Demonstration an ihr vorüber – und nicht nur jene, die Gerd geknipst hatte, nein – gerade die anderen: der verwundete Polizist, der Demonstrant mit seinem Katapult – und wie er mit dem Messer auf ihren Bruder hatte losgehen wollen – und der ruhige Blick von Chris zu ihr hin, in dem eigentlich kein Vorwurf war.

Von unten rief Mutter zum Essen; Marion drückte ihre Zigarette aus und ging hinunter – da kam ihr Chris entgegen. Sie sah ihn an, sie hätte gerne etwas zu ihm gesagt – aber was sollte sie schon sagen?

Und Chris ging wortlos an ihr vorüber – etwas gebeugt, offenbar hatte er immer noch Schmerzen von Udos brutalem Tritt.

Sie blieb stehen, bis sie seine Tür zufallen hörte; es war wohl auch noch zu früh, über all das zu sprechen. Da ihr nichts anderes übrigblieb, ging sie weiter die Treppe hinunter. Vera sah sie kommen: „Rufst du Vati?"

Da aber erschien Thomi in Omas Tür und winkte Marion zu – warum tat er so geheimnisvoll? Was wollte er? Offenbar eine Überraschung. Sie folgte Thomis Wink.

Da Chris nun auch gekommen war und Marion jetzt Siegfried holen würde, schob Vera das Essen auf die Durchreiche und ging hinüber ins Wohnzimmer, um Platte und Schüsseln auf den gedeckten Tisch zu stellen. Heute würde es sicher allen schmecken, auch Chris – sie hatte zum Essen keine einzige Büchse verwendet. Wo trieb sich wohl Thomi herum? Vermutlich bei Oma. Vera mußte ja jetzt auch ihre Schwiegermutter zu Tisch bitten.

„Hallo, kommt ihr?" rief sie – aber von nirgends bekam sie eine Antwort. Da sich so gar nichts tat, ging Vera zu Omas Zimmer hinüber und öffnete die Tür: „Mutter, kommst du zum –", aber das Wort blieb ihr im Hals stekken. Sie stockte, sie traute ihren Augen nicht: Alle saßen in Omas Zimmer und aßen Reibekuchen.

Ihre Schwiegermutter buk auf einer Doppelkochplatte den Nachschub. Oma hatte ihr Zimmer zu einer Notküche umfunktioniert. Aus der Schüssel, die ihre Schwiegermutter vorhin für Obst aus dem Küchenschrank genommen hatte, bediente sich gerade Siegfried. Er sah zu ihr auf und sagte, als ob gar nichts geschehen sei – harmloser hatte er sie kaum je angeschaut: „Komm – iß auch einen!"

„Schmeckt prima!" informierte sie ihr Sohn, „mit Apfelbrei!"

Oma Drombusch sah sie auch an, aber ganz anders als Siegfried – aus fest entschlossenen Augen; sie wußte genau, was sie da riskiert – und daß sie zunächst einmal gewonnen hatte. Aber ihre Augen waren nicht nur entschlossen – ihr Blick war auch bittend. Er hätte Steine erweichen können, dieser Blick. Und jetzt hielt die Schwiegermutter der Schwiegertochter einen Teller hin, auf dem ein Reibekuchen lag. Wortlos.

„Mußte versuchen!" bat Thomi.

Aber Vera wandte sich ab. Ohne ein einziges Wort zu sagen, verließ sie Omas Zimmer – die blieb stehen mit dem Teller in der Hand. Doch obwohl Thomi leise vor sich hinsagte: „Richtig blöd von Mutti!", stand Siegfried auf, legte seiner Mutter einen Augenblick lang die Hand auf den Arm, ermahnte seinen Jüngsten: „Nimm deine Spange vom Tisch!" und folgte Vera.

Er fand seine Frau im Wohnzimmer dabei, die Platte und die Schüsseln zurück in die Durchreiche zu stellen. Vorsichtig kam er näher. Er sagte so schonungsvoll wie möglich: „Das ist doch nicht *gegen* dich gerichtet – sie kocht nun mal gern."

„Du mußt mir nicht sagen, was deine Mutter will", erwiderte Vera schroff.

„Aber Vera –" wollte er erklären, doch sie unterbrach ihn: „Bitte sei so lieb und mache ihr klar, daß das nicht bleiben kann."

„Na", meinte Siegfried gutmütig, „ist denn das so schlimm –", doch wieder ließ Vera ihn nicht aussprechen: „Sagst *du* es ihr –? Sonst gehe *ich* rein!", sie ließ ihn stehen und ging in die Küche.

„Zwei Frauen in einer Wohnung", murmelte Siegfried, als er ins Zimmer seiner Mutter zurückging, „das schafft selbst der liebe Gott nicht."

Vera stellte in der Küche inzwischen das Essen warm – für alle Fälle. Dann nahm sie ihren Joghurt aus dem Kühlschrank und schaute, als sie ins Wohnzimmer ging, zu Omas Tür hin – aber die verriet nichts von dem, was im Zimmer gerade geschah und gesprochen wurde. Vera setzte sich auf ihren Platz und löffelte einsam aus ihrem Becher.

Als erster erschien Thomi. Er ließ sich in einen Biedermeiersessel fallen und hatte auf die zögernde Frage seiner Mutter, ob er Nachtisch wolle, nur ein stocksaures „Nein". Und als Marion jetzt mit einem Pfannkuchen in der Hand kauend vorüberkam, lehnte auch sie den Pudding ab, fügte aber wenigstens ein „Danke" hinzu.

Siegfried kam aus Omas Zimmer. Er erklärte nicht sehr fröhlich: „Sie tut alles wieder weg", dann ging er die Treppe zum Laden hinunter.

Noch nie hatte Vera ihr Joghurt so miserabel geschmeckt. Aber ein kleiner Trost sollte ihr noch zuteil werden: Chris kam die Treppe herunter und fragte: „Habt ihr schon gegessen?"

Sie bejahte und ging in die Küche, um das Essen für ihn

zu holen. Chris merkte, daß dicke Luft war und fragte Thomi, was denn los sei.

„Oma hat für uns Pfannkuchen gebacken", erklärte Thomi, „und nun muß sie alles wieder aus ihrem Zimmer raustun – wegen Mutti."

Chris wunderte sich: „Oma kann doch in ihrem Zimmer keine Pfannkuchen backen!"

„Hat sie aber", erwiderte Thomi patzig.

„Sieh an ...", meinte Chris nachdenklich.

Vera brachte ihm das Essen und wünschte ihm „Guten Appetit". Sie sah sehr verstört aus. Sie hörte wohl weder sein „Danke", noch hatte sie etwas von seinen Schmerzen gemerkt; aber das war ja verständlich. Sie setzte sich zu ihm an den Tisch, um ihm Gesellschaft zu leisten, behielt aber ihr grüblerisches Schweigen bei.

Da öffnete sich die Tür von Omas Zimmer. Oma trug einen Pappkarton voller Küchenutensilien heraus und stellte ihn neben die Zimmertür. Dann ging sie zögernd ins Wohnzimmer, sah Chris essen, wünschte ihm guten Appetit und sah Vera an.

„Ich habe da verschiedene Sachen hingestellt", sagte sie mit ziemlich bedrückter Stimme, „bitte nimm dir, was du gebrauchen kannst." Sie ging in ihr Zimmer zurück.

Chris sah seiner Mutter an, daß ihr jetzt in ihrer Haut noch weniger wohl war als vorher. Sie sagte zu ihm: „Entschuldige mich", ging auf Omas Tür zu und klopfte an. Sie wurde eingelassen. Chris hörte noch sagen: „Du, Sigi hat das nicht so gemeint –", dann ging die Tür hinter ihr zu.

Die Brüder sahen einander schweigend an. Dann fragte Thomi Chris: „Wie das wohl ausgeht?"

Chris sagte lächelnd, als sei eine solche Frage völlig überflüssig: „Das kann ich dir ganz genau sagen ...!"

Er sollte recht behalten: Am nächsten Tag war Oma Drombusch ganz in ihrem Element. Sie stand am Herd in der Küche, formte Klöße und warf sie in rhythmischen Abständen ins heiße Wasser. Ihr Sohn kam herein, seine Mutter löffelte ein bißchen Gulaschsauce auf ein Tellerchen und hielt es ihm hin, damit er die Sauce versuchen könnte – und er versuchte; er schwelgte in dem altvertrauten, köstlichen Geschmack vom Gulasch seiner Mutter.

Und Vera stand im Laden und sorgte fürs Geschäft. Gerade hatte sich ein Kunde für Omas oberhessische Bauerntruhe interessiert. Sie redete ihm zu, das seltene Einzelstück zu erwerben. Der Kunde aber lehnte dankend ab und ging. Vera lächelte; doch dann warf sie einen Blick auf die alte Truhe, der ziemlich alles über das Verhältnis zu ihrer Schwiegermutter verriet.

## 4. KAPITEL

# *Spiel mit dem Feuer*

Oma Drombusch gab sich natürlich nicht damit zufrieden, nur zu kochen. Sie hatte sich vorgenommen, nützlich zu sein, ohne darüber Worte zu verlieren. Bei ihrem letzten Einkaufsbummel in Darmstadt hatte sie nicht nur die Utensilien für eine Notküche erworben, sondern auch einen großen Prachtband voller Bilder und Zeichnungen, der Auskunft über die europäischen Möbelstile gab.

Sie wachte immer sehr zeitig auf und saß bereits in aller Herrgottsfrühe über diesem Buch. Zunächst erschreckte sie die Fülle und Vielschichtigkeit des Inhalts. Sie brauchte eine ganze Weile, bevor sie auch nur das Gröbste verstand. Aber sie war entschlossen, sich durchzubeißen. Noch verwirrten sie die Bedeutung der Fachworte, die genauen Zeichnungen der Details, all die tausenderlei Einzelheiten, mit denen man die Möbel voneinander unterscheiden konnte, und die Zeit, in der sie entstanden waren.

Als Vera zum Frühstück rief, legte sie das Buch sorgsam beiseite. Der Frühstückstisch war heute ausnahmsweise nicht in der Küche, sondern in der Eßecke des Wohnzimmers gedeckt. Als Oma hereinkam, stellte Vera einen kleinen Blumenstrauß vor Siegfrieds Gedeck.

„Blumen –?" fragte Oma, und ihre Schwiegertochter strahlte:

„Heute sind es 25 Jahre!"

Oma rechnete nach; irgend etwas stimmte da nicht.

„Ihr habt doch heute keinen Hochzeitstag", stellte sie fest, aber Vera strahlte immer noch.

„Es gibt doch auch andere Tage, die man feiern kann", sagte sie lächelnd.

„Dann bleibt mal schön unter euch, es muß ja nicht sein, daß ich dabeisitze."

Veras Protest beachtete sie nicht und ging zurück in ihr Zimmer; Siegfried kam gerade die Treppe hinunter.

„'Morgen, mein Schatz." Er begrüßte seine Frau wie immer mit einem Kuß und setzte sich auf seinen Platz. Der Blumenstrauß entlockte ihm nur drei Worte: „Ist der lieb!" Er fragte nicht einmal nach dem Anlaß, sondern schob die Vase beiseite: „Wo ist denn die Zeitung?"

Veras Strahlen erlosch. Kurz antwortete sie: „Bei Chris."

Der lag auf seinem Bett, vertieft in den Bericht über die gestrige Demonstration. Je mehr er las, um so wütender wurde er. Die Fotos von Gerd Schräpper, die den Bericht illustrierten, waren nicht dazu angetan, seine Wut zu besänftigen. Es war unglaublich, wie die Tatsachen entstellt wurden. „Dieser Giftgriffel!" stieß Chris hervor und warf das Blatt in die Ecke.

Sein Bruder Thomi war an diesem Morgen auch nicht glücklicher. In seiner Klasse wurde eine Lateinarbeit zurückgegeben. Die Note war niederschmetternd. Was aber noch schlimmer war – der Lehrer forderte: „Die Fünf läßt du dir unterschreiben! Hast du gehört? Antworte!" Thomi legte seine Zähne bloß und wies mit dem Finger auf die Spange. Sein Lehrer grinste und sagte: „Ich verstehe –" Thomi versank in Schwermut: Wie sollte er sich nur die Unterschrift verschaffen, ohne in Teufels Küche zu kommen? Irgendwer mußte ihm helfen.

In der Praxis von Dr. Welling war wie immer viel zu tun. Marion gab einer blassen Patientin ein Glas Wasser.

„Das wird Ihnen gleich helfen!" sagte Marion freundlich. Die Patientin lächelte sie dankbar an. Als Marion ins Arztzimmer ging, hörte sie, wie die Patientin einer Frau neben ihr zuflüsterte: „Man sieht's ihr nicht an, aber sie ist ein liebes Ding!"

Das fand Marions Chef nicht – jedenfalls gefiel ihm nicht, was er sah und was die Patientin gemeint hatte: Marion hatte sich ebenso schick wie aufreizend angezogen. Das blieb unter ihrem geöffneten Kittel niemandem verborgen. Dr. Welling forderte Marion auf, ins Sprechzimmer zu kommen. Kaum hatte er die Tür zugemacht, sagte er energisch zu ihr:

„Ich habe es Ihnen jetzt oft genug gesagt: Dies ist eine gynäkologische Praxis und keine Boutique. Wenn Sie noch einmal in einer solchen Aufmachung erscheinen, brauchen Sie nicht wiederzukommen."

Er ließ sie stehen. Marion legte die Hand auf den Türgriff, sagte schnippisch: „Ich denke, Sie haben eine moderne Praxis!" und ging hinaus. Ihr Chef schwieg; er zögerte einen Augenblick, dann widmete er sich aber wieder ganz seiner Arbeit – er ließ die nächste Patientin rufen.

Am Abend leistete Oma Drombusch ihrem jüngsten Enkel beim Abendbrot Gesellschaft. Vera kam nervös herein. Sie hatte sich die Fingernägel lackiert und blies sie trocken.

„Das wird gegessen!" gebot Oma beim Anblick ihrer Schwiegertochter energisch, „und Schluß!"

„Um vier hat er angerufen", sagte Vera nach einem Blick auf die Uhr, „es dauere höchstens noch eine Stunde!"

„Wo ist er eigentlich den ganzen Tag?" fragte Oma vorsichtig.

„Fraktionssitzung!" sagte Vera verächtlich und fügte kaum hörbar hinzu: „Angeblich –"

Sie ging ins Schlafzimmer zurück, um weiter Toilette zu machen. Thomi sah leidend seine Großmutter an.

„Unterschreib mir doch das Heft!" bat er flehentlich, „du bist doch erziehungsberechtigt – andere Omas machen das!"

„Andere Omas wohnen auch nicht bei ihrem Sohn und kriegen dann das Donnerwetter ab!"

Sie betrachteten einander kämpferisch. Schließlich meinte sie: „Ich könnte dir höchstens versprechen, daß ich nichts davon weiß, wenn du zu Chris raufgehst und *den* bittest!"

Thomi war skeptisch: „Ob der das macht?"

Oma zuckte vielsagend mit der Achsel und befreite ihn von seinem Teller. „Danke!" strahlte er und machte sich rasch auf den Weg nach oben. Seine Skepsis war berechtigt. Als er mit dem Heft in der Hand in der Tür seines Bruders erschien, bekam er nur einen kurzen Satz zu hören: „Ich unterschreibe die Fünf nicht!"

Vera stand in einem sehr schicken Kleid vor dem Spiegel und rückte gerade den Gürtel zurecht. Oma sah zu.

„Verderbt euch doch nicht den Abend", bat sie ihre Schwiegertochter, „unterschreib ihm das Heft!"

Aber Vera war nicht bereit, sich da einzumischen: „Das soll er diesmal ruhig mit seinem Vater abmachen." Sie holte vom Schrank einen Koffer herunter und begann, Siegfrieds Sachen einzupacken.

„Er hat bei mir eben richtig geweint!" beschwor Oma sie.

„Mutter!" unterbrach Vera, aber Oma blieb unbeirrt: „Glaubst du, dem Bub ist wohl in seiner Haut? Keinen Blick hast du ihm eben geschenkt – nur weil du über Siegfried verärgert bist."

„Ich möchte die Frau sehen, die nicht verärgert ist, jeden Montag dasselbe. Nur damit wir so spät wie möglich hinkommen."

„Er tanzt eben nicht gern."

„Aber ich tanze gern!" Und noch sind wir keine 93! Manchmal frage ich mich, ob er mich überhaupt noch wahrnimmt . . ."

„Aber Vera –", Oma war entsetzt, doch Vera ließ sich nicht aus dem Konzept bringen: „Ob das nicht vielleicht seinen Grund hat – seinen langhaarigen –, Sigi ist ein Mann in den besten Jahren!"

Schweigend packte sie weiter, und auch Oma schwieg, gab aber dann zu bedenken: „Ich weiß nicht, ob es gut ist, solche Gedanken überhaupt hochkommen zu lassen. Am Ende glaubst du noch an das, was du sagst. – Fährt Sigi denn wieder weg?"

„Morgen für knapp acht Tage", erwiderte Vera, „nach Südfrankreich!"

„Wieder zu diesem Partner?"

Vera erklärte ihr, das sei nicht Sigis Partner: „Monsieur Tonderont ist ein älterer Herr, der das Geschäft mit Antiquitäten mehr als Hobby betreibt. Und uns kann das nur recht sein –"

„Mein Gott!" rief Oma Drombusch unvermittelt, aber dieser Ausruf bezog sich nicht auf Monsieur Tonderont: „Marions Essen! Das ist bestimmt verbrutzelt!"

Sie lief zur Küche, Vera sah ihr nach – und in diesem Augenblick kam ihr Mann herein, der eilig sein Jackett auszog.

„Entschuldige, aber es ist doch später geworden, als ich dachte."

Vera nahm den gewohnten Kuß steinern entgegen. „Du warst doch nicht bis jetzt auf dieser Fraktionssitzung?" Siegfried sah sie stumm an, warf sein Jackett aufs Bett, nahm den Binder ab und zog das Hemd aus. Müde sagte er: „Nein. Ich war zwei Stunden in einem schummrigen Restaurant und habe soupiert – mit zwei bildhübschen Damen. Die eine –"

„Das ist keine Antwort auf meine Frage", unterbrach

Vera, aber er erwiderte resigniert: „Was soll ich denn sonst mit dieser dummen Eifersucht anfangen?"

Draußen rief sie nach Thomi, und als er sich von oben meldete, teilte sie ihm mit: „Vati ist da!"

Thomi wußte, daß Widerstand sinnlos war. Er kam mit seinem Heft die Treppe herunter, fischte vor der Tür des Schlafzimmers seine Zahnspange aus der Hosentasche, drückte sie in die Zähne, klopfte an die Tür und trat zögernd ein.

Oma kratzte in der Küche die verkohlten Pastetchen vom Blech und erklärte Vera: „Ich finde das einfach nicht richtig!"

„Wenn er doch nur mal was auszubaden *hätte*!" meinte Vera gestreßt. „Dann würde er vielleicht keine Fünfen mehr schreiben. Aber es geschieht ihm ja nie was! Außer gewaltigen Drohungen mit der markigen Frage am Schluß: Ist das klar –?"

Und genauso kam es auch: Die Schlafzimmertür öffnete sich nach einiger Zeit, Siegfried erschien in neuer Hose und frischem Unterhemd. Energisch hörte man ihn zu seinem Sprößling sagen: „... nur damit du Bescheid weißt!" Dann strebte er zum Bad und wandte sich noch einmal zu dem zerknirschten Thomi um: „Ist das klar?"

„Ja", gab Thomi kleinlaut zur Antwort. Vera hielt Siegfried auf mit der Frage: „Was ist klar?" Und der erklärte: „Ich werde mich noch morgen um eine Halbtagskraft bemühen, damit wir kontinuierlich seine Aufgaben überwachen können. Sonst wird das nie was."

„Wer ist wir?"

„Du", sagte er, ohne irgend etwas beschönigen zu wollen. „Du – wenn ich nicht kann. Das Studentenwerk wird uns auf Anhieb eine Reihe von jungen Leuten benennen, die Kunstgeschichte oder was Artverwandtes studieren, die können wir mühelos ins Geschäft stellen."

Inzwischen war Oma hereingekommen. Sie hielt eine

Pfanne mit Bauernfrühstück in der Hand. „Also das könnt ihr billiger haben. Ich übernehme das gern."

Fast hätte ihr Sohn geseufzt. Er unterdrückte es, um sanft, aber bestimmt zu widersprechen: „Mutter, das kannst *du* doch nicht!"

„Warum nicht?" fragte Oma und setzte zu einer Erklärung an. Aber ihr Sohn sah sie an: „Sei lieb. Bitte."

„Bitte", meinte Oma und fragte Vera, auf das Bauernfrühstück weisend: „Reicht das für Marion?"

„Brot hätte es ebensogut getan", erwiderte kratzbürstig Mutter, „wenn sie schon nicht Bescheid sagt."

„Aber das Kind muß doch was Richtiges zu essen haben!" widersprach Oma und ging in die Küche zurück. Siegfried hatte sich inzwischen ein frisches Hemd geholt, aber Vera wollte es nun genau wissen: „Und warum keine Studenten für Nachhilfeunterricht –?"

„Was wir mit ihm lernen, das weiß ich – ich würde mich ja gerne noch heute abend mit ihm hinsetzen und lernen. Aber ich muß ja tanzen! Als ob es nichts Wichtigeres gäbe!"

Vera sah ihm nach, als er die Treppe hinaufging. Ihre Augen wurden schmal. Grimmig, aber leise sagte sie: „Muß! Du wirst es dir wieder *wünschen* . . ."

Vera tanzte leidenschaftlich gern und gut. Leider hatte sie allzu selten Gelegenheit dazu. Darum hatte sie trotz Siegfrieds Widerstand durch langes Taktieren schließlich doch die Teilnahme an einem Tanzkurs durchgesetzt.

Wie jeden Montagabend drehten sich diesmal wieder ein Dutzend Paare zu den Klängen einer Rumba. Der Tanzlehrer schien recht zufrieden mit seinen Schülern zu sein, denn er rief mit dem Mikro den Tanzenden zu: „Jawohl – das sind ja alles Naturtalente hier. Fabelhaft!"

Siegfried fühlte sich gar nicht fabelhaft. Während seine Frau über das Parkett schwebte, leuchteten ihre Augen. Es war nicht nur Freude, was sie ausstrahlte, auch Verlockung. Das spürte er fast schmerzlich. Und ihm fehlte zur Sicherheit beim Tanz, zum Schwung, zur Eleganz eigentlich alles.

Vera bemerkte nichts von den Schwierigkeiten ihres Mannes – sie drehte sich wiegend unter seiner hochgestreckten Hand um die eigene Achse. Aber sie bemerkte sehr wohl die bewundernden Blicke von Herrn Trautmann, eines Mittvierzigers, der gleich am ersten Abend ihr Interesse geweckt hatte. Er tanzte auch mit seiner Frau, aber er wirkte nicht teilnahmslos, linkisch und verkrampft wie Siegfried. Er schien sich ebenso wie Vera ganz in seinem Element zu fühlen.

„Du wirkst müde", sagte Vera zu ihrem Mann, um gleich darauf hinzuzufügen: „Haltung! Du mußt aus dem Bauch tanzen!"

Siegfried war eher amüsiert: „So wie Herr Trautmann. Das ist vielleicht ein Gockel!"

Der Tanzlehrer drehte am Plattenspieler den Ton leiser und rief durch sein Mikro: „Danke! Da war aber schon vieles einsame Spitze!"

Während der kleinen Pause, die jetzt eingelegt wurde, unterhielten sich die Paare. War es nun Zufall oder nicht – das Ehepaar Trautmann war neben das Ehepaar Drombusch zu stehen gekommen. Man lächelte einander zu, man plauderte, doch dann erklang wieder die Stimme des Tanzlehrers:

„Bevor wir jetzt die anderen Figuren einbeziehen, möchte ich daran erinnern: Bitte vergessen Sie nicht, sich für den Bronze-Kurs einzutragen!"

Halblaut sagte Siegfried vor sich hin: „Ohne mich!" Er ließ sich auch nicht von der Versicherung des Lehrers beirren, alle Paare hier würden das Tanzabzeichen mit Leichtigkeit schaffen.

Vera bat: „*Ich* möchte aber gern!"

„Ich tanze doch nicht für 'nen Orden!" sagte Siegfried verächtlich.

Herrn Trautmanns Blicke kehrten immer wieder zu Vera zurück. Sie bemerkte es – und sein Interesse kam ihr nicht ungelegen. Die neuen Anweisungen des Tanzlehrers erfüllte sie mit Erwartung.

„So – und nun, meine Herren, wechseln Sie bitte eine Dame nach links – wir wollen mal sehen, ob Sie das, was wir gelernt haben, auch mit einer anderen Dame tanzen können . . ."

Siegfried trat gottergeben zu seiner Nachbarin, Frau Jäger – und Herr Trautmann lächelnd zu Vera.

„Das ganze Programm unserer Rumba", ordnete der Tanzlehrer an und stellte den Ton des Plattenspielers wieder laut, „so, darf ich bitten: Tanzhaltung – und jetzt wünsche ich Ihnen viel Glück – und der linke Fuß, mein Herr", fügte er zu einem Unglücklichen, der mit dem verkehrten Fuß begonnen hatte, hinzu, „der linke Fuß ist immer der andere!"

Siegfried hatte mit Frau Jäger bei den ersten Schritten leichte Abstimmungsschwierigkeiten – aber Vera und Herr Trautmann harmonierten, als ob sie schon immer miteinander getanzt hätten.

Es war eine Freude, ihnen zuzusehen – aber auch neiderregend für jene, die es nicht so gut konnten. Beides lag wohl in der Stimme von Siegfrieds Partnerin, als sie mit Blick auf Vera und Herrn Trautmann sagte: „Die beiden können es aber gut!"

Siegfrieds Bestätigung klang etwas gezwungen: „Sieht nicht schlecht aus –" Er war froh, daß er Frau Jäger nun soufflieren konnte: „Damensolo!"

Während dieses Solos hatte er Zeit, Vera zuzusehen. Er bemerkte, daß sie sich wohl in den Armen ihres Partners fühlte. Dieser Gockel! Er konnte tanzen, das mußte man ihm lassen; aber war das ein Grund, so selig zu lächeln? Schon lange hatte Siegfried seine Frau nicht so heiter gesehen. Ihm war unbehaglich zumute. Das änderte sich auch nicht, als die Paare nach dem Tanz zur Bar im Wintergarten gingen.

Er selbst mußte noch auf der Tanzfläche bleiben. Der Tanzlehrer hatte ihn ersucht, mit einer routinierten Partnerin einen schwierigen Schritt zu üben. Und endlich hatte er es dann auch geschafft.

„Na, wer sagt's denn –? Doch ganz einfach!" meinte der Lehrer. Siegfried erwiderte, so lässig er konnte: „Man muß es nur erst mal drin haben."

Er bedankte sich bei seiner Partnerin und ging hinüber in den Wintergarten. Offenbar drängten die meisten Paare seine Frau, sich zum Bronze-Kurs anzumelden. Vera versuchte noch sich zu wehren, aber es war ihr nicht sehr ernst damit. Sie sei da gar nicht so sicher, daß sie es schaffen würde, meinte sie, aber von überall her wurde Widerspruch laut, auch von Frau Jäger: „*Sie* schaffen das Tanzabzeichen doch locker!" Und der fröhliche Herr Aufenthal behauptete: „Für uns kein Problem! Mit 50 das Bronzene, mit 60 das Silberne – und mit 70 kommen wir überhaupt erst groß raus!"

Alles lachte. Herr Trautmann fragte Vera, und er blickte sie drängend an: „Glauben Sie nicht, daß Sie Ihren Mann noch rumkriegen?"

„Mal sehen", meinte Vera lächelnd. Sie flirtete schamlos mit diesem Frauenhelden, fand Siegfried. Der sah ihn näher kommen und rückte etwas zur Seite, um ihm Platz zu machen: „Kommen Sie, setzen Sie sich doch zu uns!"

Das fehlte noch, dachte Siegfried. Er sagte aber höflich: „Vielen Dank, aber für uns wird es jetzt Zeit."

„Na, Herr Drombusch", sagte Herr Jäger, „wie haben *Sie* entschieden? Müssen Sie auch in den Bronze-Kurs, oder sind Sie freiwillig sportlich?"

In das Gelächter der anderen Paare hinein sagte Vera und blickte zu ihrem Mann auf: „Ich habe uns jedenfalls mal angemeldet – für alle Fälle."

Ringsum fand ihre Erklärung freudigen Beifall. Ein bißchen Schadenfreude war auch nicht zu überhören. Bevor Siegfried sich zu Veras Worten äußern konnte, sagte Frau Trautmann: „Na, da sind wir ja alle wieder beisammen!"

Siegfried blieb kaum anderes übrig, als gute Miene zum bösen Spiel zu machen. Vera freilich hörte den Ärger im Ton seiner Stimme, als er jetzt zu ihr sagte: „Kommst du bitte?"

Sie tat aber, als sei ihr gar nichts aufgefallen. Unschuldsvoll fragte sie: „Bitte?"

Alle protestierten. Herr Jäger meinte, das sei ja zu schade, wenn die Drombuschs jetzt schon gingen. Frau Jäger sagte lockend: „Noch ein Bierchen!"

„Sogar zwei Bierchen", erwiderte Siegfried, „wenn ich morgen früh nicht nach Südfrankreich müßte!"

„Aber Ihre Frau muß doch nicht nach Südfrankreich", wandte Herr Trautmann ziemlich entwaffnend ein, „oder doch –?"

„Nein –", meinte Vera. Wieder blieb Siegfried nichts übrig, als zu sagen: „Wenn sie noch bleiben möchte –" Er wollte vor den anderen nicht als Haustyrann dastehen. Vera sah freundlich zu ihm auf und meinte lieb: „Ich komme nach. Wird nicht spät."

„Ja dann. Hast du Schlüssel?"

„Aber ja", erwiderte Vera und bat: „Fahr vorsichtig!"

Chris kam von der Streife ins Polizeirevier zurück. Er fand seine Kollegen über dem Lokalteil der Zeitung sitzen. Sie studierten den Bericht von der Demonstration am vergangenen Samstag. Auch ihm war der Artikel, seit er ihn zu Hause gelesen hatte, nicht mehr aus dem Sinn gegangen. Die Bilder verkehrten alles ins Gegenteil: Unter den Fäusten von Chris ging Udo Huttoldt zu Boden. Auch Marion war gut zu erkennen.

„Däs is doch eine Sauerei", empörte sich ein jüngerer Polizist, „wenn de däs siehst, könnste glaube, wir schlage bloß die Leut zusamme!"

„Dabei is der Kerl als Krawallmacher bestens bekannt", sagte ein Streifenpolizist. Ein älterer Kollege schüttelte den Kopf: „Sin doch immer dieselbe Type!" Da Chris gerade dazukam, fragte er: „Haste dir mal die Bilder betrachtet?"

Chris nickte. „Ja – warum?"

Der Ältere schüttelte wieder den Kopf: „Daß dei Schwester bei dene Type mitmischt –"

„Dasselbe sagt die von mir!"

„Ich möcht nur wisse, was die Brüder mit dene Artikel bezwecke", meinte ein Jüngerer, aber der Wachhabende erklärte: „Jeder Artikel is so sauber wie der, der en geschriebe hat. Und der Schräpper, däs is en Giftfinger."

„Der is für mich kei Jota besser wie der Kerl mit seim Katapult, der immer in seiner Nähe is, wenn's stinkt", bestätigte ein anderer.

„Von dem zeige se e Bild – so groß! Aber vom Wembacher?" fragte der Jüngere, und wieder belehrte ihn sein älterer Kollege: „Däs is ja auch bloß en Schutzmann, du Dabbes. Dem darf mer e Aug ausschieße."

Der Jüngere sah sich Udo noch einmal genau an und sagte fast zärtlich: „Die zwei, den Schräpper und den Huttoldt, die möcht ich mal zwische mei Finger habe, so abends zwische dreiviertel un dunkel."

„Aggressionen dürfe nur die andere habe!" erklärte der Wachhabende.

„Außerdem", setzte Chris trocken hinzu, „ist das Körperverletzung im Amt."

„Wenn's keiner sieht", meinte der Jüngere hoffnungsvoll, „'doch net dein Ernst!"

Da erklärte Chris so fest, daß man ihm glauben mußte: „Ernst wird's bei mir erst, wenn ich die Uniform *auszieh* ..."

Als Siegfried in seinem Mercedes zu Hause ankam, ließ ihn etwas Auffallendes zu den Schaufenstern seines Geschäftes hinüberblicken: außer der Nachtbeleuchtung brannte im Hintergrund des Ladens Licht. Das war um diese nächtliche Stunde ganz ungewöhnlich. Ein Einbrecher konnte es nicht sein – der würde allenfalls eine Taschenlampe benützen, deren Schein durch den Laden huschen würde. Irgend jemand von der Familie hatte vergessen, das Licht auszuknipsen.

Er hielt an und stieg schnell aus – aber da verlosch auch schon das Licht im Laden. Er sah eine Gestalt im Hintergrund verschwinden. Trotzdem trat er durch die Ladentür ein, um nach dem Rechten zu sehen. Siegfried entdeckte aber nichts. Es war auch kein Laut zu vernehmen. Also ging er auf die Wendeltreppe zu – und sah, daß auf einem Empiretischchen ein aufgeschlagenes Buch lag, ein Prachtband, der nicht ihm gehörte. Er klappte den Band zu und las den Titel: „Die großen europäischen Möbelstile."

Wäre er besserer Stimmung gewesen, hätte er lächelnd den Kopf geschüttelt. Der Abend in der Tanzschule aber hatte seine Bereitschaft, die Dinge von der heiteren Seite zu sehen, erschöpft.

Oben entdeckte er seine Mutter. Sie machte sich eifrig in der Küche zu schaffen. Sie hatte ihn offenbar kommen hören, denn sie rief: „Siegfried?"

„Ja", erwiderte er kurz, als er ablegte. Er ging in die Küche, um sie zu begrüßen. Seine Mutter wies auf eine Pfanne und klagte: „Du, Marion ist immer noch nicht da – das trocknet inzwischen alles ein. Nein, das ist wirklich nicht schön von ihr!"

„Du brauchst gar nicht abzulenken, wenn du schon im Geschäft unten die europäischen Möbelstile studierst, warum rennst du denn vor mir weg?"

„Ich bin nicht weggerannt", protestierte seine Mutter. „Ich

dachte, wenn ich das gelernt habe, kann ich das genausogut wie ein Student!"

Siegfried schüttelte den Kopf. „Du hattest dein Leben lang nichts mit Stilkunde zu tun. Ich weiß nicht, ob man das so spät noch aufholen kann."

„Ich bin doch nicht steinalt!"

„Natürlich nicht. –"

„Warum also?" unterbrach sie ihn.

Aber Siegfried blieb dabei: „Komm, Mutter, wir wollen darüber nicht streiten."

In diesem Augenblick kam Marion heim, legte ab und rief in die Küche: „'n Abend."

„Guten Abend", erwiderte Vater, „warum kommst du denn erst jetzt?"

„Muß ich das begründen?" fragte Marion zurück, „ich habe mit 'ner Band gearbeitet, und das hat solange gedauert. 'n Abend, Oma."

Die hatte sich sofort nach Marions Ankunft darangemacht, das Bauernfrühstück in der Pfanne wieder zu wärmen: „Ist gleich soweit, mein Schatz."

„Danke, ich hab' gegessen. Gute Nacht."

Oma sah betrübt aus, als Marion hinausging. Siegfried rief seiner Tochter nach: „Hältst du das für richtig?"

Da er keine Antwort bekam, vergewisserte er sich doch noch mal: „Oder hatte sie dir Bescheid gesagt?"

„Jetzt laß sie doch", wollte seine Mutter begütigen, „das wird schon nicht schlecht. Wo ist eigentlich Vera?"

„Sie wollte noch etwas bleiben", ihr Sohn verließ die Küche, um seiner Tochter nach oben zu folgen.

Marion saß vor ihrem Spiegel und hatte ihr Gesicht dick mit der Creme fürs Abschminken beschmiert. Sie sah ihn kampfbereit an, als er anklopfte.

„Das darf ja wohl nicht wahr sein. Wenn du schon nicht zum Abendessen kommst, dann kannst du wenigstens Bescheid sagen. Man bleibt nicht einfach weg."

„Wer ist ‚man'?" fragte seine Tochter, „und wer hat das gesagt? Muß ich Hunger haben, nur weil's halb acht ist?"

„Wir leben doch nicht wie die Hühner, die fressen, wenn sie Lust haben." Er versuchte so freundlich wie möglich zu sein. Es fiel ihm schwer, und seine Stimme klang nun schärfer: „Es *kann* doch nicht so schwer sein, jenes Minimum an Gemeinsinn aufzubringen, ohne den Familie nicht stattfindet."

„Du", erklärte ihm die Tochter souverän, „Familie sagt mir nichts. Jedenfalls nicht, wenn es um irgendwelche Gebräuche geht. Das war mal."

„So, und was hältst du von dem Brauch, daß Mutti dir deine Wäsche wäscht, bügelt oder zur Reinigung bringt? Daß Oma dir das Essen macht, sogar nachts um 11 – daß dir und deinen Freunden das ganze Haus offensteht mit allem, was es zu bieten hat – sagt dir dieser Brauch auch nichts?"

Jetzt fühlte sich Marion in die Enge getrieben, wenn sie auch versuchte, so zu tun, als sei das alles nicht der Rede wert. Trotzig erinnerte sie ihren Vater: „Ich bezahle ja auch!"

„Die paar Mark –?" gab Siegfried ironisch zu bedenken, aber seine Tochter blieb dabei: „Bezahl' ich eben mehr!"

Glaubte sie das denn wirklich? Schien das alles wirklich so einfach zu sein? Sie begriff ganz offenbar überhaupt nichts; man mußte ihr einfach beibringen, wie die Dinge lagen. Siegfried versuchte es möglichst deutlich.

„Du glaubst doch nicht im Ernst, daß du deine Mutter bezahlen kannst. Oder Oma. Familie für Geld! Ich will dir mal was sagen: Entweder du fügst dich ein, so wie wir das alle tun – oder du wirst, wenn du schon von Bräuchen nichts hältst, auch auf die angenehmen verzichten müssen. Immer nur nehmen, das funktioniert nicht. Nirgends. Noch nicht mal in der Familie."

Und damit ging er auf die Tür zu. Fast war er schon aus

dem Zimmer, als er Marions Frage hörte: „Heißt das, daß ich nichts mehr gemacht kriege –?"

„Kommt nur auf dich an", stellte Siegfried fest, fügte aber immerhin hinzu: „Gute Nacht!"

Er schloß die Tür hinter sich und wollte schon hinuntergehen, als er sah, wie durch die spaltbreit geöffnete Tür von Thomis Zimmer Licht auf den Flur fiel. Er öffnete die Tür und sah seinen Jüngsten ganz vertieft an seinem Schreibtisch sitzen, auf dem Hefte und Bücher lagen. Auf die Frage seines Vaters, ob er noch immer Aufgaben mache, nickte er nur – mit der Miene eines erschöpften Dulders.

„Bub, das gibt's aber nicht. Du lernst ja nun schon seit heute morgen."

Die unschuldsvollen Augen, mit denen Thomi zu ihm aufsah, rührten Vater. „Komm, geh in dein Bett und schlaf dich aus – morgen ist auch noch ein Tag. Gute Nacht."

Er gab ihm einen freundschaftlichen Boxschlag und einen Kuß. Als sich die Tür schloß und die Luft rein war, zog Thomi unter der Bettdecke seinen Band Karl May heraus und vertiefte sich nach dieser gut gemeisterten Unterbrechung wieder in den „Schatz im Silbersee".

Siegfried ging zu Bett. Er hatte Schwierigkeiten mit dem Einschlafen. Die Auseinandersetzung mit Marion – der Anblick seiner Frau, die mit diesem Herrn Trautmann beschwingt tanzte, ging ihm im Kopf herum und ließ ihn nicht zur Ruhe kommen.

Irgendwann mußte er doch eingeschlafen sein, denn er erwachte plötzlich und sah, daß das Bett neben ihm immer noch leer war. Er schaltete die Nachttischlampe an – es war Viertel nach eins.

Vera war wirklich noch nicht heimgekommen. Er schlug die Bettdecke zurück, stand auf und ging an dem von seiner Frau für Südfrankreich gepackten Koffer vorbei hinüber ins Wohnzimmer. Dort brannte zwar wie auch in der Diele eine Lampe, aber nirgends war ein Laut zu vernehmen.

Er rief: „Vera –?“, erhielt aber keine Antwort. Auch als er die Wendeltreppe ein paar Stufen hochging und noch einmal rief, rührte sich nichts. Sie war also immer noch weg. Nun – wenn sie ihn so behandelte, wenn sie gar keine Rücksicht auf ihn nahm, dann brauchte er auch keine auf sie nehmen. Er überlegte, er dachte nach – und schließlich faßte er einen Entschluß. Rasch ging er ins Schlafzimmer, bereit zu handeln ...

Fast zwei Uhr war es, als der große BMW von Herrn Trautmann vor dem Laden der Drombuschs anhielt. Vera wollte aussteigen, als Herr Trautmann sagte: „So wie Ihr Mann vorhin wegging: ich sehe Sie noch nicht in dem Bronze-Kurs.“

Vera nahm ihre Handtasche auf und sah Herrn Trautmann lächelnd an: „Das muß man abwarten ...“

Einen Augenblick blieb es ruhig, dann sagte Herr Trautmann leise: „Schade, daß Sie schon gehen wollen!“ Er legte seinen Arm auf die Lehne ihres Sitzes. Vera meinte, es sei inzwischen spät genug geworden. Trotzdem wollte er sie noch nicht gehen lassen – und offenbar fiel ihm gerade etwas ein.

„Sagen Sie, ich habe da einen Kunden, dem gefällt sein Haus nicht mehr. Hätten Sie etwas dagegen, wenn ich die Inneneinrichtung mit Ihnen bespräche –?“

„Das ist unser Geschäft“, erwiderte Vera lächelnd. Herr Trautmann ging sofort in die Offensive: „Würde es Ihnen in den nächsten Tagen passen? Vielleicht morgen?“

„Ich rufe Sie an“, sagte Herr Trautmann entschlossen. Vera sah ihn freundlich an: „Gern.“ So ließ sie alles zunächst einmal in der Schwebe. „Danke schön“, sagte sie, und sie hörte selbst, wie lockend ihre Stimme klang, „und – gute Nacht!“

Herr Trautmann stieg aus und öffnete ihr die Tür: „Gute

Nacht." Er hielt ihre Hand fest und sah ihr in die Augen, aber sie befreite ihre Hand und ging auf die Tür zu, ohne sich noch einmal nach ihm umzusehen. Er sah ihr nach, bis sich die Tür hinter ihr schloß.

Als Vera ablegte, entdeckte sie im Garderobenspiegel ihr Lächeln. Mit Wohlgefallen betrachtete sie ihr Spiegelbild. Sie fühlte sich wie neugeboren. Sie war sehr wohl eine hübsche Frau, für die sich ein attraktiver Mann immer noch interessierte.

Sie löschte das Licht in der Diele, ging hinüber zum Schlafzimmer und öffnete ganz leise die Tür. Hoffentlich würde Sigi nicht wach, es war doch ziemlich spät geworden. Sie war aus ihren Schuhen geschlüpft und ging auf Strümpfen zu ihrem Bett. Als sie die Nachttischlampe einschaltete, schwand ihr Lächeln: Siegfrieds Bett war leer, und – sie schaute sich um – sein Koffer war auch weg.

Er war also gefahren, mitten in der Nacht! Nicht einmal einen Zettel hatte er hinterlassen.

Vera hatte in der Küche eine neue Kerze in das Rechaud gesteckt und die Kaffeekanne wieder aufgesetzt, da hörte sie von unten die Ladenklingel. Gleich darauf rief ihre Schwiegermutter: „Vera, gehst du –?"

„Sofort", gab Vera zurück und rief, als sie durchs Wohnzimmer ging, ungeduldig nach Marion. In der Tür ihres Zimmers stand Oma mit der Tageszeitung: „Wann hat denn Thomi Schulschluß?"

„Um eins", erwiderte Vera, „halb zwei etwa ist er zu Hause."

Dann reiche das mit dem Essen ja noch, meinte Oma, und während Vera die Treppe zum Laden hinunterging, fuhr Oma mit dem Finger an einer Rubrik im Inseratenteil der Zeitung entlang. Sie hatte sich ein paar Telefonnummern angestrichen.

Vera erkannte im Laden auf den ersten Blick jenen älteren Herrn, der sie schon einmal so lange aufgehalten hatte. Der Herr schien auch heute wieder bester Dinge zu sein: „Ich suche für meine Tochter einen Konsoltisch."

„Wie heißt der Tisch?"

Der Herr wiederholte: „Einen Konsoltisch – Biedermeier."

Vera sah ratlos aus. Der Herr meinte, vielleicht könne ihm die ältere Dame weiterhelfen: „Mit ihr hatte ich mich schon darüber unterhalten."

Wann wohl könnte Oma sich mit diesem Herrn über einen Konsoltisch unterhalten haben? Sie bat ihn, einen Augenblick zu warten.

„Bitte sehr", sagte der Herr wohlgelaunt. Vera ging über die Wendeltreppe nach oben.

Oma hatte inzwischen eine der Telefonnummern gewählt, die sie in der Zeitung angestrichen hatte. „Ich rufe wegen Ihrem Inserat für Klavierunterricht an – ja. Ich war Musiklehrerin. Nur müßte Ihre Tochter zu mir kommen – ach, sie ist da? Da kann' ich das ja mit ihr selbst besprechen. Ich warte gern."

Als Vera hochkam, lächelte sie, den Hörer in der Hand, ihrer Schwiegertochter harmlos zu.

„Da möchte ein Herr von dir beraten werden wegen einem Konsoltisch. Du wüßtest Bescheid."

„Wegen einem Konsultisch?" fragte Oma, aber Vera berichtigte: „Konsoltisch. Er muß mit dir darüber gesprochen haben."

Oma schaute etwas irritiert: „Augenblick." Inzwischen kam Marion mit einem größeren Koffer aus der Diele und wollte die Wendeltreppe hinaufgehen.

„Hast du schon gefrühstückt?" fragte Vera überrascht.
„Ich frühstücke bei Gerd."

„Ich dachte, du gehst zum Arzt?"

„Heute mittag."

„Warum gehst du eigentlich nicht zu Dr. Welling? Der *ist* doch Frauenarzt!"

„Ich geh' doch nicht zu meinem Chef!" Sie war schon fast oben.

Vera sah ratlos ihre Schwiegermutter mit dem Telefonhörer an, die ihr wieder zulächelte. Vera war in Gedanken immer noch mit Marion beschäftigt: „Und warum ist sie dann heute morgen nicht zum Dienst?" fragte sie vor sich hin. „Und was soll der Koffer?" Sie ging die Wendeltreppe hinauf, um sich zu vergewissern.

Oma wartete immer noch, den Hörer in der Hand. Jetzt meldete sich eine Stimme am Telefon. „Bitte?" fragte Oma, die zunächst nicht recht verstanden hatte, „das macht nichts – ich rufe nochmals an. Nein, nein, ich melde mich wieder. – Ja. Wiederhören."

Sie legte auf und machte sich auf den Weg in den Laden. „Konsoltisch?" murmelte sie vor sich hin.

Als Vera zu Marion hineingehen wollte, kam ihre Tochter aus dem Zimmer auf dem Weg ins Bad.

„Sag mal, verreist du? Wozu brauchst du denn den Koffer?"

„Ich ziehe aus."

Mutter sah sie ziemlich fassungslos an.

„Ich ziehe zu Gerd."

Sie schloß hinter sich die Tür zum Bad und ließ ihre Mutter stehen. Vera sah sich in Marions Zimmer um. Die Schränke standen offen, ein großer vollgepackter Koffer lag auf dem Boden, auf dem Bett verstreut die Sommergarderobe.

Marion kam herein und begann, ihre Sommersachen in den Koffer zu packen. Irgendwie reizte Vera das Schweigen ihrer Tochter. Sie sagte ziemlich spitz: „Schade, daß wir nicht gewußt haben, daß du ausziehst – sonst hätten wir dir gestern abend natürlich ein Abschiedsessen gegeben." Aber ihre Tochter antwortete lässig: „Das habe ich gestern abend selbst noch nicht gewußt. Vati hat mich ja praktisch rausgeschmissen."

„Einfach so, wie find' ich das?"

„Laß doch die Ironie!" forderte Marion, aber Vera sprach aus, was sie meinte: „Das kann ich doch alles nicht ernst nehmen! Marion!"

„Ich ziehe zu Gerd. Weil Gerd freier denkt, nicht so kleinkariert und bürgerlich. Bürgerlichkeit ist der totale Frust. Irgendwann einmal muß sich jeder entscheiden – wissen, wohin er gehört."

„Danach gehörst du also nicht mehr zu uns."

Marion redete ihr gut zu, als spreche sie zu einem Kranken: „Mutti – du mußt das verstehen: Konvention macht zu – erstarrt alles. Sieh dir doch mal unsere Familie an – die Feiertagsfeste. Da gähnt doch jeder. Oder euer Verhältnis zueinander. Was ist denn übriggeblieben –? Gewohnheit, Frust: tote Ehe."

Sie gab alle diese Ungeheuerlichkeiten mit einer solchen Selbstverständlichkeit von sich, daß Vera nur matt antworten konnte: „Du weißt das alles . . ."

Und nun wollte es Marion genau erklären: „Na, wenn Vati fortgeht, dann weiß er morgens schon, daß abends sein Kaffee für ihn dasteht. Gepflegtes Einerlei. Seit 20 Jahren. Der Tod jeder Ehe. Weil es gar nicht in den Sinn kommt, mal was aufzureißen. Nur nicht anstoßen! Seit eh und je trägt Vati seine Krawattenschals und du dieselbe Frisur. Wo soll da Drive herkommen –? Wie gesagt: Bürgerlichkeit macht zu. Und ich breche aus."

Vera hatte sich das angehört: „Und du bist sicher, daß du der Typ bist, der sich allein durch die Welt schlägt. Ohne Bürgerlichkeit."

„Ich hab' doch Gerd!" gab Marion zu bedenken, „Gerd hat wie oft zu mir gesagt: Wenn mal was ist, kommste zu mir."

Vera atmete tief durch: „Dann wünsch' ich dir viel Glück."

„Früher oder später wären wir ja doch zusammengezogen, weil wir halt zusammengehören."

„Na ja, das Zimmer bleibt dir auf alle Fälle. Und wenn du Ärger hast, dann weißt du ja, wo wir wohnen."

Gütig erwiderte ihre Tochter: „Mutsch – ich kann doch nicht ewig Kind bleiben!"

„Nein –", bestätigte ihre Mutter. Marion schloß den Koffer und sah Vera an: „Ich komm' noch mal vorbei und hol' mir den Rest."

Sie wollte das Zimmer verlassen, aber Vera hielt sie noch einen Augenblick: „Du – eines mußt du mir versprechen: Wenn irgendwann mal was schiefläuft, hab keinen falschen Stolz und denke, die triumphieren jetzt oder lachen dich aus ..."

„Wie ihr das seht –", ihre Tochter schüttelte den Kopf und fügte im Weggehen hinzu: „Ich ruf' mir ein Taxi."

Mutter blieb zurück, tief in Gedanken. Wie sicher Marion war – so sicher konnte man wohl nur in ihrem Alter sein. Aber viel schlimmer: Man konnte da nichts tun als abwarten – und hoffen.

Inzwischen war Oma unten im Laden. Sie trat so leise durch den Vorhang, daß der ältere Herr, der in den Anblick eines Empire-Sessels versunken war, sie nicht bemerkte. Als sie noch überlegte, wer das wohl sein mochte, erkannte sie ihn: Es war der Herr, der sie damals beim Frühstück im Café Bormuth nicht aus den Augen gelassen hatte. Sie holte tief Luft, dann trat sie auf ihn zu und wünschte ihm einen guten Morgen.

Der Herr lächelte. Er schien fast so verlegen zu sein wie sie.

„Ich suche zum Geburtstag meiner Tochter einen ganz bestimmten Tisch – einen vom neoklassischen Geist geprägten Konsoltisch. Und da dachte ich – vielleicht – vielleicht könnten Sie mir einen solchen Tisch besorgen. Bis spätestens nächsten Monat."

Offenbar verwirrte ihn Omas Blick. Doch als sie nun wiederholte: „Neoklassisch . . .", auf ein hübsches rundes Tischchen wies, das an der Wand stand, und auf gut Glück hinzufügte: „Oder mehr wie dieses hier?", schüttelte er den Kopf und sagte höflich: „Nein, eh – eigentlich nicht."

Oma nickte. „Ist ja auch kein Konsoltisch." Der Herr nickte: „Eben."

Beide sahen sich nun im Laden um, ob vielleicht irgendwo etwas stünde, das einem neoklassischen Konsoltisch ähnelte. Es war aber nichts da. Als ihre Blicke sich wieder begegneten, fragte der Herr: „Sagen Sie, könnte es sein, daß wir uns kennen?"

Aber Oma Drombusch schien sich nicht zu erinnern – offenbar hatte sie den Herrn nie zuvor gesehen; das zumindest ließ ihr Blick vermuten.

„Aus dem Café Bormuth vielleicht –?"

Oma Drombusch meinte achselzuckend: „Da habe ich mal gefrühstückt."

Das freute den Herrn: „Ich frühstücke nämlich dort regelmäßig. Ja, das ist nun Zufall, daß ich Sie hier wiedersehe. Sind Sie öfter in dem Café?"

„Ab und zu", erwiderte Oma so beiläufig als möglich, „das ist ganz unterschiedlich."

Er nickte und sie nickte auch. Der Zufall dieses Wiedersehens schien ihn besonders glücklich zu machen. „Ja – wollen wir doch noch mal sehen!"

Das tat er, aber Oma Drombusch folgte ihm nicht. Sie beobachtete ihn. Er sah wirklich gut aus. Er war schmal, groß und sehr gepflegt. Sie mußte wohl Eindruck auf ihn gemacht haben, damals im Café.

Sie durfte nicht länger nur so herumstehen, sie mußte ihn auf ein paar andere schöne Stücke hinweisen, die sich für ein Geschenk eigneten. So kamen sie endlich auch zu ihrer eigenen Antiquität, die sie nun wärmstens empfahl: „Oder diese Bauerntruhe –? Oberhessen – siebzehntes Jahrhundert."

„Schönes Stück, aber eine Truhe hat meine Tochter schon."

Da war Oma ratlos. „Hat sie –", wiederholte sie nachdenklich. „Leider", bestätigte der Herr.

Aber da kam Oma eine Idee: „Und wenn Sie es doch versuchen und Sie beschreiben mir mal diesen Tisch –?"

„Ja, also", begann er, „ein Konsoltisch ist –", aber dann unterbrach er sich und sagte ganz unvermittelt und etwas verlegen, so als falle ihm das soeben ein: „Ich könnte Ihnen den Tisch zeigen – im Schloßmuseum!"

„Steht da einer?" fragte Oma voller Hoffnung.

„Das heißt, wenn Sie so freundlich wären – wenn Sie überhaupt Zeit haben."

„Die nehme ich mir", erwiderte Oma großzügig, „denn lange dürfen Sie ja nicht mehr warten, wenn Ihre Tochter nächsten Monat Geburtstag hat."

Jetzt strahlte er über das ganze Gesicht, seine Verlegenheit war durch Omas Selbstverständlichkeit geschwunden: „Sie ermutigen mich fast zu der Frage, ob ich Ihnen den Tisch heute nachmittag zeigen dürfte – oder ist das unverschämt?"

Oma überlegte: „Heute nachmittag – da war – nein; das geht."

„Sagen wir 16 Uhr?"

Oma bestätigte: „16 Uhr Schloßmuseum."

Ihm war anzusehen, daß er die reine Wahrheit sprach, als er sagte: „Sie machen mich richtig froh."

„Ach", meinte Oma Drombusch harmlos, „wir haben oft außer Haus zu tun."

„Dann bis später", sagte er mit einer höflichen Verbeugung; sie hielt ihm die Tür auf und sah ihm nach, wie er sichtlich gestrafft die Straße überquerte. Sie wollte sich wieder umwenden, als sie bemerkte, daß Marion mit Koffern in der Hand auf ein parkendes Taxi zuging. Der Fahrer verstaute die Koffer im Wagen, und Marion stieg ein und fuhr davon. Oma ging in die Wohnung hinauf. Dort räumte Vera gerade Marions unbenütztes Frühstücksgedeck ab.

„Verreist Marion?"

„Sie zieht aus." Das mußte Oma erst einmal verdauen ... Sie sah ihrer Schwiegertochter an, daß es ihr nicht anders ging. Vera fuhr fort: „Ich verstehe ja, daß sie raus will – nur: muß es ausgerechnet dieser Herr Schräpper sein?"

Oma seufzte und meinte begütigend: „Sie muß halt ihre eigenen Erfahrungen machen – und übrigens wäre bei dir jeder ein Herr Schräpper!"

Damit, dessen war sich Vera bewußt, hatte Oma ins Schwarze getroffen. So war es. Sie mußte lernen, sich mit den Tatsachen abzufinden. Auch Mütter müssen sich abnabeln.

In dem großen Redaktionsraum der Zeitung, für die Gerd Schräpper arbeitete, herrschte hektischer Betrieb. Gerd saß an einem Schreibtisch und verfaßte den Text zu einem Fotoartikel, als der Ressortleiter vorbeikam und ihm zurief: „Herr Schräpper – der Chef will Sie haben!"

Der Ressortchef wirkte verärgert, als er in sein Büro zurückging. Gerd schwante nichts Gutes. Er stand auf und ging hinaus auf den Gang bis zur Tür des Chefredakteurzimmers. Dort klopfte er.

Sein Chef sah von der Arbeit auf, als Gerd hereinkam. Er wartete nicht lange, sondern hielt Gerd gleich ein Schriftstück hin.

„Mir liegt da eine Beschwerde der Polizei vor, es geht um Ihren Bericht über die polizeiliche Räumung einer Kreuzung, die durch Demonstranten blockiert war. Die Polizei spricht von ‚tendenziös' und ‚sinnentstellend'. Das habe ich nicht gern. Trifft das zu?"

Geld las widerwillig das Schriftstück. Er ahnte nicht, daß sich gerade jetzt weitere Schwierigkeiten für ihn anbahnten: Marion war in die Redaktion gekommen und sah, daß der Schreibtisch von Gerd nicht besetzt war. Sie grüßte und sah eine Journalistin fragend an.

„Er ist eben zum Boß." Marion wollte wissen, ob es lange dauern würde, sie habe ein Taxi warten.

„Fragen Sie mich was Leichteres." Marion sah, daß der Ressortleiter aus seinem Glaskasten zu ihr hinüberblickte. „Ich warte draußen. Danke."

Gerd hatte inzwischen das Schriftstück seinem Chef zurückgegeben. Er sah aber gar nicht schuldbewußt aus: „Wenn die Polizei das anders sieht, so ist das deren Bier. Ich steh' zu dem, was ich geschrieben habe."

„Und was haben Sie *nicht* geschrieben?" fragte der Chef und fuhr fort: „Daß nämlich der Rowdy einen Polizisten mit seiner Präzisionsschleuder krankenhausreif geschossen hat, sich seiner Festnahme durch Fußtritte widersetzte und schließlich mit dem Messer auf einen Beamten losging. Und diese Art der Festnahme liest sich dann bei Ihnen so: ‚Ein jugendlicher Demonstrant wurde von der Polizei brutal zusammengeschlagen!' Getextet unter einem Foto, das den Jüngling zeigt wie's Leiden Christi!"

Gerd Schräpper blieb unbeirrt: „Was Sie da sagen, kann ich nicht bestätigen. Ich habe jedenfalls nichts davon bemerkt."

Die Stimme seines Chefs wurde scharf: „Zeugen behaupten, Sie waren keine drei Schritte davon entfernt. Was immer Sie mit solchen Berichten bezwecken, ich habe jedenfalls jetzt das Vergnügen, eine Richtigstellung der Polizei nach dem Pressegesetz abzudrucken."

„Wieso?" fragte Gerd immer noch ganz harmlos und unschuldig, „faktisch stimmt es: Ein Demonstrant wurde brutal zusammengeschlagen."

„Was bei Ihnen faktisch stimmt", erwiderte der Chefredakteur mit kaum unterdrücktem Zorn, „geht meistens haarscharf an der Wahrheit vorbei. Aber haarscharf vorbei ist *auch* daneben. Ich stelle mich jederzeit vor das, was wir veröffentlichen. Aber das kann nicht soweit gehen, daß ich gezielte Entstellungen decke. Das geben Sie Herrn Kirn."

Er reichte Gerd das Schreiben der Polizei hinüber und machte sich wieder an seine Arbeit. Gerd verließ das Zimmer.

Auf dem Gang kam ihm Marion entgegen. Sie eilte auf ihn zu – „Gerd!" Strahlend stand sie vor ihm, dabei hätte sie keinen schlechteren Augenblick für diese Überraschung finden können:

„Was machst *du* hier –?"

„Gib mir bitte deinen Schlüssel. Ich bin raus zu Hause."

„Was heißt raus?" Marion wiederholte nur: „Raus!"

Voller Zuversicht sah sie ihn an. Aber Gerd hatte jetzt andere Sorgen – gerade wurde auch aus dem Redaktionsraum nach ihm gerufen. Und nun drängte ihn auch noch Marion: „Du, das Taxi steht unten!"

Gerd gab ihr den Schlüsselbund: „Aber bleib in der Wohnung. Ich kann sonst nicht rein. Ich komme, sobald ich kann." Er ging an ihr vorbei zum Redaktionsraum. „Tschüs!" rief sie enttäuscht hinter ihm her.

In Gerds Wohnung herrschte ein ziemliches Chaos. Das war Marion gewöhnt, aber sie war hilflos, als sie anfing, ihre Koffer auszupacken – wohin nur mit alldem?

Gerds Appartement bestand aus einem Wohn-/Schlafzimmer und einem weiteren Raum, der sein Arbeitszimmer und Fotoatelier war. Der Kleiderschrank stand offen. Er war so voll, daß ein paar Kleidungsstücke Gerds sogar an der Tür hängen mußten. Da ging von ihren Sachen einfach nichts mehr hinein. Sie hängte ihre Kleider also zunächst einmal an der Garderobe auf – wohin aber mit all dem andern?

Als sie ein paar Hosen über die Lehne von Gerds Schreibtischstuhl legte, sah sie eine Fotoserie – das war sie. Das waren die Bilder, die Gerd neulich von ihr gemacht hatte – nackt; ästhetisch zwar, aber doch gewagt. Warum hatte er diese Aufnahmen so stark vergrößert? Sie hatten doch ausgemacht, daß die Bilder nur für sie beide gedacht waren. Aber diese großformatigen Fotos, das wußte sie, schickte Gerd immer ein – als Covers an Illustrierte – er konnte doch nicht im Ernst vorhaben, diese Aufnahmen zu veröffentlichen?

Es wurde nicht viel aus dem Einräumen ihrer Sachen. Sie dachte nach. Sie wurde unruhig und blieb unruhig. Als Gerd schließlich heimkam, hatte sie die Fotos vergessen und wollte erst einmal von ihm wissen, ob ihr plötzliches Kommen ihm vielleicht nicht recht sei – ob sie ihn stören würde. Das sagte sie ihm, während er einen neuen Film in die Kamera legte.

„Aber Kleines", sagte er beruhigend, und das klang fast wie ein liebevoller Vorwurf, „wie kannste so was denken? Natürlich hab' ich gesagt: Dann kommste zu mir – damit wir 'ne Lösung finden. Und die haben wir ja auch: Wir suchen für dich eine schicke Einzimmerwohnung, und solange bleibst du hier – logo."

Marion hatte sich auf seine Anweisungen hin sehr aufreizend angezogen. Obwohl sie mit den Gedanken nicht bei der Sache war, posierte sie nun für die Aufnahmen. Gerd dozierte: „Das ist einfach nicht gut: du bist kaum bei den Eltern raus, da schlüpfste ins nächste Nest. Mach dich doch erst mal frei. Werd doch mal du."

Er zupfte die Öffnung ihrer durchsichtigen Bluse noch etwas beiseite und begutachtete den Anblick.

„Ich dachte halt, es wär' schön, wenn wir zusammen sind."

„Sind wir ja auch, aber müssen wir zusammenleben, um zusammenzugehören? Nur keine bürgerlichen Zwänge! Die gehen immer auf Kosten der Persönlichkeit." Und während er zu seinem Fotoapparat zurückging, fuhr er fort: „Außerdem spielt da auch der Vermieter nicht mit. Vorübergehend ja; aber nicht auf Dauer. So, jetzt können wir: Haltung. Ja, aber keß, keß – *in* die Kamera. Du – mit *dem* Gesicht kommste nicht auf die Titelseite!"

Marion sagte trotzig: „Ich bin doch keine Aufziehpuppe!"

„Aber Profi! Oder –? Ja, denk dir was – na bitte – wer sagt's denn!"

Und jetzt machte er eine Aufnahme nach der anderen, während Marion sich bemühte, unbeschwert zu lächeln.

Schließlich war Gerd zufrieden: „Da waren einige dabei!" Er begann eifrig umzubauen. Er richtete die Lampen auf die Liege. Ahnungsvoll fragte Marion: „Und jetzt?"

„Jetzt machen wir noch ein paar andere. Zieh dich aus und leg dich dahin."

„Nein", sagte Marion fest und bestimmt, „das möcht' ich nicht."

Gerd war überrascht: „Wieso? Das haben wir doch schon öfter gemacht!"

„Eben", bestätigte Marion, „und ich möchte schon gar nicht, daß diese Fotos so großzügig da rumliegen. Im Großformat. Wozu machst du das überhaupt?"

„Grundsätzlich, Kleines" – Gerd belehrte sie mal wieder: „Das sind ästhetische Aufnahmen. Ebenso wie die, die wir jetzt gemacht haben. Damit läßt sich gutes Geld verdienen. Mehr jedenfalls als mit der Actionknipserei. Wenn ich da einsteigen kann, bin ich durch. Und du mit."

„Dagegen hab' ich ja auch nichts", gab Marion zu, „du kannst von mir aus rausschicken, was du willst – aber nicht die Aktfotos. Die gehen Dritte nichts an; das war abgesprochen, und ich möchte, daß es dabei bleibt. Ja?"

Gerd blieb nichts anderes übrig, als die auf die Liege gerichteten Lampen wieder auszuschalten. Er sagte ziemlich resigniert: „O. K. – bist eben noch nicht soweit."

Das traf Marion. Sie erwiderte empört: „Wie meinst du das? Ich bin doch kein Aktmodell!"

„Schon gut, weißt du was? Mach uns 'nen schönen Salat."

Marion lächelte ihn traurig an und verließ den Raum. Gerd ging zum Schreibtisch hinüber, auf dem die großformatigen Aktfotos lagen und verstaute sie verärgert in der Schreibtischschublade. Er starrte vor sich hin, überdachte die Situation und sagte schließlich halblaut vor sich hin: „Das gibt Ärger."

Im Schloßmuseum hatten sich Oma Drombusch und Herr Diehl – so hatte er sich inzwischen vorgestellt – einer Führung angeschlossen, die für beide sehr anregend war. Die Gruppe kam schließlich zu dem Konsoltisch, von dem Herr Diehl Oma erzählt hatte.

„Ist der nicht erlesen schön?" raunte Herr Diehl ihr zu.

„Wunderbar. Wird nur nicht so leicht sein, so was aufzutreiben – zumal es ja eilt."

Aber da machte sich Herr Diehl offenbar keine Sorgen. „Notfalls schenke ich den Tisch eben zu Weihnachten. Muß ja nicht der Geburtstag sein."

„Bis dahin kann man schon was finden."

Ein ganz eifriger Museumsbesucher der Gruppe sah die beiden mit gerunzelter Stirn an – er fühlte sich durch ihr Getuschel gestört. Aber da sie nun gesehen hatten, was sie sehen wollten, brauchten sie ja mit der Gruppe nicht weiterzugehen. Sie blieben bei dem Konsoltisch stehen, um ihn noch einmal zu betrachten.

„Wann glauben Sie, kann ich mal nachfragen? Oder ist das schwer zu sagen?"

„Schwer", bestätigte Oma, „sowie mein Sohn aus Südfrankreich zurück ist –", wollte sie erklären, aber ihr Begleiter unterbrach sie: „Muß ja gar nicht sein. Ich komme einfach immer mal vorbei und frage bei Ihnen nach."

Er bemerkte, daß Oma darüber nicht unbedingt erfreut war: „Oder sind Sie nur zu bestimmten Zeiten im Geschäft?"

„Eigentlich so gut wie nie. Ich war Pianistin und habe im Geschäft nur mal ausgeholfen."

Das schien Herrn Diehl nicht zu überraschen. Er betrachtete sie voll Bewunderung: „Richtig Pianistin? Auf Schallplatten?"

„Mehr im Saal", berichtigte Oma, ohne zu erröten. Als sie langsam durch den blauen Kaisersaal schlenderten, erzählte sie: „Ich wohne erst sei kurzem hier – deshalb hat mein Sohn es auch nicht so gern, wenn ich im Geschäft bin. Er meint, das ließe sich nicht so bald erlernen. Und ganz so jung bin ich ja nun auch nicht mehr."

Das wollte Herr Diehl nicht gelten lassen. Er blieb stehen und sah sie fast beschwörend an: „Aber ich bitte Sie! Wer ist schon zum Lernen zu alt? Außerdem ist das doch enorm, was Sie wissen – Ihre Stilsicherheit! Davon muß man Ihren Sohn überzeugen."

Das hörte Oma Drombusch mit Wonne. Sie fühlte sich geschmeichelt, wollte ihrem Begleiter aber doch nicht ganz zustimmen: „Ich weiß nicht . . ."

Herr Diehl jedoch war überzeugt, daß er recht hatte: „Bestimmt. Kommen Sie, darüber sollten wir uns in allem Ernst unterhalten."

Und damit war Oma Drombusch nur zu gerne einverstanden.

Am Abend saß Vera mit ihrem Jüngsten in der Eßecke, um ihm bei den Schularbeiten zu helfen. Vera fragte ihn das bereits durchgenommene Pensum ab. „So – und was versteht man demnach unter dem Osmanischen Reich –?"

Thomi legte los, ohne zu zögern: „Das sind die Ottos: Otto I., Otto II. und so –"

Vera berichtigte: „Das ist das ottonische Reich. Gefragt ist nach dem Osmanischen Reich."

Thomi sah hilflos vor sich hin. „Das sind dann wahrscheinlich die Osmans: Osman I., Osmann II. und so – ob das Vati ist?"

Das Telefon hatte geklingelt. Vera eilte zum Apparat – verzweifelt sagte sie im Weggehen: „Das Kind hat keine Ahnung ..." Dann hob sie den Hörer ab. Aber es war nicht Siegfried. „Nein", sagte sie ins Telefon, „der macht jetzt Aufgaben. Später ruft er dich zurück – ja; tschüs."

„Wer war denn das?" fragte Thomi.

„Dieter." Nun schlug sie entschlossen ihr Verzeichnis der Telefonnummern auf und wählte die Nummer des Hotels, in dem Siegfried in Südfrankreich wohnte. In ihrem Schulfranzösisch bat sie um eine Verbindung mit Monsieur Drombusch, legte aber nach einem kurzen Dank den Hörer wieder auf. Siegfried war nicht im Haus. Sie starrte verzweifelt vor sich hin – warum hatte er nicht angerufen?

Sie wußte jetzt zwar, daß er gut angekommen war – aber er hatte sich immer gemeldet und ihr Bescheid gegeben. Hatte sie ihn im Tanzkurs denn wirklich so sehr gekränkt, daß er im Augenblick gar nichts von ihr wissen wollte – oder wurden ihre schlimmsten Ahnungen bestätigt, daß er in Südfrankreich nicht nur nach schönen Stücken suchte. Sie nahm sich zusammen, stand auf und ging wieder zu Thomi hinüber, um zu erklären, daß es keine Osmans gab und was man unter dem Osmanischen Reich zu verstehen hatte und warum Istanbul nicht nur Konstantinopel genannt wurde, sondern früher auch Byzanz.

Erst als Thomi sich niedergelegt hatte, zog sie die Vorhänge vor sein spaltbreit geöffnetes Fenster, löschte das Licht und schloß die Tür. Sie sah noch einmal in Marions leeres Zimmer hinein. Nichts wußte sie – weder von Marion noch von Siegfried. Sie würde das einfach aushalten müssen.

Im Bad machte sie sich für die Nacht zurecht. Als sie damit fertig war, ging sie im Negligé noch einmal ins Zimmer ihres Jüngsten. Sie wußte genau, was sich dort zur Zeit abspielte. Thomi saß im Yogasitz auf seinem Bett und sah, den Kopfhörer überm Kopf, in seinem tragbaren Fernseher einen Film. Er bemerkte nicht, daß seine Mutter hereingekommen war – das wurde ihm erst klar, als er spürte, wie ihm der Kopfhörer abgenommen wurde und das Fernsehbild erlosch. Vera sagte kein Wort, nahm aber den Kopfhörer mit als sie hinausging und überließ ihren Sohn seiner Enttäuschung.

Im Wohnzimmer fiel ihr Blick auf das Telefon. Vielleicht war Siegfried jetzt im Hotel. Sie wählte und hatte Erfolg: Sie wurde mit Monsieur Drombusch verbunden. Gleich darauf hörte sie seine Stimme.

„Sigi!" rief sie in den Apparat, „warum meldest du dich denn nicht – wo warst du denn?" Er erklärte ihr, daß er gemeint hatte, sie sei nicht zu Hause – was für eine idiotische Idee! „Wieso hast du das gedacht?" fragte sie, „ich hab' mit Herrn Trautmann noch ein Glas Wein getrunken – geradezu lachhaft. So, du auch – ich hoffe, es hat dir geschmeckt – wie? Also entschuldige mal, es interessiert mich überhaupt nicht, wie billig der Wein da drunten ist und mit wem du ihn in welcher Bodega getrunken hast. Ich wollte bloß wissen, ob du gut angekommen bist und das weiß ich jetzt – ja. Gute Nacht."

Erbittert legte sie den Hörer ab – alles nur Ausreden – sie kannte ihren Siegfried gut genug, um zu wissen, wie seine Stimme klang, wenn er ein schlechtes Gewissen hatte. Sie war jetzt genauso schlau wie vorher; und sie würde ihn ganz bestimmt nicht noch einmal anrufen. Sie löschte das Licht der Stehlampe – aber hatte sie da nicht eben ein Geräusch gehört? Horchend stand sie einen Augenblick da, dann ging sie hinüber zum Zimmer ihrer Schwiegermutter. Oma lag zwar im Bett und sah ihr harmlos und freundlich entgegen – aber warum hatte sie denn Hut und Mantel über den Stuhl gehängt, statt wie sonst immer ordentlich in der Garderobe? Vera sagte nur: „Da bist du ja –“ und Oma beeilte sich zu versichern: Schon lang. Ich wollte gerade das Licht ausmachen – es ist ja nun schon spät, nicht –?“

Das amüsierte Vera nun doch – sie konnte kaum ein Lächeln unterdrücken als sie sagte: „Halb elf, ja – war's denn nett?“

Aber ihre Schwiegermutter meinte nur, sie habe sich mit einer Schulkameradin getroffen – und mit der rede man halt lange, wie es eben ist, wenn Schulkameradinnen ins Plaudern kommen.

Vera nahm es hin – offenbar kam ihr heute jedermann mit Ausreden – und wünschte eine gute Nacht.

„Dir auch“, erwiderte ihre Schwiegermutter und fügte schnell hinzu: „Übrigens – wenn der Herr wegen dem Konsoltisch wiederkommt, rufst du mich bitte.“

„Natürlich.“

Aber Oma hatte noch etwas auf dem Herzen: „Und daß man auch dieser Ersatzkraft Bescheid sagt. Oder habt ihr beim Studentenwerk noch nicht angerufen?“

„Nein, noch nicht.“

Oma legte sich beruhigt in die Kissen zurück: „Dann gute Nacht.“

Vera verließ das Zimmer, öffnete aber noch einmal die Tür: „Sigi ist gut angekommen – alles in Ordnung.“

„Wie schön“, sagte Oma. Sie konnte nicht wissen, daß ihre Schwiegertochter, als sie sich ins Bett gelegt und das Licht gelöscht hatte, das Knuddelkissen ihres Mannes zu sich heranzog. Mit dem Kissen im Arm war sie doch nicht so allein beim Einschlafen.

Oma hatte inzwischen ihren Wecker aufgezogen und wieder neben das Bild ihres Mannes gestellt. Dann stand sie auf, nahm Hut und Mantel von ihrem Stuhl und brachte beides ordentlich in der Garderobe unter.

„Studentenwerk!“ dachte sie laut, „als ob in einen Antiquitätenladen junge Leute passen!“

Da mischte sich die Stimme ihres Mannes in ihr Selbstgespräch – er fragte: „Ist es *dein* Geschäft –?“

Er tat wieder einmal so als wisse er nicht, wie die Dinge in Wirklichkeit lagen – immer mußte sie ihn an die Tatsachen erinnern: „Wo wären sie denn mit ihrem Laden, wenn wir ihnen damals nicht das Geld gegeben hätten?“

„Das ist unfair“, behauptete ihr Mann, „und unlogisch.“

Das beachtete sie nicht: „Fremde nehmen sie, Studenten, die Geld kosten. Ich habe *auch* studiert. Ich habe Musik studiert.“

„Schmalspurstudium“, berichtigte Ernst trocken. Aber Oma ließ sich nicht dreinreden. „Außerdem bin ich stilsicher, und das kann man nicht lernen.“

Darauf konnte ihr Mann natürlich nichts erwidern. Sie bemerkte, daß sie Hansis Käfig noch nicht abgedeckt hatte und holte das Zudecktuch.

„Lernen –“, sagte sie sinnierend, „ich wette, Vera weiß jetzt noch nicht, was ein Konsoltisch ist.“ Zu Hansi gewandt fügte sie hinzu: „Alles böse Menschen.“

„Herr Diehl auch -?“ fragte die Stimme ihres Mannes, aber das überhörte sie. „Tststs – bist 'n guter Hansi. Ja – bis morgen.“

Sie deckte den Käfig ab, schlüpfte ins Bett und klopfte sich die Decke zurecht.

„Aber daß ich ihnen Geld spare, daß ich's nur gut meine, das wollten sie ja nie wahrhaben“, erklärte sie ihrem Mann, bevor sie das Licht ausmachte – doch der mußte ihr natürlich wieder reinreden: „Margarethe – keine Tricks . . .!“

„Aber bitte – wenn sie nicht wollen, dann muß ich sie eben zu ihrem Glück zwingen!“

Oma Drombusch gab an einem der nächsten Tage einem Dreizehnjährigen Klavierunterricht. Als die Ladenklingel anschlug, ging Vera in den Laden hinunter. Eine attraktive junge Frau stand da und lächelte ihr entgegen.

„Ich komme wegen der Halbtagsstellung für nachmittags. Ich habe unter anderem Kunstgeschichte studiert und brüte nun über meiner Doktorarbeit – da würde ich mir gern etwas nebenher verdienen."

Vera war verblüfft: Siegfried hatte kein Wort gesagt, daß er wegen einer Aushilfe inseriert hatte.

„Von wem kommen Sie denn?" fragte Vera nicht gerade freundlich, aber das schien die junge Dame nicht zu stören: „Vom Studentenwerk", erwiderte sie. „Entschuldigen Sie, ich glaube, ich habe mich noch nicht vorgestellt: Beate Haller."

Etwas verlegen stellte auch Vera sich vor: „Wir suchen *schon* jemand für halbtags, ich wußte gar nicht – wann *hat* man Sie denn angerufen?"

„Vor Tagen schon", erwiderte Beate Haller, „ich konnte nur leider nicht früher."

Vera wollte weiterfragen, da erschien Oma am Vorhang im Hintergrund des Ladens. „Kommst du bitte mal?" Vera entschuldigte sich und trat zu Oma hinter den Vorhang.

„Siegfried hat angerufen", berichtete Oma, „er kommt heute schon, so gegen Abend", leiser fuhr sie fort und blickte zu der Wartenden hinüber: „Was will sie denn?"

„Sie kommt wegen der Halbtagsstellung – Sigi muß angerufen haben. Ich frage mich nur: wann?"

„Hübsche Person", meinte Oma anerkennend. Aber das wollte Vera gar nicht hören. Sie sagte statt dessen grübelnd: „Ich versteh' das nicht."

„Nimm sie doch, wenn sie dir gefällt." Vera sah sie abweisend an – und da die Läufe auf dem Klavier von droben die heitere Barockmusik im Laden störten, stöhnte sie: „Mein Gott, wie lange übt der denn noch an diesem Lauf?"

Sie ging in den Laden zurück. Oma eilte nach oben zu ihrem Schüler, der die Hände von den Tasten sinken ließ als sie hereinkam.

„Das war jetzt aber sehr schön", lobte sie. „Komm, jetzt probieren wir das mal zusammen." Sie spielten nun vierhändig, wurden aber bald von einem Klopfen an der Tür unterbrochen. Vera sah herein: „Ich gehe in die Stadt, es kann sein, daß es spät wird – oder hast du etwas vor?"

„Ich paß' schon auf", beruhigte Oma, ging aber zur Tür und bedeutete ihrer Schwiegertochter, ihr in den Gang zu folgen. Sie hielt die Tür hinter sich zu: „War noch was – mit dieser Studentin?"

„Irgendwas ist da seltsam", erwiderte Vera. „Ich verstehe nicht, warum uns Sigi etwas vom Studentenwerk erzählt, wenn er dort längst jemanden bestellt hat. Aus Frankreich hat er ja wohl nicht angerufen. Das kann doch nur heißen, daß er dieses Fräulein Haller kennt."

Oma aber sah sie mit einem tiefen Blick an: „Das kann alles doch auch ganz anders sein. Sie macht jedenfalls einen fabelhaften Eindruck."

„Eben, deshalb habe ich sie ja auch weggeschickt."

Oma war tief befriedigt von dieser Nachricht. Sie hakte auch sofort nach: *„Muß* das überhaupt sein, daß ihr jemanden fürs Geschäft einstellt?"

„Das frage ich mich eben auch", erwiderte Vera. Oma sah ihr zufrieden nach, als sie die Wohnung verließ.

Die Vormittagssprechstunde bei Dr. Welling mußte gleich vorbei sein. Nur noch eine Patientin saß im Wartezimmer und blätterte in einer Illustrierten. Marion stellte die Stühle wieder in die Reihe und begann, Zeitschriften übereinanderzuschichten.

Sie bemerkte, daß die Patientin zu ihr hinsah. Freundlich sagte sie: „Ist gleich soweit." Die Frau erwiderte ihr Lächeln, musterte sie aber merkwürdig. Da nahm wohl wieder einmal jemand Anstoß an ihrer Kleidung. Im Anmeldezimmer läutete das Telefon. Marion ging durch die offenstehende Tür, um den Anruf entgegenzunehmen: „Die Vormittagssprechstunde", erwiderte sie der Anruferin, „ist beendet – tut mir leid. Ab 14 Uhr wieder – Wiederhören."

Als sie vom Telefon aufsah, starrte die wartende Patientin sie wieder an. Aber da wurde die Patientin bereits über Lautsprecher gerufen: „Frau Maurer bitte!"

Die Frau ging an Marion vorbei ins Sprechzimmer. Ihr Blick war jetzt fast beleidigend – was hatte sie nur? Marion wollte die Illustrierte, die aufgeschlagen da lag, zu den Zeitschriften legen – da fiel ihr Blick auf die aufgeschlagenen Seiten. Sie erstarrte vor Schreck: ihre Nacktfotos! Die, die Gerd von ihr gemacht hatte. Er hatte sie also wirklich an die Zeitschrift verkauft.

Sie konnte es kaum glauben. Ihr war, als stürze ihre Liebe zu Gerd, ihr Vertrauen zu ihm, lautlos in sich zusammen – wie hatte er das nur tun können, sie gegen Geld der ganzen Welt preiszugeben.

„Kommen Sie mal zu mir?"

Das war die Stimme ihres Chefs. Er stand in der offenen Tür zum Sprechzimmer.

Marion riß sich zusammen. Sie versuchte, ihre Fassung wiederzugewinnen und warf den Kopf zurück – heute waren doch schließlich Nacktfotos nichts Ungewöhnliches mehr. Sie ging auf das Sprechzimmer zu, aber ihr Chef forderte sie auf: „*Mit* der Illustrierten!"

Sie mußte mit der Situation irgendwie fertig werden. Sie sagte ziemlich motzig: „Interessieren Sie sich neuerdings auch für mein Privatleben? Da ist doch heute wohl nichts dabei."

Dr. Welling sah sie an – nicht fragend, nicht verurteilend. Er sah sie nur an. Dann sagte er ruhig: „Sie können gehen."

Sie ging. An der Tür wandte sie sich aber noch einmal

um: „Wenn sie mir was zu sagen haben, dann sagen Sie's doch!"

„Das habe ich getan", erwiderte er, „Sie können gehen."

Sie war also entlassen – fristlos entlassen offenbar. Durfte er das unter solchen Umständen überhaupt?

Sie mußte einfach cool bleiben – zumindest hier in der Praxis. Mit Gerd würde zu reden sein.

Die Mittelseiten jener Illustrierten waren auch im Mannschaftsraum von Chris' Polizeirevier aufgeschlagen. Ein Streifenpolizist meinte: „Na – is däs vielleicht nix?"

Einer sagte, mit sowas würde er auch mal nach Griechenland fahren, worauf ein anderer gnädig meinte:

„Was hättste davon? Schaffste doch gar net mehr!"

Alles lachte: „Er wollt ja auch nur mal e bißche knabbern – wenn sich eine dafür hergibt, däs wär mir zu abgeknabbert."

Der Streifenpolizist warf ihm einen warnenden Blick zu. Chris war hereingekommen und an seinen Spind getreten. Aber es war zu spät, er hatte die Illustrierte gesehen, über der seine Kollegen die Köpfe zusammensteckten. Um die Situation zu retten, meinte ein Kollege: „Warum soll sich sei Schwester net fotografieren lasse? Macht doch heut jede!"

Daß diese Bemerkung nicht eben glücklich war, wurde ihm schnell bewußt, als der Streifenpolizist harmlos fragte: „Gell, mit em Singe, däs is nix geworde?" Chris erwiderte giftig: „Frag sie doch mal – vielleicht fehlst du ihr zum Duett."

Er nahm seine Mappe, schloß den Spind und ging hinaus, taub für den Rettungsversuch des Streifenpolizisten, der meinte: „War doch net bös gemeint!"

Etwas betreten blieben Chris' Kameraden zurück. „Er wird doch noch en Spaß verstehen." Der Wachhabende sagte: „Offenbar net."

Und damit hatte der Kollege nur zu gut die Situation erkannt. Chris war fest überzeugt, daß die Veröffentlichung der Fotos mit Marions Einverständnis erfolgt sei. Sie wohnte ja bei ihrem Freund. Für ihn war sie gestorben. Er war fertig mit ihr, und das sollte sie rasch und unmißverständlich erfahren.

Thomi hatte es wieder einmal schwer. Er saß am Eßzimmertisch über seinen Schularbeiten, aber er kam nicht voran. Er begriff nicht, um was es eigentlich ging. Er hatte den Kopf auf die Hand gestützt, seine Finger wühlten im Haar. Schließlich rief er verzweifelt zur Küche hinüber, wo Oma einen Auflauf vorbereitete:

„Oma, kannst du mir helfen? Da hat uns Dr. Huckenfeld etwas erklärt, aber ich weiß es nicht mehr."

Oma fragte, um was es denn gehe. „Um das Ohmsche Gesetz."

„Hat das nicht etwas mit dem Ton zu tun?"

„Mit welchem Ton?" fragte Thomi.

„Mit der Leitung des Tones", meinte Oma.

Draußen wurde eine Tür aufgeschlossen und Oma fuhr fort: „Augenblick, eben kommt Mutti – die weiß es vielleicht."

Aber es war Siegfried. Er stellte in der Diele den Koffer ab und begrüßte seine Mutter, die ganz erstaunt war: „Du bist ja schon da."

„Na?" fragte Siegfried, „alles klar bei euch?"

Oma zögerte ein bißchen, aber das konnte ja nun mit dem besten Willen nicht verheimlicht werden: „Marion ist ausgezogen. Zu Herrn Schräpper."

Siegfried schien von der Nachricht nicht sonderlich beeindruckt. Er meinte nur verschlossen: „Das war zu erwarten. Machst du mir 'nen Kaffee –?"

Auf dem Weg zum Schlafzimmer kam er bei seinem Sohn vorbei und küßte ihn: „Na, Sohn? Du lernst allein?"

„Weißt du was vom Ohmschen Gesetz?" fragte Thomi hoffnungsvoll.

„Das hat doch was mit Elektrizität zu tun."

„Oma hat gemeint", sagte Thomi deprimiert, „mit dem Ton."

„Sieh im Lexikon nach", riet ihm Vater, „es wird überhaupt langsam Zeit, daß du lernst, dir allein zu helfen."

Er setzte sich ins Schlafzimmer ab, verfolgt von Thomis vorwurfsvollem Blick. Er hatte andere Sorgen. Wütend warf er die Illustrierte, die in seiner Lederjacke steckte, aufs Bett.

Oma hörte wieder die Tür gehen. Diesmal war es ihre Schwiegertochter. Sie war kaum wiederzuerkennen. Offenbar war sie beim Friseur gewesen, und die Frisur wirkte ausgesprochen frech. Auch das Make-up war ungewöhnlich raffiniert.

In bester Laune hängte sie die Jacke ihres Kostüms in der Garderobe auf – dabei bemerkte sie Siegfrieds Koffer: „Mein lieber Mann ist ja auch schon da!" sagte sie unternehmungslustig.

„Er ist eben –" fing Oma an, aber da mußte sie doch erst mal ihre Überraschung über Veras neues Aussehen zeigen: „Na – sag mal –?!"

„Tja", machte Vera geschmeichelt und ging ins Wohnzimmer. Oma rief ihr nach: „Du, hilf doch mal Thomi, ehe er gleich wieder geschimpft wird!"

„Wo ist denn Vati?" fragte Vera ihren Sohn. Als er zu ihr aufsah, blieb ihm der Mund offenstehen: „Wie siehst 'n *du* aus?"

„Wolltest du mich was fragen", gab seine Mutter in bester Laune zurück.

„Ich weiß nicht, was das Ohmsche Gesetz ist."

„Soviel ich weiß", sagte Vera ohne zu überlegen, „ist das ein Gesetz aus der Vererbungslehre."

Da hatte er es nun. Das Ohmsche Gesetz hatte offenbar mit allem und jedem etwas zu tun: mit dem Ton, mit der

Elektrizität und mit der Vererbungslehre – was hatte denn nur Dr. Huckenfeld darüber gesagt? Er erinnerte sich einfach nicht mehr – aber Chris würde es ihm bestimmt sagen, wenn er heimkäme.

Als Vera das Schlafzimmer betrat, warf Siegfried gerade sein verschwitztes Hemd in den Wäschekorb.

„Hallo, mein Schatz", sagte Vera. Er sah auf und er bemerkte, daß da eine ganz neue Vera vor ihm stand. Sein „Hallo!" klang ziemlich fragend.

„Hat alles geklappt?"

„Bestens, warum?"

„Nur so." Ihre Stimme klang ein bißchen verspielt: „Du, Sigi – weißt du was über das Ohmsche Gesetz?"

„Steht alles im Lexikon, ich geh' jetzt unter die Dusche."

Vera zupfte ein bißchen an ihrer Frisur. Sie freute sich an ihrem Spiegelbild, als ihr Mann im Vorbeigehen fragte: „Willst du Herrn Trautmann imponieren –?"

Sie fuhr herum und wollte etwas erwidern, aber ihr Mann war schon aus der Tür und schloß sie sorgfältig hinter sich.

Als er zur Wendeltreppe ging, sah er seine Tochter. Auf ihr unsicheres „Hallo" grüßte er recht abweisend.

Inzwischen hatte Vera die aufgeschlagene Illustrierte vom Bett genommen und wollte sie gerade auf Sigis Nachttisch legen, als ihr Blick auf die Fotos fiel. Es war, als bleibe ihr das Herz stehen; sie konnte einfach nicht fassen, was sie da sah; Das einzige was sie herausbrachte, war: „Das kann doch nicht wahr sein!"

Marion war zu Oma in die Küche gegangen und hielt den Wagen der Bratröhre, damit Oma den Auflauf bequem daraufsetzen konnte.

„Danke, mein Schatz", sagte Oma, und Marion fragte ungewohnt sanft: „Sind meine Jeans gewaschen –? sonst nehm' ich sie so mit."

„Die sind im Trockner und der muß gleich fertig sein."

Marion folgte der Großmutter in die Diele. Chris kam herein.

„Na, Bub", fragte Oma, „Schluß für heute?"

„Später noch mal Dienst", erwiderte Chris knapp. Als Marion ihm einen guten Abend wünschte, fragte er nur trocken: „Wieviel kriegste eigentlich für so 'n Nacktfoto?"

Marion ging schweigend ins Wohnzimmer. Da kam Vera aus dem Schlafzimmer. Marion wollte sich nicht noch eine weitere Abfuhr wie von Chris holen und versuchte mit einem unsicheren „Hallo!" an ihr vorbeizukommen. Aber Vera bat sie lieb: „Marion – komm mal zu mir!"

„Wozu?" fragte Marion, als sei gar nichts passiert, „ich bin nackt in der Illustrierten – na und?"

Chris, der gerade mit einer Flasche Bier aus der Küche kam, brummte: „Die ist noch stolz drauf!" Da schlug die Ladenklingel an.

Vera rief nach Oma, aber die antwortete: „Ich bin oben", und Vera blieb nichts anderes übrig, als zunächst einmal in den Laden zu gehen. Marion folgte Oma nach oben.

Vor der geschlossenen Tür zur Toilette stand Siegfried, klopfte, klopfte noch mal und rief dann: „Thomi – im Klo erfährst du nicht, was das Ohmsche Gesetz ist!"

Oma rief aus dem Badezimmer ihrer Enkelin zu:

„Die andere Wäsche hab' ich schon in dein Zimmer gelegt!"

„Danke", sagte Marion und wollte stumm an ihrem Vater vorbeigehen, als der sie fragte: „Du bist zu Herrn Schräpper gezogen, habe ich gehört?"

„Ja, ich kann nicht alle meine Sachen mitnehmen – kann ich den Rest bitte hierlassen?"

Das tat Siegfried mit einem „Von mir aus!" ab. Als Marion ziemlich kleinlaut hinzufügte: „Wenn ich was dafür bezahlen soll –", erklärte er barsch: „Nein, ich nehme kein Geld. Nicht von *dir.*"

Thomi kam aus der Toilette und freute sich, seine Schwester zu sehen: „Hallo – du bist ja da!"

Erst der harmlose kleine Satz ihres Bruders trieb Marion die Tränen in die Augen. Sie konnte deshalb nicht antworten. Sie flüchtete ins Bad und ließ die Tür halb hinter sich zuschwingen.

Halblaut gab Thomi seinen Kommentar dazu: „Könntest ja wenigstens was sagen – blöde Ziege."

Wie ein Häufchen Elend saß Marion auf dem Rand der Badewanne. Oma holte die Wäsche aus dem Trockner und legte Marions Jeans beiseite. „So, mein Schatz", sagte sie und fuhr nach kurzem Zögern fort: „Sag mal, mit dem Ausziehen, glaubst du, das war – aber was ist denn?"

Marion heulte hilflos vor sich hin. Und daß Oma so liebevoll war und sie nicht anfuhr, war fast noch schlimmer, als alles andere.

„Komm", sagte Oma fest, „ganz ruhig – komm, das schaffen wir schon!"

Als Thomi auf der Wendeltreppe Chris mit Bierflaschen hochkommen sah, strahlte er: „Weißt *du*, was das Ohmsche Gesetz ist –?"

„Ja, U = IR."

„Und was ist das?" fragte Thomi neugierig.

„Das Ohmsche Gesetz", erklärte Chris und schon war er an ihm vorbei. Thomi sah ihm nach: „Verarscht der mich jetzt?"

Als Chris am Bad vorüberkam, stockte er. Da drin war deutlich Marions Weinen zu vernehmen. Sie schien Oma alles zu erklären. Auf Omas Frage sagte sie gerade: „Aber das hab' ich doch gar nicht! Ich hab' die Aufnahmen für Gerd gemacht! Aber doch nicht zum Veröffentlichen! Der hat sie einfach rausgegeben – ohne daß ich das wußte!"

Mit erstickender Stimme fügte sie hinzu: „Und jetzt sagt er, er kann mir die Negative nicht geben, er hat sie nicht mehr – das ist so gemein!"

„Komm", sagte Oma entschlossen, „das sagst du jetzt alles mal den Eltern!"

„Wozu? Für die steht das doch fest! Weil ich nicht so bin, wie sie es wollen, laß ich mich auch gleich nackt fotografieren!"

Sachlich stellte Oma fest: „Das *hast* du ja auch!"

„Aber doch nicht für die Illustrierte!" rief Marion verzweifelt.

Nachdenklich ging Chris in sein Zimmer. Er goß sich ein Bier ein und überlegte. Dann wurde ihm klar, was er zu tun hatte. Er sah auf die Uhr und zog seine Uniformjacke aus.

Im Bad hatte Marion sich wieder gefaßt. Sie wischte sich die Tränen ab.

„Aber was willst du denn nun machen?" fragte Oma, „bei so einem Menschen kannst du doch nicht wohnen!"

„Ich gehe zu Bettina, Bettina Römer. Da hab' ich schon meine Sachen. Das ist eine Schulfreundin."

Sie stand vom Wannenrand auf und begann vor dem Spiegel ihr verheultes Make-up wieder in Ordnung zu bringen. In diesem Augenblick hörte Oma eine Tür klappen. Zu Marion sagte sie aber: „Ich muß mal nach dem Auflauf sehen." Sie ging in die Diele, wo Siegfried gerade auf die Wendeltreppe zuging. Oma bedeutete ihm, ihr zu folgen. Er fragte, erstaunt über ihr heimliches Getue: „Was ist denn –?" Sie sah ihn vorwurfsvoll an: „Was hast du eigentlich zu Marion gesagt?"

„Warum?"

Oma erwiderte gebieterisch: „Du hast allen Grund, dich bei ihr zu entschuldigen." Als sie bemerkte, daß ihr Sohn seinen Ohren nicht traute, fuhr sie fort: „Und zwar gleich. Bevor sie weg ist."

Entschuldige", unterbrach Chris Vera, die im Laden ein Ehepaar beriet, „kann ich mal deinen Autoschlüssel haben?"

„Ich denke, du hast Dienst", sagte Vera überrascht und gab ihm den Schlüssel. Seine Antwort war nicht gerade erleuchtend. „Eben drum. Ich bin bald zurück."

Er ging hinaus zu dem kleinen BMW, der vor dem Laden stand, und Vera setzte ihre Bemühungen um den Verkauf des chinesischen Teeservices fort: „Nehmen Sie mal die Tasse in die Hand, halten Sie sie gegen das Licht und sehen Sie durch!"

Droben in ihrem Zimmer packte Marion die Wäsche ein, die Oma für sie zurechtgelegt hatte, als ihr Vater hereinkam. Er sah zerknittert aus: „Oma hat mir da eben alles gesagt – was ich dir da unterstellt habe, das – es tut mir leid."

Marion erwiderte gespielt gleichgültig: „Macht nix", aber Siegfried bat: „Sieh mich mal an."

Sie hatte schreckliche Angst, daß sie gleich wieder in Weinen ausbrechen würde, aber sie bemühte sich trotzdem, in seine Augen zu sehen; er bat sie ganz lieb: „Komm, bleib bei uns!"

„Nein", sagte Marion und fuhr mit ihrer Packerei fort, „ich komm' schon klar."

„Wenn du einen Anwalt nehmen möchtest –", schlug Siegfried vor, aber da fuhr sie herum:

„Nein!" flehte sie entsetzt, „bitte Vati, laß das!"

„Schließlich sind wir ja auch betroffen", gab Siegfried zu bedenken. Aber sie sagte sehr entschieden: „Bitte! Das ist meine Sache!"

„Willst du denn gar nichts tun?" Jetzt schrie sie fast: „Für mich ist das doch kein juristisches Problem!"

„Schon gut, schon gut", beschwichtigte ihr Vater. Er verstand, daß sie jetzt am liebsten allein bleiben würde. Im Hinausgehen sagte er noch: „Und mit dem Wegziehen hier – überleg's dir noch mal!"

In der Wohnung von Gerd Schräpper schrillte die Klingel dreimal hintereinander. Er ging zur Tür. Als er sie aufmachte, stand Chris da. Er trat ein, bevor Gerd sie wieder zumachen konnte.

Gerd tat so, als sei nichts: „Worum geht's?"

Chris streckte ihm die Hand entgegen – aber nicht zum Händedruck. Seine Hand war offen. „Die Negative", sagte er kurz, „die Bilder. Alles."

Gerd tat ahnungslos: „Welche Negative? Welche B –." Chris ließ ihn nicht zu Ende sprechen, sondern zog ihm mit einem Schlag den Handrücken übers Gesicht. Mehr durch die Plötzlichkeit des unerwarteten Angriffs als durch den Schlag taumelte Gerd rückwärts. Er fand gerade noch an einem Schränkchen Halt.

„Los, schlag zu, ist doch dein Job."

„Die Negative", wiederholte Chris drohend, „und die Bilder."

„'n Scheiß kriegste von mir. Deine Schwester war schließlich einverstanden", behauptete er dreist. Da traf ihn der nächste Schlag. Er ließ ihn in sein Studio schwanken. Er konnte sich noch an der Tür festhalten, aber da packte ihn Chris am offenen Hemd und warf ihn gegen den Schreibtisch, bevor er ihm noch einen Schlag versetzte.

„Die Bilder!"

Gerd spürte das Blut an seinem Mundwinkel. Er drückte die Hand dagegen: „Das ist wohl alles, was du kannst."

„Du mit der Kamera, ich mit der Hand", Chris war jetzt ganz ruhig und hielt wieder die Hand auf.

Gerd gab auf; er zog die Fotos von Marion, die Kontaktabzüge und die Negative heraus und warf alles auf den

Schreibtisch. Chris nahm das Material und blätterte es kurz durch: Eine Frage hatte er noch: „Und in der Kamera?"

„Nichts mehr", erwiderte Gerd und fügte hämisch hinzu: „Ich hab' ja keine Zeugen."

„Hat die meine Schwester?" Chris ging zur Tür. Dort wandte er sich noch einmal zu Gerd und erklärte mit der gleichen Ruhe wie bisher: „Daß wir uns recht verstehen: Wenn noch eine Aufnahme ohne schriftliche Zustimmung von Marion veröffentlicht wird, kannst du dich anschließend dort behandeln lassen, wo jetzt noch mein Kollege Wembacher liegt."

Beim Abendbrot herrschte gedrückte Stimmung. Chris und Marion fehlten am Tisch. Vera und Siegfried waren in Gedanken noch ganz mit den Problemen ihrer Tochter beschäftigt. Oma sah sie immer wieder nachdenklich an, sagte aber nichts. Nur Thomi aß so unbekümmert, daß Siegfried ihn halblaut ermahnte: „Schmatz nicht so."

„Ich habe nicht geschmatzt", verteidigte sich Thomi. Vera nickte Oma zu: „Schmeckt sehr gut."

Oma freute sich und rief dann laut nach Marion.

„Laß ihr doch Zeit", meinte Vera. Draußen fiel die Wohnungstür zu. Chris kam herein und legte die Autoschlüssel neben Veras Platz: „Danke."

„Komm, das ist noch warm!" Chris schüttelte den Kopf: „Hebt mir was auf!" und ging hinaus.

„Wo war er denn?" fragte Siegfried, aber Vera schüttelte den Kopf: „Ich weiß es nicht."

Droben in ihrem Zimmer schloß Marion die große Tasche, in die sie alles gepackt hatte. Sie stellte das Bügeleisen zur Seite und klappte das Bügelbrett hoch, als es an der Tür klopfte. Erstaunt sah sie Chris. Daß er hier hereinkam, machte sie unsicher. Ihr Bruder sagte auch nichts – er legte nur wortlos das ganze Fotomaterial aufs Bett.

Fragend sah sie ihn an, aber er lächelte nur und verließ ebenso schweigend das Zimmer wie er hereingekommen war.

Sie nahm die Filme und Fotos an sich und packte sie ein.

Beim Hinausgehen fragte sie sich – nachdem sie noch einmal einen Blick über das ganze Zimmer geworfen hatte – ob sie sich verabschieden sollte. Aber die Peinlichkeit der Sache bestimmte sie, die Tür leise hinter sich zuzuziehen. Sie verließ die Wohnung über das Treppenhaus.

Möchtest du noch?" fragte Oma Thomi, der strahlend nickte.

„Was macht eigentlich die Schule?" wollte sein Vater wissen, aber Vera nahm Thomi die Antwort ab: „In acht Tagen kann sich da nicht viel ändern."

„Und was hat's auf sich mit dem Ohmschen Gesetz?" fragte Siegfried mit verstecktem Lächeln und vernahm überrascht die prompte Antwort des Sohnes: „U = IR."

„Und was heißt das?"

„Weiß ich nicht", erklärte Thomi.

Vorwurfsvoll sah Siegfried seine Frau an: „Das geht doch nicht. Erinnere mich, daß ich morgen das Studentenwerk anrufe."

„Nicht nötig", erwiderte Vera ziemlich eisig, „Fräulein Haller war da. Wir brauchen sie nicht."

Siegfried begriff nicht. „Wer bitte ist Fräulein Haller?"

„Ich bin nicht blöd", erklärte ihm seine Frau so leise, daß nur er sie verstehen konnte. „Ich kann zwei und zwei zusammenzählen." Siegfried starrte sie fragend an.

„Wir brauchen weder eine Stundenhilfe noch sonst ein langhaariges Wesen. Uns bietet sich eine ebenso zwingende wie konfliktfreie Lösung."

„Aha", sagte überrascht Siegfried: „Und die wäre –?"

„Oma wird uns helfen!"

5. KAPITEL

# *Das Konzert*

Oma war wieder einmal mit Herrn Diehl verabredet – um 16 Uhr wollten sie sich am Weißen Turm treffen. Sie war pünktlich gewesen, aber nun wartete sie schon eine ganze Weile. Sie spähte nach allen Seiten, aber er war nirgends zu sehen.

Auch gestern nicht. Aber da dachte sie noch, sich im Tag geirrt zu haben. Sie versuchte, sich genau an die Verabredung zu erinnern. Hatte er statt sechzehn Uhr vielleicht sechs Uhr verstanden? Ja, so war es wohl; denn es war undenkbar, daß er sie einfach versetzen würde. Das sähe ihm gar nicht ähnlich. Sie mußte sich nun die Zeit bis sechs Uhr vertreiben – was sollte sie tun? Sie ging unschlüssig auf den Luisenplatz zu.

Eine Tasse Kaffee könnte ihr nichts schaden. Die Zeit verging langsam. Als sie den Kaffee ausgetrunken hatte, beschloß sie, sich im Kaufhof ein wenig umzuschauen. Vielleicht fand sie irgend etwas, was sie oder die Familie brauchen konnten.

Sie schob sich mit den Leuten durch die Gänge. Als sie in der Damenabteilung um einen Kleiderständer herumging, erblickte sie eine Dame, die ihr bekannt vorkam. Sie sah sie nur von der Seite und ging näher, um das Gesicht von vorne zu sehen – tatsächlich, sie hatte sich nicht getäuscht! Oder doch? Zwar waren viele Jahre vergangen, seit sie sich zum letzten Mal gesprochen hatten. Aber sie wagte es. Sie sprach die Dame an: „Hedwig –?" Und es war Hedwig von Köstler. Auch Hedwig brauchte einen Augenblick, bis sie Oma wiedererkannte: „Marga –?"

„Ich denke eben, das ist sie doch!" Oma lächelte. Ihre Freundin wollte gleich wissen, ob sie denn wieder in Darmstadt lebe.

„Ja, bei meinem Sohn." Und auf Hedwigs Frage, wie es ihr denn gehe: „Ach, danke, soweit ganz gut. Ich bin halt allein."

Das wollte Hedwig nicht einleuchten: „Warum kommst du dann nicht zu uns? Ich bin seit elf Jahren allein – aber ich mach' das Beste draus: ich betreue die Gruppe Darmstadt vom Deutschen Sozialwerk, wir geben bunte Abende, Bildungsvorträge, wir veranstalten Busfahrten, Museumsbesuche, Spaziergänge, Dämmerschoppen – ich schicke dir mal ein Programm zu."

Das war die alte Hedwig, immer betriebsam. Oma fühlte sich etwas überfahren. Unbestimmt erwiderte sie: „Gern."

„Ich sage immer", erklärte Hedwig munter, „wer keinen Anschluß findet, ist selber schuld."

Das war Oma ein zu pauschaler Optimismus. Sie lächelte mühsam, aber Hedwigs Augen leuchteten auf: „Da fällt mir überhaupt ein – hast du nicht Lust mitzumachen –? Du hast doch immer so gut Klavier gespielt, oder bist du ganz aus der Übung?"

Oma schüttelte den Kopf: „Ich unterrichte ja noch, privat. Warum?"

„Das ist die Idee!" strahlte Hedwig: „Gib doch einen Klavierabend für uns!"

Was für eine absurde Idee; die sollte Hedwig sich gleich aus dem Kopf schlagen. „Also öffentlich …", doch Hedwig ließ sie nicht aussprechen: „Was heißt öffentlich – wir geben ja keine Meisterkonzerte. Ich organisiere das Drum und Dran, und du spielst schöne alte Melodien von gestern." Sie geriet geradezu in Ekstase, als sie fortfuhr: „Wir können auch Eintritt nehmen und den Gesamterlös spenden! Ich werde nie vergessen, wie du ‚Heinzelmännchens Wachparade' gespielt hast oder die ‚Morgenstimmung' von Grieg – was glaubst du, wie vielen du damit eine Freude machst!"

Im Grunde war es doch unvorstellbar, vor vielen Menschen auf dem Podium zu sitzen und zu spielen. „Na ja", meinte Oma, denn beleidigen wollte sie Hedwig auch nicht mit ihrer Absage, „aber –"

Ihr Blick fiel auf die Uhr: „Mein Gott, es ist ja gleich sechs, ich muß – auf Wiedersehen, ich habe eine Verabredung!" Sie kämpfte sich durch die Leute. Frau v. K. rief ihr nach: „Wo kann ich dich denn erreichen –?"

„Wilhelminenstraße", rief Oma zurück, „bei meinem Sohn – Drombusch, Antiquitäten!"

Da war sie noch einmal davongekommen. Aber Hedwig gehörte zu den Menschen, die nie aufgeben: „Ich schicke dir das Programm auf jeden Fall mal zu."

Das konnte sie ja tun, das verpflichtete zu nichts – und außerdem war Oma jetzt in Eile; sie rannte fast zum Ausgang des Kaufhofs, aber als sie draußen war, verlangsamte sie ihre Schritte: Es wäre in ihrem Alter unpassend, einem Mann entgegenzulaufen.

Da stand sie nun wieder an der verabredeten Stelle am Weißen Turm. Es war sechs Uhr. Sie wartete eine ganze Weile, aber ihre Hoffnung wurde immer geringer. Die Freude auf das Treffen mit Herrn Diehl erlosch. Enttäuscht ging sie schließlich nach Hause.

Marion hatte nach langem Suchen eine kleine Einzimmerwohnung in der Mansarde eines Altbaus gefunden. Sie kam vom Einkaufen. Sie hatte nicht schwer zu tragen, nur das Allernötigste hatte sie besorgt: Das Geld reichte hinten und vorne nicht.

Sie schaute beim Heimkommen in den Postkasten. Da

war auch ein Brief. Sie riß ihn auf, während sie in ihr dürftig möbliertes Zimmer ging – nur an dem Poster an der Wand konnte man erkennen, daß es ihre Behausung war. Sie hatte sich von diesem Brief nicht allzuviel erhofft, und die Nachricht war dann auch so unerfreulich, wie sie erwartet hatte. Sie setzte sich auf das alte Bett, um darüber nachzudenken. Nach einer Weile stand sie auf, um wieder aus dem Haus zu gehen – in der Nähe war ein Telefonhäuschen.

Vera, zum Ausgehen fertig angezogen, wollte die Treppe hinuntergehen, als sie das Telefon summen hörte. Siegfried verband sie vom Laden aus mit ihrer Tochter.

„Hallo, Marion, mein Schatz", sagte Vera fröhlich, „wie geht's?" Darüber gab Marion aber keine Auskunft, sie wollte nur wissen, ob Chris daheim sei. „Nein – du, der ist im Autohaus, er kauft sich seinen Flitzer. Warum?"

„Ach", meinte Marion ausweichend, „ich müßt' ihn mal sprechen – nein, nicht so gern, Vati hat dann immer tausend Fragen. Versuch's doch mal, ob du ihn erreichst – ja, ich bin jetzt zu Hause – hm hm. Tschüs!"

Drunten im Laden erblickte Siegfried durch das Schaufenster Thomi, der hinter Veras BMW möglichst ungesehen vorbeizukommen versuchte. Er schob sein zerbeultes Fahrrad. Siegfried wollte ihn hereinrufen, als Vera die Treppe herunterkam und zur Ladentür ging. Sie rief: „Du, ich geh' jetzt."

„Was wollte denn Marion?" fragte Siegfried, der in einer Auktionsliste blätterte.

„Irgendwas mit Chris." Er sah sie an und realisierte erst jetzt, daß sie offenbar wegging. „Wo gehst du denn hin?"

„Ich bin verabredet." Irritiert fragte Siegfried: „Aber ich muß doch nachher zu Herrn Immelmann."

„Tut mir leid, vielleicht kommt Mutter ja bis dahin."

„Wo ist sie denn überhaupt? Ständig ist sie weg."

„Sie war gestern mit Herrn Diehl verabredet, aber er ist nicht gekommen. Und nun denkt sie, er hat sich im Tag geirrt... Wenn da nur nichts auf uns zukommt", setzte sie unheilahnend hinzu. Als Siegfried wissen wollte, wann sie zurückkäme, erwiderte sie ziemlich aufreizend: „Das kann spät werden. Tschüs."

Ihr Mann hätte sich lieber die Zunge abgebissen als sie zu fragen, mit wem sie verabredet sei. Er sah ihr nach, wie sie den Wagen aufschloß und sich ans Steuer setzte. Sie winkte ihm fröhlich zu, bevor sie losfuhr. Er hatte aber nicht die leiseste Lust zurückzuwinken. Er brummte nur grimmig vor sich hin: „Das stinkt mir langsam."

Vera hatte sich doch sehr verändert. Sie war eigentlich immer guter Laune, sie hatte immer neue, schicke Sachen an, und sie war sehr viel unterwegs, ohne von ihren Unternehmungen auch nur das Geringste zu erzählen – vorsichtigen Erkundigungen in dieser Beziehung wußte sie blendend auszuweichen. Vermutlich steckte Herr Trautmann, dieser Gockel, dahinter.

Marion aß ein Hähnchen aus dem Silberpapier mit den Fingern, als es an der Tür klingelte. Ihre Hoffnung trog nicht: Es war Chris. Ihr „Hallo" zeigte unverhohlen die Freude – auch ihre Erleichterung. Das sah Chris sofort. Er versuchte gar nicht erst, Konversation zu machen: „Na – wo brennt's?"

Ohne zu antworten ging sie ihm ins Zimmer voran und reichte ihm mit zwei durch das Hähnchenessen nicht fettigen Fingern schweigend den Brief. Chris las das Schreiben aufmerksam, sah sie an: „Und jetzt? Das war zu erwarten, daß du mit dem Einspruch nicht durchkommst."

„Wenn *ich* nicht gekündigt hätte", erwiderte sie mit vollem Mund, „hätte *er* mir gekündigt. Er hat ja gesagt: ‚Sie können gehen'."

„So ein Satz ist keine Kündigung – schon gar keine rechtswirksame." Und da seine Schwester ihn unsicher ansah, fuhr er fort: „In jedem Fall haste mit deinem Knallkopp erreicht, daß du acht Wochen lang kein Arbeitslosengeld kriegst."

Bockig sagte sie: „Du, was *ist, weiß* ich."

„Und woanders? Nix drin?"

Marion schüttelte resigniert den Kopf: „Einer wollt' mich nehmen, aber da hat er sich erkundigt, und da war's gelaufen."

Chris verstand diese Ablehnung nur zu gut: „Wer nimmt schon 'ne Arzthelferin, die nackt durch die Illustrierten spaziert – als Bardame hätteste da mehr Chancen."

„Laß doch den Quatsch", sagte Marion verärgert, „kann ich's ändern? Sag mir *eine* offene Stelle!"

„Eben, aber du willst ja auch immer noch was raushaben. Und wie soll's weitergehen –?"

„Ich kenne den Boß von der Darmstädter Gastspieldirektion – der will sehen, ob er was für mich tun kann."

„Dünn", meinte Chris mit schwachem Humor. Marion entschloß sich nun, ehrlich mit ihrem Kummer herauszurükken: „Du: ich bin blank. Schießte mir was vor –?" Zögernd setzte sie hinzu: „Zwei große Braune . . .?"

„Hoppla." Er war doch ziemlich perplex von der Summe. Marion versuchte zu erklären: „Ich kann sonst die Miete nicht zahlen. Und was ich sonst so brauche."

Chris wollte wissen, ob sie nicht etwas gespart hätte. Marion nagte einen Hähnchenknochen ab. „Das ging drauf mit der Kaution – sonst hätte ich dieses Appartement nicht bekommen."

„Du hattest doch mehr zurückgelegt als eine Monatsmiete oder zwei."

„Dem Vormieter mußte ich ja auch was zahlen – für den ganzen Krempel hier. Wo hätt' ich denn sonst alles herkriegen sollen –?" Bittend fügte sie hinzu: „Hilfste mir?"

Chris überlegte: „Zweitausend ist ganz schön. Ich hab' mir 'n Auto angeschafft. Wann krieg' ich's denn wieder?"

„Sobald das mit dem Arbeitslosengeld läuft", versprach seine Schwester, „dann zahl' ich's ab – zweihundert monatlich? O. K.?"

Christ überlegte lange, bevor er überraschend sagte: „O. K."

„Danke", der Dank kam ihr aus dem Herzen. Das Schlimmste war damit zunächst einmal abgewendet. Sie strahlte ihren Bruder an, und er lächelte, nicht ganz ohne Stolz.

So schien es jedenfalls.

Da weder Vera noch Oma zur Abendbrotzeit nach Hause gekommen waren, blieb Siegfried nichts anderes übrig: Er mußte selbst dafür sorgen, daß Chris und Thomi und er selbst etwas zu essen bekamen. Er deckte den Tisch in der Eßecke, wobei ihm sein Jüngster auffallend hilfsbereit zur Hand ging – er reichte dem Vater die Teller, Bestecke und Gläser und erstattete dabei Bericht über das Unheil, das ihm mit seinem Fahrrad passiert war.

„Gib mir mal die Servietten", sagte Siegfried und wollte wissen, was weiter geschehen sei.

„Nix", erwiderte sein Sprößling, „das war's."

„Also zusammenfassend, du bist mit dem Fahrrad einer alten Frau ausgewichen, die einen Leiterwagen zog; von dem Leiterwagen ist ein Sack heruntergefallen, der den Achter in deinem Rad verursacht hat, das zusammen mit dir auf der Straße lag."

„Ja", bestätigte Thomi mit fester Stimme.

Sein Vater sah ihn an: „Und wie war's wirklich?"

Er ging in die Diele, gefolgt von seinem empörten Sohn: „Diese Geschichte kannst du deinem Religionslehrer erzählen."

Er wollte in die Küche, als die Wohnungstür aufging und Oma nach Hause kam. Er begrüßte sie.

„Guten Abend", erwiderte Oma elegisch. Als Thomi ihr etwas kleinlaut zunickte, sagte sie nur: „Bub –" und legte an der Garderobe ab.

„Also komm", rief der Vater aus der Küche, „was war los?"

Und nun gestand Thomi endlich die ganze Wahrheit: „Wir haben Radball gespielt. Und da haben mich die Größeren 'n paarmal umgerannt."

„Dann wundert mich nichts. Konntest du denn nicht ausweichen? Oder hart stoppen?"

Thomi sah Oma in ihr Zimmer gehen, leise zog sie die Tür hinter sich zu. Siegfried machte den Kühlschrank auf und holte Wurst, Butter und Käse heraus. „Man läßt sich doch nicht einfach umrennen."

„Ich hab' doch im Tor gestanden", Thomi mußte nun den Blick seines Vaters aushalten: „Du bist vielleicht 'n Heini! Die andern werden gewußt haben warum."

„Haben sie auch!" gestand Thomi empört ein, „die haben alle neue Räder!"

Aber das hätte er besser nicht gesagt – leider begriff er das zu spät. „Für diese Dummheit bezahlst du die Reparatur selbst. Nicht weil du Radball gespielt hast, einmal ist keinmal – aber Dummheit muß bestraft werden."

In Uniform kam Chris aus dem Wohnzimmer an die Küchentür und wollte wissen, wie lange es denn noch daure mit dem Essen. Als er sah, wie gekränkt Thomi sich jetzt vom Vater abwandte, fragte er: „Hey, was is'n mit dir?"

„Nur weil er sich über Mutti ärgert", maulte Thomi und fügte lauter hinzu, denn jetzt war schon alles egal: „Wegen diesem blöden Herrn Trautmann!"

Das hätte er besser nicht gesagt, denn die Stimme seines Vaters war jetzt scharf: „Sei so freundlich, ja!"

Chris mußte lachen: „Ob sich Mutti da was vorgenommen hat – ?" Siegfried tat so, als habe er nichts gehört und wollte wissen, wo denn der Tee sei. Er suchte im Hängeschränkchen vergeblich nach der Büchse. Chris wußte es auch nicht, fragte aber, wo Oma sei und erfuhr, sie sei im Zimmer. Dahin steuerte nun Chris. Siegfried meinte, er solle besser nicht zu ihr gehen, sie habe Ärger mit Herrn Diehl: „Laß sie allein!" Selbstlos meinte Chris: „Gerade dann *nicht* – ich kann ja wieder rausgehen!"

Er klopfte an, und als er keine Antwort erhielt, öffnete er behutsam die Tür zum Zimmer seiner Großmutter. Die saß am Tisch vor einem Schreibblock und wollte gerade einen Brief schreiben.

„Kommst du zum Essen?" fragte Chris.

„Danke, ich habe gegessen."

Sie war offenbar ganz in Gedanken wegen ihres Briefes. Trotzdem fragte er scheinheilig, ob er störe. Sie antwortet mit einem Nein, ohne daß sie zu ihm aufgesehen hätte.

„Ich habe da nämlich ein Problem, ich kaufe mir doch 'n Wagen – mein Traumauto, und – hörst du mir zu?"

Mit einem unhörbaren Seufzer sah Oma auf: „Ja. Was hast du gesagt?"

„Ich frage dich", sagte Chris aufmunternd, „ob du eine gute Geldanlage suchst."

„Wofür?" Oma war erstaunt.

„Für mein Auto, und wenn Opa den Wagen gesehen hätte, der hätte mir sofort was dazugegeben – leihweise natürlich. So dreitausend Mark." Er sagte einfach mal dreitausend, um noch tausend für sich herauszuschlagen; denn weiß der Teufel, wann Marion zahlte.

„Soviel Geld habe ich nicht, das ist festgelegt. Und was ich hatte, habe ich Marion gegeben."

Das überraschte Chris: „Du hast Marion Geld gegeben –?"

„Muß ich das rechtfertigen?" Das mußte sie natürlich nicht, aber Chris fühlte sich doch etwas verstimmt, weil sie so kurz angebunden war: „Warum bist du denn so grantig? Ich habe doch nur gefragt. Ich habe ihr nämlich *auch* gegeben. Die Biene nimmt uns ganz schön aus."

„Sie ist arbeitslos und kauft sich *kein* Auto", erwiderte seine Großmutter sachlich.

„Oma, davon verstehste nix. Im übrigen *habe* ich ihr ja geholfen. Ich kann die dreitausend Mark auch finanzieren. Ich dachte nur, bei dir ist es billiger."

Er war nun doch sauer. Als er hinausgehen wollte, hielt ihn Oma zurück. Sie lächelte: „Jetzt weiß ich nicht, ob du ärgerlich bist, weil ich kein Geld habe oder weil ich etwas unwirsch war."

Versöhnlich erwiderte ihr Enkel: „Schon gut." Beim Hinausgehen traf er auf Thomi, der Oma mitteilte: „Wir essen."

„Danke, Bub, ich habe bei einer alten Freundin gegessen."

Als sie endlich wieder allein im Zimmer war, dachte sie wieder an ihren Brief und versuchte einen neuen Anfang. Der gefiel ihr aber nicht. Sie legte den Füllhalter auf den Schreibblock, ging ans Fenster und sah lange in den Abend hinaus, beunruhigt und ratlos.

Währenddessen saß Vater mit seinen Söhnen am Eßtisch. Sie waren ziemlich still beim Essen. Als Thomi seinen Tee trinken wollte, verzog er angeekelt das Gesicht: „Iii – wie schmeckt denn der?"

„Das ist Jasmintee", erklärte der Vater, „den andern konnte ich nicht finden."

Draußen wurde die Wohnungstür aufgeschlossen. Das versteckte Grinsen Siegfrieds wegen seines angewiderten Sohnes verschwand aus seinem Gesicht. Vera kam. Und zwar strahlend – eine glückliche Frau. Sie begrüßte ihre Männer lächelnd: „Na, ihr Lieben? Ihr habt ja schon alles gerichtet. Fabelhaft." Im Vorbeigehen küßte sie ihren Mann: „Danke, mein Schatz!" und setzte sich.

„Bitte", erwiderte Siegfried. Er bemühte sich, ebenso heiter zu lächeln wie seine Frau. Auf die Frage von Chris, ob sie nichts esse, erklärte sie: „Ich war eingeladen!" Dabei lächelte sie ihrem Mann zu. Es gelang ihm, ganz harmlos zurückzulächeln. Chris, der den Blickwechsel seiner Eltern beobachtet hatte, pfiff kaum hörbar, aber niemand ging darauf ein.

Vera wollte von ihrem Jüngsten wissen, was denn mit seinem Fahrrad passiert sei. Thomis Antwort war kurz: „Das ist kaputt." Aber er lobte seinen Vater: „Der Tee ist prima!"

„Danke", sagte Siegfried überrascht. Vera wollte es genau wissen: „Daß es kaputt ist, ist nicht zu übersehen." Jetzt entschloß sich Thomi wengstens zu einer knappen Erklärung: „Ich habe Radball gespielt."

„Die beste Art", meinte Vera wohlgelaunt, „ein neues zu bekommen – übrigens: Für mein Auto wird es auch langsam Zeit; es hat inzwischen siebzigtausend Kilometer drauf und . . ."

Sanft unterbrach sie Siegfried: „Damit da kein Mißverständnis entsteht: Es gibt weder ein neues Fahrrad noch einen neuen Wagen. Repariert fahren die beiden fabelhaft."

Vera erhob sich und sagte dabei ein bißchen scheinheilig: „War ja nur 'ne Frage."

„Ich kenne diese Fragen." Dann wollte Vera wissen, ob Chris Nachtdienst habe. Als er nickte, bat sie: „Gib auf dich acht!"

Sie ging hinüber zur Treppe, die in den Laden führte. Auf Siegfrieds Frage, ob sie weggehe, sagte sie wohlgelaunt: „Ich habe Herrn Trautmann versprochen etwas nachzusehen; es geht da um ein Einrichtungsproblem."

Sehr höflich rief ihr Siegfried nach: „Darf ich inzwischen etwas anmelden: Morgen bin ich um vierzehn Uhr mit Herrn Immelmann verabredet – in Sachen Kulturforum. Vielleicht läßt es sich einrichten, daß du da bist."

„Bis sechzehn Uhr auf alle Fälle", rief Vera zurück, fügte aber mit deutlichem Bedauern hinzu: „Dann bin ich bei meiner Schneiderin bestellt. Aber vielleicht bist du ja bis dahin zurück. Oder deine Mutter ist da."

Sie ging die Treppe hinunter. Das Schweigen am Tisch war beredt. Schließlich meinte Chris: „Schneiderin – ich höre immer Schneiderin. Vati, Vati . . ."

Aber der erwiderte sehr sicher, doch man konnte spüren, daß darin auch eine kleine Drohung lag: „Ich kenne doch deine Mutter. Und deine Mutter kennt *mich*!"

Am nächsten Nachmittag kam Marion in die Wohnung ihrer Eltern. Sie war bepackt mit zwei großen schweren Taschen, in der einen Hand hatte sie einen kleinen Strauß. Sie rief nach ihrer Mutter, bekam aber keine Antwort. Sie stellte die Taschen in der Garderobe ab und wickelte die Blumen aus dem Papier. Nichts rührte sich in der Wohnung. Schließlich klopfte sie an der Tür ihrer Großmutter, machte sie auf und sah hinein: Oma lag im Bett und sah ihr aus großen traurigen Augen entgegen. Sie erwiderte zwar ihre Begrüßung, brachte aber kein Lächeln zustande, so daß Marion fragte: „Bist du krank –?"

„Ach, ich fühle mich nur nicht so recht wohl."

Was sie denn habe, wollte Marion wissen, bekam aber wieder nur eine unbestimmte Antwort: „Mir ist es nicht wohl. Und du?"

Marion hielt ihr den kleinen Blumenstrauß hin. „Sind die für mich –?"

„Für das Geld", erklärte Marion, „Freesien."

„Hm, die duften –!"

Marion holte aus dem Eckschrank eine Vase, fragte, wo Vera sei.

„Ist sie denn nicht im Geschäft?" Da hatte Marion sie aber auch nicht gesehen. Doch als sie jetzt mit der Vase in die Küche gehen wollte, kam ihre Mutter die Wendeltreppe herunter. Sie freute sich: „Hallo, mein Schatz, das ist aber schön!"

„Was hat denn Oma?" fragte Marion leise, und ebenso

leise erklärte Vera: „Mit Herrn Diehl stimmt da was nicht – aber man kriegt nichts aus ihr raus."

„Da tut sie mir leid."

„Sie sich auch – leider –" sagte Vera.

Sie ging zur Garderobe, um sich zum Ausgehen fertigzumachen. „Gehst du weg?" „Ja, zum Friseur – was sind denn das für Tüten?" Marion erklärte, daß sie ihre Schmutzwäsche mitgebracht habe, um sie hier zu waschen.

„Drum", meinte Vera und sah in Omas Zimmer hinein, um sich zu verabschieden – sie gehe jetzt.

„Ist denn Siegfried zurück?" wollte ihre Schwiegermutter wissen. Aber Siegfried schloß gerade die Wohnungstür auf. Vera und Siegfried begrüßten sich. Jeder erwartete, daß der andere etwas sage. Da Siegfried stumm blieb, fragte Vera: „Na – was macht das Kulturforum –?"

„Arbeit", erklärte ihr Mann, „Frau Schäfer hört auf – ziemlich krank."

„Und jetzt?" Siegfried zuckte die Achseln: „'ne Neue."

„Da könnt ihr aber suchen", sagte Vera. „Tschüs. Bis später."

„Tschüs", erwiderte ihr Mann ebenso leichthin wie sie. Er sah ihr mit einem Blick nach, der ernst und drohend war: Wo ging sie jetzt wohl wieder hin? Während er überlegte, kam seine Tochter mit der gefüllten Vase aus der Küche. Das wenigstens war eine Freude.

„Ein seltener Gast", sagte er, aber ohne jeden Vorwurf, „wie geht's denn so?"

„Gut", erklärte sie, wollte aber weiteren Fragen ausweichen und ging ins Wohnzimmer, doch Vater folgte ihr und fragte genau das, was sie befürchtet hatte: „Hast du 'ne Stelle gefunden?"

„Nein", erwiderte sie kurz. Die gleiche Antwort bekam er auf die Frage, ob sie irgend etwas in Aussicht habe.

„Ich frag' ja schon nichts mehr", sagte Siegfried gutmütig, winkte sie aber zurück, als sie mit der Vase in das Zimmer ihrer Großmutter gehen wollte: „Was macht denn Oma? Liegt sie *immer* noch im Bett –?“ Als Marion nickte, bat er sie leise: „Laß mich dann mal mit ihr allein.“ Sie ließ ihn in Omas Zimmer vorausgehen und stellte die Vase mit den Freesien auf den Nachttisch.

„Na, Mutter“, fragte Siegfried aufmunternd, „wie geht's denn?“

Ihr Blick war schuldbewußt, doch sie zwang sich zum Lächeln: „Danke.“

„Hast du denn über irgend etwas zu klagen? Tut dir was weh?“ wollte er wissen. „Nein, weh tut mir nichts.“ „Aber irgendwas muß es doch sein. Du legst dich doch nicht einfach ins Bett.“

Seine Mutter sah ihn schweigend an. Sie erwiderte auch nichts auf Marions Frage, ob sie denn Appetit habe – die beantwortete der Vater: „Heute morgen 'n halbes Brötchen, Mittagessen Fehlanzeige.“

„Ich mach' uns mal 'n guten Kaffee“, meinte Marion aufmunternd, „oder lieber Tee?“

„Kaffee“ bat Oma. Auf die Frage ihrer Enkelin, ob sie ein Brötchen wolle oder ob Mutti vielleicht Kuchen da habe, sagte sie: „'n Brötchen.“ Marion ließ nicht locker und wollte wissen, ob sie Butter oder Marmelade möchte, aber Oma wollte Honig. Marion sagte fröhlich: „Na bitte!“ und ging, um alles zu holen.

Auf Siegfrieds Frage, ob Vera seiner Mutter denn nichts angeboten habe, war die Antwort wieder sehr knapp: „Doch.“

„Also, Mutter, ich glaube, deine Krankheit, die ist eigentlich gar keine; die sitzt mehr im Gemüt. Dir fehlt nichts“, setzte er beruhigend hinzu, aber sie sah weiterhin schweigend vor sich hin.

„Was ist denn nun mit Herrn Diehl?“ fragte er vorsichtig. Jetzt endlich bekam er eine Antwort, eine trotzige: „Mit Herrn Diehl ist gar nichts. Mir geht's nicht gut, das ist alles.

Was hat denn das mit Herrn Diehl zu tun, wenn ich mich nicht wohl fühle? Wie stellst du mich denn hin?"

„Na, so ganz weit würde ich das nicht wegwerfen. Wenn ihr euch nicht mehr trefft, dann verstehe ich, daß dir das zu schaffen macht. Aber hast du nicht vielleicht zuviel erwartet? „Kann es nicht sein, daß du dein Leben falsch einschätzt –? Irgendwann einmal muß jeder zugeben, daß er nicht mehr im Mittelpunkt steht. Ob man das will oder nicht, aber so peu à peu rücken wir an den Rand. Das ist sicher nicht einfach, und ich behaupte bei Gott nicht, daß ich die Kurve leichter kriege, wenn die Reihe an mir ist; aber bestimmt würde ich darüber nachdenken, wenn jemand zu mir sagt: Nimm dich nicht so wichtig, alter Junge – wichtig sind jetzt die anderen; sei nützlich und mach denen eine Freude, die schlechter dran sind als du, dann wirst *du auch* nicht vergessen – im übrigen sei froh, daß du gesund bist, um überhaupt helfen zu können. Wer's damit hält, den hab' ich noch nie als Griesgram erlebt."

Das Schweigen seiner Mutter war inzwischen fast feindlich geworden. Ihr Sohn bemerkte es. Trotzdem sprach er weiter auf sie ein: „Du, Mutter, jetzt komm dir bloß nicht noch ungerecht behandelt vor in deinem Elend; sonst glaubst du am Ende noch daran. Wenn du dir einen Gefallen tun willst, dann stehst du jetzt auf und machst einen Spaziergang an der frischen Luft – sollst du mal sehen, wie du dich gleich besser fühlst."

Er stand auf, ging zur Tür und sah zu ihr zurück: „Nein?" Aber seine Mutter schmollte weiter. Jetzt wurde er energisch: „Dann denk mal an die, die wirklich allein sind, die nicht das Glück haben, in der Familie alt werden zu können – die in einem dieser anonymen Hochhauskästen wohnen, ohne daß sich jemand um sie kümmert, die vielleicht tagelang krank im Bett liegen, ohne daß es jemand weiß, geschweige denn, daß ihnen jemand hilft –."

Jetzt sah seine Mutter plötzlich ganz anders aus – als

habe er etwas gesagt, was sie erschreckte, ja geradezu entsetzte – da hatte er offenbar einen Nerv getroffen. Er malte also die Situation der Einsamen weiter aus: „Denk an all die, die in dem Bewußtsein gesund werden sollen: Ich kann hier sterben, und es kräht kein Hahn nach mir. *Die* haben Grund zu resignieren – aber die tun es nicht: weil sie sich diesen Luxus nicht erlauben können. Und die legen sich schon gar nicht ins Bett, wenn sie seelische Blähungen haben. Dir geht's zu gut. So – das mußte mal gesagt werden. Zum Kaffee kommst du raus."

Er zwinkerte ihr aufmunternd zu und verließ das Zimmer in der Überzeugung, daß seine Schelte auf fruchtbaren Boden gefallen war. Dabei hätte er sich sehr gewundert, wenn er gewußt hätte, daß seine Mutter sich um diese Schelte gar nicht kümmerte. Sie war erschrocken, als er von den Einsamen sprach, die krank irgendwo in ihren Behausungen lagen, ohne daß sich eine Seele um sie kümmerte. Nicht einen Augenblick hatte sie bisher gedacht, daß Herr Diehl ihre Verabredung nur deshalb nicht eingehalten habe, weil er krank und hilflos im Bett lag. Der Gedanke ließ sie nicht mehr los.

Aber dann rief sie sich zur Ordnung. Vielleicht könnte sie ihn anrufen – aber sie wußte seine Telefonnummer nicht. „Und schließlich", sagte sie laut vor sich hin, „wird man nicht von heute auf morgen sterbenskrank."

Sie hatte ihre Energie wiedergefunden, warf die Bettdecke zurück und stand auf. Jetzt würde sie sich zuerst einmal anziehen und in die Welt zurückkehren – dann konnte man weitersehen. Denn was sie vorhatte, gestand sie sich nicht ein. Zunächst jedenfalls nicht. Vorsichtshalber.

Chris war nach Hause gekommen und zog die Pistole aus dem Halfter. Als er seine Schwester aus der Küche kommen sah – sagte er erstaunt: „Sieh da, sieh da!"

Marion spürte den etwas aggressiven Unterton: „Fehlt dir was?"

„Du hast von Oma auch Geld geliehen? Haste aber nicht gesagt."

„Muß ich dich fragen?" gab seine Schwester gereizt zurück. „Du kriegst deine Scheine schon wieder, Geizkragen."

„Dein Wort in Gottes Ohr, Schwesterlein", meinte Chris ziemlich gutmütig, und dieser Ton machte ihr doch dann Mut, ihn etwas zu fragen: „Du – ist was mit den Eltern?"

„Wieso?"

„Vati war eben so seltsam." Sie hatte ihren Vater in der Küche gerade eine Bemerkung im Zusammenhang mit Oma machen hören – als wisse er selbst sehr gut, wie es sei, allein zu leben, so als mache er das gerade am eigenen Leibe mit. „In Bezug auf Mutti", setzte sie hinzu.

„Sieh sie dir doch mal an – den Schwung, den sie hat. Neuerdings."

„Muß ich das ernst nehmen?" wollte sie wissen, aber Chris lachte: „Doch nicht bei Vera!"

Da hatte er sicher recht, dachte Marion. Sie sollte sich wohl keine Sorgen machen. In der Garderobe griff sie ihre zwei Beutel mit Schmutzwäsche und schleppte sie nach oben zur Waschmaschine.

Aus der Garderobe holte sich Oma ihren Mantel, den Schal und den Hut. Sie ging zurück in ihr Zimmer, zog ihn an und musterte sich im Spiegel. Dabei versuchte sie, ihrem Hut einen möglichst flotten Schwung zu geben.

Die Sorgen um einen möglicherweise hilflos im Krankenbett liegenden Herrn Diehl waren in Trotz umgeschlagen.

„Kavalier!" murmelte sie vor sich hin, „eine halbe Stunde

stehe ich da rum – auch noch zweimal! Was denkt der sich eigentlich! Und weil dieser Herr nicht kommt, schätze ich mein Leben falsch ein. Der Mann interessiert mich überhaupt nicht. Nicht näher jedenfalls."

Ihr Mann hatte diese Behauptung offenbar mitbekommen und mischte sich wieder einmal in ihre Angelegenheiten ein: „Und warum bist du jetzt so eitel?"

Das überhörte sie. Sie war fertig. Und was sie im Spiegel sah, fand ihr Wohlgefallen. Sie nahm ihre Handtasche und verließ das Zimmer. „Margarethe", fragte ihr Mann, „wo gehst du denn hin –?"

Als ob ihn das etwas anginge. In der Diele sagte sie laut, so daß es jeder hören konnte: „Ich mache nur einen Spaziergang – bin bald zurück."

Niemand reagierte, aber das erwartete sie auch nicht. Sie verließ das Haus sehr zielbewußt, sie wußte, wohin sie wollte. Es dauerte gar nicht lange, bis sie in einer hübschen Wohnstraße vor einem Haus stand und sich anhand der Namensschilder vergewisserte, daß sie richtig war.

Sie stieg im Treppenhaus hinauf bis vor die Tür und brauchte nur ein letztes Zögern zu überwinden, dann drückte sie auf die Klingel. Nun wartete sie mit möglichst harmlosem Gesicht darauf, daß geöffnet würde.

Doch es blieb still hinter der Tür – das ganze Haus war still. Sie wartete einen Augenblick, dann klingelte sie noch einmal. Aber wieder rührte sich nichts. Sollte ihre Angst doch berechtigt gewesen sein. Sie versuchte, durch die Glasscheibe der Tür in die Wohnung zu spähen, aber hinter dem Glas versperrte ein Vorhang die Sicht. Nun klopfte sie an die Tür – einmal, zweimal. Wieder nichts. Sie rief schüchtern: „Herr Diehl –", sagte sich dann aber, daß er ihre Stimme noch weniger hören könnte als die Klingel, wenn er bewußtlos oder sterbenskrank dalag. Was sollte sie nur tun? Die Angst schnürte ihr fast die Kehle zu. „Mein Gott", sagte sie, „mein Gott –." Und wieder versuchte sie es. Sie klopfte noch heftiger an die Tür. Dann rief sie, so laut sie konnte: „Herr Diehl! Ich bin's!"

Und diesmal bekam sie Antwort – freilich nicht aus der Wohnung: Im Treppenhaus waren Schritte, eine Stimme rief: „Hallo –?"

Es war Herr Diehl, der die Treppe heraufkam. Jetzt wäre Oma am liebsten in einem Mauseloch verschwunden. Was würde er nur denken, daß sie hier vor seiner Wohnung stand und auch noch so laut geworden war? Aber als sie Herrn Diehl entgegensah, der einen kleinen Koffer trug, bemerkte sie, daß er übers ganze Gesicht strahlte.

„Frau Drombusch, das ist aber eine Überraschung! Sie haben wohl bei meinem Sohn angerufen?"

Oma überwand ihre Schüchternheit, brachte aber nur heraus: „Ich wußte gar nicht, daß Sie weg waren!"

„Ja, hat es Ihnen denn Ihr Enkel nicht ausgerichtet –?" Während er die Tür aufschloß und seinen Gast hereinbat, erklärte er: „Ich war in Hamburg – bei meinem Sohn hat's noch mal Nachwuchs gegeben, und da haben sie nicht eher geruht, bis ich halt doch zur Taufe gekommen bin."

„Aber natürlich – das *mußten* Sie tun!"

Im Flur stellte Herr Diehl seinen Koffer ab. Das gab Oma einen Augenblick Zeit, sich umzusehen.

Sie stand in einer hochräumigen Altbauwohnung mit vier Zimmern, die Decken in schöner Stuckarbeit. Wohin sie auch sah, überall auserlesene Möbel. Herr Diehl mußte ein weitgereister Mann sein: Auf orientalischen Teppichen stand altes Mobiliar, ein indischer Schachtisch, ein russischer Samowar. Man sah, daß sie benutzt wurden. Herr Diehl mußte ein leidenschaftlicher Leser sein, denn der großen Bibliothek sah man an, daß sie benutzt wurde. Bücher waren quergelegt und Zettel steckten in einigen Bänden.

Oma war froh, daß Herr Diehl ihr Erstaunen nicht bemerkte. Er hatte ihr aus dem Mantel geholfen und sie ins Wohnzimmer gebeten. Er machte erst ein bißchen Ordnung, da er die Wohnung offenbar rasch verlassen hatte – eine Kaffeetasse stand noch auf dem Tisch vor dem Biedermeier-Sofa, von dem er auch Kissen und eine Decke wegräumte. Vermutlich hatte er noch vor seiner Abreise ein Schläfchen gehalten.

„Ich wäre um ein Haar hiergeblieben – wegen unserer Verabredung!" erklärte er lächelnd. „Verabredet ist verabredet. Aber sagen Sie – wenn es Ihr Enkel nicht ausgerichtet hat, dann haben Sie ja auf mich gewartet!"

Das tat Oma ganz beiläufig ab: „'n paar Minuten vielleicht. Ich habe mir sofort gedacht, daß da etwas dazwischengekommen ist."

Herr Diehl sah sie mit einem tiefen Blick an: „Da hab' ich schon ein bißchen Vertrauen bei Ihnen. Bitte sehr – ich bin nun gar nicht vorbereitet auf Ihren Besuch – das sieht alles sehr unordentlich aus."

„Schön haben Sie's hier!" widersprach Oma. Doch als er sie fragte, was er ihr anbieten dürfe, meinte sie eher ablehnend: „Sehr lieb, aber ich bin ja nur gekommen –." Er unterbrach sie: „Nicht doch einen Sherry? Oder Cognac? Ich würde ganz gern einen trinken. Nehmen Sie doch Platz!"

Oma gab nach und bat um einen Sherry. Er ging hinüber zu einem Fach, in dem verschiedene Flaschen standen: „Gern. Aber ich habe Sie unterbrochen."

„Ja", schwindelte Oma, um einen gleichmütigen Ton bemüht, „ich bin gekommen, weil ich Ihre Hilfe brauche. Ich bin nämlich in einer ganz dummen Situation. Ich soll ein Konzert geben. Klavier."

„Aber das ist doch – Frau Drombusch!" Herr Diehl war ganz fasziniert und fand das, was sie ihm berichtete, großartig.

„Ja, aber ich möchte das eigentlich gar nicht. Ich bin ja nun einige Jahre aus der Übung und – nein, nein. Ich habe zwar nicht zugesagt, aber zumindest macht sich der Veranstalter Hoffnung. Sie wissen ja, wenn die einen wollen –

und deshalb möchte ich die Absage schon gut formulieren; ich will ja niemanden vor den Kopf stoßen ... Sind *die* schön!"

Sie deutete auf die Gläser für den Sherry, die Herr Diehl gerade auf den Tisch stellte. Er setzte sich zu ihr. Offenbar nahm er die Angelegenheit, wegen der sie gekommen war, sehr ernst – so ernst, als sei sie auch für ihn von größter Wichtigkeit.

„Also, darüber müssen wir in aller Ruhe reden", erklärte er. „Ich weiß nicht, ob Sie da absagen sollten. Aber jetzt vor allem – ich freue mich, daß Sie zu mir gekommen sind, und ich verspreche Ihnen einen ehrlichen Rat. Ihr Wohl!"

Er trank ihr zu. Sie lächelte ihn an, als sie ihr Glas erhob und hoffte, daß er ihre freudige Verlegenheit nicht bemerken würde.

Siegfried saß im Kontor an seinem Schreibtisch. Er war nicht bei der Sache. Er hätte sich ganz auf seine Arbeit konzentrieren sollen, aber es gelang einfach nicht: Immer wieder ging ihm seine Frau durch den Kopf, ihre gute Laune, ihr neues Aussehen. Was sollte er davon halten? Ob sie inzwischen heimgekommen war –? Er griff nach dem Telefonhörer und rief hinauf in die Wohnung. Zunächst ging keiner dran. Als dann doch abgehoben wurde, war es seine Tochter. Er hatte angenommen, sie sei schon weg, aber sie war gerade erst im Gehen. Er fragte sie – als sei es ihm gar nicht weiter wichtig –, ob Vera inzwischen heimgekommen sei: „Nein! Wo ist sie denn?"

„Ach, zu dieser Modetante, sie wird wohl bald kommen. Danke. Ja, laß dich wieder sehen – Tschüs."

Er legte auf und dachte nach. Dann griff er zum Telefonbuch. Als er die Nummer gefunden hatte, nahm er den Hörer ab und wählte.

„Drombusch", meldete er sich: „Ist meine Frau noch bei

Ihnen?" Als er erfuhr, dem sei nicht so, fragte er, ob sie denn schon da gewesen sei, sie wäre doch für heute verabredet. Aber auch das war nicht der Fall. – „Ah so, da habe ich mich wohl im Tag geirrt – vielen Dank. Wiederhören."

Er legte auf – und trotz der Bestürzung, nach dieser Auskunft kam es ihm vor, als habe er das längst gewußt. Vera hatte ihn also belogen. Sie war nicht bei der Schneiderin, sondern weiß der Himmel wo. Das war noch nie vorgekommen – immer hatte er sich auf sie verlassen können – genauso wie sie sich auf ihn verlassen konnte.

Ob sie wieder diesen Herrn Trautmann getroffen hatte – und was dachte sich wohl Frau Trautmann, falls sie es überhaupt wußte? Was sollte das Ganze – wohin würde es führen? Er mußte es herausbekommen – er mußte nur klug vorgehen.

Vera hatte Kaffee getrunken bei ihrer Freundin Claudia, die in Darmstadt ein modernes Penthouse mit einer herrlichen Glasveranda bewohnte. Sie hatten in aller Ausführlichkeit Eheerfahrungen ausgetauscht: Der Kaffee war längst ausgetrunken, Vera wollte alles, was sie erzählt hatte, noch einmal auf den Punkt bringen. Ihre Freundin saß ihr lächelnd gegenüber und hörte aufmerksam zu.

„Weißt du", sagte Vera, „es ist nicht so, daß ich direkt einen Grund hätte. Eigentlich ist alles in Ordnung. Aber eigentlich auch wieder nicht. Er liebt mich, er weiß, daß ich ihn liebe, und das genügt ihm. Im übrigen lebt er in seiner Arbeit, in der Politik, er engagiert sich für dieses Kulturforum, für seinen Altenplan, fühlt sich wohl in der Familie – und ab und zu kriege ich sogar einen zufriedenen Kuß. Was macht man mit einem solchen Mann? Oder bin ich schon zu alt?"

„Quatsch", meinte Claudia, „ihr seid bald fünfundzwanzig Jahre verheiratet. Öfter mal was Neues, mein Schatz."

„Da gibt's bald auch nicht mehr so viele Möglichkeiten", aber Claudia widersprach: „Du bist doch nicht von gestern. Und ein Kind von Traurigkeit bist du auch nicht."

Das beruhigte Vera nicht: „Was soll ich denn *noch* tun?" Dieser Mensch wird ja noch nicht mal mehr eifersüchtig! Alles, wohin ich's bringe, ist gekränkte Eitelkeit."

„Dann machst du was falsch, oder er ist einer von den ganz Raffinierten und verbirgt es. Den Typ kannste abschreiben, da kriegst du Minderwertigkeitskomplexe."

Vera schüttelte den Kopf: „Bei Sigi ist das anders: In seiner göttergleichen Ahnungslosigkeit kommt es ihm überhaupt nicht in den Sinn, daß mich neben ihm noch ein anderer Mann faszinieren könnte. Und wenn, dann sagt er höchstens: Du kannst doch tun und lassen, was du willst, mein Herz."

Claudia mußte nun aber doch lachen: „Sei doch froh über so 'n toleranten Mann!"

„Ach was", rief Vera, „tolerant! Tolerant ist nur ein Trottel! Aber Sigi *ist* kein Trottel, und das eben verstehe ich nicht. Weißt du, einmal möchte ich, daß er auf die Palme geht, daß er mir eine Szene macht, daß er vor Eifersucht platzt – daß ich überhaupt merke, daß ich einen Mann habe!"

Nachdenklich meinte Claudia: „Auch das hat uns die Emanzipation gebracht: Die feurigen Liebhaber vergangener Zeiten sind modern geworden – und langweilig. Aber vielleicht passiert's ja heute abend: Immerhin ist es bald acht, und kein Modeatelier hat so lang auf!"

Daran hatte Vera auch gedacht: „Ich an seiner Stelle hätte längst dort angerufen."

Claudia lächelte wieder: „Vielleicht *hat* er das ja!"

„Na, hoffentlich!" Vera seufzte hoffnungsvoll: „Dann tut sich doch vielleicht wieder mal was!"

Das Gespräch zwischen Oma und ihrem sie gewissenhaft beratenden Freund hatte sich hingezogen. Es war Abend geworden. Herr Diehl erlaubte sich die Frage, ob Oma vielleicht Lust hätte, mit ihm zum Essen zu gehen – ob er sie in das Restaurant Einsiedel einladen dürfe.

Oma hatte sich zunächst ein wenig geziert, aber Herr Diehl war bei aller Höflichkeit so hartnäckig geblieben, daß sie nun wirklich im Restaurant einander gegenübersaßen. Oma bemühte sich nach wie vor ganz gelassen zu wirken und niemanden ringsum, und schon gar nicht Herrn Diehl merken zu lassen, wie geschmeichelt sie sich fühlte. Es war lange her, daß sie in einem so angenehmen Restaurant mit einem so kultivierten Herrn den Abend verbracht hatte.

Sie waren so in das Für und Wider des Konzerts vertieft, daß Herr Diehl kaum zur Kenntnis nahm, wie der Ober die Speisekarten auf den Tisch legte. Oma lächelte den Ober freundlich an, wandte sich dann wieder Herrn Diehl zu, der in seiner Argumentation eifrig fortfuhr: „Und dann dürfen Sie schon aus einem anderen Grund nicht absagen: Die Leute haben sich bestimmt etwas dabei gedacht, daß sie Sie gebeten haben – Sie, und nicht irgendwen!"

„Was *ich* spiele", erwiderte Oma besonders bescheiden, „das kann jeder spielen."

„Eben nicht!" widersprach Herr Diehl, „das ist eine Bescheidenheit, die ich nicht verstehe, Frau Drombusch. Schließlich haben Sie ja mal Konzerte gegeben, und –"

„Das war Kammermusik, zusammen mit meinem Mann."

Herr Diehl ließ das nicht als Einwand gelten: „Sie haben öffentlich gespielt – oder ist das falsch –?"

Oma verneinte zögernd, und er fuhr fort: „Warum sträuben Sie sich also? Weil es nicht dem Klischee entspricht? Clara Haskill war in Ihrem Alter auf der Höhe ihres Ruhmes und hat auf der ganzen Welt Konzerte gegeben."

Ein solcher Vergleich war Oma nun wirklich zuviel:

„Clara Haskill –! Ich bin doch nicht Clara Haskill. Und ein Publikum habe ich schon gar nicht."

Herr Diehl schüttelte tadelnd den Kopf – freilich war dieser merkbare Tadel so sehr mit ergebener Verehrung gemischt, daß in seiner Stimme nun mehr freundliche Belehrung mitklang: „Es geht darum, anderen eine Freude zu machen, und *das* haben Sie *bestimmt* mit ihr gemeinsam. Und was das Publikum angeht – ich finde es großartig, daß man Sie gebeten hat – für *ältere* Menschen. Gerade in einer jugendgläubigen Zeit. Das beweist doch, daß es Leute gibt, die unserem Alter noch etwas zutrauen. Wenn ein junger Mensch, der unfertig ist, vor einem größeren Publikum etwas riskiert, dann sagt man: Er hat Mut. Und wenn *wir* es noch einmal wissen wollen, dann genieren wir uns. Warum? Wo ist da die Logik?"

Das klang alles ganz objektiv, nüchtern und auch einleuchtend, er hatte ganz gewiß recht – aber sie hatte doch noch einen Einwand: „Herr Diehl: Ich bin doch völlig aus der Übung. Und mit der ‚Petersburger Schlittenfahrt' will ich mich schließlich auch nicht begnügen – oder mit der ‚Träumerei'!"

Aber auch dieser Einwand verfing bei Herrn Diehl nicht. Er brauchte nur kurz zu überlegen, um einen Vorschlag zu machen: „Das können Sie ja im 2. Teil spielen. Im 1. Teil spielen Sie Anspruchsvolles – Chopin und Mozart; und im zweiten dann mehr Wunschmelodien: Die ‚Amboßpolka' und das ‚Frühlingsrauschen' von Sinding – das ist nämlich *mein* Lieblingsstück – woraus Sie ersehen, daß ich kein großer Musikkenner bin."

Noch zierte sich Oma – „Ich weiß nicht –", aber Herr Diehl spürte, daß er den Kampf gewonnen hatte. Darum konnte er jetzt ohne größeren Eifer sagen: „Überdenken Sie's doch noch mal – bitte!"

An ihren Großmut hatte er nicht umsonst appelliert. „Überdenken kann ich's ja noch mal!" sagte Oma bereitwillig.

Das war praktisch der Sieg. Jetzt konnten sie darangehen, die Speisekarte zu studieren, zu bestellen und in freundschaftlicher Eintracht mit Gesprächen über Gott und die Welt einen angenehmen Abend verbringen.

Als Vera um halb zehn nach Hause kam, wurde sie von perlendem Klavierspiel empfangen – Oma erging sich im „Frühlingsrauschen" von Sinding. Überrascht lauschte Vera – um diese Zeit hatte Oma noch nie Klavier gespielt, und daß sie um diese Zeit unterrichtete, war kaum anzunehmen. Nun, offenbar ging es ihrer Schwiegermutter wieder besser, wenn sie am Abend in solchen Tönen schwelgte.

Die Wohnung war erleuchtet, aber außer dem Klavierspiel war nichts zu vernehmen. War denn außer Oma niemand im Hause? Da kam Chris die Treppe herunter. Er sah nicht fröhlich aus.

„Kann man das nicht verhindern?" fragte er verschlafen, und sein Kopf wies zum Zimmer seiner Großmutter: „Es ist halb zehn durch."

„Ich mach's schon", beruhigte ihn seine Mutter. Sie öffnete die Tür zu Omas Zimmer. Ihre Schwiegermutter saß – aus Zeit und Raum entrückt – am Klavier. Sie merkte gar nicht, daß jemand hereingekommen war. Im allgemeinen war Oma sehr ordentlich, doch heute war ihr Bett noch aufgeschlagen, so wie sie es morgens verlassen haben mußte.

„Mutter!", rief Vera.

„Oh, entschuldige – ich habe dich nicht gehört."

Aber sie spielte weiter, als störe sie ihre Schwiegertochter gar nicht in ihrer Entrückung. Erst als Vera bemerkte, ihr scheine es ja besser zu gehen, nahm sie die Hände von den Tasten – für einen Augenblick: „Das war nur eine kleine Unpäßlichkeit."

„Na, prima", sagte Vera, und damit schien für ihre Schwiegermutter die Unterhaltung zu Ende zu sein. Sie begann mit der linken Hand einen Lauf zu üben, der ihr offenbar Schwierigkeiten machte.

„Du", sagte Vera mit erhobener Stimme, „so spät kannst du nicht mehr spielen; Chris hat keinen Nachtdienst."

Oma hielt inne. Mit einem Ausdruck, der aller Welt zeigte, daß hier eine große Künstlerin wegen läppischer Alltagssorgen ihre Übungen einstellen mußte, schloß sie den Deckel des Klaviers.

„Von wem sind denn die Blumen –?" wollte Vera wissen. Aber sie bekam eine ganz andere Antwort, als sie erwartete. Oma wandte sich ihr zu: „Die Blumen sind von Marion. Um das Mädel müßt ihr euch kümmern. Es geht ihr sehr schlecht – finanziell. Ich weiß nicht, ob ich das sagen darf, aber sie hat sich von mir Geld geliehen. Vielleicht solltest du mal mit Siegfried reden."

„Das hat sie sich selbst eingebrockt."

Aber davon ließ sich ihre Schwiegermutter nicht einschüchtern: „Das ändert nichts daran, daß sie jetzt nicht weiß, wovon sie leben soll."

Ganz so schlimm sei es nun auch wieder nicht, erklärte Vera: „Das haben nur die Blumen so schlimm gemacht. Aber ich rede mit Sigi. Wo ist er überhaupt –?"

Oma wußte es nicht. Die Frauen wünschten einander eine gute Nacht, dann ging Vera durch die Wohnung, sah die Treppe zum Geschäft hinunter und stellte fest, daß dort alles dunkel war. Verhalten rief sie die Wendeltreppe hinauf: „Sigi?" Aber nichts rührte sich. Sie würde jetzt einfach schlafen gehen.

Als sie die Tür zum Schlafzimmer öffnete, strömte ihr Licht entgegen. Sie trat ein und sah ihren Mann in aller Ruhe im Bett liegen und lesen.

„Hallo–", Siegfried sah lächelnd auf: „Schön, daß du da bist!" Doch gleich sah er wieder in sein Buch.

Aufgebracht durch soviel Gleichmut über ihre späte

Heimkehr fragte Vera: „Interessiert es dich nicht, wo ich war –?“

Siegfried sah nicht von seinem Buch auf; freundlich murmelte er: „Du wirst es schon wissen“, und las weiter. Einen Augenblick blieb Vera stehen. Als weiter nichts erfolgte, wandte sie sich ab und ließ die Tür hinter sich hart ins Schloß fallen.

Das hatte sie nun davon: Ihm lag gar nichts daran, wo sie gewesen war. Er war überhaupt nicht beunruhigt. Weder Zweifel noch Ärger hörte sie in seiner Stimme. Hätte er nicht fürchten müssen, daß sie mit Herrn Trautmann ausgegangen war? Und wenn es ihm gleichgültig war: Liebte er sie dann wirklich, lag ihm überhaupt noch an ihr, an ihren Gefühlen –?

Sie hatte in letzter Zeit wirklich alles getan, was sie konnte – durch ihre gute Laune, durch ihr freies Kommen und Gehen: Sie hatte ihn immer wieder provoziert – aber nie war eine Reaktion zu sehen. Er schien ganz und gar zufrieden zu sein. Wenn das echt, wenn es nicht gespielt war, dann war Gefahr im Verzug, dann war da sicher eine andere Frau im Spiel.

Im Sekretariat des Kulturforums saß lange nach Dienstschluß Frau Schlief an der Maschine und tippte mit erstaunlicher Geschwindigkeit ein Diktat vom Diktaphon in die Maschine. Sie war eine korpulente Frau von etwa fünfzig Jahren, und jeder, der mit ihr zu tun hatte, mußte anerkennen, daß sie eine Persönlichkeit war: sehr eigenwillig, aber auch sehr zuverlässig. Sie war fast fertig mit dem Abtippen des Bandes, als Siegfried in das Zimmer kam und ihr eine weitere Kassette neben die Maschine legte.

„Sie mit Ihrem Kulturforum!“ sagte Frau Schlief recht unwillig, „Sie haben mir grad noch gefehlt!“

„Sehen Sie doch mal“, bat Siegfried, „ob Sie meine Frau erreichen!“

Frau Schlief sah zu ihm auf, fragte aber nicht nur ihn, sondern ihr Schicksal „Warum mach' ich das eigentlich – abends, nach Dienstschluß?"

Aber Siegfried kannte seine Frau Schlief und wußte, daß sie gar nicht anders konnte; darum neckte er sie: „Tagsüber können Sie ja nicht!"

Sie spannte einen neuen Bogen in die Maschine: „Ich kann für Sie nur hoffen, daß Sie bald jemand finden!"

Der Gedanke beunruhigte sie, daß sie hier von einer neuen Kraft ersetzt werden könnte. Aber da sie das nie zugeben würde, meinte Siegfried: „Was wir suchen, gibt's nicht – offenbar."

„Und mich gibt's hier net mehr lang – mit Sicherheit", erklärte Frau Schlief.

„Sehen Sie mich mal an!" forderte Siegfried. Aber das riskierte Frau Schlief natürlich nicht, sondern sagte nur gutmütig: „Gehn Se rüber."

Sie wählte eine Nummer am Telefon und nickte nur, als Siegfried von der Tür aus sagte: „Wenn Herr Immelmann kommt, ich bin gleich soweit."

Siegfried wartete im Besprechungsraum nebenan auf den Anschluß. Es war ein halbwegs gemütlich eingerichtetes Zimmer mit Ledercouch und Sesseln, die Wände waren mit Plakaten, mit Bildern und Fotos von kulturellen Veranstaltungen geschmückt. Jetzt summte das Telefon. Siegfried hob ab.

„Hallo, mein Schatz", sagte er zu seiner Frau, „das war Frau Schlief, die macht das in Aushilfe. Ja. Eben deshalb rufe ich an: Ich treffe mich jetzt mit einer Bewerberin, mit Fräulein – wie heißt sie? – mit Fräulein Hellinghausen. Nach dem Foto zu urteilen, macht sie einen guten Eindruck. – Nein. Nein, sie kommt nicht hierher. Es kann also heute später werden – nur, damit du Bescheid weißt."

Er hörte im Hintergrund seiner Wohnung kühne Klavierläufe, die abbrachen und neu einsetzten. Die Stimme seiner

Frau klang eher kühl, als sie sich von ihm verabschiedete – nein, sie habe nichts gesagt, erwiderte sie auf seine Frage: „Tschüs!"

Er konnte nicht sehen, wie nachdenklich sein Anruf Vera gemacht hatte. Sie biß sich grübelnd auf die Lippen. Fräulein Hellinghausen – und nicht im Büro – und später könnte es werden –.

Siegfried hatte recht vergnügt den Hörer aufgelegt und wartete jetzt auf das Eintreffen von Herrn Immelmann. Der war gerade bei Frau Schlief hereingekommen und fragte: „Ist er drin?"

Frau Schlief nickte, brachte aber sofort energisch ihr Anliegen vor: „Im Ernst, Herr Immelmann – ich hab's ebe zum Herrn Drombusch gesagt: Sehe Se zu, daß Sie e Sekretärin kriege!"

Aber auch Herr Immelmann kannte Frau Schlief. Darum erinnerte er sie an etwas, was sie wohl nur zu gut wußte: „In sechs Wochen geht Ihr Chef in Pension – vielleicht kriegen wir Sie dann *ganz*!"

„Da sei Gott vor!" meinte Frau Schlief halblaut, als Herr Immelmann hinüber ins Besprechungszimmer ging.

Ihre Stimme war so voller Grimm, daß jeder, der sie nicht kannte, den Eindruck gehabt hätte, sie meine es ernst.

Im Besprechungszimmer begrüßten sich die Herren. Herr Immelmann legte seine Akten ab: „Na, was macht Ihr Altenplan?"

„Dem fehlt das Geld, und schuld daran ist Ihr hoher Chef, der Herr Sozialdezernent – keine müde Mark rückt er raus."

„Immerhin", verkündete Herr Immelmann, „hat er die Orangerie Ihrer Mutter umsonst gegeben!"

Siegfried bemühte sich, die Fassung zu bewahren. Er fragte so gelassen wie möglich: „Wieso meiner Mutter?"

Herr Immelmann setzte sich und schlug seine Akten auf. So konnte er nicht bemerken, wie Siegfrieds Gesicht bei seiner Antwort immer länger wurde: „Für ihr Wohltätigkeitskonzert."

Der Schrecken machte Siegfried stumm. Bevor er sich zu einer möglichst arglosen Frage aufraffen konnte, bekam er die Erklärung: „Er hat ihr die Miete erlassen – genauer: dem Sozialwerk als dem Veranstalter. Frau von Köstler war bei ihm."

Siegfried bemerkte wie nebenbei, so als ob ihn das alles nicht weiter interessierte und er über alles längst im Bilde sei: „Ach, daher wissen Sie das!"

Er zog die Akten heraus, die er mit seinem Besucher besprechen wollte, der sich jetzt nicht ohne ironische Neugier erkundigte: „Hat Ihre Mutter denn schon öfter öffentlich gespielt –?"

Dreist behauptete Siegfried: „Jaja, früher – früher oft. Zusammen mit meinem Vater. Er war Cellist."

Herr Immelmann war nun doch etwas irritiert. „Interessant, ich dachte erst, ich habe mich verhört. Aber wenn sie Profi ist – in ihrem Alter einen ganzen Abend zu bestreiten – das hätt' ich der alten Dame nicht zugetraut."

Trocken bekannte Siegfried: „Um ehrlich zu sein – ich auch nicht!"

Als Siegfried an diesem Abend heimkam, empfing ihn das „Frühlingsrauschen". Der selbe Lauf perlte ihm entgegen, den er beim Telefongespräch mit seiner Frau als Hintergrundmusik vernommen hatte. Er brach auch immer wieder an der gleichen schwierigen Stelle ab. Siegfried öffnete die Tür zum Zimmer seiner Mutter. Die Künstlerin bemerkte nicht einmal, daß ihr Sohn hereinkam – und schon gar nicht, daß er äußerst aufgebracht war.

Mit erhobener Stimme sagte er: „Das ist doch wohl nicht dein Ernst!" Doch der Frühling rauschte weiter. Erbost schlug Siegfried mehrmals auf die höchste Taste des Klaviers. Er hatte endlich Erfolg. Oma kehrte, wenn auch unwillig, in die Wirklichkeit zurück.

„Das ist doch wohl nicht dein Ernst", wiederholte Siegfried, dessen Ärger gewachsen war, seit er von Herrn Immelmann erfahren hatte, was seine Mutter vorhatte: „Du kannst doch kein Konzert geben! Wie kommst du denn auf diese Schnapsidee?"

Oma sah ihn aufgeschreckt an. Das war es, was sie gefürchtet hatte: daß ihr Sohn sie belächeln würde. „Du hast mit Vater zusammen gespielt – aber nie allein. Schon gar nicht vor vierhundert Leuten – wenn überhaupt welche kommen! Du bist Klavierlehrerin und keine Konzertpianistin."

Dagegen aber wußte seine Mutter sich zu wehren. Das Argument, das sie vorbrachte, erschien ihr selber schlagend: „Ich spiele ja auch nicht mit Orchester!"

Aber es verfing nicht: „Das fehlte noch! Ich lese schon die Schlagzeilen: ‚Die ehrgeizigen Ambitionen einer Klavierlehrerin'. Mutter", fuhr er beschwörend fort, „bitte hör auf mich und sage das ab!"

Inzwischen aber hatte Oma zu sich selbst zurückgefunden. Kategorisch erklärte sie ihrem Sohn: „Nein. Das tue ich nicht. Ich spiele, weil ich anderen eine Freude machen möchte – hast du selber mir geraten. Und vor der Lächerlichkeit habe ich lange nicht soviel Angst wie du, Herr Stadtverordneter. Man muß sich nicht so wichtig nehmen – wichtig sind die anderen: deine Worte. Und jetzt bitte ich dich, mich üben zu lassen."

„Aber", Siegfried versuchte es noch einmal, wenn auch merklich gedämpfter als zuvor, „aber, Mutter –", doch sie ließ ihn nicht aussprechen: „Im übrigen ist es wenig niveauvoll, einem Menschen den Mut zu nehmen, wenn er sich einmal entschlossen hat. Auch das solltest du wissen."

Und damit kehrte sie zu dem schwierigen Lauf des „Frühlingsrauschens" zurück und ließ ihren Sohn stehen.

Er war ratlos. Denn wenn seine Mutter etwas wirklich wollte, dann hatte sie es noch jedes Mal durchgesetzt – und es war kaum zu hoffen, daß das diesmal anders sein würde. Er verließ ihr Zimmer und sah Vera im Wohnzimmer in einer Illustrierten blättern – erwartungsvoll sah sie ihm entgegen.

„Nichts drin", sagte Siegfried resigniert, „sie ist verblendet. Sie will anderen Freude bereiten ... Der liebe Gott bewahre uns vor unseren guten Taten!"

Vera mußte lächeln, erklärte aber in feierlichem Ton: „Das Gute in der Welt kommt nur durch die Guten."

„Aber nicht durch Dilettanten!" seufzte Siegfried und ging zum Kühlschrank der Bar hinüber, um sich mit einem Bier zu stärken. Doch er stockte, denn ihm war gerade ein entsetzlicher Gedanke gekommen: „Und wir müssen da am Ende auch noch hin!"

Das Frühlingsrauschen aus Omas Zimmer klang wie eine unwiderlegbare Bestätigung. Immer von neuem wurde der problematische Lauf geübt. „Hör dir das an!" seufzte er.

„Sie hat ja noch Zeit", beschwichtigte ihn Vera. „Wann ist denn überhaupt dieses Konzert?"

„In vier Wochen!"

„Na, siehst du."

Auch das noch – im Barkühlschrank war kein Bier. „So lustig finde ich das gar nicht."

Er wollte hinüber in die Küche gehen, um dort welches zu holen, aber seine Frau hielt ihn auf: „Du, hat Marion was gesagt, als sie hier war?"

„In welcher Beziehung?"

„Ich glaube, ihr steht das Wasser am Hals. Sie hat sich bei deiner Mutter und bei Chris Geld gepumpt. Meinst du nicht, wir sollten ihr monatlich was geben?"

„Nein", sagte Siegfried mitleidlos, „oben steht ihr Zimmer leer. Sie kann jederzeit hierher kommen. Stolz muß man sich leisten können."

„Versteh Sie doch! Sie will eben nicht wieder hier unterkriechen – in ihrem Alter."

Doch Siegfried blieb unerbittlich: „Vera – es gibt viele Dinge, die will ich *auch* nicht; ich muß mich eben damit abfinden, oder ich muß es ändern. Von Dritten sich helfen zu lassen, ist keine Lösung. Im übrigen hat sie sich das alles selbst zuzuschreiben mit der Kündigung und so. Und alles wegen der Rosinen im Kopf: Sie wird Schlagersängerin. Nun soll sie sehen, wie sie da rauskommt."

Vera schwieg einen Augenblick, sagte dann aber – und was sie sagte, klang nach allem anderen als Lob: „Du hast immer so furchtbar recht."

„Ich hätte es auch lieber anders, aber ich glaube einfach nicht, daß wir ihr damit einen Gefallen tun. Und deshalb bitte ich dich auch, ihr nicht wieder nach bewährter Methode so klammheimlich einen Schein nach dem anderen zuzustecken. Wenn sie Hilfe braucht – sie weiß, wo sie uns findet. Bitte."

„Ja", erwiderte Vera lammfromm. Als er jetzt endlich in die Küche gehen wollte, um zu seinem Bier zu kommen, fragte sie wie nebenbei: „Was war übrigens mit dieser Sekretärin?"

„Ach so, ja –" erwiderte er ebenso leichthin, „was sie fachlich kann, wird sich zeigen. Mit Sicherheit ist sie eine kluge, charmante Person, etwa neunundzwanzig – hatte irgendwie Pech gehabt. Ein Glücksfall."

„Und das weißt du gleich nach *einem* Gespräch –?"

„Bei Glücksfällen", erklärte ihr Mann, „weiß man das *immer* gleich!" und fügte im Hinausgehen hinzu: „Wenn der Junge nur einmal auch Bier *reinstellen* wollte!"

Der Lauf des „Frühlingsrauschens" wurde jetzt von einem anderen Klavierstück ersetzt: Oma spielte Beethovens „Wut über den verlorenen Groschen." Trotzdem hatte Chris, der eben heimkam, den letzten Satz seines Vaters vernommen: „Du sprachst wohl von mir."

„Wie du das immer weißt", sagte Siegfried, und da eben Thomi erschien, fuhr er seinen Jüngsten an: „Du bist ja *noch* auf?!"

„Ich hatte Durst", maulte Thomi und trollte sich. Er sah dann aber, wie sein Bruder die Pistole aus dem Holster nahm und pirschte sich heran – ungesehen von seinem Vater, der jetzt mit seiner Flasche Bier ins Wohnzimmer zurückging.

„Du, Chris", bat Thomi, „der Dieter würde gerne mal sehen, wie so 'ne Pistole aussieht – gibste sie mir mal mit?"

„Nein", erwiderte sein Bruder. Und obwohl Thomi erklärte: „Ungeladen natürlich!", blieb es beim Nein: „Eine Pistole ist kein Spielzeug." Er ging, begleitet von der „Wut über den verlorenen Groschen", ins Wohnzimmer hinüber, wo Vater sich ein Glas Bier einschenkte. Vera erwiderte das „Hallo" ihres Sohnes und forderte dann ihren Jüngsten auf, ins Bett zu gehen.

„Ich wollte doch nur –", begann Thomi, aber sein Vater vollendete den Satz: „Ins Bett gehen. Lieb von dir." Er stand auf, um den Sohn ins Schlafzimmer zu begleiten, um sicher zu sein, daß er wirklich zu Bett ging.

Als Vera mit Chris alleingeblieben war, sagte sie leise und rasch: „Du, Chris, ich hab 'n Angebot für dich: Wie wär's, wenn du meinen Wagen übernimmst – da brauchst du dir keinen zu kaufen."

„Hallo!" staunte ihr Sohn, „wie find' ich das?!"

„Da hast du 'ne Menge Geld gespart, und schließlich willst du ja noch in Urlaub fahren. Und Steuer und Versicherung sind teuer – von den laufenden Kosten gar nicht zu reden."

Das alles war Chris nur zu klar: „Ich kann nur sagen, Vera, das Angebot hat was für sich – aber wie komme ich aus dem Neuvertrag raus –?"

„Das laß mal meine Sorge sein", beruhigte Vera, „es gibt da allerdings eine Bedingung: Du hilfst deiner Schwester, ohne daß du das an die große Glocke hängst. Das Geld kriegst du später ja wieder."

„Fragt sich nur, wann." Aber Vera versprach: „Du kriegst es wieder. Wenn du den Wagen bezahlen müßtest, wäre es ganz weg."

„So gesehen –", meinte Chris, und da Vera hörte, daß Siegfried von oben herunterkam, drängte sie: „Ja?"

„Ja", versprach Chris. Er mußte lachen, als ihm Vera, selber lachend, aber sehr fromm erklärte: „Ich habe Vati nämlich versprochen, ihr nicht zu helfen."

Chris hatte das Glas mit dem Rest der Flasche gefüllt, bevor sein Vater jetzt bei ihnen erschien und seinem Sohn das Glas reichte: „Magst du?"

„Gern", sagte Chris und trank das Glas zur Hälfte leer. Draußen schloß sich die Wohnungstür – da kam wohl Marion. Siegfried wollte gerade das Glas nachfüllen – da bemerkte er, daß die Flasche leer war und sah Chris vorwurfsvoll an. Der fragte harmlos: „Ist was –?" und setzte dem Blick seines Vaters freundlich erwidernd hinzu: „Ich hol' dir 'ne neue – Hallo – wen haben wir denn hier?"

Marion war hereingekommen. „Ihr seid ja noch auf", bemerkte sie scheinheilig, „ich hab' nämlich kein Brot mehr."

„Dann bedien' dich", sagte Vera. „Schon wieder!" seufzte Siegfried, aber der Seufzer galt nicht der Bitte seiner Tochter um Brot, sondern dem „Frühlingsrauschen", das nun erneut aus Omas Zimmer die Wohnung durchströmte.

„Was ist denn?" fragte Marion. Die Stimme von Chris klang besorgt: „Das hat sie jetzt öfter."

Ihre Eltern sahen einander an – nicht eben glücklich. Nun war wohl die Zeit gekommen, die merkwürdige Überraschung zu verkünden. „Ertragt es mit Fassung", bat Vera, „eure Großmutter gibt ein Konzert!"

„Spitze!" rief Marion, „wo denn?"

Aber Chris hatte Bedenken: „Öffentlich?" Sein Vater nickte: „Öffentlich ..."

Die vier Wochen bis zum Konzert gingen hin – für Vera, Siegfried und Chris schienen sie kein Ende zu nehmen: Vom Morgen bis zum Abend wurde jeder Tag von Omas Klavierspiel bestimmt; alle kannten die Melodien inzwischen auswendig. Vor allem die schwierigen Stellen, die immer begonnen, dann unterbrochen und wieder von neuem gespielt wurden. Allmählich wurde der Familie jedes Stück so vertraut wie ein Gassenhauer. Alle zählten die Tage bis zum Konzert, allen war es mittlerweile fast gleichgültig, ob das Experiment glücken oder zu einer öffentlichen Blamage werden würde.

Der Pianistin selbst ging es ganz anders. Für sie verflogen die Tage und Wochen im Flug. Immer mehr wurde ihr bewußt, wie begrenzt trotz der Fortschritte ihre technischen Fähigkeiten waren.

Oft überkam Oma während des Übens Mutlosigkeit. Aber sie ging hart dagegen an. Früher hatte sie sich immer auf die Kenntnisse ihres Mannes stützen können, der nahe bei ihr an seinem Cello saß. Sie bekämpfte diese Ängste immer wieder auf die einzige Art, wie sie ihrer Herr werden konnte: Sie machte weiter, sie versuchte die Stellen, die ihr die ärgsten Schwierigkeiten machten, zu analysieren – und wenn das nicht gelang, übte sie so lange, bis sie ihr in den Fingern saßen.

Als die vier Wochen ihrem Ende zugingen, hatte sie den Eindruck, daß sie ihren Stoff für den Laien beherrschte. Wenn sie ihren guten Tag hatte, konnte sie es schaffen. Doch je näher der große Tag rückte, um so mehr Lampenfieber bekam sie.

Schließlich war es soweit. In ihrem schwarzen Abendkleid betrat sie nach einer kurzen Ansprache von Frau von Köstler das Podium der Orangerie unter dem freundlichen Beifall des Publikums. Neben dem Flügel stand ein schöner großer Blumenstrauß in einer Bodenvase, in der ersten Reihe entdeckte sie Herrn Diehl. Nur zwei Stühle waren unbesetzt geblieben: Siegfried und Vera fehlten noch. Oma verneigte sich zum Dank für die Begrüßung, setzte sich an den Flügel und schloß ihre Augen. Im Saal wurde es still. Sie atmete noch einmal tief durch, dann griff sie mutig und kraftvoll in die Tasten und begann das erste Stück ihres Programms: die Polonaise in As-Dur von Frédéric Chopin.

Daheim stand Vera fertig angezogen am Wohnzimmerfenster und schaute mal auf die Uhr, mal hinaus auf die Straße. Siegfried kam und kam nicht. Als das Telefon klingelte, schrak sie zusammen – aber es war nicht Siegfried. Chris wollte wissen, wann das Konzert seiner Großmutter anfing.

„Das *hat* schon angefangen!" rief Vera, „nein, nicht um zwanzig Uhr – neunzehn Uhr dreißig! Wie? Dann geh halt in Uniform hin. Wie du meinst. Wir halten dir 'n Platz frei. Ja. Tschüs."

„Das gibt's doch alles nicht!" sagte sie laut vor sich hin. Sie wollte gerade wieder am Fenster Ausschau halten, als das Telefon von neuem klingelte. Diesmal war es Siegfried. Vor Ungeduld hörte sie kaum zu. Dann unterbrach sie ihn, und ihre Stimme war so frostig wie ihre Miene: „Es freut mich, daß du dich so intensiv mit Fräulein Hellinghausen beschäftigst. Du wirst eine glänzende Sekretärin bekommen. Ich möchte dich nur daran erinnern, daß du auch eine Frau hast – und die wartet sei Wochen Abend für Abend darauf, daß du nach Hause kommst ohne zu erklären, daß es auch aus diesem oder jenem Grunde wieder später würde, weil Fräulein Hellinghausen – Fräulein Hellinghausen! Es gibt auf der Welt doch nicht nur Fräulein Hellinghausen! Du hast deiner Mutter versprochen, zu ihrem Konzert zu kommen, und ich stehe seit einer halben Stunde am Fenster und warte!"

Vera wäre überrascht gewesen, wenn sie in diesem Augenblick in das Besprechungszimmer im Kulturforum hätte sehen können; die Abendsonne schien ins Zimmer, in dem Siegfried ganz allein an seinem Schreibtisch saß, vor sich die bereits geschlossenen Akten, in der Hand den Telefonhörer.

„Sowie der Ober kommt, begütigte er jetzt seine aufgebrachte Frau, „bezahlen wir und gehen – nein, wir sind nicht im Büro. Aber ich verspreche dir, in zehn Minuten bin ich vorm Haus und hole dich ab – in zehn Minuten! Du, hör mal – hallo?"

Seine Frau hatte aufgelegt. Siegfried legte jetzt auch lächelnd und sehr befriedigt den Hörer auf. Er nahm seinen Mantel, der schon über dem Sessel lag, ging durch das unbesetzte Sekretariat auf den Gang und schloß die Tür hinter sich ab. Das funktionierte ja alles ganz ausgezeichnet, dachte er zufrieden. Nun blieb nur noch abzuwarten, was ihn im Saal der Orangerie erwartete. Bei dem Gedanken schwand das Lächeln aus seinem Gesicht. Er mußte sich wohl den Tatsachen stellen. Hoffentlich würde sich die Blamage in Grenzen halten.

Im Orangeriesaal spielte Oma Chopins berühmtes Nocturne Nr. 2 aus dem Opus 9. Sie spielte es fehlerlos und technisch sauber. Sie versuchte nicht, dem Nocturne eine eigene Interpretation zu geben, sondern spielte es so schlicht, wie sie es empfand. Und sie hatte die Zuhörer sichtlich in ihren Bann geschlagen: Im Saal herrschte Stille, jeden schien der ungekünstelte Vortrag und Omas Hingabe an ihr Spiel in den Bann zu schlagen. Herr Diehl hatte wohl kaum weniger Lampenfieber gehabt als die Pianistin. Nun sah er glücklich aus. Er lauschte voll Hingabe, aber auch voll Stolz: Das Spiel seiner Bekannten war von überraschender Qualität.

In der ersten Reihe saßen außer ihm noch Frau von Köstler, der Sozialdezernent und Stadtrat Brecher und neben den freien Plätzen für Vera und Siegfried Herr Immelmann und Frau Schlief.

Als Siegfried mit Vera so leise wie möglich den Saal betrat und sich umschaute, bemerkte er, daß kaum ein Platz frei war. Und nicht nur ältere Menschen waren gekommen. In den Seitengängen neben den Sitzreihen standen auch Rollstühle von Behinderten.

Sie blieben an der Tür neben einem Tischchen stehen, auf dem mit einem Zylinder um kleine Spenden gebeten wurde. Sie lauschten Omas Spiel; und obwohl ihnen die Überei während der letzten Wochen alle Stücke des Programms verhaßt gemacht hatte, jetzt klang das Spiel ganz neu. Nichts war mehr lächerlich am Spiel ihrer Großmutter. Als Siegfried seinen Blick über die Reihen wandern ließ, sah er auf allen Gesichtern ernstes Lauschen, und manch einer der Senioren, dem das Stück bekannt sein mochte, lächelte wehmütig oder bewegte kaum merkbar seinen Kopf im Takt des Nocturne, das nun zu Ende ging.

Oma ließ die Finger von den Tasten sinken. Nach einem Augenblick der Stille rauschte der Beifall auf. Siegfried führte Vera zu den beiden freien Stühlen. Sie nickten ihren Bekannten zu, die lächelnd zurückgrüßten.

Marion war mit einer Freundin gekommen. Beide klatschten eifrig, bis der Beifall verrauscht war. Ein älterer Mann neben Marion sagte: „Das ist ja irgendwie nicht ohne Komik – diese späte Klavierlehrerin da vorn."

Aber Marions Freundin hakte sofort ein: „Was ist denn daran komisch? Sie hat Mut!"

Der Mann meinte verächtlich: „Das hat doch nichts mit Kunst zu tun!" Aber Marion gab eins drauf: „Muß denn immer alles etwas mit Kunst zu tun haben –? Sie *tut* was für Leute ihres Alters. Und Sie?"

Das mußte er einstecken.

Jetzt begann Oma Drombusch ihr nächstes Stück: Schuberts Impromptu Nr. 4 in As-Dur, Op. 90 – ganz konzentriert und in sich versunken, ließ sie die Töne in den Saal perlen. Die Zuhörer lauschten versunken dieser so oft gehörten und doch immer wieder tief berührenden Weise.

Am ehemaligen Wiest-Gelände bog Chris am Steuer des von Vera geerbten BMW von der Heinrichstraße ab in einen großen Parkplatz, hinter dem ein Supermarkt lag. Obwohl er wegen Omas Konzert in Eile war, hatte er seinen Kollegen Fullmer hierher gefahren. Frau Fullmer hatte ihren Wagen hier irgendwo abgestellt. „Der is ihr abgesoffe", hatte Fullmer erklärt.

„Setz mich doch da einfach ab."

Aber Chris ließ den Wagen langsam den Parkplatz entlangrollen, der den Supermarkt von einem anderen Gebäude trennte, in dem ein Radio- und ein Schuhgeschäft waren. Ein Kastenwagen versperrte die Sicht auf die Tür und das Schaufenster des Radiogeschäfts. Chris hatte den BMW gerade zum Stehen gebracht, als Fullmer sich vorbeugte, weil er eine Bewegung hinter dem Kastenwagen bemerkt hatte: „Was is denn da hinte –? Da is doch was net sauber!"

Er stieg aus, und Chris folgte ihm. Fullmer hatte recht. Das merkten beide sofort: Hinter dem Kastenwagen stand ein junger Bursche, und der bemerkte die beiden Polizisten sofort. Chris und Fullmer hörten, wie er in das Radiogeschäft hineinrief: „Vorsicht! Bullen!"

Fullmer sah im Vorbeigehen in den Kastenwagen, der voll von Radio- und Fernsehgeräten war. Chris, der gleich weiterging, entdeckte, wie berechtigt Fullmers Verdacht gewesen war: Die mannshohe Scheibe neben der inneren Eingangstür war eingeschlagen. Er zog seine Pistole, trat leise durch die Öffnung und sah, was er vermutet hatte: Der junge, schmächtig wirkende Mann hatte den Warnruf seines Komplizen offenbar nicht gehört und wollte gerade einen Video-Recorder aus dem Laden schleppen.

„Absetzen", rief Chris, „Hände hoch! – Horst!"

Fullmer aber hatte offenbar anderes zu tun: Er war dem Mann, den er zuerst entdeckt hatte und der flüchtete, auf der Spur – er wollte ihn einholen. Darum rief er Chris nur zu: „Mach nix! Wart auf mich!"

Der Schmächtige, dem Chris mit gezogener Pistole gegenüberstand, hatte den Video-Recorder abgestellt und die Hände hochgenommen. „Ich hab' nix", sagte er, „kannst mich untersuche – hier!"

„An die Wand!" forderte Chris. Der Ganove gehorchte. Er sprach mit fast weinerlicher Stimme, die Steine hätte erweichen können: „Glaub mer doch! Ich hab' nix! Wie lang soll ich 'n noch so stehen –?"

Auf breitgestellten Beinen stützte er sich mit den Händen an der Wand ab. „Hier! Überzeug dich doch! Hat die Pistol in der Hand und hat Schiß!"

Fullmer hatte Chris zwar zugerufen, er solle nichts tun, sondern auf ihn warten, aber er kam nicht wieder.

Chris trat hinter den Schmächtigen und begann ihn abzutasten – im gleichen Augenblick aber erhielt er vom Ellbogen einen Rammschlag gegen Auge und Schläfe, der ihn taumeln ließ. Dann wurde ihm ins Gesicht geschossen, Chris konnte nichts mehr sehen. Der Boden unter ihm schwankte. Bevor Chris wieder fest auf den Beinen stand, feuerte auch er blindlings in die Richtung, wo er seinen Angreifer vermutete. Der hatte sich bereits zur Flucht gewandt. Die Schüsse von Chris trafen ihn in den Rücken. Er brach zusammen.

Fullmer hatte inzwischen den Flüchtling erwischt, gerade, als dieser in sein Auto springen wollte. An den Haaren riß Fullmer ihn vom Fahrersitz, zückte die Handschellen, schloß den einen Ring um das Handgelenk des Mannes, den anderen um den Eisenstab eines Fahrradständers. Da hörte er die Schüsse aus dem Radiogeschäft. Er rannte hinüber und sah entsetzt auf die auf dem Boden liegenden Männer hinunter.

Chris versuchte sich aufzurichten, aber sein Gesicht war von Schmerzen zerrissen. Er barg es in seinen Händen und stöhnte: „Meine Augen –!"

Fullmer nahm ihm behutsam die Hände vom Gesicht, sah sofort die blauen Flecken und roch. „Gas", sagte er, „däs is Gas."

Er sah sich nach einem Telefon um und wählte: „Fullmer vom 1. Revier. Schnell einen Notarztwagen und einen Krankenwagen zu Radio Kern in der Heinrichstraße: Dem Kollegen Drombusch wurde mit einer Gaspistole ins Gesicht geschossen. Täter wurde angeschossen. Ich bleibe am Ort. Telefonnummer 91154.

Er legte auf und kümmerte sich wieder um Chris. Der versuchte vergeblich, seine Augen zu öffnen – endlich gelang es ihm für einen Spalt, aber erschrocken sagte er: „Du – ich seh' nichts!"

„Setz dich mal, ganz ruhig."

Er half dem Kollegen beim Aufrichten und Hinsetzen und ging dann hinüber zu dem Schwerverletzten; er traute sich aber nicht, dessen Lage zu verändern, sondern schob nur seinen Kopf etwas zur Seite. Dann ging er zu Chris zurück, der mit zusammengepreßten Augen und schmerzverzerrtem Gesicht dasaß. „Ich komm' gleich – ich hab' drauß den andere an de Kett!"

So blieb Chris nichts als das Warten. Bei der Angst um sein Augenlicht kam es ihm endlos vor. Was war mit dem Dieb, auf den er gefeuert hatte? Fullmer hatte ihm nichts gesagt. Chris fühlte sich von seiner Angst wie gewürgt. Schließlich kamen die Rettungsautos und brachten die Verletzten in die Poliklinik.

Chris' Augen wurden untersucht und die Spuren des Schmauchs versorgt.

„So", meinte der Arzt, als der Kopfverband sorgfältig angelegt war, „das wird Ihnen zunächst mal Linderung verschaffen."

„Und wann kann ich wieder sehen?"

„Das kann etwas dauern, durch das Gas ist die Hornhaut verschwollen, das muß sich zurückbilden. In jedem Fall sind Sie fürs erste mal krankgeschrieben." Und zu der Schwester neben ihm sagte er: „Sie können 'n Transport bestellen."

„Ich möchte aber nicht nach Hause." Als der Arzt erstaunt fragte, wohin er denn sonst wolle, antwortete er: „Aufs Revier. Ich muß da was wissen."

„Von mir aus", meinte der Arzt, „aber sie sollten Ruhe haben."

„Eben deshalb muß ich ja da hin."

Er mußte wissen, was aus dem Täter geworden war, den er angeschossen hatte: Er würde keine Ruhe finden, bevor er das wußte.

Während Chris vom Krankenhaus zum Revier gefahren wurde, war Oma Drombusch im Saal der Orangerie beim abschließenden Stück des ersten klassischen Teils ihres Konzerts. Die Zuhörer lauschten dem Prelude Des-Dur der Nr. 15 aus dem Opus 28, dem Regentropfen-Prelude; und wie verlorene Regentropfen fielen auch die letzten Töne, denen dann die Wiederholung des Themas folgte.

Herr Diehl hatte während dieses Stücks so lautlos wie möglich seinen Platz verlassen, um im Künstlerzimmer etwas vorzubereiten. Er hatte eine Flasche Champagner aus dem Kühlschrank genommen und sie zu zwei Gläsern auf den kleinen Tisch gestellt.

Jetzt hob er den Kopf: Bis hierher drang aus dem Saal der starke Applaus, der lange anhielt und kaum verebben wollte. Das schien ja nun wirklich ein großer Erfolg für die Pianistin geworden zu sein. Er wollte schon aus dem Künstlerzimmer an ihre Seite eilen, um sie zu beglückwünschen, als er sich an den kleinen Strauß erinnerte, die Rosen, die er Frau Drombusch am Schluß des Konzerts überreichen wollte – in der Pause durfte sie den noch nicht sehen. Er holte die Rosen in der Klarsichtfolie aus dem Wasserbecken und verstaute sie im Schrank.

Als er in den Saal zurückkehrte, um Frau Drombusch ins Künstlerzimmer zu geleiten, waren die meisten Zuhörer aufgestanden und unterhielten sich, andere waren auf dem Weg hinaus ins Freie. Vera sprach mit einem Ehepaar, das in der zweiten Reihe saß. Siegfried war mit Frau von Köstler im Gespräch, die voll des Lobes für seine Mutter war: „Sie macht das schon großartig. Ein voller Erfolg. Und der Herr Sozialdezernent ist da . . .

Aber Siegfried blickte eher skeptisch zu Herrn Brecher hin, der in der Nähe jemand begrüßte. Frau von Köstler war gar nicht skeptisch: „Da sieht er doch mal, mit welchen Schwierigkeiten wir kämpfen – Sie doch auch mit Ihrem Altenplan! Und wie dankbar die Leute sind!"

„Ich fürchte nur, er wird uns sagen, daß es bei entsprechender Eigeninitiative auch *ohne* städtische Mittel geht – quod erat demonstrandum!"

Während sie weitersprachen, hatte Vera ihr Gespräch mit dem Ehepaar beendet. Sie wurde von Herrn Immelmann angesprochen: „Frau Drombusch – darf ich Sie mit Frau Schlief bekannt machen –?"

Die Damen begrüßten einander. Herr Immelmann fuhr fort: „Ab 1. nächsten Monats übernimmt Frau Schlief das Sekretariat vom Kulturforum, nachdem sie dankenswerterweise für uns abgestellt wurde."

Frau Schlief lachte und meinte in ihrer burschikosen Art: „Lieber de ganze Tag fürs Kulturforum – als abends bis in die Nacht!

Vera zog erstaunt die Brauen hoch, so daß Herr Immelmann meinte, sie beruhigen zu müssen und rasch sagte: „Wenn sie nicht mehr schimpft, mag sie uns nicht mehr!"

„Däs war schon bös die letzte Zeit – für Ihrn Mann sicher auch", meinte Frau Schlief; „aber ich muß mich ja einarbeite."

Irgend etwas, dachte Vera, konnte da doch nicht stimmen – aber diese Unsicherheit durfte sie ja niemanden merken lassen. Sie sagte lächelnd: „Mein Mann kommt selten abends früh nach Hause. *Sie* haben mir leid getan! Konnte Ihnen Fräulein Hellinghausen denn keine Hilfe sein –?"

Frau Schlief starrte sie irritiert an. Irgend etwas stimmte also nicht mit den Angaben ihres Mannes. Ihre Ahnung hatte sie nicht betrogen; darum setzte sie rasch hinzu: „Oder verwechsle ich da was –?"

„Die Dame hat es bei uns nie gegeben", erklärte Herr Immelmann; „es haben sich zwar einige beworben, ja – aber indiskutabel."

Jetzt wurde das Lächeln von Vera strahlend. Sie hatte begriffen: Siegfried hatte ihr etwas vorgemacht. Als Frau Schlief sagte: „Mein Kompliment übrigens für die Künstlerin – ausgezeichnet!", nickte sie nur: „Ja – das macht sie schon sehr gut."

Mit glitzernden Augen blickte sie hinüber zu Siegfried, dem offenbar auch von mehreren Leuten Komplimente über seine Mutter gemacht wurden. Er sah geschmeichelt aus, was er natürlich zu verbergen suchte. Und da Frau Schlief gerade von Bekannten angesprochen wurde und sich bei ihr entschuldigte, konnte sie ganz der Lust ihrer Entdeckung folgen. Lächelnd näherte sie sich ihrem Mann.

Siegfried lächelte zurück, wenn auch etwas erstaunt. Er meinte, ob sie nicht zu Oma gehen und ihr gratulieren sollten. „Nicht in der Pause", wehrte Vera ab, und als er gerade sagte: „Du strahlst –?!", trat Marion zu ihren Eltern: „Ist Oma nicht toll?"

Vera erwiderte: „Ein wunderschöner Abend!"

Nach der Pause wurde das Konzert heiterer. Oma spielte nun die volkstümlichen Melodien, die jedem Zuhörer vertraut waren – und das lockerte die Zuhörer auf. Sie lächelten, sie summten mit, und beim letzten Stück, der „Petersburger Schlittenfahrt", hatte einer der Zuhörer im Takt in die

Hände zu klatschen begonnen. Zunächst zögernd, dann aber ganz ungehemmt, schloß sich das ganze Publikum an – auch die Behinderten in ihren Rollstühlen versuchten, in die Hände zu klatschen. Allen Gesichtern sah man das Vergnügen an, das Oma ihren Zuhörern bereitete.

Vera hatte in ihrer großen Erleichterung über das nicht existierende Fräulein Hellinghausen verstohlen ihre Hand zu Siegfried hinübergeschoben. Zwar bekam sie dafür einen kleinen, unhörbaren Klaps auf die Hand – jetzt aber kratzte sie mit ihrem Zeigefinger so etwas wie ein Bitte-bitte auf seinen Schenkel. Da nahm er endlich ihre Hand in die seine – so kamen beide gar nicht dazu, mit all den andern im Takt der Hände Oma zu begleiten. Als die Pianistin mit Verve ihr Stück beendet hatte, fielen auch Vera und Siegfried in den Beifall ein. „Na, bitte –", meinte Vera, doch Siegfried war immer noch nicht ganz von seiner Skepsis geheilt. Er prophezeite: „Das dicke Ende kommt erst noch!"

Er sollte recht behalten – das dicke Ende kam, wenn auch ganz anders, als er befürchtet hatte. Oma Drombusch mußte sich oft zum Dank für den Beifall verneigen, ein bißchen verschämt, aber ganz unverhohlen erfreut – nicht zuletzt durch Herrn Diehls strahlenden Blick.

Frau von Köstler war zum Podium hinaufgegangen und überreichte der Pianistin einen prachtvollen Blumenstrauß. Und jetzt geschah etwas ganz Unerwartetes: Der Sozialdezernent, Herr Brecher, erhob sich von seinem Stuhl und ging ebenfalls die Stufen hoch; am Flügel stehend applaudierte er ostentativ, was Oma in ziemliche Verlegenheit brachte. Als er auf sie zuging, verebbte endlich der Applaus im Saal und machte einem erwartungsvollen Schweigen Platz. Ganz offensichtlich wollte er nicht nur der Pianistin danken, sondern allen, die sich im Saal befanden, etwas mitteilen:

„Sehr verehrte, liebe Frau Drombusch", begann er, „Sie haben nicht nur uns allen hier im Saal mit Ihrem Spiel eine große Freude gemacht, sie haben auch etwas anderes bewirkt: Wenn ich so in die Augen unserer Senioren sehe, dann habe ich den Eindruck, Ihr Konzert sollte der Anfang einer Reihe ähnlich unterhaltender Abende sein."

Einen Augenblick wurde seine Rede vom demonstrativen Beifall des Publikums unterbrochen, doch dann konnte er fortfahren:

„Dabei bin ich der Meinung, daß diese unterhaltenden Abende nicht der Zufälligkeit, der Eigeninitiative oder der Uneigennützigkeit einiger weniger überlassen bleiben sollte – hier hat die Stadt, als deren Sozialdezernent ich sprechen darf, die Verpflichtung, finanziell zu helfen, daß solche Abende eine Selbstverständlichkeit werden. Denn was den Kindergärten und den Schulen recht ist, das sollte unseren Senioren billig sein. Sie werden mich beim Wort finden!"

Der Beifall, den Herr Brecher für seine Rede bekam, war kaum geringer als jener, der Oma Drombusch und ihrem Spiel gedankt hatte. Siegfried, dem es die Sprache verschlagen hatte, fing einen triumphierenden Blick – „Hab' ich's gesagt!" – von Frau von Köstler auf, und Vera lachte: „Das ist eben deine Mutter . . ."

Inzwischen hatte sich Herr Brecher an die Pianistin gewandt. Als der Beifall nachließ, sagte er für alle im Saal vernehmlich zu ihr: „Aber das ist Ihr Abend und nicht meiner – bitte machen Sie uns die Freude einer Zugabe!"

Der erneute Beifall des Publikums unterstützte seine Bitte. Oma verneigte sich, Herr Brecher ging an seinen Platz zurück, und im Saal wurde es ganz still. Herr Diehl blickte erwartungsvoll zu Oma hinauf, und als sie sich vor den Flügel gesetzt hatte, sah sie einen Augenblick lang in die Augen ihres Bekannten. Dann sammelte sie sich, atmete tief auf und griff in die Tasten – Herr Diehl erkannte sofort die ersten Töne. Seine Augen wurden naß vor Bewegung. Er war wohl der andächtigste Lauscher im Saal; denn Omas Zugabe war – und wie hätte es anders sein können – sein liebstes Musikstück, das die Pianistin mit schönem Ausdruck und aus der ganzen Kraft ihres Herzens zu Gehör brachte. Sogar der problematische Lauf, den sie unzählige Male geübt, mit dem sie die Nerven ihrer Familie fast zum Zerreißen gebracht hatte: er klappte fehlerlos.

„Das ‚Frühlingsrauschen'!" seufzte Siegfried, aber dann schlug auch ihn neben seiner lachenden Frau das Brausen der Melodie in seinen Bann.

Im Polizeirevier saß Chris mit verbundenen Augen seinem Revierchef gegenüber. Polizeihauptkommissar Ritzert hörte wortlos den Bericht. Als Chris alles so genau wie möglich erzählt hatte, schloß er:

„Ich sehe noch, wie der eine Waffe zieht, aber – da war's auch schon zu spät: Es hat wie Feuer gebrannt, ich konnte nichts mehr sehen, und dann weiß ich nur noch, daß ich geschossen habe – mehrmals."

Erregt stand Ritzert auf und ging um seinen Schreibtisch herum. Gutmütig grob sagte er: „Das nächste Mal hörste, wenn ein älterer Kollege sagt: ‚Wart auf mich –, dann wär däs net passiert. Ich hätt' den stehnlasse, bis er schwarz wird. Du mit deiner Gutmütigkeit! Weißte, wo du jetzt liege könntst –?!"

Chris schwieg.

Ein Kollege hatte eine Tasse Kaffee vor ihn auf den Tisch gestellt. Ritzert gab Chris die Tasse in die Hand: „Da, komm, trink en Kaffee." Chris trank einen Schluck und überwand das Zögern, das ihn bisher an der Frage gehindert hatte: „Was hat denn der Notarzt gesagt –? Kommt er durch?"

Das Telefon klingelte und Ritzert sagte: „Die rufe an." Dann hob er den Hörer ab, meldete sich, lauschte, sagte ein paar Mal und schließlich ganz leise: „Ja . . ." und legte den Hörer wieder auf.

Chris wartete in fast unerträglicher Spannung darauf, daß Ritzert sprach – aber was er schließlich hörte, war nichts als ein leise ausgesprochenes: „Scheiße . . ."

Regungslos saß Chris und versuchte zu begreifen, was geschehen war. Das konnte doch nicht sein – das durfte doch einfach nicht sein! Diesen kleinen Dieb, diesen schmächtigen Kerl hatte er niedergeschossen – ohne Absicht. Durch seine blind abgefeuerten Schüsse hatte er den Mann getötet. Was half ihm, daß es in Notwehr geschehen war – was half es seinem Gewissen?

Er dachte nicht daran, was durch diesen Vorfall in nächster Zeit auf ihn zukommen würde, er dachte auch nicht mehr an seine momentane Blindheit; er dachte nur an seine Schüsse und ihre Folgen.

„Das hab' ich nicht gewollt", sagte er leise vor sich hin. Ritzert, der sich aus langer Erfahrung denken konnte, was jetzt in Chris vorging – Ritzert ließ ihm Zeit.

Das Konzert von Oma war zu Ende. Vera und Siegfried standen im Freien vor der Orangerie und warteten auf die erfolgreiche Pianistin.

„Und wieso", wollte Siegfried von seiner Frau wissen, „nimmt Chris den Wagen nicht? Ich denke, er hat ihn bestellt."

„Er hilft Marion mit dem Geld", erwiderte Vera, „monatlich mit einer gewissen Summe – ich weiß es nicht genau."

Das war Siegfried nun peinlich: „Aber das muß er doch nicht. Ich finde das großartig von ihm, aber – und da fährt er jetzt deinen –?"

„Ab und zu eben mal", sagte Vera, als sei das ganz belanglos. Das fand ihr Mann aber gar nicht: „Da laß ihm doch den Wagen, hm –?"

Seine Frau schien ganz überrascht von diesem Vorschlag: „Und was wird mit dem Vertrag –? Der ist unterschrieben."

„Den nimmst du", erklärte ihr Mann und bot alle Kunst der Überredung auf, deren er fähig war, „wir sollten ihm hier schon helfen."

Vera betrachtete ihn ganz verliebt. „Hast recht", meinte sie und gab ihrem Mann einen Kuß. Auf sein erstauntes Gesicht hin, erklärte sie ihm: „Mußte sein."

Was war nur in Vera gefahren? Was hatte sie nur so verändert nach all den Wochen – die Zärtlichkeit, die ihr plötzlich aus den Augen leuchtete, blieb ihm unbegreiflich.

„So ganz schlau werde ich aus dir in der letzten Zeit nicht!"

Aber Vera meinte nur leichthin: „Das macht nichts." Endlich erschien die Künstlerin auf der Treppe des Saalausgangs. Sie verabschiedete sich von Frau von Köstler und noch ein paar Bewunderern und ging mit Herrn Diehl auf ihren Sohn und ihre Schwiegertochter zu. Auch Marion kam.

„Fabelhaft, Mutter", sagte Siegfried, „meinen Glückwunsch!"

„Das mußt du öfter machen", meinte Vera, und Marion sagte strahlend: „Toll, Oma, ganz toll!"

„Da fehlt noch viel", meinte die Künstlerin etwas verschämt, aber mit heimlichem Stolz. Herr Diehl mischte sich in das Gespräch: „Ich finde vor allem erstaunlich, woher sie die Kraft genommen hat – wer hat es ihr denn schon zugetraut –?!"

„Na ja", meinte Oma, „wir wußten ja alle nicht, wie das ausgeht. Herr Diehl – darf ich Ihnen meine Familie vorstellen? Mein Sohn – meine Schwiegertochter – und das ist Marion!"

Die gegenseitige Begrüßung war sehr herzlich, und dann meinte Siegfried: „Ich würde sagen, wir machen hier keinen Stehkonvent; wir gehen zusammen in ein schönes Restaurant und feiern die Künstlerin!"

Ob Oma Drombusch nun errötete oder nicht, ließ sich im

rosigen Abendlicht kaum ausmachen – aber sie sagte doch recht beherzt: „Das geht leider nicht – ich bin schon mit Herrn Diehl verabredet."

Herr Diehl wünschte der Familie seiner Bekannten einen guten Abend, nahm ihr ritterlich den repräsentativen Blumenstrauß von Frau von Köstler ab und reichte Oma seinen Arm. Sie hielt nun nur noch den kleinen Rosenstrauß von Herrn Diehl in der Hand und lächelte den Ihren zu, als sie sagte: „Bis morgen!"

Mit einer leichten Verbeugung verabschiedete sich Herr Diehl: „Meine Verehrung!"

Das Paar schritt davon und ließ eine erstaunte Familie zurück.

„Sie wollen allein sein", sagte Marion heiter.

„Wie finde ich das –?" fragte Vater, der niemals gedacht hätte, daß seine Mutter die Einladung eines Fremden einer Einladung ihres Sohnes vorziehen könnte. Aber Vera meinte lächelnd: „Ich glaube, da nabelt sich jemand ab ..." Dann aber sagte sie ganz verliebt und voll drängender Ungeduld zu ihrem Mann: „Komm!"

Und daheim im Schlafzimmer kuschelte sie sich in seinen Arm, wie sie es schon lange nicht mehr getan hatte.

## 6. KAPITEL

# *Entscheidungen*

Oma Drombusch hatte in fliegender Eile alle Zutaten für das Essen vorbereitet und deckte die Schüssel mit dem kleingeschnittenen Gemüse, dem Reis und dem gewürfelten Fleisch mit sauberen Tüchern ab. Sie sah auf die Uhr: „Mein Gott –!"

Ihre Schwiegertochter hatte Omas Schreckensruf auch gehört. Sie rief aus dem Wohnzimmer in die Küche hinüber: „Mutter, du brauchst dich nicht zu beeilen, ich kann dich doch schnell fahren!"

Aber Oma schien das nicht zu hören. Sie ging, so leise sie nur konnte, in die Diele, warf ihren Mantel über, nahm ihre Handtasche und verließ die Wohnung – sie wollte auf keinen Fall gefahren werden.

„Wo geht sie denn hin?" fragte Siegfried im Wohnzimmer Vera: „Busfahrt. Sie ist vom Sozialwerk eingeladen – als Dankeschön fürs Konzert!"

Siegfried stand auf und nahm die Zeitung mit hinunter ins Geschäft. Vera ging hinauf zu Chris, der im Schlafanzug auf seinem Bett saß und an seinem Augenverband nestelte.

„Komm, ich helf' dir – noch Schmerzen?"

„Das brennt!" Er versuchte die Augen zu öffnen, aber das tat schauderhaft weh: „Ich krieg' die Augen nicht auf!"

Vera legte ihm einen neuen Verband an und ging dann mit ihm hinunter in den Laden. Sie würde jetzt Chris zum

Augenarzt fahren, erklärte sie Siegfried. „Ist es denn immer noch nicht besser?" wollte er wissen.

„Er kriegt die Lider kaum hoch – und wenn, sieht er alles milchig. Außerdem hat er Schmerzen."

Siegfried schwieg besorgt. Vera meinte: „Wenn da was passiert ist – bei der Polizei behalten sie ihn nicht."

„Was sollen die auch mit einem, der 'n Sehschaden hat?" sagte Chris bitter, „900 Mark Rente – alles geregelt."

Diese Resignation wollte sein Vater aber nicht gelten lassen. „Red doch keinen Quatsch! Du hast die Ladung aus einer Gaspistole voll ins Gesicht bekommen – Pulverschmauch auch in die Augen! Am Samstag! Heute ist Montag!"

„Ich sag' ja auch nur: wenn", erwiderte Chris, „ist ja nicht gesagt, daß sie mir die Hornhaut abtragen müssen oder so'n Scheiß."

„Das kriegt man heute auch so hin", meinte Vera, „wozu gibt's schließlich all die Medikamente?"

„*Ihr* macht euch doch Sorgen!" sagte Chris nicht ohne Vorwurf. Seine Eltern sahen einander ziemlich ratlos an. Vera wollte das Thema wechseln: „Ohne Jackett kannst du nicht aus dem Haus gehen." Sie ging nach oben, um eins zu holen.

„Ich denke, es ist warm draußen", meinte Chris. Aber Siegfried beruhigte ihn: „Kennst doch deine Mutter. Komm, setz dich." Er wollte ihn führen, aber Chris lehnte ab: „Wähl mir bitte mal das Revier!"

„Du bist doch krankgeschrieben." Aber Chris war eigensinnig: „Ich möchte wissen, was sich da tut."

Was sollte sich da denn schon tun – Siegfried wollte ihn beruhigen, aber Chris wurde heftig: „Vater! Ich hab' 'n Menschen erschossen! Ein Polizist hat einen Menschen erschossen! Da läuft doch was!"

„Vor allem solltest du Ruhe halten", riet Siegfried, „ändern kannst du nichts mehr."

„Und was steht in der Zeitung?" Diese Frage kam seinem Vater nicht gelegen. Er wollte sich aus der Situation ziehen: „Die haben das ganz sachlich geschildert."

Dann könne er es ihm ja auch vorlesen. Siegfried nahm die Zeitung und las die Überschrift: „Schießt unsere Polizei zu schnell?"

Das genügte Chris. „Sachlich!" sagte er vorwurfsvoll, „schon diese Frage!"

Vater widersprach: „Fragen wird die Presse ja wohl dürfen, dazu ist sie da. Vor der Antwort mußt du dich ja nicht fürchten."

Vera kam mit dem Jackett zurück und half Chris hinein. „Sonst schaffen wir's bis zwölf nicht mehr", sagte sie und fragte dann ihren Mann: „Hast du Monsieur Tonderont angerufen?"

„Hab' ich vergessen."

„Dann mach's doch gleich, vor der Wahl kommst du doch nicht mehr dazu, nach Südfrankreich zu fahren – und der Mann hält dir ständig die Sachen zurück!"

„Mach' ich sofort!" Als Vera und Chris gegangen waren, ging er auch gleich ans Telefon, wählte eine Nummer und fragte: „Peux-je parler à Madame Tonderont, s'il vous plaît?" Und als sich die Gewünschte meldete, fragte er leise und fast verstohlen: „Hallo, Janine – wie geht es dir?"

Als der Bus an der Haltestelle „Hirschköpfe" hielt, sah Oma Drombusch Herrn Diehl auf sie warten. Gleich darauf war er ihr beim Aussteigen behilflich.

Oma lächelte: „Sie strahlen wie das Wetter!"

„Weil ich mich freue und nicht nur übers Wetter!"

„Aber Herr Diehl –", meinte sie ein bißchen geniert.

Sie schlugen den Weg ein, der in den Wald führte; es war wirklich ein herrlicher Tag. Viele Spaziergänger waren unterwegs. Auf dem Freizeitgelände wurden Minigolf und

Freischach gespielt. Der Oberwaldhausteich war voll von Booten.

Als sie zur Anlegestelle kamen und dem Betrieb dort zuschauten, sagte Herr Diehl: „Wenn ich das sehe, schlägt mein Rudererherz!"

„Haben Sie denn gerudert?"

„Bei den Universitätsmeisterschaften", gab er nicht ohne Selbstironie zu. „Möchten Sie vielleicht?"

Oma war nicht gerade begeistert, aber sie sah ihm an, welche Lust er hatte, seine Fähigkeiten unter Beweis zu stellen: „Ich kann aber nicht schwimmen!"

Das störte Herrn Diehl nicht: „Wir wollen ja auch nicht ins Wasser fallen!" Dann bestellte er bei dem Bootsverleih ein Boot.

Er half, von dem Verleiher assistiert, Oma in den schwankenden Kahn. Sie hatte ein bißchen Angst. „Ist Ihnen schwindelig?" Oma sagte tapfer: „Nein, nein."

Als sie sich auf der Bank niederließ, schwankte das Boot noch mehr. Sie klammerte sich mit den Händen an den Bootsrand. Herr Diehl nahm mutig die Ruder und bat den Bootsverleiher souverän: „Bitte anstoßen!"

Der Mann gab dem Boot einen Schups, Herr Diehl tat die ersten Ruderschläge, und weg waren sie von der Anlegestelle. Es war so schön auf dem Wasser, daß Oma ihre Angst vergaß. Fröhlich sah sie sich um, beobachtete die anderen Boote und genoß die Fahrt. Sie redeten, sie erzählten einander von allem möglichen, und erst nach einer Weile merkte Oma, daß das Boot ganz unversehens ins Schilf geraten war. Herr Diehl hatte es auch nicht bemerkt, denn er saß mit dem Rücken zur Fahrtrichtung. Er schwärmte von seinen Wanderungen in den Bergen, von der Ruhe dort oben und wie tief die Täler dann unter einem lagen, wenn man auf dem Gipfel stand.

„Wie sagt Schiller", fügte er hinzu: „Die Welt ist vollkommen überall, wo der Mensch nicht hinkommt in seiner Qual!"

„Wunderbar", brachte Oma heraus, obwohl sie der Meinung war, daß das Schilfdickicht, in dem sie nun steckten, nicht unbedingt vollkommen sei.

„Braut von Messina", erklärte Herr Diehl, „haben wir im Gymnasium gespielt. Ich war der Chor!"

Da mußte Oma nun doch lachen: „Das war aber ein großer Chor!"

„Meine Begeisterung hat fünfzig andere ersetzt." Er lächelte in der Erinnerung. Sie wagte aber jetzt doch den Hinweis: „Kommen wir nicht immer tiefer ins Schilf?"

„Da ist das Wasser am ruhigsten!" erklärte Herr Diehl und schloß wieder an jene glückliche Erinnerung an: „Von dieser Begeisterung zehre ich noch heute: ‚Wohl dem, der frei von Schuld und Fehle bewahrt die kindlich reine Seele' – ach, Frau Drombusch, kommen Sie doch mit auf meine Reise! Die Pension ist klein, aber gemütlich. Gar nicht teuer. Und drei Wochen kommt Ihre Familie doch auch ohne Sie aus!"

Er hatte schon auf dem Waldweg seine Reisepläne erwähnt, und sie hatte bemerkt, daß er sie gerne mitgenommen hätte. Aber ging das nicht etwas zu weit? Sie war unschlüssig, sie kam nicht ins reine mit ihren Gedanken: Lust hatte sie schon, aber ...

„Ich weiß nicht – das kann ich schon wegen dem Geschäft nicht machen: Die finden doch bis übermorgen keinen Ersatz bei den Terminen von meinem Sohn vor der Wahl. Ich habe mich heute schon weggestohlen."

Inständig, fast flehend, sah er sie an: „Und wenn ich sie bitte –? Ich fahre auch eine Woche später und bleibe nur vierzehn Tage –"

Sie horchte in sich hinein, aber da waren Zweifel. Sie hätte gerne ja, sie hätte auch gerne nein gesagt. Schließlich bat sie: „Lassen Sie mir Zeit, Herr Diehl!"

Sein Blick sagte ihr, daß er sich gedulden wolle, bis sie mit sich selbst im klaren sei. Das rührte sie. Sie wollte ihm nun auch etwas versprechen: „Aber ich bringe Sie auf jeden Fall zum Bahnhof. Wann fährt denn Ihr Zug?"

„Um neun Uhr zweiundfünfzig."

„Dann bin ich halb zehn bei Ihnen. Aber ich glaube, wir müssen jetzt wirklich etwas unternehmen – das wird langsam unangenehm –"

Und das war es wahrhaftig: Irgendwo mußte ihr Boot ein kleines Leck haben, Wasser schwappte um ihre Füße – aber was könnten sie da unternehmen? Doch Herr Diehl blieb souverän: „Natürlich, ja – also diese Kähne!"

Er hatte das Boot eine Weile treiben lassen; als er nun in die Riemen griff, fuhr seine Hand zurück, und er betrachtete stirnrunzelnd das Gelenk seines Daumens.

„Haben Sie was mit der Hand?" fragte sie besorgt, aber er tat den Schmerz als belanglos ab, lächelte seine Freundin an und brachte das lecke Boot an die Anlegestelle zurück.

Vera saß im Behandlungszimmer des Augenarztes und sah zu Chris hinüber. Auch über das andere Auge wurde ihm ein Spezialpflaster geklebt. Eine Sprechstundenhilfe legte die Instrumente in eine Schale, die andere schrieb ein Rezept aus.

„So, junger Mann", meinte der Augenarzt, „das hätten wir."

Er half Chris beim Aufstehen. Vera trat zu den beiden Männern. Der Arzt sah die Sorge in ihrem Blick: „Wie gesagt, kein Grund zur Aufregung. Was Ihnen die Beschwerden verursacht hat, das waren Pulverschmauchpartikelchen, die etwas tiefer ins Epithel eingedrungen sind. Nachdem die raus sind, müßte auch das Reibegefühl langsam nachlassen – und das Brennen."

Chris wollte nur eines wissen: „Kann ich wieder richtig sehen –?"

„Mit Sicherheit, das braucht nur seine Zeit. Denn daß da

kleine Narben zurückbleiben, ist nicht zu erwarten. Und wenn – eine Sehbehinderung von Belang müssen Sie in keinem Fall befürchten."

Kurz überflog er das Rezept, das die Sprechstundenhilfe ausgeschrieben hatte: „Morgen nehmen Sie den Verband ab – und übermorgen sehe ich Sie wieder."

Vera gab dem Arzt erleichtert die Hand und bedankte sich bei ihm, bevor sie Chris hinausführte.

Thomi hatte sich einstweilen daheim um sein kleines Geheimnis gekümmert: Er hatte einen Brief, den er erwartet hatte und der auch gekommen war, an seinem Klebeverschluß geöffnet. Beim Lesen strahlte er über das ganze Gesicht, klebte den Brief vorsichtig wieder zu, schob ihn zwischen den Rest der väterlichen Post und sprang die Wendeltreppe hinunter. Vorsichtig rief er: „Vati –?" und als sich nichts rührte auf seinen Ruf, wählte er eine Nummer am Telefon. Der Angerufene meldete sich, und Thomi berichtete hocherfreut: „Dieter, du, ich werde wahrscheinlich auch nicht versetzt – ich kann mit!"

Jetzt aber hörte er Schritte auf der Treppe, flüsterte nur noch in den Hörer: „Mein Vater!" und legte schnell auf. Mit den Briefen in der Hand ging er seinem Vater entgegen. Stumm hielt er ihm die Post hin. Aber Siegfried sagte: „Gib sie Mutti, sie kommt eben."

Das enttäuschte Thomi – er konnte es nicht erwarten, bis Vater den wichtigen Brief las. Er suchte ihn unter der anderen Post heraus. Sein Vater war in die Diele gegangen und hatte seinen Mantel angezogen, als Vera Chris in die Wohnung führte. „Na, was sagt der Arzt?"

„Halb so wild", meinte Chris, und Vera erklärte: „Übermorgen muß er wieder hin. Gibt sich alles. Morgen kommt der Verband runter."

„Na, wer sagt's denn", meinte Vater, „ich beeile mich."

„Schaffst du's noch?“ fragte Vera besorgt.

„Ja, knapp, aber gerecht.“

Chris war ins Wohnzimmer gegangen, aus dem Thomi mit dem Brief in der Hand auf seinen Vater zuging. Wenn der schon aus dem Haus mußte, dann nicht ohne diese wichtige Lektüre: „Da ist aber ein Brief aus der Schule!“

Die Eltern sahen einander betroffen an. Siegfried, der schon fast draußen war, kam wieder herein und sah Vera zu, die den Brief geöffnet hatte und das Schreiben überflog. „Wenn wir so 'n Brief kriegen“, sagte er zu seinem Jüngsten, „hat das selten etwas Gutes zu bedeuten. Bleibst du etwa sitzen?“

Thomi schwieg zerknirscht. Vera reichte ohne ein Wort den Brief ihrem Mann und sagte zu Thomi: „Wie um alles in der Welt konntest du dich denn so rapid verschlechtern? Fast in allen Fächern – ich verstehe das nicht.“

Betrübt stellte Thomi die entscheidende Frage: „Muß ich jetzt ins Internat?“ und Vera erwiderte sehr ernst: „Das wird wohl kaum zu vermeiden sein.“

Siegfried gab Vera den Brief zurück. Zu seinem Sohn sagte er: „Darüber reden wir noch!“ Thomi zog sich zurück, mit gebeugten Schultern, aber mit einem befriedigten Lächeln, das die Eltern nicht sehen konnten.

An der Tür fragte Siegfried seine Frau, ob sie übermorgen mit zum Arzt müsse. „Vorsichtshalber“, sagte Vera, „falls er wieder diese Atropintropfen reinbekommt. Weshalb?“

Das hatte sie also offenbar wieder vergessen. „Ich falle doch aus – wegen der Klausurtagung; auch für das Gespräch in der Schule.“

„Ganz schön strapaziös, deine Politik.“

„Wenn sich keiner fürs Gemeinwohl interessiert, wo soll das Gemeinwohl herkommen –?“

Ach ja, ihr Männer, dachte Vera, sagte aber freundlich und beruhigend: „Deine Mutter ist ja da.“

Oma hielt ihr Versprechen. Sie war schon gegen halb zehn vor dem Haus von Herrn Diehl. Als sie die Treppe hinaufkam, öffnete er bereits die Tür – er hatte sie offenbar vom Fenster aus vorfahren sehen.

„Na, wie fühlt man sich so vorm Urlaub?"

„Hervorragend!" erwiderte Herr Diehl fröhlich und reichte ihr die Linke. Da bemerkte sie, daß sein rechter Unterarm in Gips lag. „Was haben Sie denn gemacht?"

„Riß in der Gelenkkapsel, bei jungen Leuten nennt man das eine Sportverletzung."

„Vom Rudern!" Sie hatte es geahnt. Trotz seiner Verletzung half ihr Herr Diehl beim Ablegen: „Der ganze Urlaub, natürlich alles beim Teufel. Ich kann ja mit der Hand kaum was machen."

„Das tut mir ja nun doppelt leid, daß ich nicht fahren kann, aber ich helfe Ihnen hier natürlich."

„Ich komm' schon klar."

Aber da war er an die Falsche geraten: „Haben Sie denn überhaupt gefrühstückt?"

„Wie denn?" fragte Herr Diehl lachend, „schneiden Sie mal Brot mit einer Hand – oder ein Brötchen!"

„Also, das geht aber nicht – ohne Frühstück", erklärte Oma energisch. Statt wie sonst ins Wohnzimmer zu gehen, ging sie in die Küche. Es war gar nicht so einfach, sich da zurechtzufinden. Aber sie nahm sich Zeit. Als sie alles zusammenhatte und das Tablett hinübertrug, tat ihr seine aufrichtige Freude zu ihrer eigenen Überraschung so gut, daß sie vor lauter Dankbarkeit darüber beschloß, es sollte nicht bei diesem einen Mal bleiben.

Siegfried packte seinen kleinen Koffer. Vera reichte ihm die Sachen und betrachtete kritisch, wie er sie verstaute: „Deine Art, Koffer zu packen –"

„Wieso, es ist alles drin. Knittern tut's sowieso." Er entdeckte zwischen den Taschentüchern, die sie ihm gab, eine Tafel Schokolade, und Veras Kommentar dazu war sehr passend: „Aber stell ihn nicht wieder auf die Heizung!"

„Warum verführst du mich immer?"

„Wenigstens mit Schokolade", gab sie zu. Er schloß den Koffer: „Das kann ich doch jetzt nur überhören!"

„Sind das eigentlich nur Männer auf dieser Tagung?"

Wie er diese immer neue Eifersucht kannte. Er sah sie nur an. Sie aber fand, das sei ein Pokergesicht, aus dem sie gar nichts entnehmen konnte.

Sie hörte ein Geräusch im Wohnzimmer: „Vera?"

Es war Chris. Er trug keinen Verband mehr. Siegfried wollte wissen, wo seine Mutter eigentlich bleibe: „Sie weiß doch, daß wir wegmüssen."

„Von mir weiß sie es sicher, wann fährt denn euer Bus?"

„Halb elf", sagte er und fügte hinzu: „Hat Marion mal von sich hören lassen?"

Vera meinte im Hinausgehen: „Ich nehme an, daß es ihr gutgeht."

Im Wohnzimmer las Chris stehend in der Zeitung. Als Siegfried vorbeikam, fragte er: „Na, Chris, wie sieht's aus?"

„Besser."

„Hast du noch Schmerzen?" Ohne den Kopf zu heben, gab er ebenso wortkarg Auskunft: „Kaum." Zu seiner Mutter sagte Chris: „Du mußt nicht mit zum Arzt." Aber Vera wehrte ab: „Du weißt doch, daß du da keine Chance hast. Außerdem muß ich sowieso weg – in die Schule." Sie wollte in die Küche gehen, um Chris Kaffee zu machen, da klingelte das Telefon. Sie ging hin und rief zu Chris zurück: „Du, da ist Post für dich – auf dem Frühstückstisch." Sie hob ab und meldete sich; Chris ging in die Küche, wo sein Gedeck als einziges noch unbenutzt war. Er öffnete den Brief, las ihn, steckte das Schreiben in den Umschlag zurück und begann düster vor sich hin zu grübeln.

Siegfried kam mit seinem Reisenecessaire vom Bad herunter und hörte, wie Vera das Telefonat beendete.

Als sie aufgelegt hatte, wollte Siegfried wissen, wer das gewesen sei. „Deine Mutter kommt nicht, Herr Diehl muß erst frühstücken." Und auf den verständnislosen Blick ihres Mannes hin fügte sie hinzu: „Er hat den Arm in Gips – für Wochen . . ."

Siegfried begriff die Situation. Gleich darauf begriff er auch die Konsequenzen: „Also, so geht das nicht – diese Aushilfslösung. Sie ist mehr weg, als sie uns hilft."

Er ging ins Schlafzimmer hinüber und zog sein Jackett an. Vera verstand seinen Ärger. Aber sie hatte die Vergangenheit auch nicht vergessen: „*Muß* sie uns helfen? Es ist *unser* Geschäft. Wir können sie nicht vereinnahmen."

„Sie weiß, daß wir sie brauchen, und sie ist nicht da."

Vera lächelte. „Weil ihr Herr Diehl wichtiger ist. Sei nicht ungerecht, Sigi."

Sie folgte ihm, als er entschlossen zur Diele ging. „Als sie uns anfangs helfen wollte, haben wir ihr geraten, die Lösung ihrer Probleme nicht bei uns zu suchen. Nun sucht sie sie nicht bei uns – und es ist auch nicht recht!"

Siegfried hörte nicht gern, was sie sagte, um so weniger als er wußte, daß sie recht hatte. Er zog seinen Mantel an und steckte die Brieftasche ein. Noch einmal traf Vera die wunde Stelle: „Du kannst nicht verlangen, daß sie funktioniert, gerade wie es uns in den Kram paßt. Er ist *ihr* Leben. Wo gehst du denn hin?"

„Zu Marion." Aber Vera hatte ihre Zweifel an einer solchen Lösung. „Ist Marion mehr als eine Aushilfe?"

Siegfried war ärgerlich: „Statt auf der faulen Haut zu liegen, kann sie ebensogut was tun."

„Muß sie gleich auf der faulen Haut liegen, wenn sie keine Arbeit hat?" fragte Vera. „Den Bus schaffst du dann aber nicht mehr."

„Ich fahre mit dem Auto nach. Tschüs –" – und weg war

er, ohne die Tür zu schließen. Vera zog sie ins Schloß und ging zu Chris in die Küche. Der saß immer noch nachdenklich an seinem Platz. Während ihm Vera Kaffee machte, überlegte sie, daß sie wohl gar nicht zu fragen bräuchte, was in dem Brief stand, sie ahnte es: „Von der Staatsanwaltschaft?"

Chris nickte: „Vorladung wegen fahrlässiger Tötung."

Sie wußte, was in ihm vorging, was ihm keine Ruhe ließ: „Chris – das kommt doch nicht überraschend. Daß es ein Ermittlungsverfahren geben wird, das wußten wir. Deshalb mußt du dich doch nicht sorgen."

„Ich habe es mit Juristen zu tun, Vera. Für die gibt es keine Nerven. Für die gibt's Paragraphen."

Sie setzte sich zu ihm: „Jetzt hör mir mal zu: Wichtiger als alle Grübeleien ist der Glaube an dich – du hast dir nichts vorzuwerfen!"

„Als es passiert ist, nicht", gab Chris zu. Als sie ihn fragte, was denn jetzt anders sei, erklärte er mit schwerer Stimme: „Jetzt ist da einer tot."

Darauf konnte sie nichts sagen. Chris stand auf und wollte hinausgehen: „Außerdem habe ich gegen die Vorschrift gehandelt. Ich habe den auf Waffen untersucht, ohne daß mein Kollege dabei war. Dann wäre das alles nicht passiert. – Ich rufe dort an."

„Das kannst du doch nach dem Frühstück auch noch tun." Er antwortete nicht und ging. Besorgt sah sie ihm nach. Wenn sich Chris nur nicht so hineinsteigerte – die Sache war schlimm genug, aber sein Schuldbewußtsein machte sie noch schlimmer. Er sollte in Ruhe und Gelassenheit mit dem Staatsanwalt reden können, nicht aus einem Schuldkomplex heraus. Aber sie konnte ihm da wohl wenig helfen. Er mußte damit selbst fertig werden.

Siegfried mußte ein Weilchen warten, nachdem er an der Wohnungstür seiner Tochter geklingelt hatte. Dann wurde ihm geöffnet – von einer noch sehr verschlafenen Marion, die vollkommen überrascht war: „Ach, du", sie ließ ihn herein – in ihr einziges Zimmer. Er sei in Eile, sagte er kurz, er müsse zu einer Klausurtagung: „Du läßt dich gar nicht mehr sehen. Wie geht's dir denn so?"

Sie krabbelte wieder in ihr Bett. „Gut. Ich hab' noch geschlafen."

Auf seine Frage, ob sie immer noch keine Arbeit habe, schüttelte sie den Kopf: „Nein." Und da kam er mit seinem Anliegen: „Wie wär's denn bei uns im Geschäft? Mit Oma, das ist mehr Verlegenheit als Lösung. Du kriegst das, was du als Arzthelferin auch verdient hast."

Marion sah ihn aus erstaunten Augen an: „Du willst mich anstellen –?!"

„Doch besser als Arbeitslosengeld."

„Ich lasse mich von dir doch nicht bezahlen! Ich helfe, aber nicht gegen Bezahlung."

Das war Siegfried aber wiederum nicht recht: „Nein. Aushilfen hatte ich. Ich meine ein geregeltes Arbeitsverhältnis – bis du etwas anderes findest."

„Und wie soll ich das finden, wenn ich bei dir im Geschäft stehe –?"

„Und wie willst du das finden, wenn du hier im Bett liegst –?"

Vorher hatte Marion noch gelächelt – aber jetzt war ihr nicht mehr danach: „Soll ich neben dem Bett *stehen*? Warum mußt du mich immer angreifen? Was kann ich dafür, wenn mich keiner nimmt?!"

„Na, so ganz schuldlos bist du daran nicht; Ärzte reden miteinander. Oder hast du etwa viel getan, um dir deine Stelle zu erhalten?"

„Woher willst du das alles wissen? Warst du in der Praxis? Mit den Patienten bin ich prima ausgekommen – *die* hatten nie etwas gegen mich; und da hat mir der Job auch Spaß gemacht."

„Nur deinem Chef nicht." Jetzt wurde Marion zornig im Gedanken an die Zeit in der Praxis: „An meiner Arbeit konnte er nichts aussetzen – nur an allem andern hat er herumgemosert: heute an der Frisur, morgen an den Ohrringen und übermorgen waren's die Absätze oder das Make-up. Aber ich kann nun mal nicht finden, was rote Fingernägel mit meinem Job zu tun haben – die sind genauso hygienisch wie farblose. Ich lasse mich nicht umkrempeln! Und schon gar nicht lasse ich mir sagen, ob ich mich nackt fotografieren lassen darf oder nicht."

Siegfried wurde versöhnlich, wie es schien: „Nun – bei uns im Geschäft spielt das alles weniger eine Rolle; da wird dir niemand deine roten Fingernägel verbieten."

„Aber ich will keine Möbel verkaufen." Marion war nun ganz ruhig und sicher. „Weder alte noch neue – und schon gar nicht irgendeinen Krimskrams von gestern. Das sagt mir nichts. Ich bin nicht wie ihr! Ich finde anderes schick!"

„Vor allem das, was nicht mit Arbeit verbunden ist", erwiderte ihr Vater, nun seinerseits verletzt wegen der Geringschätzung der Tochter für seine Arbeit. Da fuhr sie hoch in ihrem Bett: „Das lasse ich mir nicht sagen! Auch nicht von dir!"

Siegfried versuchte sie zur Einsicht zu bringen: „Marion – wie weit bist du denn mit deiner Einstellung gekommen? Sieh dich doch um! Wer hat denn nun recht?"

Marion wurde leidenschaftlich: „Du! Im Zweifelsfall immer du. Weil bei dir einer, der keine Arbeit hat, automatisch daran schuld ist – erst recht, wenn er nicht den erstbesten Job annimmt, der ihm geboten wird. Weißt du denn, was ich alles getan habe?"

Es mochte ja sein, daß sie alles mögliche versucht und dabei Pech gehabt hatte, aber das bewies doch im Grunde – nun, er meinte es doch nur gut mit ihr: „Wenn du wirklich etwas tun willst, dann nimmst du mein Angebot an. Da kannst du beweisen, ob dir Arbeit lieber ist als Nichtstun. Und das Warten auf den großen Erfolg, die internationale Karriere nach dem Motto, Caterina Valente hat auch ganz unten angefangen ... liebes Mädchen, ich wünsche dir nichts mehr, als daß du nie eine schwerere Arbeit zu tun hast, als bei uns im Geschäft zu stehen."

Verzweifelt versuchte Marion sich zu wehren – wollte er sie denn nicht verstehen? „Rumstehen, Vati, rumstehen! Ich verstehe nichts von diesem Job! Wie komme ich mir denn da vor? Begreif das doch!"

Wie konnte sie nur so hartnäckig sein, wie konnte sie sich nur wehren gegen eine ordentliche Arbeit im Haus ihrer Eltern? „Kommst du dir so besser vor?" fragte er und erklärte schlankweg, worauf es in diesem Leben nun einmal ankam: „Wir können nicht immer nur tun, was uns Spaß macht."

Nun war Marion den Tränen nah: „Das hat keinen Sinn – du *willst* mich gar nicht verstehen!"

Ihr Vater gab auf. Er ging zur Tür, wandte sich aber noch einmal um: „Es kann ja sein, daß du auch mal Hilfe brauchst."

Nichts begriff er, nichts, nichts, nichts: „Ich habe doch gesagt, daß ich helfe! – Im übrigen habe ich nicht um Hilfe gebeten", fügte sie trotzig hinzu.

Siegfried konnte es nicht lassen. Es lag doch auf der Hand – Marion betrog sich selbst. Und das mußte man ihr sagen: „Aber du nimmst das Geld von deinem Bruder – ist das konsequent?"

Er verließ das Zimmer ohne einen Abschiedsgruß. Marion hatte noch etwas sagen wollen – aber dann, alleingeblieben, heulte sie in die Kissen. Demütigung ist bitter.

In der Küche von Herrn Diehl war Oma mit dem Kochen fertig. Sie goß die Fleischbrühe aus dem Topf in eine schöne Suppenterrine, streute Petersilie darüber, schnitt das Suppenfleisch in feine Scheiben und ordnete es auf einer bereits hübsch garnierten Platte an. Diese stellte sie zusammen mit der Terrine auf ein Tablett und trug es ins Wohnzimmer, wo der Tisch für zwei Personen gedeckt war. Das Porzellan, die Gläser und die Bestecke wiesen fast die gleichen Verzierungen auf und sprachen für den Geschmack ihres Besitzers. Als sie die Terrine abgestellt hatte, genoß sie den Anblick der festlichen Tafel.

Sie rief nach Herrn Diehl, erhielt aber keine Antwort. Sie ging in die Küche zurück, um die Schüssel mit den Salzkartoffeln aus dem Wärmefach des Herdes zu holen. Hatte sie nun die grüne Soße schon – ja, natürlich, da stand sie in der Sauciere auf dem Tisch.

Sie hörte, daß die Wohnungstür zuklappte. Herr Diehl erschien. Er hielt ihr eine Flasche Wein entgegen: „Ein Bergsträßer. Der schmeckt zur grünen Soße. Können wir?"

Er hatte also großen Appetit – aber Oma Drombusch mußte noch in den Kühlschrank schauen, um den Kältegrad des Puddings zu überprüfen; alles war in Ordnung. Sie brachte nun die Schüssel mit den Kartoffeln auf den Tisch. Herr Diehl mühte sich, die angestaubte Flasche zu öffnen – dagegen erhob Oma Einspruch: „Das sollen Sie aber nicht! Sie tun sich noch weh, Herr Diehl!"

„Diesen Gips soll der Deiwel holen!"

Aber mit dem Korkenzieher klappte es doch. Oma sah ratlos aus: „Jetzt wird's eng hier!" Auf dem Tisch war für die Kartoffelschüssel einfach kein Platz mehr.

„Den Tisch kann man ausziehen", erklärte Herr Diehl, „aber konnte ich denn wissen, daß Sie sich soviel Mühe machen?"

„Das ist doch keine Mühe", widersprach Oma, „haben Sie ein Beistelltischchen –?"

Herr Diehl nickte. „Im Nebenzimmer – aber sehen Sie sich bitte nicht um!"

Sie folgte ihm. Er öffnete die Tür zu einem abgedunkelten Raum, hinter dem, soweit Oma das sehen konnte, ein Wintergarten lag. Er wurde aber ebensowenig benutzt wie das Zimmer, das nur mehr ein Abstellraum war. Alles mögliche stand herum, Möbel, Koffer, ein Wäschekorb und andere sperrige Haushaltsutensilien.

„Das war das Zimmer von meinem Sohn, da hat er noch studiert."

„Diese Altbauwohnungen haben eine Großzügigkeit –", sagte Oma bewundernd; sie sah jetzt, wie Herr Diehl einen recht originellen Beistelltisch hervorzog, den er mit seinem Taschentuch abstaubte. Ein richtiger Junggeselle, dachte Oma.

„Der ist lange nicht mehr benützt worden", sagte Herr Diehl nachdenklich. Da mußte sie ihn fragen: „Sie haben wohl selten Gäste?"

Das nahm er aber nicht tragisch: „Ab und zu mal einen Freund zum Wein – oder zum Schach."

Da brauchte er natürlich keinen Beistelltisch. Sie trugen ihn ins Wohnzimmer. Oma zündete die Kerze an, Herr Diehl kostete den Wein und goß dann ihre Gläser voll. Er trank ihr zu: „Ich kann nur sagen: vielen Dank!"

„Zur guten Gesundheit", wünschte Oma und begann mit der Suppe.

Sie zögerte mit einer Frage, die ihr auf dem Herzen lag. Schließlich wagte sie es doch: „Wie lange sind Sie denn schon allein –?"

„Im September werden es sieben Jahre."

Er sah zu ihr hinüber. Oma Drombusch merkte es nicht. Kurz darauf warf sie ihm einen Blick zu, den *er* nicht wahrnahm.

Fast schüchtern sagte Herr Diehl nach ein paar Minuten des Schweigens: „Aber vielleicht ist ja was dran an der Bibel – an den sieben mageren Jahren –."

Er lächelte ein wenig. Sie sahen einander nicht an und aßen schweigend.

Der Staatsanwalt, dem Chris in dessen Büro gegenübersaß, sah genauso aus, wie Chris ihn sich vorgestellt hatte: ein graues, verstaubtes Gesicht mit strengen Falten – auch seine wachen Augen wirkten streng.

„Als Beschuldigter haben Sie natürlich das Recht, die Aussage zu verweigern."

„Ich weiß", sagte Chris, aber da wurde die Besprechung auch schon unterbrochen: Eine Sekretärin war hereingekommen: „Da ist ein Reporter vom Rundfunk wegen eines Interviews."

„In welcher Sache?" fragte der Staatsanwalt, bekam aber nur einen bedeutungsvollen Blick zur Antwort, der Chris auf seinem Stuhl betraf. „Verweisen Sie auf den Behördenleiter; er hat sich vorbehalten, Presseauskünfte selbst zu geben."

Die Sekretärin verließ das Zimmer, und der Staatsanwalt forderte Chris auf: „Nun erzählen Sie mal im Zusammenhang, wie sich das alles aus Ihrer Sicht abgespielt hat."

Dieser Aufforderung kam Chris nun so ruhig und gewissenhaft wie möglich nach. Der Staatsanwalt hörte, in seinem Stuhl zurückgelehnt, der Schilderung aufmerksam zu. Schließlich kam Chris zu dem unglückseligen Ende des Vorgangs: „Aber – da hatte er auch schon eine Waffe in der Hand und feuerte ab. Ich dachte, es zerreißt mir das Gesicht, ich konnte nichts mehr sehen und – und da habe ich geschossen."

Der Staatsanwalt beugte sich vor und versuchte, den Vorgang zu rekonstruieren: „Verstehe ich Sie so recht: Sie standen mit entsicherter Pistole hinter dem Mann, um ihn auf Waffen zu untersuchen. Sie erhielten von ihm unvermittelt einen Schlag mit dem angewinkelten Ellbogen gegen die

Schläfe; dadurch sind Sie zurückgetaumelt, der hat seine Waffe gezogen und geschossen. Aus einem Abstand von etwa ein bis zwei Metern."

Chris versuchte, in Gedanken die Entfernung abzuschätzen und nickte: „So etwa."

„Hatten Sie das Gefühl", fragte der Staatsanwalt, „Sie würden weiter angegriffen und haben bewußt geschossen – oder wollten Sie gar nicht schießen –?"

Ehrlich erwiderte Chris: „Ich habe bewußt geschossen."

„Warum? Der Mann ist weggelaufen – zumindest hat er sich zum Weglaufen umgedreht; denn die Projektile trafen ihn in den Rücken."

„Daß er weglief, konnte ich ja nicht sehen."

„Sie haben also aufs Geratewohl geschossen", stellte der Staatsanwalt fest. „Versuchen Sie, sich zu erinnern: Warum haben Sie geschossen?"

„Ich wußte nicht, was der noch tut, ich hatte Angst. Ich wußte nicht, habe ich eine Kugel im Kopf oder nicht, kriege ich noch eine rein – ich wußte nur, ich sehe nichts mehr, ich kann mich nicht mehr wehren."

Der Staatsanwalt versuchte ganz deutlich zu sein: „Um es klar zu sagen: Eine objektive Notwehrlage war nicht gegeben. Es wird zu prüfen sein, ob Ihnen Putativnotwehr zugebilligt werden kann – also subjektive Notwehr. Aber das werden die weiteren Ermittlungen ergeben."

„Muß ich mir einen Anwalt nehmen?" fragte Chris.

„Das empfehle ich Ihnen. Schon um Waffengleichheit herzustellen."

„Und wovon hängt es ab, ob ich angeklagt werde?" Der Staatsanwalt zählte auf: „Vom Kaliber der Waffe, von der Nähe, aus der sie gegen Sie abgefeuert wurde und vom Grad Ihrer Verletzungen. In diesem Fall rate ich Ihnen, die beiden Ärzte – den von der Poliklinik und Ihren Augenarzt – von der Schweigepflicht zu entbinden."

Damit war das Gespräch beendet. Nachdenklich verließ

Chris das Büro – aber man ließ ihn nicht in Ruhe gehen: Auf dem Gang wartete ein Reporter mit einem Mikrophon auf ihn: „Würden Sie uns ein paar Fragen beantworten?"

„Nein, bitte haben Sie Verständnis."

Der Reporter war zäh: „Heute mittag ist die Beerdigung – werden Sie hingehen?"

Die Beerdigung – heute mittag; was hätte er auf dieser Beerdigung zu suchen? Würde er hingehen, würde man ihm das als Eingeständnis seiner Schuld auslegen, wenn er nicht hinging als Gefühlsroheit. Wie er es machte, es war falsch. Chris gab dem Mann keine Antwort, er ließ ihn stehen und gab sich Mühe, diese Seite der Sache – und vor allem die Beerdigung des jungen Mannes – zu vergessen. Er konnte jetzt nur noch hoffen, einen guten Anwalt zu finden – und später ein erträgliches Urteil.

Marion war wirklich zum Helfen in den Laden gekommen – aber leider behielt sie recht: Ihre Hilfe bestand eigentlich nur im Herumstehen – immer nur Herumstehen. Dem alten Zeug konnte sie kein Interesse abgewinnen. Sie mußte zwar zugeben, daß sie in diesen Tagen einiges lernte – wenn es auch nichts war, mit dem sie etwas anfangen konnte, nichts, was ihr zu ihrem eigenen Ziel behilflich sein könnte. An diesem Ziel hielt sie zäh fest – es würde ihr schon gelingen. Ihre Familie wußte ja gar nicht, was für eine harte Arbeit das Singen war – sie wollten es auch nicht wissen. Also würde sie es ihnen zeigen müssen, einmal würde der Tag kommen, der sie von ihrer Begabung überzeugen würde.

Ihre Gedanken wurden unterbrochen, weil eine elegante Dame den Laden betrat. Sie fragte nach Marions Vater. Marion bat um einen Augenblick Geduld und rief aus dem Kontor zu ihrer Mutter hinauf. Dann stand Marion wieder herum und tat so, als tue sie etwas.

Durch Marion wurde Vera von Thomi weggerufen, mit dem sie gerade über den Schularbeiten saß: „Versuch's mal allein mit der Verbesserung – aber auf einem Extrablatt!"

Oma Drombusch kam aus der Küche und meldete, daß der Kartoffelsalat fertig sei und daß Vera nur noch die Würstchen ins heiße Wasser legen müsse.

Vera lachte über das ganze Gesicht: „Du gehst wohl zu Herrn Diehl?" Aber Oma war gar nicht nach Lachen zumute. Sie erwiderte tiefernst: „Das ist ganz schlecht mit dem Arm." Sie ging wieder der Küche zu und sagte: „Ich nehme den Handmixer mit."

Vera war schon auf dem Weg nach unten: „Aber laß noch was da – von der Küche!"

Laut rief Oma ihrer Schwiegertochter nach: „Der Mann ist seit Jahren allein – der hat so was nicht!" Und für sich fügte sie leise und grimmig hinzu: „Immer dieses Grinsen!"

Vera trat unten durch den Vorhang ins Geschäft und ging auf die elegante Dame zu, die dort wartete. Vera hatte fast den Eindruck, daß die Dame von ihrem Erscheinen enttäuscht war. Sie fragte auch gleich: „Herr Drombusch ist nicht da?"

Vera versuchte, ganz reizend zu sein: „Tut mir leid, mein Mann ist verreist. Kann ich Ihnen helfen?"

„Es geht da um einen Schaukelstuhl, den er mir besorgen wollte, Sie wissen nichts davon?"

„Er hat mir nichts gesagt." Da kam der Kundin die erlösende Antwort: „Vielleicht kann er mich anrufen: Gröning. Er weiß Bescheid."

„Ihre Nummer hat er?"

„Die hat er. Auf Wiedersehen!"

„Auf Wiedersehen", wiederholte Vera mechanisch und sah der Dame, die den Laden verließ, argwöhnisch nach.

Marion hatte die Gelegenheit benützt und war aus dem Laden in die Wohnung geflüchtet. Sie sah in Thomis Heft und stellte fest: „Du hast ja schon wieder 'ne Fünf."

Thomi nickte betrübt: „Englisch. Ich bleibe wahrscheinlich sitzen. Dann muß ich ins Internat."

Dabei konnte er sein Grinsen nicht verbergen. „Scheint dich aber nicht sonderlich zu beeindrucken."

„Dieter muß auch hin!"

„Da seid ihr ja wieder zusammen", sagte sie und stand auf, um auf die Frage ihres Bruders: „Kannst du mir helfen?" zu erklären, daß sie jetzt weg müsse.

Chris kam von der Diele herein und wollte hinauf in sein Zimmer. Sie hielt ihn auf: „Na? Was Neues in deiner Sache?"

„Nein! Du – wann krieg' ich denn wieder mal was von dir?"

„Ich war die Woche nicht arbeiten, und das mit dem Arbeitslosengeld fängt jetzt erst an."

„Ich könnt's halt gebrauchen", bat Chris. Als Thomi ihn fragte, ob er ihm helfen könne, bekam er zur Antwort, Chris habe um sieben Uhr Dienst. Marion sah ihm bedrückt nach, wie er die Treppe hinaufging. Vera war aus dem Laden gekommen und hatte Thomis Bitte gehört. „Zum Helfen bin *ich* da, so – was hast du geschrieben?"

„Die haben mich aufgehalten", behauptete Thomi dreist. Und als Mutter fragte, ob er seine Schlüssel gefunden hätte, meinte er bereitwillig: „Ich muß mal suchen."

„Wie wär's, wenn du auch mal finden würdest? Also: During the battle ... warum heißt das ‚during the battle' und nicht ‚while the battle' –?"

Thomi war aber nicht bei der Sache. Durch die Durchreiche sah er seine Schwester in der Küche vom Kartoffelsalat stibitzen und rief hinüber: „Kann ich auch mal kosten?" Aber Vera schloß die Türklappen der Durchreiche, und Thomi mußte sich wieder wohl oder übel mit seinem Englisch befassen.

„Mm", machte Marion, die noch ein Löffelchen vom Kartoffelsalat probiert. „Spitze, Oma."

„Aber nicht jetzt", wehrte Oma ab und wollte ihr die Schüssel wegnehmen, aber Marion war schneller: „Heut abend bin ich doch nicht da. Ich hab' Probe."

Oma ließ ihre Enkelin weiter schnabulieren. Sie packte ein paar Utensilien ein, die sie außer dem Handmixer zum Kochen bei Herrn Diehl noch brauchen würde.

„Ich bin doch zu einem Nachwuchswettbewerb eingeladen: Endausscheidung. Hier im Kongreßsaal. Nur die zehn Besten kommen dahin. Da sind Schallplattenbosse, Producer, Promotionleute – alles versammelt. Kommste?"

Oma freute sich: „Da bin ich doch da. Wann ist denn das?"

„In gut drei Wochen, am Wahlsonntag. Um zwanzig Uhr."

„Oh", machte Oma, „da kann ich nicht – da hat Herr Diehl Geburtstag."

„Bring ihn doch mit!"

„Das geht nicht, Kind, Herr Diehl hat irgendwas vor an diesem Tag – ich vermute, er fährt mit mir weg. Aber die Eltern kommen doch."

Sie ging mit der gefüllten Tasche in die Diele und zog ihren Sommermantel an. Marion lehnte am Türrahmen: „Vati bestimmt nicht. Und ihn frage ich auch erst gar nicht."

Vera, die gerade aus dem Wohnzimmer kam, hatte das gehört; sie nahm Thomis Schulmappe, die unter der Garderobe lag und fragte Marion: „Was haste denn nun schon wieder mit Vati?"

„Wegen dem Nachwuchswettbewerb."

„Ich gehe", sagte Oma, „schönen Abend."

„Tschüs", rief ihr Vera nach, „hast du auch alles? Gute Besserung für Herrn Diehl!"

Oma schloß schweigend hinter sich die Tür. Vera ging mit Thomis Schulmappe ins Wohnzimmer: „Am Wahlabend – da kann er wirklich nicht!"

„Und wenn." Sie nahm ihre Jacke von der Garderobe und

folgte ihrer Mutter, die den Inhalt der Schulmappe ausräumte, um die verlorenen Schlüssel zu suchen. „Selbst wenn ich den ersten Platz mache, er würde es nie zugeben, daß ich was kann. Bei Vati falle ich immer nur durch."

„Gehst du weg?" fragte ihre Mutter und erfuhr, daß Marion verabredet sei: „Halb sechs – tschüs!"

Vera wollte noch einen Versuch zur Güte machen: „Willst du dich nicht mal mit ihm aussprechen? So ist das doch nicht gut."

Marion schüttelte den Kopf: „Diesmal ist Vati dran. Was unterstellt er mir denn alles? Ich liege faul im Bett rum, lebe lustig vom Staat und bin nicht bereit, irgendeinen Job anzunehmen."

„Unser Angebot schlägst du nach wie vor aus", stellte ihre Mutter fest. Marion versuchte es ihr beizubringen: „Aber warum denn Mutti!? Dann bin ich fürs Arbeitsamt doch weg vom Fenster! Oder glaubst du, daß die mir noch *eine* Arztadresse nennen, wenn ich bei euch hier einen Job *habe* –? Dann sind sie mich los. Und dann ist es auch aus mit der Umschulung zur MTA. Denn da habe ich später echte Chancen. Aber das funktioniert nur, wenn ich vorher nicht zu vermitteln bin – da müssen sie mir eine Umschulung bezahlen – 68% des Nettolohns; das ist nicht viel, aber immerhin. Oder glaubt ihr, ich mache mir keine Gedanken, wie das mit mir weitergeht –? Vom Singen kann ich nicht leben – da müßt' ich schon ganz groß ins Geschäft kommen. Also muß ich was tun! Jedenfalls mehr, als hier im Geschäft Daumen zu drehen oder nachmittags in einer Boutique Blusen zu verkaufen."

„Hast du das getan?" Marion gab zu: „Schwarz, ja. Damit ich dem Geizkragen sein Geld zurückzahlen kann – und das von Oma."

„Wir haben dir Geld angeboten – du erinnerst dich!"

„Diese Tanten in der Boutique sind nicht meine Eltern!

Hier helfe ich – und dafür nehme ich kein Geld. Sonst hält mir das Vati auch noch vor."

„Vielleicht ist zwischen euch einfach zuviel angewachsen in der letzten Zeit."

„Eben deshalb ist es ja besser, wenn ich für mich bin – beruflich wie auch sonst. Ich komm' schon durch."

Sie hatten das Schließen der Wohnungstür gehört und gingen nun beide in die Diele: Siegfried war von seiner Reise zurück. Er freute sich, seine Tochter zu sehen: „Na – haben wir hier eine Hilfe? Guten Abend, Schatz." Er gab seiner Frau den Begrüßungskuß, und als Marion sich verabschiedete, erwiderte er: „Schon –? Find' ich schade. Ich dachte, du hilfst uns."

Marion bemühte sich, ruhig zu bleiben. Ihre Mutter sprang für sie ein: „Hat sie. Die ganzen Tage." Und nun erklärte Marion ihrem Vater: „Der Arzt, bei dem ich mich vorstelle, hat mich für achtzehn Uhr bestellt."

„Wußt' ich ja nicht." Marion fügte nicht sehr freundlich hinzu: „Sonst wär' ich noch geblieben – bis Geschäftsschluß." Dann zog sie die Wohnungstür hinter sich ins Schloß.

„Warum mußt du sie immer ärgern?" fragte Vera vorwurfsvoll ihren Mann. Er gab widerwillig zu: „Diesmal hatte ausnahmsweise sie recht." Er folgte seiner Frau ins Wohnzimmer. Sie wollte ihn berichtigen: „Mit dem ‚Ausnahmsweise', da bin ich nicht so sicher. Aber das ist jetzt kein Thema."

Siegfried sah das Chaos auf der Couch mit all den Sachen aus Thomis Mappe und wollte wissen, was los sei. Sie habe Thomis Schlüssel gesucht, erklärte Vera und packte alles in die Mappe zurück. Siegfried holte sich aus dem Barkühlschrank ein Bier und fragte, ob es etwas Neues gebe.

„Nichts von Bedeutung, und bei dir?"

„Viele reden, wenige haben was zu sagen." Er schien

müde zu sein. Trotzdem konnte Vera es nicht mehr zurückhalten: „Wer ist eigentlich Frau Gröning?"

Begriffsstutzig sah er seine Frau an: „Wer ist Frau Gröning?"

„Die Dame mit dem Schaukelstuhl", erklärte Vera spitz.

Chris rief herein: „Kann ich essen?", aber Vera wollte erst ihre Erklärung bekommen, die allerdings recht mager ausfiel: „Das ist eine Dame, die einen Schaukelstuhl will."

Vera bemühte sich um Heiterkeit, als sie nachbohrte: „Du kennst ihre Telefonnummer? Woher?"

„Wahrscheinlich, weil sie sie mir gegeben hat – Vera –"

Aber Vera konnte diesen Ton nicht leiden: „Du, ich mag es nicht, wenn du immer so selbstgefällig lächelst. Ich bin ja nicht dabei."

Sie stand auf und ging zur Küche. Siegfried ging ihr nach und wollte wissen: „Wobei?"

„Wenn du dich mit irgendwem triffst – beruflich. Auf diesen Tagungen oder in Südfrankreich." Sie stand am Herd und sorgte dafür, daß die Würstchen für Chris heiß wurden.

„Deine Eifersucht in allen Ehren – aber wie steht es eigentlich mit deinem Vertrauen –?"

„Was bleibt mir denn anderes übrig. Ich hab' den Jungen ganz vergessen." Ihr Mann half ihr beim Tischdecken. Nun fiel ihr etwas Neutrales ein, was sie ihn schon länger hatte fragen wollen: „Was hat übrigens Monsieur Tonderont gesagt? Kann er dir die Möbel aufheben?"

„Mit dem Mann läßt sich fabelhaft zusammenarbeiten", schwärmte Siegfried. „Wo ist denn Mutter – nicht da?"

„Wo wird sie wohl sein, der arme Herr Diehl – wenn man *die* hört, wird das mit der Hand immer schlechter."

„Laß sie", riet Siegfried, „es wäre ein Segen, wenn sie da noch mal so was wie eine Aufgabe finden könnte."

Davon war Vera aber nicht überzeugt: „Das glaube ich bei deiner Mutter nicht – sie hat ja dich . . ."

Die Wochen gingen hin, eine nach der anderen: Jeder der Drombuschs wartete auf eine Entscheidung: Chris auf die des Gerichts, Thomi wegen des Internats, Siegfried auf die der Wähler, Marion auf die der Jury. Und alles konzentrierte sich auf einen Tag: Siegfrieds Wahl, Marions Wettbewerb und der Geburtstag des Herrn Diehl. Und endlich war dieser Tag da: Herr Diehl hatte sich etwas ganz besonders Schönes für seinen Geburtstag vorgenommen: Er war mit Oma nach Rüdesheim gefahren, um auf einem Schiff eine Rheinfahrt zu machen. Nahe der Loreley standen sie vorn an der Reling, ließen sich den Wind durch die Haare wehen und genossen schweigend den Ausblick auf den sagenumwobenen Felsen. Allerdings ging es recht laut zu. Aus Lautsprechern dröhnte Stimmungsmusik, und im überdachten Teil des Schiffs wurden weinselig alte Rheinlieder gesungen.

„Ein herrlicher Tag", sagte Oma und blickte fast verklärt auf eine der romantischen Burgen, die vorbeizog. Herr Diehl prophezeite verheißungsvoll: „Und es ist mit der Rheinfahrt noch nicht zu Ende. Schließlich habe ich Geburtstag bis um zwölf – da muß eine kostbare Flasche bei mir zu Hause dran glauben: Aßmannshäuser Neunundfünfziger – Auslese!"

„Ob uns das so spät am Abend noch bekommt – ?" gab Oma schalkhaft zu bedenken.

„Uns bekommt heute alles!" sagte Herr Diehl und legte im Überschwang seiner Gefühle den Arm um ihre Schulter – dann wies er voraus: „Die Loreley – dort – der Felsen: ‚Ich glaube, die Wellen verschlingen am Ende noch Schiffer und Kahn – und das hat mit ihrem Singen die Loreley getan'."

Beide sahen zum Felsen hinüber. Oma Drombusch spürte den Arm um ihre Schulter und wußte nicht, ob sie das dulden solle. Herr Diehl ahnte nichts von ihrem Zweifel. Er war einfach nur glücklich: „Ist das nicht wunderbar – so zu zweit."

„Es wird doch etwas frisch“, meinte Oma und löste sich vorsichtig aus seinem Arm.

Sie gingen den Gang entlang zu einer der rückwärtigen Bänke und setzten sich. „Hier wird es Ihnen gleich wärmer.“ Herr Diehl fuhr nach einer Weile des Schweigens fort: „Wissen Sie, daß Sie mir fehlen werden – wenn das da wieder gesund ist –?“

„Aber Herr Diehl“, wollte Oma abwehren, er ließ sich jedoch nicht unterbrechen: „Sie hätten mich besser nicht so verwöhnt. Ich hatte fast vergessen, wie das ist – mit einem lieben Gast am Tisch.“

Oma wurde immer befangener. Schließlich rettete sie sich in die Platitüde: „Ja, das Alleinsein ist nicht leicht.“

Er schwieg nur einen Augenblick. Dann kam die Frage, die sie befürchtet hatte: „Müssen wir denn allein sein –?“

Ernst sahen sie einander an. Als er die Bedenken in Omas Augen sah, relativierte er seinen Vorschlag sofort: „Ich meine, daß jeder für sich – wissen Sie ...“

Er konnte nicht ausreden. Der Lautsprecher unterbrach ihn mit der Ansage: „Meine Damen und Herren, zur Rechten sehen Sie jetzt den berühmten Loreleyfelsen!“ Und dann folgte als Chorgesang das berühmte Lied: „Ich weiß nicht, was soll es bedeuten, daß ich so traurig bin ...“

Oma löste sich aus dem Blick ihres Freundes und sah zum Felsen hinüber – sie war noch einmal davongekommen. Herr Diehl saß da und fühlte sich alleingelassen. Und das eine Wörtchen, das er leise sagte, ging im Chorgesang der Lautsprecher unter: „Schade –.“

Spät am Abend war es, als Thomi leise die Wohnungstür aufschloß und vorsichtig hinter sich zuzog. In der Diele brannte noch Licht, das durch die halbgeöffnete Tür in Omas Zimmer fiel. Thomi schlich sich in dieses Zimmer und legte die Schlüssel auf den Tisch. Dann hängte er seinen Blouson an die Garderobe und wollte sich an der Küchentür vorbeistehlen. Da entdeckte er am Tisch seinen Bruder, der ein belegtes Brot zu seinem Bier aß.

„Du bist ja da." Als ihn sein Bruder fragte, ob er auch was wolle, lehnte er ab und bat: „Sagst nix, daß ich erst jetzt gekommen bin."

„Biste nicht schon länger da?" fragte Chris augenzwinkernd und Thomi strahlte: „Danke!" Er ging ins Wohnzimmer, und Chris, der grüblerisch noch den Rest seines Brotes aß und dann Wurst und Butter im Kühlschrank verstaute, folgte ihm mit seinem Bierglas.

Thomi hatte den Fernseher eingeschaltet und schaute sich einen amerikanischen Krimi an. Eben hatte ein Sheriff einen Gangster gestellt und seine Pistole rascher gezogen als der Verbrecher – er schoß, und der Gangster sackte in sich zusammen. Er sah den Sheriff aus brechenden Augen an. Chris stand da wie gebannt. Als nun der Sheriff auf sein Opfer zutrat, wurde Chris heftig: „Mach das aus!"

Thomi begriff nicht. Vielleicht hatte er die Worte seines Bruders auch nicht gehört. Jedenfalls sah er weiter fasziniert auf den Bildschirm. „Du sollst das ausmachen!" wiederholte Chris. Er konnte sich nur mühsam beherrschen. Wieder schien Thomi taub. Rasch ging Chris zum Fernseher. – Thomi quengelte: „Warum denn?", flog aber im gleichen Augenblick in seinen Sessel zurück. Das Bild verschwand. Chris hatte die Taste gedrückt. Er verließ den Raum. Empört sah Thomi ihm nach: „Was is'n mit *dir* los? Spinnst du?"

Er bekam keine Antwort. Dafür hörte er, daß jetzt die Eltern heim kamen. Er flitzte, so rasch er konnte, die Wendeltreppe hinauf in sein Zimmer.

Das Paar war sehr heiter. Vera stellte fest, das sei unstreitig die lustigste Wahlparty gewesen, die sie je erlebt habe.

„Bei den Ergebnissen!" erwiderte ihr Mann. Er rief nach Thomi: „Der war doch eben noch da?"

Vera sah durch die halb geöffnete Tür in Omas Zimmer. Ihre Schwiegermutter war noch nicht nach Hause gekommen. Sie schloß die Tür und bemerkte auf dem Weg zum Schlafzimmer einen Zettel neben dem Telefon. Sie las ihn und folgte Siegfried hinauf in Thomis Zimmer.

Thomi erschrak beim Anblick seiner Eltern und erklärte sofort: „Ich hab' erst um elf Schule."

„Da hast du aber Glück gehabt, warst du schon im Bad?" Thomi nickte, aber nun hob Vera die Nachricht hoch: „Chris hat uns da 'n Zettel geschrieben: Wir sollen Dieters Eltern anrufen. Weißt du, warum?"

„Ja", bekannte Thomi, „der Dieter muß auch ins Internat. Der bleibt sitzen."

Stumm sahen die Eltern einander an; dann fragte Siegfried: „Seit wann weißt du denn, daß Dieter ins Internat muß?"

„Schon lange", erwiderte sein Sohn, beschäftigte sich aber vorsichtshalber mit seinem Schlafanzug. Als sein Vater forderte: „Sieh mich mal an!", sah Thomis Gesicht aus der übergestreiften Jacke heraus – ein Gesicht, das ein Grinsen nicht ganz verbergen konnte.

„Könnte es vielleicht sein, daß ihr da was verabredet habt –?"

Dagegen protestierte Thomi: „Also, Vati! Ich muß nur grinsen, weil du mich so ansiehst –."

„Danke", sagte Siegfried: „Morgen mehr!"

„Das gibt's ja wohl nicht!" sagte Vera ungläubig, und damit ließen sie ihn allein.

Draußen sahen die Eltern einander an – betroffen, aber nicht ohne Humor. Siegfried stellte fest: „Ist ja wohl klar: Dieters Eltern haben ihrem Sprößling das Internat schmackhaft machen müssen, und das hat dann bei Thomi gleich mitgewirkt."

„So ein Schlitzohr", meinte Vera nicht ohne Bewunderung. Chris kam aus seinem Zimmer auf dem Weg zum

Bad. Als er die Tür hinter sich geschlossen hatte, sahen sich seine Eltern an, und beide dachten dasselbe: „Wenn man ihm nur helfen könnte."

Oma Drombusch und Herr Diehl waren nach Darmstadt heimgekehrt. Sie hatten den Wein ausgetrunken und saßen im Wohnzimmer. Bei Kerzenlicht, das sich in ihren Gläsern spiegelte, hörten sie versunken den Ausklang eines Schubertschen Impromptu. Als Herr Diehl aufstand, um die Platte umzudrehen, bat Oma: „Bitte nicht mehr, Herr Diehl. So schön es bei Ihnen ist – aber ich muß jetzt wirklich gehen."

„Wann immer Sie gehen, Sie gehen zu früh."

Sie stand auf: „Seit anderthalb Stunden haben Sie keinen Geburtstag mehr. Aber ein Taxi dürfen Sie mir bestellen."

Herr Diehl folgte ihr in die Diele und half ihr in den Mantel. Sie reichte ihm die Hand: „Es war ein schöner Tag mit Ihnen!"

Er hielt ihre Hand fest; er mußte ihr jetzt endlich sagen, was er ihr schon oft an diesem Tag hatte sagen wollen; sie durfte ihn nicht verlassen, bevor sie wußte, was ihm am Herzen lag.

„Frau Drombusch – ich habe auf dem Schiff schon versucht, den rechten Anfang zu finden. Können Sie sich nicht vorstellen, sich von Ihrer Familie zu lösen – ? Bitte verstehen Sie das nicht als Eigennützigkeit; es geht mir nicht darum, bekocht zu werden – dazu verehre ich Sie zu sehr, wenn ich das sagen darf. Aber wir sind beide allein; sollten wir uns nicht zusammentun? Die Wohnung ist groß. Verfügen Sie."

Er sah sie aufrichtig an und wartete auf ihre Antwort. Oma hatte es ja kommen sehen – sie hatte es gefürchtet – und sie fragte sich jetzt nicht, ob sie es vielleicht auch erhofft hatte. Sie suchte nach einem Ausweg aus dieser Situation, und da war ihr der nächstbeste gerade recht: „Aber Herr Diehl, meine Familie braucht mich doch!"

Er wollte sie nicht kränken, aber er wollte ihr doch etwas zu bedenken geben: „Wirklich? Ich will zu Ihrer Familie nicht in Konkurrenz treten – und ich will Sie schon gar nicht beeinflussen. Aber braucht man uns in einer geschlossenen Familie wirklich? Und was ist das, das man von uns braucht –? Gehören wir nicht auch ein wenig uns selber? Sie müssen mir heute keine Antwort geben. Sie sollten nur wissen, daß Sie für mich mehr sind als ein lieber Gast, der weggeht, weil es spät geworden ist."

Das empfand sie auch: „Das weiß ich. Und das tut mir wohl, glauben Sie mir. Aber so gern ich mit Ihnen zusammen bin – das *Zusammen-Wohnen* ist doch etwas anderes. Und dazu muß ich erst den Mut finden. Aber im Unklaren lasse ich Sie nicht."

Herr Diehl kannte ihre Aufrichtigkeit und begriff, daß er im Augenblick nicht mehr erreichen konnte. „Ihr Taxi!" erinnerte er und ging ins Wohnzimmer zum Telefon.

Oma holte aus ihrer Handtasche das Portemonnaie, um es in ihre Manteltasche zu stecken – da bemerkte sie, daß im Innern ihrer Tasche etwas fehlte. Das konnte ja eigentlich nicht sein – sie hatte die Schlüssel doch eingesteckt. Aber sie waren nicht da. Die Schlüssel waren nicht da!

Herr Diehl hatte das Taxi bestellt und kam zurück. „Der Wagen kommt gleich."

Ratlos sah Oma ihn an: „Ich habe meine Schlüssel nicht. Und das Haus ist unten abgeschlossen."

„Vielleicht im Mantel?" Oma schüttelte den Kopf: „Auch nicht. Ich weiß genau, daß ich sie rein hatte in die Tasche. Mein Gott – ist mir das unangenehm!"

Das begriff Herr Diehl nicht ganz: „Was muß Ihnen da unangenehm sein?"

Ich kann doch meine Familie um zwei Uhr nicht wachklingeln! Ich gehe in ein Hotel."

Herr Diehl lächelte. „Wozu der Umstand – Sie bleiben hier."

Auf diesen Gedanken wäre Oma nie gekommen: „Aber Herr Diehl!"

„Wir sind doch erwachsene Menschen." Er ging zurück ins Wohnzimmer; unschlüssig folgte sie ihm.

„Auf dem Sofa schläft es sich ganz bequem", erklärte er, „Bettzeug habe ich, und zum Lesen haben Sie eine ganze Bibliothek."

„Ich weiß nicht ...", meinte sie, aber ihr Bekannter sagte nur: „Das ist beschlossen und verkündet!" Und dann ging er wieder zum Telefon: „Ich hatte eben einen Wagen bestellt – Diehl. Das hat sich erledigt."

Und so geschah es dann auch – wenn auch nicht ganz so, wie Herr Diehl vorgeschlagen hatte: Der Mond schien ins Wohnzimmer, weiß leuchtete die Bettdecke auf dem Sofa, aber Oma Drombusch lag vollständig angezogen ausgestreckt im Fernsehsessel. Sie hatte eine Wolldecke über ihre Beine geworfen und sah, hellwach, mit großen Augen aus dem Fenster.

Am nächsten Morgen saß Chris, bereits in Uniform, neben Siegfried, der die Zeitung las, am Frühstückstisch. Vera ermahnte wie üblich ihren Jüngsten zur Eile: „Viertel nach sieben – du versäumst den Bus!"

Trotz seines intensiven Studiums der neuesten Nachrichten hatte Siegfried Veras Worte gehört – da stimmte doch irgendwas nicht. Er sagte zu seinem Jüngsten: „Ich denke, du hast um elf Schule?"

Thomi erwiderte ohne die leiseste Spur von Verlegenheit: „Ich dachte gestern, heute ist Dienstag – Tschüs!"

„Den fängste nicht" sagte Chris. Thomi nahm an der Garderobe seine Mappe und öffnete die Wohnungstür. Der Junge fuhr aber zurück und flüchtete in die Küche: Seine

Großmutter kam die Treppe hinauf und stahl sich durch die geöffnete Wohnungstür, um leise, noch in Hut und Mantel, in ihrem Zimmer zu verschwinden. Dort sah sie, daß auf ihrem Tisch ein Schlüsselbund lag – wie kamen denn ihre Schlüssel auf diesen Tisch? Das ging doch nicht mit rechten Dingen zu …

Im Wohnzimmer hörte Vera ihren Jüngsten die Tür hinter sich zuknallen. Gleichzeitig klingelte das Telefon, und Vera meldete sich. Sie glaubte nicht recht zu hören, wer da am anderen Ende war. Sicherheitshalber fragte sie. „Bitte wer – ? Madame Tonderont? Sie sind hier? Hotel Maritim? – Natürlich – wenn Sie die ganze Nacht durchgefahren sind – ja; die Frankfurter Antiquitätenmesse lohnt in jedem Fall einen Besuch. Ja, mit dem Hotel – das ist schwierig. – Das finde ich aber reizend! Da hat mein Mann die lange Reise gespart – wegen der ganzen Sachen. Er konnte leider nicht kommen – aber das hat er ja Ihrem Mann gesagt – bitte? Er hat mit Ihnen gesprochen? Ach so – das wußte ich nicht. Natürlich. Und wann bitte? Um zwanzig Uhr Hotel Maritim – ich werde es ihm ausrichten. Vielen Dank für Ihren Anruf. Auf Wiederhören."

Nachdenklich legte Vera den Hörer auf. Sie beeilte sich nicht auf ihrem Gang zu den beiden Männern am Frühstückstisch in der Küche. Als sie sich langsam setzte, fragte Siegfried gerade: „Und damit ist der ganze Fall erledigt –?"

„Ja", erwiderte Chris.

„Und die Gründe für die Einstellung des Verfahrens?" wollte Siegfried wissen, aber Chris schüttelte den Kopf: „Der Anwalt sagte mir, daß die nur die Gegenseite mitgeteilt bekommt – wegen eventueller Zivilansprüche."

Argwöhnisch fragte Siegfried: „Kommt da noch was?"

„Nichts bekannt", sagte Chris. Siegfried wandte sich an Vera: Er wollte wissen, wer angerufen hatte. Vera erwiderte ganz nebenbei: „Madame Tonderont."

„Ah so", machte Siegfried. Aber dann fiel ihm doch etwas auf. Er hakte nach: „Bitte *wer?*"

„Madame Tonderont", sagte Vera mit Nachdruck, als verwundere sie sein Erstaunen, „sie ist hier."

„Was will sie denn?" Aber seine Frau sagte ihm, das wisse sie nicht.

„So was –" meinte er, „ruft die Frau hier an –"

„Warum nicht?" Vera klang ganz arglos. Siegfried erklärte ihr sofort sein Erstaunen: „Wozu haben wir ein Büro für Städteverschwisterung? Sie ist die Schwester von Monsieur Tonderont – Politikerin; eine reizende Dame – so Ende sechzig."

„Kennst du sie schon lange?" fragte seine Frau ganz harmlos. „Ich kenne sie überhaupt nicht. Sie wird sich wahrscheinlich mit mir treffen wollen."

„Heute abend, ja, um zwanzig Uhr – im Jagdschloß Kranichstein."

Das schien Siegfried nicht zu wundern: „Da treffen die sich alle." Dann wies er auf die Zeitung: „Kein Wort über Marion bei diesem Nachwuchswettbewerb. Und was hat sie groß getönt. Hier – die Gewinner." Er reichte ihr die Zeitung hin.

Chris stand auf, er mußte weg: „Wenigstens hat sie jetzt eine Stelle – und ich krieg' mein Geld. Tschüs."

„Was sagst du dazu?" fragte Siegfried. Und was immer er mit seiner Frage gemeint haben mochte – Vera erwiderte trocken:

„Nichts. Im Moment nichts . . ."

Der Tag ging vorüber. Am Abend setzte Vera das Geschirr vom Abendbrot in die Spülmaschine, als Siegfried, zum Ausgehen angezogen, zur Küche hereinsah und sagte: „Ich geh' dann. Bis später."

„Bis später", erwiderte sie – aber es war gut, daß er den

Blick, den sie ihm nachwarf, nicht sah. Die Wohnungstür schlug zu. Vera ging hinüber zum Schlafzimmer, sah ihre Schwiegermutter mit dem Telefonhörer in der Hand und hörte, wie sie vor sich hin sagte: „Immer noch nicht." Dann legte sie den Hörer auf und folgte ihrer Schwiegertochter, die vor dem Toilettenspiegel ihr Make-up korrigierte. Da Oma viel zu sehr mit ihren eigenen Sorgen beschäftigt war, bemerkte sie nicht, mit welch kritischem und grimmigem Blick Vera sich im Spiegel betrachtete. „Vera", sagte sie – und wie sehr mußte sie sich diese Worte abringen! „Vera – ich müßte dich mal sprechen."

„Das ist aber jetzt ganz schlecht", Vera stand auf und zog ihre Kostümjacke über. Marion kam an die Tür und grüßte fröhlich: „Hallo! Na, ihr? Vati hatte es vielleicht eilig!"

Aber ihre Mutter offenbar nicht weniger: „Gehst du auch weg?"

„Ja, ich gehe auch weg."

Erstaunt fragte Marion: „Ist was?", bekam aber nur zur Antwort: „Wenn du Hunger hast, laß dir von Oma was machen." Und schon war ihre Mutter verschwunden. Draußen schlug die Wohnungstür zu.

„Wie find' ich das?" fragte Marion, aber ihre Großmutter lenkte ab: „Wie war's denn gestern abend?"

Da strahlte Marion. Sie holte aus ihrer Tasche einen Casettenrecorder und stellte ihn auf den Wohnzimmertisch: „Du, Oma, ich bin ja sooo angekommen! Nicht bei der Jury, was soll's, das sind alles olle Knöbbe – aber ich hatte ein Gespräch ...! Hör mal, ein Mitschnitt!"

Sie stellte den Recorder an. Man hörte den Ansager: „Und nun, liebe Freunde, die Nummer 7 in unserem Wettbewerb für Nachwuchstalente: Marion Drombusch!"

Darauf kam Beifall, kamen Pfiffe der Anerkennung. Marion erklärte ihrer Großmutter: „Da bin ich aufgetreten!"

Und dann kam der Song des Nachwuchstalents Nummer 7. Marion mimte für Oma neben der Musik vom Band ihren Auftritt als Playback – wie sie das Mikro gehalten, wie sie sich bewegt hatte.

Oma staunte: „Das bist du –?! Hört sich gut an! Und was war das für ein Gespräch?"

„Mit einem Production-Manager. Ich hab' seine Visitenkarte – hör nur noch den Schluß!"

Da waren die Schlußtakte von Marions Stimme gesungen, und gleich darauf brauste der Beifall auf. Marion ließ das Band zurücklaufen: „Gleich hinterher kam dieser Production-Manager zu mir und hat mich eingeladen. Er hat mir sogar seine Privatadresse gegeben. Er will alles Weitere mit mir in Hamburg besprechen."

„In Hamburg –?" Omas Erstaunen war nicht frei von Bedenken. Aber davon merkte Marion in ihrer Begeisterung nichts: „Wegen zusätzlicher Ausbildung, Kontakten mit Composern, Textern, Promotionleuten, interessante Gruppen und so – das ist *die* Chance. Und dann mach' ich Tournee!"

Jetzt wagte Oma aber doch zu fragen: „Und deine Stellung hier –?"

„Das geht natürlich nicht mehr, aber sag das nicht den Eltern. Schon wegen Vati. Sonst macht er wieder Wirbel. Ich lass' den Recorder hier – da können sie mal reinhören."

Sie ging hinaus, und Oma folgte ihr in die Diele: „Ja, aber ist denn das auch sicher, was dieser Mann da gesagt hat?"

„Du, der ist von der Intersound!" sagte Marion als spreche sie von der UNESCO, merkte dann aber doch, daß ihrer Großmutter das nichts sagte: „'ne Schallplattenfirma, die suchen Nachwuchsleute. Und ob ich Erfolg habe – Sicherheit gibt's nicht in diesem Job."

„Aber du mußt doch von etwas leben. Das kostet doch Geld."

„Auf der Tournee verdiene ich ja später, und bis dahin jobbe ich eben – geht alles. Die anderen schaffen's ja auch."

„Marion, ich will dir nichts dreinreden; aber hast du dir überlegt, daß das alles nur fußt auf dem Versprechen von diesem – diesem –"

„Production-Manager", half Marion, und Oma sprach weiter: „Ja. Ein Mann, der dir seine Privatadresse gibt."

„Na und? Ich weiß doch, was ich tue. Tschüs Oma. Und sagst den Eltern nichts."

Oma versprach es ihr: „Gib auf dich acht!"

Marion lächelte sie an – und dann war sie weg. Oma Drombusch schloß die Tür, ging in ihr Zimmer und sagte leise vor sich hin: „Dieses Mädchen ..."

Auf Omas Tisch lagen zwei zerknüllte Briefbogen neben einem Block Briefpapier. Sie hatte Herrn Diehl ein paarmal anzurufen versucht, ihn aber nicht erreicht. Es war wohl nicht sehr rücksichtsvoll gewesen gegenüber diesem liebenswerten Mann, einfach aus der Wohnung zu gehen, ohne sein Aufwachen abzuwarten. Sie hatte ihm auch noch einen Zettel mit einem dummen Satz an die Blumenvase in seinem Wohnzimmer gelehnt. Er mußte maßlos enttäuscht gewesen sein von ihr. Sie war so verschreckt gewesen – sie hatte nicht geschlafen, nur gegrübelt über das Für und Wider seines Vorschlags. Sie war sich in jener Nacht nicht schlüssig geworden. Einerseits wollte sie seine Hoffnung nicht unterstützen, andererseits sah sie keinen Grund, deutlich abzulehnen. Nun wollte sie ihm ein paar Worte der Erklärung für ihr Wegschleichen am Morgen schreiben.

Sie versuchte, ihren Brief zum dritten Mal zu beginnen.

Aber sie kam nicht weiter als bei ihren ersten Versuchen: „Ich kann es nicht schreiben", sagte sie laut, stand auf und legte den Füller in das Etui zurück, das auf dem Nachttisch neben dem Bild ihres Mannes stand.

Sanft erwiderte ihr Mann: „So was schreibt man ja auch nicht. Schon gar nicht diese Gründe."

Oma räumte das Briefpapier in die Schublade. Sie warf die zerknüllten Blätter in den Papierkorb. Dann fragte sie eher sich selbst als ihren vorlauten Mann: „Wie lange kenne ich Herrn Diehl? Weiß ich, ob das gutgeht? Und dann?"

„Wußtest du das, als du hierher zogst –?" fragte die sanfte Stimme.

Oma blieb bockig: „Hier werde ich gebraucht!" Aber auch ihr Mann blieb hartnäckig: „Bei Herrn Diehl nicht?"

Das tat Oma mit einer Handbewegung als unwesentlich ab. Ihr Mann wollte doch nur wieder recht behalten. Sah er denn den Unterschied der Situation nicht? Er war unverbesserlich! Sie mußte ihm das ganz klar machen: „Welche Verpflichtungen habe ich denn gegenüber Herrn Diehl! Ich mag ihn. Das ist auch alles."

Ihr Mann fragte: „Ist das alles, was du investierst, Margarethe. Ist das fair? Auch gegenüber den Kindern?"

Er kapiert einfach nichts, absolut nichts. Oma setzte sich, holte ihre Karten heraus und begann, eine Patience zu legen: „Ich bin hier zu Hause. Und hier möchte ich auch bleiben."

Das hatte er nun davon! Mit Trotz und einem Gefühl der Befriedigung stellte sie fest, daß die Stimme nun schwieg.

Siegfried war beim Schloß Kranichstein angekommen, parkte den Wagen und ging zur Rezeption: „Guten Abend. Ich möchte zu Madame Tonderont."

Der Portier sah ihn an, als sei ihm der genannte Name fremd, ging aber doch sicherheitshalber noch einmal in seiner Liste durch: „Tonderont – tut mir leid, die Dame ist nicht eingetragen.

„Ich wurde heute morgen doch angerufen." Aber der Mann blieb bei seinem höflichen Bedauern: „Sicher ein Irrtum."

„Danke." Siegfried wollte schon gehen, als das Telefon an der Rezeption klingelte. Was er von dem Mann der Rezeption hörte, war wieder Bedauern. „Wir sind belegt."

Siegfried verließ das Hotel. Die Allee der Auffahrt lag im Licht der untergehenden Sonne. Auf halbem Weg zu seinem Wagen drehte Siegfried sich noch einmal um, als könne das Jagdschloß ihm eine Antwort auf eine Frage geben, die ihn zutiefst beunruhigte.

Vera stand an der Rezeption des Hotels Maritim, das Madame Tonderont als Treffpunkt mit Siegfried angegeben hatte. Es war schon weit über acht Uhr. „Ich möchte zu Madame Tonderont." Die junge Hotelangestellte sah sich sofort nach dem Schlüsselbord um: „Die Dame ist nicht in ihrem Zimmer. Vielleicht im Restaurant."

Vera bedankte sich und ging auf die Glastür zu, die in das vollbesetzte Restaurant führte. Dort blieb sie unschlüssig stehen. Ein Ober kam ihr entgegen, um ihr die Tür zu öffnen: „Entschuldigen Sie – können sie mir sagen, wie ich Madame Tonderont finde? Eine Französin. Sie wohnt hier im Hotel."

Der Ober wußte, wen sie meinte. Er wies in eine Ecke des Saales hinüber: „Ah ja – dort in der Nische." Vera konnte die Dame, die dort saß, ungestört betrachten: Was sie sah, war keineswegs eine betagte Politikerin, sondern eine äußerst attraktive, sehr weibliche, sehr aparte Französin in den besten Jahren.

Vera erstarrte. Wut, Scham und Enttäuschung kämpften in ihr.

Jetzt erhob sich die Dame in der Nische, nachdem sie auf eine Armbanduhr gesehen hatte. Sie kam direkt auf Vera zu, die einen Schritt zurückwich. Die attraktive Französin sagte liebenswürdig: „Pardon!"

Madame Tonderont ging zur Rezeption. Vera folgte ihr langsam – sie ahnte bereits, was nun kommen würde. Und sie hatte Glück: Auf die Bitte Madame Tonderonts um ein Amt wurde bedauert, daß keine Zelle frei sei und daß sie bitte hier am Rezeptionstisch den Apparat benützen möge. Sie wählte eine Nummer – offenbar meldete sich der Angerufene sofort. Und Vera vernahm ganz ohne Schwierigkeiten, was sie in ihrem apart gebrochenen Deutsch sehr höflich sagte:

„Guten Abend, Madame – ist Herr Drombusch zu Hause? Vielen Dank!" Sie freute sich, das war deutlich; also hatte Vera die Zeit richtig berechnet. Und nun klang sie ganz beschwingt: „Sigi! Wo bleibst du? Ich warte seit einer halben Stunde. Im Hotel Maritim – o non, non, non – Hotel Maritim! – Nicht schlimm. Wir haben ja noch viel Zeit für den Abend. Bis gleich. Du, hör mal –"

Vera hatte genug gehört. Im Vorbeigehen sah sie in einem Spiegel, wie blaß sie war. Sie ging durch die Tür auf die Straße hinaus. Wie anders war in diesen paar Minuten die Welt geworden.

Und er hatte gewagt, Vertrauen von ihr zu fordern! Das hatte er gewagt, nachdem er seit wer weiß wie vielen Jahren ihr Vertrauen mißbraucht hatte weit vom Schuß, im sonnigen Südfrankreich mit einer Frau, die sich nicht schämte, einen verheirateten Mann an seinem Wohnort aufzusuchen. Irgendwie hatte sie es schon immer geahnt. Und Siegfried hatte sich über ihre Eifersucht lustig gemacht. Für wie dumm hielt er sie eigentlich? Aber er sollte sich verrechnet haben! Sie wußte noch nicht, welche Konsequenzen sie ziehen würde, aber daß ihre Ehe zerbrochen war, das wußte sie genau.

Oma war aus dem Bad gekommen, hatte bei Thomi hereingeschaut, der fest schlief, und kam nun die Wendeltreppe herunter – da hörte sie die Stimme ihrer Schwiegertochter, die während des Sprechens deutlich Mühe hatte, ihr Weinen zu unterdrücken. Vera telefonierte mit ihrer Freundin und war in großer Aufregung. Oma konnte nicht umhin zuzuhören.

„Aber nein!“ rief Vera, „ich war dort. Ich habe sie gesehen. Und bei mir hat er nie von einer Frau gesprochen – nur von einem Mann, zu dem er immer nach Südfrankreich mußte. Und diesen Mann gibt es gar nicht. Noch heute morgen lügt er mir ins Gesicht – warum wohl, Claudia –?!“

Ihre Freundin schien Vera beruhigen zu wollen, aber Vera erwiderte heftig: „Nein, nein, das kann ich nicht. Seit einer Stunde laufe ich in der Stadt herum, versuche dich zu erreichen und – ich begreife das einfach nicht. – Aber wie lange geht das denn schon mit den beiden? – Nein. Ich kann nicht mit einem Mann leben, der mich seit Jahren hintergeht. Hätte er es mir gesagt, hätte er mir gesagt, ich habe ein Verhältnis mit dieser Französin, du hast jetzt die Wahl – das hätte ich eher ertragen als – mir spielt er treue Liebe vor –.“

Jetzt brach ihre Stimme, dann sagte sie noch: „Du, das ist eine solche Erniedrigung. Bitte, Claudia, kann ich zu dir kommen – ich kann nicht hierbleiben. – Ja. Ja.“

Oma war inzwischen leise die paar restlichen Stufen hinuntergekommen. Sie sah, wie Vera den Hörer auflegte und ins Schlafzimmer ging. Sollte sie mit ihr reden oder sie ausweinen lassen? Aber das hatte im Augenblick wohl noch keinen Sinn. Oma ging in ihr Zimmer. Als sie die Tür hinter sich zuziehen wollte, hörte sie Siegfried nach Hause kommen.

Siegfried ging ahnungslos ins Schlafzimmer: „Du bist ja noch auf!“ Er bekam keine Antwort. Dann sah er, was vor sich ging: Vera packte eine Reisetasche. Als er ihr Gesicht sah, konnte er sich denken, was da passiert war.

„Was ist denn? Gehst du weg?“

Heftig erwiderte Vera: „Ach, laß das – ich war im Hotel!“

Siegfried mußte fast lächeln. Dann versuchte er ruhig, die Dinge aufzuklären: „Aber, Vera, das ist alles so harmlos! Ich beschwöre dich, da ist nicht das Geringste dran!“

„Mich kann man vielleicht betrügen, aber ich bin nicht blöd!“

Siegfried beschwichtigte sie: „Kein Mensch hat dich betrogen."

„Und wozu diese Lügerei? Städteverschwisterung! Frau von Ende sechzig! Und in Frankreich war es immer ein seriöser Herr, den du besuchen mußtest. Ich habe ihn gesehen, diesen Geschäftspartner!"

„Mein Gott, war ich ein Esel! Geschieht mir ja ganz recht – lass' ich mich zu so was zwingen."

„Wer hat dich gezwungen?"

Und jetzt wurde Siegfried auch heftig: „Du! Mit deiner lächerlichen Eifersucht! Wenn ich zu einer Klausurtagung fahre: ‚Sind da nur Männer?' – und wenn mich eine Kundin sprechen will wegen einem Schaukelstuhl: ‚Woher hast du denn ihre Nummer?' – Ich wollte mal sehen, was passiert wäre, wenn ich dir gesagt hätte, ich treffe mich in Südfrankreich mit einer Französin, in deren Landhaus ich auch übernachten kann – du hättest lieber das Geschäft leerstehen lassen, du hättest eher den Ruin riskiert, als daß du geduldet hättest, daß ich nach Südfrankreich fahre! Als ob ich dazu nach Südfrankreich fahren müßte!"

„Ich glaube dir kein Wort!" Sie ging mit ihrer Reisetasche hinaus in die Diele.

„Das kannst du halten, wie du willst", rief er, ging ihr aber nach, um einen letzten Versuch zu machen: „Vera – ich bitte dich bei allem, was mir lieb und wert – ich bitte dich, mir zu glauben. Das ist doch wohl nach dreiundzwanzig Jahren nicht zuviel verlangt."

„Ich kann dir nicht mehr glauben", erklärte Vera kategorisch. Nun gab Siegfried auf: „Dann mußt du's lassen." Er ging ins Wohnzimmer und hörte, wie Vera die Wohnungstür hinter sich zuschlug.

Als Oma Drombusch am nächsten Morgen das Frühstücksgeschirr in den Schrank setzte, war sie immer noch mit den Gedanken beschäftigt, die ihr eine unruhige Nacht beschert hatten.

Vera war zwar vor kurzem zurückgekommen, aber gleich im Schlafzimmer verschwunden.

Als Siegfried in die Küche kam, öffnete seine Mutter die Bratröhre, in der im Römertopf etwas brutzelte. Als er gleich in den Laden wollte, fragte sie scheinheilig: „Kannst du mal sehen, auf was das eingestellt ist –?"

Beide bemerkten, wie Vera aus dem Schlafzimmer kam und einen schweren Koffer in die Diele schleppte. Siegfried sah nach: Oma benützte die Gelegenheit und sagte leise: „Da mußt du doch etwas tun!"

„Was denn?" Siegfried verließ resigniert die Küche. Er ging hinunter in den Laden. Es war ihm anzusehen, daß er keine gute Nacht gehabt hatte. Nun, wenn er nichts mehr tun wollte – vielleicht konnte Oma etwas tun. Sie überlegte ein paar Augenblicke, legte die Topfhandschuhe weg und faßte einen Entschluß: Sie ging zu ihrer Schwiegertochter in die Diele: „Du, Vera, hast du keine Sahne mehr –?"

Sie sah, daß Vera dabei war, einen zweiten vollgepackten Koffer zu schließen. „Du packst?" fragte Oma in scheinheiligem Erstaunen, „was ist denn?"

„Da ist was passiert, wir werden uns trennen."

Das war ja eine schöne Bescherung. Veras Stimme hatte sehr entschlossen geklungen. Wie sollte man sie umstimmen – man mußte ihr wohl ins Gewissen reden: „Und die Kinder –? Thomi? Du kannst doch nicht einfach –" Aber ihre Schwiegertochter unterbrach sie: „Ich kann – und ich werde. Du bist ja da. Die Familie ist bestens versorgt."

Oma brauchte nicht lange zu überlegen, was jetzt zu tun war – sie tat es. Wenn ihr Entschluß bisher noch nicht feststand, jetzt wußte sie, was sie zu tun hatte. Die Ehe ihres Sohnes stand auf dem Spiel!

„Nein, Vera, ich – ich wollte es euch die ganze Zeit schon sagen, gestern wieder – aber ihr hattet ja nie Zeit: Herr Diehl hat mich gebeten, zu ihm zu ziehen. Ich bin natürlich sehr froh darüber. Es ist ein großer, schöner Raum mit Wintergarten – und wir harmonieren eben sehr gut. Na ja, und – du verstehst!"

Vera stand da wie vom Donner gerührt und brachte nichts hervor als ein „Ja, aber . . ."

„Nur dumm", meinte Oma, als handle es sich um eine Kleinigkeit, „daß es sich jetzt so trifft. Aber – ich möchte ja auch noch mal an mich denken."

Vera sah wortlos zum Fenster hinaus. Da hörte Oma den Zeitwecker in der Küche klingeln: „Entschuldige." Sie eilte in die Küche.

So war es nun einmal im Leben. Ihre Schwiegermutter, die alles getan hatte, um sich hier unentbehrlich zu machen, wollte nun raus aus alledem und ein eigenes Leben führen. Und das hieß nichts anderes – Vera machte sich da nichts vor –, als daß sie hierbleiben mußte, ob sie wollte oder nicht, daß sie sich selbst in die Pflichten nehmen mußte, ganz gleich, wie ihr zumute war.

Am nächsten Morgen saß Herr Diehl an seinem Küchentisch. Seit sein Arm bandagiert war, konnte er sich wieder selbst einigermaßen behelfen. Er frühstückte, aber er hatte keine Freude daran. Die Wohnungsklingel schlug an – das würde wohl der Briefträger sein. Herr Diehl ging zur Tür und öffnete. Er glaubte nicht recht zu sehen: „Frau Drombusch –!

Er ließ sie herein. Oma versuchte zu erklären, was zu sagen sie sich vorgenommen hatte. Es klang ein bißchen unsicher: „Ich habe versucht, Sie anzurufen – ich wollte Ihnen nämlich sagen, daß ich – also vielleicht sollte ich mir das Zimmer doch mal ansehen."

Herr Diehl schloß die Tür hinter ihr. Er bemühte sich, möglichst gelassen zu wirken und seine Freude nicht allzu deutlich zu zeigen: „Das kommt unvermutet", sagte er nur und ließ sie vorausgehen, „bitte sehr."

Er hielt ihr die Tür auf, ging in das Zimmer und zog den Türrolladen zum Wintergarten hoch, so daß der Raum im hellen Morgenlicht lag.

Oma Drombusch sah sich um. Ihr Lächeln war etwas gezwungen. Als Herr Diehl sagte: „Der Raum an sich ist nämlich schön", meinte sie nur: „Ja –", das klang nun wirklich nicht sehr sicher.

„Es wird natürlich alles renoviert, ganz nach Ihren Wünschen. Auch mit Telefon."

Oma wußte nichts zu erwidern. Herr Diehl hatte das Gefühl, daß er sie allein lassen sollte: „Entschuldigen Sie, ich bin noch gar nicht richtig angezogen – lassen Sie sich gern Zeit."

Damit zog er sich zurück und machte die Tür leise hinter sich zu. Oma sah sich weiter um. Sie blickte an den Wänden hoch, sie betrachtete den Wintergarten, sie versuchte sich vorzustellen, wie das Zimmer aussehen würde, wenn ihre Möbel hier erst einmal ständen. Dann würde dies ihr Zuhause sein.

Die Zeit verging. Bei Herrn Diehl wurde das Zimmer für Oma renoviert. Das Ehepaar Drombusch ging ziemlich wortlos miteinander um. Thomi bemerkte von alledem wenig und freute sich aufs Internat. Chris tat seinen Dienst wie gewohnt. Als er eines Abends mit Wembacher von der Streife zurückkam, sah man ihm und seinem Kollegen an, daß etwas Unerfreuliches vorgefallen sein mußte. Die Kollegen wurden aufmerksam, Wembacher legte sein Sprechfunkgerät wortlos auf den Tisch, und Chris ging ebenso schweigend hinüber in den Mannschaftsraum.

Der Wachhabende fragte Wembacher, was denn los sei: „Der hat mich ebe schön im Rege stehe lasse. Wir fahrn zu der Schlägerei, renne alle zwei in den Hinterhof – da stürzt auch schon einer auf mich zu, es knallt, aus 'ner Schreckschußpistol – der Chris bleibt stehn, rührt sich net, im Nu warn zwei andere über mir, um ihrm Kumpel zu helfe – ich hatt alle Hände voll zu tun, bis der Chris endlich eingegriffe hat. Später am Wage steht er da, blaß wie e Bettuch un find kei Worte. Die hätte mir in der Zwischenzeit de Schädel einschlage könne."

Er folgte Chris in den Mannschaftsraum. Die Zurückgebliebenen tauschten beredte Blicke. Der Wachhabende meinte bedenklich: „Der hat däs noch lang net aus de Knoche." Wembacher kam zurück: „Un was willste mache –?"

„Melde –?" fragte Wembacher zweifelnd, „der kriegt doch kei Bein mehr auf die Erd bei der Truppe –"

Das hörte Chris, der gerade wieder zurückkommen wollte, jetzt aber stehenblieb und vernahm, was sein Kollege fragte: „Un wenn morge was passiert?"

Wembacher schwieg. Der Kollege fuhr fort: „Da sin zwei reif – er *und* du!"

In diesem Augenblick kam der Polizeihauptkommissar Ritzert aus seinem Zimmer, um nach Hause zu gehen: „Denkt an die Sperrstundverkürzung im ‚Bahnhofseck'! Was Besonders –?"

„Kleine Schlägerei", sagte Wembacher, und Ritzert meinte: „Ihr schreibt ja 'n Bericht. Gut Nacht!"

Er ging. Wembachers Blick traf sich mit dem der Kollegen. Einer meinte so objektiv wie möglich: „Däs kann mer so und so sehe."

Als Wembacher hinüber in den Mannschaftsraum gegangen war, sagte der Wachhabende: „Wenn er sich fängt, is so einer der bessere Mann."

Im Mannschaftsraum schloß Chris seinen Spind ab. Wembacher kam herein: „Schreibst du den Bericht –?"

„Ja." Chris sah ihn aus geraden Augen an: „Es tut mir leid. Aber ich pack's."

„Warum auch net", versuchte Wembacher die Sache herunterzuspielen. Er brachte es nicht übers Herz, dem jungen Kollegen die berufliche Zukunft zu verbauen. Chris sagte: „Danke. Ich schaff's bestimmt." Und ging hinaus.

Wembacher hatte sein Brot aus der Mappe geholt und schickte in Gedanken ein skeptisches „Hoffentlich" hinterher.

Bei den Drombuschs klingelte in der Nacht das Telefon. Vera, die jetzt im ehemaligen Zimmer ihrer Schwiegermutter schlief, ging im Schlafanzug an den Apparat. Auch Siegfried hatte auf seinem Nachttisch das Telefon gehört, doch als er den Hörer abnehmen wollte, leuchtete die Kontrollampe auf – Vera war also schon am anderen Apparat. Wer mochte denn so spät noch anrufen? Er stand auf und schlüpfte in seine Sandalen. Vera sagte gerade: „Wir lagen schon in den Betten – welches Angebot? Wo bist du denn? Im Bahnhof?! Marion, hör mal... Bitte – Nein, bitte, kannst du nicht morgen nach Hamburg fahren, daß wir das alles noch mal – Aber Marion! Wenn das deine Art von Selbständigkeit ist, wird dich niemand hindern. Ich meine nur, daß man so was bespricht: Was du letztlich tust... Was hat das mit Vati zu tun? Vati ist der Letzte... Ob du begabt bist oder nicht, das steht doch jetzt gar nicht zur Debatte." Und dann sagte sie sehr fest: „Das haben wir nie behauptet."

Siegfried fragte ratlos: „Was ist denn?" „Sie fährt nach Hamburg." Vera sprach weiter ins Telefon: „Marion, jetzt hör mir mal zu: –", aber ihre Tochter unterbrach sie und erklärte kategorisch: „Nein, Mutti, ich habe endlich eine

Chance! Mit einer Menge von Topleuten! Und daß ich die verspiele, *das* gönne ich schon *Vati* nicht – Tut mir leid, du – für mich wird's Zeit. Ich melde mich – ja. Tschüs!" Und zu Ende war das Gespräch.

Vera legte den Hörer auf: „Wie immer man das auch dreht: So, wie Marion das macht, das ist eine Flucht vor uns."

Bedrückt sagte Siegfried: „Ich muß gestehen, das trifft mich."

Einen Augenblick dachte Vera nach: „Im Grunde wollte sie immer nur deine Anerkennung." Siegfried schwieg betroffen. Vera ging an ihm vorbei. Sie hatte die Hand schon an der Türklinke: „Sie will es uns zeigen. Um jeden Preis. Und das ist kein Kompliment für uns."

Sie schloß hinter sich die Tür und ließ Siegfried allein. Da stand er und dachte nach. Schließlich fiel ihm ein, daß sein Vater oft gesagt hatte: Was du behalten willst, laß laufen.

„Vielleicht war's *das*", murmelte er leise und ging ins Schlafzimmer zurück.

Oma Drombusch hatte sich im Badezimmer der Wohnung von Herrn Diehl für die Nacht zurechtgemacht. Sie ging hinüber in ihr Zimmer. Dort zog sie den Morgenmantel aus, setzte sich auf das aufgeschlagene Bett, zog die Füße hoch und klopfte noch einmal die Decke zurecht.

Da war sie nun in ihrem neuen Zimmer. Immer noch erschien es ihr fremd, trotz der eigenen Möbel. Es sah hier so ganz anders aus. Eigentlich schöner fand sie, nur noch ungewohnt.

Sie hatte wahrhaftig keine Gründe, sich Sorgen zu machen oder gar ihren Entschluß zu bereuen. Es war eben nur alles noch ein bißchen fremd – aber all das Fremde würde im Lauf der Zeit zum Vertrauten und Gewohnten werden –, die Zeit bringt vielerlei.

Sie sah noch einmal auf das Bild ihres Mannes, das sie neben sich auf dem Nachttisch aufgestellt hatte. Im Dunkeln dachte sie noch eine Weile nach, bevor sie dann schließlich einschlief.

Währenddessen lag Vera im früheren Zimmer ihrer Schwiegermutter schlaflos im Bett. Im halben Ehebett. Nicht anders erging es Siegfried drüben im Schlafzimmer in der anderen Hälfte.

Das einzig Verbindende war die gemeinsame Sorge um Marion. Das wurde ihm erst voll bewußt, als er die wenigen Worte auf neutralem Boden, im Wohnzimmer, mit seiner Frau gewechselt hatte. Denn wenn das inzwischen der kleinste gemeinsame Nenner war, dann war er gefordert, das schleunigst zu ändern. Schließlich, man mochte es drehen und wenden wie man wollte: Er hatte seine Frau angeschwindelt. Wenn auch in bester Absicht. Erreicht jedoch hatte er, daß ihr Vertrauen zu ihm dahin war.

Nur – womit konnte er sie überzeugen? Wie schafft man eine Lüge aus der Welt, die man selbst hineingesetzt hat? Er kam zu dem verblüffenden Resultat, daß das nur durch Ehrlichkeit geschehen konnte. Und wenn noch ein Rest von Liebe für ihn geblieben war, dann mußte er diesen Rest mobilisieren. In anderer, schwierigerer Situation, bevor sie verheiratet waren, hatte er Vera ja schließlich auch herumgekriegt.

Beherzt tappte er durch's dunkle Wohnzimmer zu der Tür, hinter der seine Frau im Bett lag, und klopfte an. Erst etwas schüchtern, dann deutlicher. Aber als auch das unüberhörbare Klopfen kein Resultat erbrachte, gab sich Siegfried selbst die Erlaubnis mit der Rechtfertigung,

Männer müssen Männer sein, und trat ein. Spaltbreit. Dann vollends. Und schließlich schloß er die Tür hinter sich.

Das Wohnzimmer lag im Licht des Vollmondes, und die Stille ließ nicht erkennen, daß nebenan über das Schicksal einer Ehe verhandelt wurde.

Dann jedoch schien es besiegelt zu sein: Siegfried kam wieder heraus und ging ins Schlafzimmer zurück – um sein Kissen zu holen.

Damit verschwand er dann endgültig im Zimmer seiner Frau.

Die Kinder behaupteten später, die Ehe ihrer Eltern habe seit jenen Tagen wieder ihren alten Schwung bekommen. Aber Vera und Siegfried äußerten sich dazu nicht.